Die Auserwählten – Kill Order

James Dashner wuchs in einer Kleinstadt in Georgia, USA, auf. Der dichte Wald in dieser Gegend lieferte ihm bereits als Kind viele Ideen für seine späteren Geschichten. Nach seinem Studium arbeitete James zunächst in der Wirtschaft. Doch schon bald fühlte er sich als »kreativer Mensch im Körper eines Buchhalters« gefangen und wandte sich dem Schreiben zu. Seitdem ist er Autor zahlreicher Bücher. Seine Serie »Maze Runner – Die Auserwählten« eroberte weltweit die Bestsellerlisten und hat sich inzwischen mehr als 25 Millionen Mal verkauft. Die ersten beiden Bände wurden von 20th Century Fox verfilmt, unter anderem mit Dylan O'Brien und Thomas Brodie-Sangster in den Hauptrollen. James Dashner lebt mit seiner Frau und seinen vier Kindern inmitten der Rocky Mountains, behauptet er zumindest.
Weitere Informationen unter: www.jamesdashner.com

James Dashner

DIE AUSERWÄHLTEN
KILL ORDER

Aus dem Englischen
von Anke Caroline Burger
und Katharina Hinderer

CHICKEN HOUSE
CARLSEN

Von James Dashner außerdem bei Chicken House
im Carlsen Verlag lieferbar:
Phase Null – Die Auserwählten
Die Auserwählten – Im Labyrinth
Die Auserwählten – In der Brandwüste
Die Auserwählten – In der Todeszone
Maze Runner – Die Geheimakten

FSC
www.fsc.org
MIX
Papier aus verantwortungsvollen Quellen
FSC® C083411

Ein *Chicken House*-Buch im Carlsen Verlag
Mai 2018

Originalverlag: The Chicken House
Originaltitel: »The Kill Order«

Umschlagbild: shutterstock.com © andras_csontos /
Michal Sanca / zapolzun
Umschlaggestaltung: formlabor
Corporate Design Taschenbuch: bell étage
ISBN 978-3-551-31705-6
www.chickenhouse.de

Für Kathy Egan.
Ich vermisse dich sehr.

PROLOG

Teresa betrachtete ihren besten Freund und fragte sich, wie sie ihn jemals vergessen sollte.

Sie konnte es sich beim besten Willen nicht vorstellen, obwohl sie die Implantation der Gedächtnisblockade schon bei Dutzenden von Jungen miterlebt hatte. Aber Thomas, sein widerspenstiges Haar, sein eindringlicher Blick – wie sollte ihr dieser Junge je fremd werden? Wie sollte es möglich sein, dass sie im gleichen Raum sein würden und keine Witze über einen seltsamen Geruch oder einen ahnungslosen Loser reißen würden? Wie sollten sie sich jemals gegenüberstehen und nicht telepathisch miteinander reden?

Undenkbar.

Und doch war es morgen so weit.

Für sie. Bei Thomas ging es nur noch um Minuten. Er lag bereits auf dem OP-Tisch, die Augen geschlossen, seine Brust hob und senkte sich sanft und gleichmäßig. Er sah aus wie immer: ein stinknormaler Junge, der einen stinknormalen Mittagsschlaf nach einem stinknormalen Schultag hält. Bevor Sonneneruptionen und eine Seuche die Welt auf den Kopf gestellt hatten. Bevor Kinder gekidnappt und an einem grauenvollen Ort ausgesetzt wurden. Und man ihnen die Erinnerung raubte. Bevor das menschliche Gehirn als Todeszone bezeichnet wurde, die man beobachten und untersuchen musste. Alles im Namen der Wissenschaft und Heilung.

Ein Arzt und eine Krankenschwester hatten Thomas für die OP vorbereitet und legten jetzt die Maske auf sein Gesicht. Es klickte, zischte, piepte. Teresa sah zu, wie Metall, Kabel und Plastikschläuche über Thomas' Haut und in seine Hörkanäle glitten. Seine Hände zuckten. Trotz der Medikamente empfand er wahrscheinlich auf irgendeiner Bewusstseinsebene Schmerz, aber er würde sich nie daran erinnern.

Die Maschine begann mit der Arbeit, saugte Bilder aus Thomas' Gedächtnis, löschte die Erinnerung an seine Mutter, den Vater, sein Leben. Und an *sie*.

Eine schwache Stimme in ihr rebellierte. Wollte schreien, brüllen und jede weitere Mitarbeit verweigern. Doch Teresa hörte nicht hin. Zum größten Teil stand sie hinter dem System. Ja, sie war felsenfest davon überzeugt, dass sie morgen noch genauso dachte, wenn sie sich auf diesen OP-Tisch legte. Damit stellten Thomas und sie ihre Überzeugung unter Beweis:

Indem sie sich derselben Tortur unterzogen, die man den anderen abverlangt hatte. Und wenn sie dabei draufgingen, dann sollte es eben so sein. ANGST würde die Heilung finden, Millionen würden gerettet werden und das Leben auf der Erde würde sich irgendwann wieder normalisieren. Teresa hatte nicht den geringsten Zweifel daran, genauso wenig wie sie bezweifelte, dass die Menschen älter wurden und die Bäume im Herbst ihre Blätter verloren.

Thomas atmete schwer, stöhnte leise und regte sich. Eine schreckliche Sekunde lang dachte Teresa, er könnte hysterisch vor Schmerzen aufwachen – in seinem Kopf steckten Kabel, die alles Mögliche mit seinem Gehirn anstellten. Aber er beruhigte sich wieder und atmete entspannt weiter. Das Klicken, Piepen und Zischen hielten an, während die Erinnerungen ihres besten Freundes wie Echos verklangen.

Sie hatten sich offiziell voneinander verabschiedet. Die Worte *Bis morgen* hallten noch in ihrem Kopf nach. Aus irgendeinem Grund hatte es sie verletzt, als Thomas das gesagt hatte. Es machte alles, was bevorstand, noch surrealer und trauriger. Sie *sahen* einander morgen, nur lag sie dann im Koma und er hatte nicht den blassesten Schimmer, wer sie war – bis auf das diffuse Gefühl, dass sie ihm bekannt vorkam. *Morgen*. Nach allem, was sie durchgemacht hatten – der Angst, dem Training, der Planung –, war jetzt der entscheidende Moment gekommen. Was man mit Alby, Newt, Minho und all den anderen gemacht hatte, würde nun auch mit ihnen passieren. Es gab kein Zurück.

Teresa berauschte sich an ihrer Gelassenheit wie an einer Droge. Sie war mit sich im Reinen. Dieses beruhigende Gefühl hielt schreckliche Wesen wie Griewer und Cranks von ihr fern. ANGST hatte keine andere Wahl. Ebenso wenig wie Thomas und sie. Wie hätte sie davor zurückschrecken können, ein paar wenige zu opfern, um so viele zu retten? *Niemand* konnte das. Mitleid oder Traurigkeit brachten ja sowieso nichts. Was getan werden musste, wurde getan, ohne Wenn und Aber. Sie und Thomas hatten bei der Entwicklung des Labyrinths mitgeholfen. Und mühsam hatte sie eine innere Mauer aufgebaut, die ihre Gefühle im Zaum hielt.

Teresa stand neben dem OP-Tisch und wartete darauf, dass die Prozedur ein Ende fand.

Als es schließlich so weit war, tippte der Arzt mehrere Male auf einen Bildschirm, das Piepen, Zischen und Klicken wurden schneller. Thomas zuckte ein wenig, als die Schläuche und Kabel automatisch aus ihm herausgezogen wurden und zurück in die Maske glitten. Das Gerät schaltete sich ab, die Geräusche verstummten. Still lag Thomas da. Die Krankenschwester beugte sich vor und nahm ihm die Maske ab. Seine Haut war gerötet und an den Kontaktstellen von Striemen überzogen. Seine Augen blieben geschlossen.

Für einen kurzen Moment begann die Mauer um Teresas Gefühle zu bröckeln. Wenn Thomas jetzt aufwachte, würde er sich nicht an sie erinnern. Furcht stieg in ihr auf und sie geriet fast in Panik bei der Vorstellung, dass sie sich bald auf der Lichtung treffen und einander nicht erkennen würden. Ein niederschmetternder Gedanke, der ihr wieder einmal deutlich machte, warum sie die Mauer um ihr Herz hochgezogen hatte. Wie ein Handwerker, der einen Ziegelstein in den trocknenden Zement drückt, verschloss sie den Riss in der Mauer.

Es gab kein Zurück.

Zwei Männer vom Sicherheitsteam kamen herein, um Thomas abzuholen. Sie hoben ihn wie eine Strohpuppe vom OP-Tisch – der eine hielt ihn an den Armen, der andere an den Füßen – und legten ihn auf eine Rolltrage. Ohne Teresa eines Blickes zu würdigen, steuerten sie auf die Tür zu. Alle wussten, wohin er gebracht wurde. Der Arzt und die Krankenschwester machten sich ans Aufräumen: Ihre Arbeit war erledigt. Teresa nickte ihnen zu, obwohl sie nicht in ihre Richtung schauten, und folgte den Männern auf den Gang hinaus.

Sie konnte Thomas kaum anschauen, als sie sich auf den langen Weg durch die Flure des ANGST-Hauptquartiers machten und mit dem Aufzug nach unten fuhren. Er war furchtbar blass, das Gesicht von Schweißperlen überzogen. Als wäre er bei Bewusstsein, als kämpfte er gegen die Medikamente an, als spürte er, dass ihm schreckliche Dinge bevorstanden. Es tat ihr im Herzen weh, das zu sehen. Und es machte ihr Angst, denn sie war als Nächste dran. Diese dämliche Mauer in ihrem Kopf! Was nützte ihr die? Sie würde ihr sowieso mitsamt den Erinnerungen weggenommen werden.

Sie erreichten die Kellerebene unter dem Labyrinth und durchquerten das Lager mit den Regalreihen voller Vorräte für die Jungen auf der Lichtung. Es war dunkel und kühl hier unten und Teresa spürte, wie sie eine Gänsehaut bekam. Zitternd rieb sie sich die Arme. Als die Rolltrage über den rissigen Betonboden holperte, wurde Thomas hin und her gerüttelt. Wahrscheinlich versuchte sich in seinem Inneren das Grauen noch immer einen Weg an die Oberfläche zu bahnen. Aber sein Gesicht wirkte ruhig.

Sie erreichten den Aufzugsschacht mit dem großen Metallkasten.

Die Box.

Sie befand sich zwar nur wenige Stockwerke unter der Lichtung, doch den Jungen auf der Lichtung wurde vorgegaukelt, dass der Weg nach oben unfassbar lang und beschwerlich war. Das alles war dazu gedacht, eine Reihe von Emotionen und Mustern im Gehirn hervorzurufen, die von Verwirrung über Orientierungslosigkeit bis zu tiefer Furcht reichten. Ein perfekter Start für diejenigen, die eine Karte von Thomas' Todeszone erstellen wollten. Teresa wusste, dass sie morgen die gleiche Reise mit einem Zettel in der Hand antrat. Aber zumindest lag sie dann im Koma und bekam nichts von der halbstündigen Fahrt in absoluter Dunkelheit mit. Die Vorstellung, dass Thomas ganz allein in der Box aufwachen würde, quälte sie.

Die beiden Männer rollten ihn neben die Box. Scheppernd zog einer der beiden eine lange Leiter heran. Die Stimmung war angespannt, als sie Thomas die Leiter hochhievten. Teresa hätte ihnen helfen können, aber sie ließ es sein. Störrisch blieb sie einfach stehen und sah zu, während sie versuchte ihre Gefühle auszublenden.

Unter Stöhnen und Fluchen zogen und bugsierten die Männer Thomas an den oberen Rand der Box. Sein Körper war so gedreht, dass sein Gesicht mit den geschlossenen Augen ein letztes Mal in Teresas Richtung zeigte. Obwohl sie wusste, dass er sie nicht hörte, sprach sie in Gedanken mit ihm.

Wir machen das Richtige, Thomas. Wir sehen uns auf der anderen Seite.

Die Männer beugten sich über den Rand der Box und ließen Thomas an den Armen so tief hinab, wie sie konnten. Dann ließen sie los. Teresa hörte den dumpfen Schlag, als sein Körper auf dem kalten Stahlboden der Box aufschlug. Ihr bester Freund.

Sie wandte sich ab und ging. Hinter ihr war wieder das Scheppern von Metall auf Beton zu hören, gefolgt von einem lauten, dröhnenden Knall, als sich die Oberseite der Box schloss.

Thomas' Schicksal war besiegelt, wie immer es auch aussehen mochte.

DREIZEHN JAHRE VORHER ...

1

Mark spürte die Kälte, obwohl er seit Ewigkeiten nicht mehr gefroren hatte.

Er war gerade aufgewacht. Das erste Morgenlicht bahnte sich den Weg durch die Ritzen zwischen den übereinanderliegenden Baumstämmen, aus denen die Wand der kleinen Hütte bestand. Seine Decke benutzte Mark so gut wie nie. Er war stolz auf diese Decke aus dem Fell eines riesigen Wapitihirschs, den er vor zwei Monaten erlegt hatte. Wenn er sie benutzte, dann eher weil es gemütlich war. Sie lebten schließlich in einer Welt, in der die sengende Hitze alles verbrannt hatte. Aber vielleicht war seine Gänsehaut ja auch ein Zeichen der

Besserung. Morgenluft strömte durch die Ritzen herein und fühlte sich tatsächlich kühl an. Mark zog die Decke hoch bis ans Kinn und drehte sich auf den Rücken, dabei gähnte er laut und ausgiebig.

Gegenüber – keine anderthalb Meter entfernt – schlief Alec oben in dem anderen Stockbett und schnarchte wie ein Walross. Ein älterer, hartgesottener Ex-Soldat, den man selten lächeln sah. Und wenn es doch mal dazu kam, war es eher ein schiefes Grinsen, als würde etwas in seinen Eingeweiden rumoren. Dabei hatte Alec ein Herz aus Gold, das wusste Mark inzwischen. Seite an Seite mit dem alten Bären, zusammen mit Lana, Trina und den anderen, hatte Mark ein ganzes Jahr lang ums Überleben gekämpft. Er schnappte sich einen Schuh, warf ihn nach Alec und traf ihn an der Schulter. Mit einem lauten Brüllen schoss Alec hoch, durch sein jahrelanges Militärtraining war er sofort hellwach. »Was …?«, brüllte er, aber da traf ihn schon der zweite Schuh, diesmal an der Brust. Jetzt zuckte er mit keiner Wimper, sondern starrte Mark nur aus zusammengekniffenen Augen an. Ein Funken Humor blitzte auf.

»Du mieses Stück Rattenleber«, sagte er seelenruhig. »Bist du lebensmüde oder warum reißt du mich aus dem Schlaf?«

»Ähhhhmmm«, sagte Mark und rieb sich das Kinn, als würde er scharf nachdenken. Dann schnippte er mit den Fingern. »Jetzt weiß ich's wieder. Ich wollte die fürchterlichen Geräusche abstellen, die du von dir gibst. Im Ernst, Mann. Du solltest vielleicht auf der Seite schlafen. Dermaßen zu schnarchen kann nicht gesund sein. Irgendwann erstickst du noch.«

Alec grummelte und knurrte ein paarmal, dann schwang er sich mit unverständlichem Gemurmel von seinem Stockbett herunter und zog sich an. Außer »hätte ich bloß nicht …«, »wär besser gewesen …« und »Jahr in der Hölle …« konnte Mark nicht viel verstehen. Aber es war klar, worum es ging.

»Jetzt komm schon, Sergeant«, sagte Mark und wusste genau, dass er den Bogen damit fast überspannte. Alec war schon lange aus dem Militär ausgeschieden und er hasste, hasste, *hasste* es, wenn Mark ihn so nannte. Zur Zeit der Sonneneruptionen war Alec längst Angestellter des Verteidigungsministeriums gewesen. »Du hättest es nie bis in diese heimelige Hütte geschafft, wenn wir dir nicht täglich aus irgendeiner Klemme geholfen hätten. Also, Freunde?«

Alec zog sich gerade ein T-Shirt über den Kopf und blickte auf Mark herunter. Er war nicht nur weitaus älter als Mark, sondern auch größer. Seine buschigen Augenbrauen wuchsen in der Mitte zusammen und sahen aus wie haarige Käfer beim Versuch, sich zu paaren. »Ich mag dich, Kleiner. Wär ein Jammer, dich ins Jenseits befördern zu müssen.« Er verpasste Mark einen Klaps auf den Kopf – anders schien das Raubein seine Zuneigung nicht zeigen zu können.

Mark betrachtete Alec immer noch gern als Soldaten. Irgendwie gab ihm das ein Gefühl der Sicherheit. Er lächelte, als Alec aus ihrer Hütte stampfte, um den neuen Tag in Angriff zu nehmen. Es war ein echtes Lächeln. Etwas, das nach einem Jahr voller Tod und Schrecken nur langsam wiederkehrte. Auf der Flucht vor den grauenvollen Ereignissen waren sie hier oben in den Appalachen im Westen North Carolinas gelandet.

Mark schob all die schlimmen Dinge aus der Vergangenheit beiseite. Heute war ein guter Tag. Ganz egal, was passierte.

Und dazu brauchte er zuallererst Trina. Schnell zog er sich an und ging nach draußen, um sie zu suchen.

Der Aufstieg war wie immer ernüchternd. Mit jedem Schritt schwand Marks Optimismus – der Anblick von Baumhäusern, Hütten und Höhlen in ihrer Umgebung war einfach zu jämmerlich. Nichts als rohe Baumstämme, Efeuranken, Lehm und alles ziemlich windschief zusammengeschustert. Mark konnte nicht auf die belebten Gassen und Pfade dieser armseligen Siedlung hinunterblicken, ohne an frühere Zeiten in der großen Stadt zu denken, als es noch alles in Hülle und Fülle gegeben hatte. Und damals hatte er das noch nicht mal zu schätzen gewusst!

Er lief an Horden dürrer, schmutziger Gestalten vorbei, die mehr tot als lebendig aussahen. Sie taten ihm nicht leid. Nur der Gedanke, dass er selbst genauso aussah, war ihm zuwider. Noch hatten sie genug Nahrungsmittel – aus den Ruinen, aus dem Wald, manchmal wurde was aus Asheville hochgebracht – aber Rationierung war gang und gäbe und alle sahen aus, als würde ihnen eine Mahlzeit am Tag fehlen. Und man konnte eben nicht im Wald leben, ohne hier und da ein bisschen Dreck abzukriegen, egal wie oft man sich im Bach wusch.

Der Himmel war blau, doch ein ständiger Hauch Orangebraun trübte die Atmosphäre, seit die verheerenden Sonneneruptionen ohne jede Vorwarnung zugeschlagen hatten. Mehr als ein Jahr war das mittlerweile her, trotzdem hingen die orangefarbenen Schleier nach wie vor am Himmel, um sie für immer an die Katastrophe zu erinnern. Wer wusste schon, ob es jemals wieder ›Normalität‹ geben würde? Die Kühle, die Mark beim Aufwachen gespürt hatte, kam ihm inzwischen fast wie ein Hirngespinst vor – obwohl die Sonne gerade erst hinter den umliegenden Berggipfeln aufging, brannte sie jetzt schon erbarmungslos auf ihn herab.

Aber nicht alles war düster. Als Mark das Gewusel ihrer Siedlung hinter sich ließ und in den Wald ging, entdeckte er die ersten Anzeichen hoffnungsvoller Veränderungen. Neue Bäume wuchsen, alte erholten sich, Eichhörnchen jagten durch die verkohlten Tannennadeln, grüne Knospen und Triebe ringsum. In einiger Entfernung sah er sogar eine hellrote Blüte. Er hätte sie gern für Trina gepflückt, wusste aber, dass sie ihn einen Kopf kürzer gemacht hätte, wenn er auf diese Weise das Gesunden des Waldes gestört hätte.

Vielleicht wurde es ja wirklich ein guter Tag. Sie hatten immerhin die schlimmste Naturkatastrophe der Menschheit überlebt – vielleicht gab es einen Neuanfang für sie.

Der Aufstieg wurde immer anstrengender. Schwer atmend erreichte er endlich Trinas Lieblingsstelle. Sie war oft hier oben, vor allem morgens, wenn sonst noch niemand unterwegs war. An diesen stillen Ort verzog sie sich am liebsten zum Lesen. Auf der Flucht waren sie an einer alten Bücherei vorbeigekommen und hatten ein paar Bücher eingesteckt. Trina las für ihr Leben gern und jetzt holte sie alles nach, was sie in den Monaten verpasst hatte, als sie buchstäblich um ihr Leben gerannt waren. Digitalen Lesestoff gab es schon lange nicht mehr, vermutete Mark zumindest – alles war verloren gegangen, als sämtliche Computer und Server durchgebrannt waren. Trina las die alten Schinken aus Papier.

Mark blieb hinter einem Baum stehen und beobachtete sie. Er wusste, dass sie ihn kommen gehört hatte, war aber glücklich, dass sie so tat, als hätte sie ihn nicht bemerkt.

Wie hübsch sie war! Sie saß an einen großen Granitbrocken gelehnt, der aussah, als hätte ihn ein Riese zur Dekoration hingestellt. In ihrem Schoß lag ein dickes Buch. Gerade blätterte sie um und ihre grünen Augen folgten den Zeilen. Sie trug ein schwarzes T-Shirt, abgetragene Jeans und Turnschuhe, die schon beinahe auseinanderfielen. Der Wind spielte in ihren kurzen blonden Haaren und sie strahlte eine tiefe Ruhe aus. Als würde sie ins Früher gehören, in die Welt vor der Katastrophe.

In Marks Augen gehörten sie zusammen – Trina gehörte zu ihm und er zu ihr. Ihre Freunde und Verwandten lebten nicht mehr. Er war einfach der Letzte, der ihr geblieben war. Sie konnte ihn nehmen oder für immer allein bleiben. Aber er spielte seine Rolle gern und betrachtete sich als Glückspilz. Er wusste nicht, was er ohne Trina gemacht hätte.

»Dieses Buch wäre so viel besser, wenn mich nicht beim Lesen ein gruseliger Typ anstarren würde.« In Trinas Stimme lag nicht die geringste Andeutung eines Lachens. Sie blätterte wieder um und las weiter.

»Ich bin's bloß«, sagte er. Meistens klang es immer noch bescheuert, was er in ihrer Gegenwart sagte. Er trat hinter dem Baum hervor.

Sie lachte und schaute endlich zu ihm hoch. »Wird auch

langsam Zeit, dass du kommst! Ich hätte schon fast angefangen mit mir selbst zu reden. Immerhin war ich schon vor Sonnenaufgang hier.«

Er setzte sich neben sie und sie umarmten sich, fest und warm. Das gab seiner Stimmung noch mehr Auftrieb.

Er ließ sie los und schaute sie an, ohne sich um das dämliche Grinsen zu scheren, das ihm vermutlich mitten im Gesicht klebte. »Weißt du was?«

»Sag!«

»Heute wird ein total schöner Tag.«

Trina lächelte und das Wasser im Bach plätscherte einfach weiter und nahm seine Worte mit.

2

»Seit meinem sechzehnten Geburtstag hab ich keinen wirklich schönen Tag mehr erlebt«, sagte Trina. Sie knickte die Ecke der Seite als Lesezeichen um und legte das Buch beiseite. »Drei Tage danach sind wir beide um unser Leben gerannt. Durch einen Tunnel, der heißer war als die Sonne.«

»Das war Wahnsinn.« Mark lehnte sich an den Granitbrocken und zog die Beine an. »Ja, Wahnsinn.«

Trina betrachtete ihn von der Seite. »Meine Geburtstagsparty oder die Sonneneruptionen?«

»Weder noch. Auf deiner Party hast du diesen beknackten John Stidham angeschmachtet. Schon vergessen?«

Sie sah betreten aus. »Ähm, nein. Kommt mir vor, als wäre es dreitausend Jahre her.«

»Erst musste die Menschheit fast ausgelöscht werden, bis du mich endlich bemerkt hast.« Mark lächelte, aber er fühlte sich unwohl dabei. Die Wahrheit war ziemlich deprimierend – selbst als Witz. »Wechseln wir das Thema.«

»Gern.« Sie schloss die Augen und lehnte den Kopf nach hinten an den Stein. »Ich will keine Sekunde mehr daran denken.«

Mark nickte, auch wenn sie es nicht sehen konnte. Plötzlich war ihm jede Lust am Reden vergangen und seine Pläne für einen perfekt schönen Tag lösten sich mal wieder in Luft auf. Ständig diese Erinnerungen! Nie ließen sie ihn los, nicht mal für eine halbe Stunde.

Immer wieder stürmten sie auf ihn ein und brachten all das Grauen zurück.

»Alles klar?«, fragte Trina. Sie griff nach seiner Hand, aber Mark zog sie weg, verschwitzt, wie sie war.

»Ja, alles in Ordnung. Wenn wir bloß nicht ständig daran denken müssten! Ich könnte hier richtig glücklich sein, wenn wir den ganzen Horror einfach *vergessen* könnten. Es geht schließlich bergauf. Wir müssen einfach nur … *loslassen*!« Das letzte Wort brüllte er fast, aber er hatte keine Ahnung, wem er es an den Kopf schleudern sollte. Er hasste einfach dieses ganze Chaos, das in seinem Kopf herumspukte. Die Bilder. Die Geräusche. Die Gerüche.

»Lass uns runter ins Dorf gehen.« So reagierte er immer. Wenn ihn die Erinnerungen überwältigten, schaltete er auf Aktionsmodus um – nützlich sein, arbeiten, Gehirn ausschalten. Das war das Einzige, was half. »Ich bin mir sicher, Alec und Lana haben mindestens vierzig Aufgaben für uns.«

»Die alle *heute* noch erledigt werden müssen«, ergänzte Trina. »Heute! Sonst geht die Welt unter!« Sie lächelte und das half. Wenigstens ein bisschen.

»Du kannst dein langweiliges Buch später weiterlesen.« Er stand auf und zog sie mit sich hoch.

Dann liefen sie den Bergpfad hinunter zur provisorischen Siedlung, die ihr Zuhause geworden war.

Die Gerüche waren immer das Erste, was Mark entgegenschlug, wenn er auf die Hauptbaracke, ein großes Blockhaus, zuging. Verrottendes Unterholz, kochendes Fleisch, Kiefernharz. Angereichert mit einem leichten Brandgeruch, der seit den Sonneneruptionen ständig in der Luft hing. Nicht wirklich unangenehm, eher unheimlich.

Mark und Trina bahnten sich einen Weg zwischen den windschiefen, mehr schlecht als recht zusammengestückelten Unterkünften hindurch. Die meisten Hütten auf dieser Seite des Lagers waren in den ersten Monaten gebaut worden, bevor Architekten und Bauarbeiter dazugekommen waren und das Ganze in die Hand genommen hatten. Diese ersten Hütten bestanden aus Baumstämmen, Lehm und Kiefernnadeln. Sie hatten Löcher als Fenster und merkwürdig geformte Türrahmen. Einige Behausungen waren nichts weiter als Erdlöcher, die auf dem Boden mit Plastikfolie ausgelegt und oben mit ein paar Baumstämmen abgedeckt waren, falls es regnete. Eine völlig andere Welt als die Wolkenkratzer und Betonlandschaften, zwischen denen Mark aufgewachsen war.

Alec begrüßte die beiden mit einem unwirschen Brummen, als sie durch die schiefe Tür in die Hauptbaracke traten. Noch bevor sie Hallo sagen konnten, kam Lana schon auf sie zugeeilt. Die kräftige, schwarzhaarige Frau, die immer einen strengen Dutt trug, hatte früher als Krankenschwester bei der Armee gedient. Sie war zwar jünger als Alec, aber älter als Marks Eltern. Als sie in den unterirdischen Tunneln New Yorks aufeinandergetroffen waren, war sie mit Alec unterwegs gewesen. Auch sie hatte fürs Verteidigungsministerium gearbeitet, Alec war damals ihr Chef. Sie waren an jenem Tag gerade auf dem Weg zu irgendeinem Meeting.

»Und wo kommt ihr zwei Hübschen her?«, fragte Lana. »Wir wollten heute bei Sonnenaufgang losgehen«, fuhr sie, ohne eine Antwort abzuwarten, fort, »in das südliche Tal, um uns nach einem guten Platz für eine neue Siedlung umzusehen. Wenn wir hier noch lange so dicht aufeinanderhocken, werde ich verrückt.«

»Hallo«, antwortete Mark. »Du scheinst ja heute ausgesprochen gute Laune zu haben!«

Sie lächelte. Genau wie Mark gehofft hatte. »Manchmal komm ich einfach ein bisschen zu direkt zur Sache, was? Aber so mürrisch wie Alec bin ich noch lange nicht.«

»Der Sergeant? Ja, da hast du Recht.«

Wie aufs Stichwort brummte der alte Bär.

»Entschuldigt, dass wir zu spät kommen«, sagte Trina. »Ich könnte mir ja eine tolle Ausrede einfallen lassen, aber ›ehrlich währt am längsten‹. Mark hat mich überredet, hoch zum Bach zu gehen und wir … Na, ihr wisst schon.«

Mark war nicht mehr so leicht zu überraschen und schon

gar nicht in Verlegenheit zu bringen, aber Trina schaffte beides. Er stammelte etwas und Lana verdrehte die Augen.

»Oh, verschont mich.« Sie winkte ab und sagte: »Jetzt holt euch was zu essen, falls ihr das noch nicht gemacht habt. Dann wird gepackt und los geht's. Ich will in einer Woche zurück sein.«

Eine Woche in der Wildnis. Neue Umgebung, frische Luft ... Für Mark klang das alles großartig und seine Stimmung wurde schlagartig noch besser. Er nahm sich fest vor, bei dem Marsch seine Gedanken nicht in Richtung Vergangenheit driften zu lassen und die Wanderung einfach zu genießen.

»Habt ihr Darnell und Frosch gesehen?«, fragte Trina. »Und was ist mit Misty?«

»Die drei kleinen Schweinchen?«, fragte Alec und schickte ein bellendes Lachen hinterher. Dieser Kerl fand die schrägsten Sachen komisch. »Wenigstens haben die unseren Plan nicht vergessen. Haben schon gefrühstückt und sind beim Packen. Müssten gleich wieder hier sein.«

Als Mark und Trina ihre Pancakes mit Hirschwürstchen zur Hälfte verschlungen hatten, hörten sie die vertrauten Geräusche der drei anderen, die sie ebenfalls im Tunnel unter New York aufgegabelt hatten.

»Hey, nimm das sofort von deinem Kopf runter!«, quäkte eine Stimme und schon tauchte ein junger Typ mit einer Unterhose auf dem braunen Haarschopf im Türrahmen auf. Darnell. Mark war sich sicher, dass der Junge in seinem ganzen Leben noch nie etwas ernst genommen hatte. Selbst als er ein Jahr zuvor von der Sonne beinahe bei lebendigem Leib gegrillt wurde, hatte er noch Witze gerissen.

»Mir gefällt's aber«, sagte er und trat in die Baracke. »Das Teil hält meine Haare zusammen und schützt mich vor Wind und Wetter. Zwei Fliegen mit einer Klappe!«

Hinter ihm kam ein Mädchen durch die Tür, groß und schlank, mit langen roten Haaren, ein bisschen älter als Mark. Alle nannten sie Misty, aber ob das ihr richtiger Name war, wussten sie nicht. Sie schaute Darnell mit einer Mischung aus Ekel und Belustigung an. Frosch, ein kleiner, stämmiger Kerl, kam hinterhergestürmt und schubste sie zur Seite, um an die Unterhose auf Darnells Kopf zu kommen.

»Gib her!«, rief er und sprang an Darnell hoch. Er war der kleinste Neunzehnjährige, den Mark je gesehen hatte. Aber er war unglaublich kräftig und schien nur aus Muskeln und Sehnen zu bestehen. Deshalb war es irgendwie okay, ihn zu ärgern – alle wussten, dass er sie windelweich prügeln konnte, wenn er wollte. Aber Frosch stand gern im Mittelpunkt. Und Darnell machte gern Blödsinn und nervte.

»Ich versteh nicht, wieso du das freiwillig aufsetzt«, wunderte sich Misty. »Dir ist schon klar, wo die vorher im Einsatz war? An Froschs Allerwertestem …«

»Da hast du nicht Unrecht«, erwiderte Darnell und setzte eine angeekelte Miene auf. In dem Moment schaffte es Frosch endlich, ihm die Unterhose vom Kopf zu reißen. »Das war vielleicht nicht ganz durchdacht.« Darnell zuckte mit den Schultern. »Aber in dem Moment fand ich's lustig.«

Frosch stopfte sein zurückerobertes Eigentum in den Rucksack. »›Wer zuletzt lacht, lacht am besten.‹ Das Ding hab ich seit mindestens zwei Wochen nicht gewaschen!«

Dann brach er in sein typisch japsendes Lachen aus, das für

Mark immer wie ein Hund klang, der um ein Stück Fleisch kämpft. Sobald Frosch damit anfing, musste einfach jeder im Raum mitlachen. Mark wusste nach einem Jahr immer noch nicht, ob er über etwas Komisches lachte oder einfach über die Geräusche, die Frosch von sich gab. Egal. Es war ein gutes Gefühl zu lachen. Und zu sehen, wie Trinas Miene sich aufhellte; sogar Alec und Lana lächelten.

Ihr Lachen wurde von einem merkwürdigen Geräusch erstickt. Einem Geräusch, das Mark seit über einem Jahr nicht mehr gehört hatte. Nie hätte er gedacht, dass es ihm je wieder zu Ohren kommen würde.

Dröhnende Motoren.

3

Das Dröhnen war so gewaltig, dass die Wände der Baracke vibrierten und überall Staubwolken durch die Ritzen hereindrangen. Die Motoren waren direkt über ihnen. Mark hielt sich die Ohren zu, bis sich das Donnern entfernt hatte und die Baracke nicht mehr wackelte.

Alec war schon aufgesprungen und zur Tür gerannt, bevor die anderen überhaupt begriffen hatten, was los war. Lana war ihm dicht auf den Fersen und die anderen rannten jetzt auch los.

Draußen brannte die gleißende Morgensonne auf sie herab. Mark kniff die Augen zusammen, schirmte sich mit der Hand gegen das grelle Licht ab und suchte am Himmel nach der Ursache des Lärms.

»Das ist ein Berk«, sagte Frosch überflüssigerweise. »Was kann das bloß bedeuten?«

Es war das erste Mal seit den Sonneneruptionen, dass Mark eines der riesigen Luftschiffe sah. Der Anblick erschreckte ihn. Warum sollte ein Berk, das die Katastrophe überstanden hatte, hier über dem Wald herumfliegen? Aber da schwebte es, riesig, glänzend, rund. Die blauen Flammen schossen heiß und laut aus den Düsen, als es über dem Platz in der Mitte der Siedlung langsam tiefer sank.

»Was wollen die denn hier?«, fragte Trina die anderen, während sie durch die überfüllten Gassen der Siedlung drängten. »Die Lebensmittellieferungen haben sie doch bisher immer in den größeren Siedlungen abgeladen, in Asheville zum Beispiel.«

»Vielleicht …«, setzte Misty an. »Vielleicht wollen sie uns retten? Uns irgendwo anders hinbringen?«

»Wohl kaum.« Darnell machte ihre Hoffnungen zunichte. »Damit hätten sie nicht so lange gewartet.«

Mark eilte stumm hinter ihnen her. Das urplötzliche Auftauchen des gigantischen Berks irritierte ihn. In den Gesprächen der anderen ging es immer um »sie«, aber keiner wusste, wer »sie« waren. Es gab nur vage Gerüchte, dass sich anscheinend irgendeine Form von Zentralregierung gebildet hatte. Offizielle Informationen gab es nicht. Und erst recht keinen offiziellen Kontakt.

Das Berk kam zum Stillstand. Es schwebte mit seinen blau flammenden Düsen etwa fünfzehn Meter über dem Platz, einer beinahe quadratischen Fläche, die man beim schnellen Bau der Siedlung frei gelassen hatte.

Als sie am Platz ankamen, war dort schon eine regelrechte Menschenmenge versammelt. Die Leute starrten das Flugobjekt an wie ein Fabelwesen. Fauchend und blaues Feuer speiend sah es auch fast wie eins aus. Besonders nachdem sie so lange keine fortschrittliche Technik mehr zu Gesicht bekommen hatten.

Aufgeregt und erwartungsvoll schauten alle nach oben. Sie schienen dieselbe Vorstellung zu haben wie Misty – dass das Berk hier war, um sie auf irgendeine Weise zu retten oder zumindest gute Neuigkeiten zu bringen. Mark war sich da allerdings nicht so sicher. Nach allem, was sie im vergangenen Jahr erlebt hatten, hütete er sich vor allzu großen Hoffnungen.

Trina zog ihn am Ärmel und schrie ihm ins Ohr: »Was macht das Ding da? Hier ist doch gar nicht genug Platz zum Landen.«

»Weiß nicht. Ich sehe keine Aufschrift oder sonst was, woran man erkennen könnte, wem es gehört oder wo es herkommt.«

Alec stand in ihrer Nähe und hatte trotz der tosenden Triebwerke verstanden, worüber sie redeten. »Mir hat jemand erzählt, dass auf den Berks, die in Asheville Vorräte abladen, an der Seite in großen Buchstaben *NNK* steht. *Nacheruptive Notstandskoalition.*« Er musste regelrecht brüllen. »Merkwürdig, dass auf dem hier nichts steht.«

Mark sah ihn schulterzuckend an. Er war sich nicht sicher, ob das irgendwas zu bedeuten hatte. Ihm war seltsam zu Mute. Er schaute wieder hoch und fragte sich, wer in diesem

Luftschiff sein mochte und was die Leute von ihnen wollten. Trina und er drückten sich die schweißnassen Hände.

»Vielleicht sitzt da drin ja Gott«, rief Frosch mit schriller Stimme – so klang er immer, wenn er aufgeregt war. »Um sich zu entschuldigen für den ganzen Mist mit den Sonneneruptionen.«

Aus dem Augenwinkel sah Mark, wie Darnell schon Luft holte und zu einer schlagfertigen Antwort ansetzte. Aber ihm wurde das Wort abgeschnitten, denn die Hydraulik des Berks setzte sich ächzend und quietschend in Bewegung. Mark sah gebannt zu, wie eine große, quadratische Klappe an der Unterseite des Berks aufging und eine Rampe ausgefahren wurde. Im Inneren des Berks schien es dunkel zu sein. Kleine Nebelwölkchen quollen heraus, als die Öffnung größer wurde.

Die Menge raunte, Rufe waren zu hören, viele zeigten mit den Händen nach oben. Mark riss seinen Blick für einen Moment vom Berk los und sah sich um, erstaunt über die Ehrfurcht in den Gesichtern. Die Menschen waren verzweifelt, sie lebten in dem ständigen Gefühl, dass morgen alles vorbei sein konnte. Und jetzt standen sie hier und schauten voller Hoffnung nach oben, als könnte etwas dran sein an Froschs Worten. Als käme allen Ernstes eine göttliche Macht zu ihrer Rettung. Ihm wurde übel.

Wieder ging ein Raunen durch die Menge und Mark legte den Kopf in den Nacken. Aus dem dunklen Berk waren fünf Personen auf die Rampe herausgetreten. Als Mark ihre Aufmachung sah, lief es ihm eiskalt den Rücken hinunter. Grüne, klobige, gummiartige Overalls, sonst war nichts zu erkennen.

Die Anzüge hatten Sichtfenster im Kopfteil, aber das grelle Licht und die Entfernung machten es unmöglich, die Gesichter dahinter zu erkennen. Die Gestalten bewegten sich unbeholfen in großen, schwarzen Stiefeln, die über die grünen Hosenbeine gezogen waren, und blieben in einer Reihe auf der Rampe stehen. Man konnte an ihrer angespannten Körperhaltung erkennen, wie anstrengend es war, das Gleichgewicht zu halten.

Alle hielten sie eine schwarze Röhre in der Hand, erhoben wie eine Waffe.

Allerdings hatten diese Geräte keinerlei Ähnlichkeit mit den Waffen, die Mark kannte. Am einen Ende hatten sie einen Aufsatz und sahen damit aus wie herausgerissene Teile von Industriepumpen. Und damit zielten sie direkt auf die Menschenmenge unter sich.

Alec fing aus vollem Hals an zu brüllen und machte den Leuten neben sich Beine. Panik brach aus. Nur Mark stand da wie in Trance und schaute seelenruhig zu, wie die Fremden sie mit ihren unheimlichen Anzügen und seltsamen Waffen bedrohten. Inzwischen hatten offenbar alle begriffen, dass diese Leute nicht zu ihrer Rettung gekommen waren. Was war nur mit Mark los, der sonst immer so schnell reagierte? Der das Jahr nach den verheerenden Sonneneruptionen unbeschadet überlebt hatte.

Er stand immer noch da wie angewurzelt und starrte nach oben, als der erste Schuss abgefeuert wurde. Eine verschwommene Bewegung, ein kurzes Aufblitzen – und irgendetwas Dünnes, Langes kam aus einer der Röhren geschossen. Mark verfolgte die Flugbahn, gleichzeitig war ein widerliches dumpfes Geräusch zu hören. Er riss den Kopf herum. In Darnells Schulter steckte ein gut zehn Zentimeter langer Pfeil. Die dünne Metallspitze hatte sich tief ins Fleisch gebohrt, aus der Wunde quoll sofort Blut. Darnell gab ein merkwürdiges Grunzen von sich und fiel zu Boden.

Das katapultierte Mark endlich doch aus seiner Starre.

4

Schreie hallten durch die Luft und die Menschen stoben panisch auseinander. Mark packte Darnell unter den Achseln, während die Pfeile nur so über ihn hinwegzischten.

Er schleifte seinen verletzten Freund über den Boden. Aus dem Augenwinkel hatte er gesehen, dass Trina gestürzt war, aber Lana hatte ihr aufgeholfen. Beide kamen jetzt angerannt und halfen ihm Darnell hochzuhieven und aus der Schusslinie zu bringen. Es war ein Wunder, dass es nur einen aus ihrer kleinen Truppe erwischt hatte.

Zisch, zisch, zisch. Tschak, tschak, tschak. Heranschießende Pfeile, Schreie und das Aufschlagen verwundeter Körper.

Die drei rannten, so schnell sie konnten. Mark hielt Darnell weiterhin unter den Achseln gepackt, Trina und Lana nahmen ihn an den Füßen. Er war bewusstlos und hing schlaff zwischen ihnen, so dass sein verletzter Körper über den Boden geschleift wurde. Sie liefen hinter einer Baumreihe entlang und Mark konnte hören, wie sich die Pfeile mit Wucht in Äste und Stämme bohrten – dann waren sie wieder auf offenem Gelände. Sie überquerten eine kleine Wiese und rannten in eine Gasse zwischen den windschief zusammengezimmerten Blockhütten. Überall klopften Menschen verzweifelt an Türen oder brachten sich mit einem Sprung durch offene Fenster in Sicherheit.

Dann ging das Dröhnen der Düsen wieder los und ein heißer Wind blies Mark ins Gesicht. Es wurde ohrenbetäubend laut. Mark schaute nach oben, das Berk hatte seine Position geändert und verfolgte die fliehende Meute. Unten trieben Frosch und Misty die anderen an, aber ihre Worte wurden vom Lärm des Berks verschluckt.

Mark wusste nicht, was sie tun sollten. Am besten wohl einen Unterschlupf suchen. Aber genau das versuchten zu viele andere auch. In diesem Chaos wären sie mitsamt dem bewusstlosen Darnell zertrampelt worden.

Das Berk kam wieder zum Stillstand. Erneut hoben diese Ungeheuer ihre Waffen und eröffneten das Feuer.

Zisch, zisch, zisch. Tschak, tschak, tschak.

Ein Pfeil streifte Marks T-Shirt und bohrte sich vor ihm in die Erde. Jemand zertrat ihn. Neben Mark wurde ein Mann am Hals getroffen. Er schrie auf und stürzte kopfüber nach vorne. Aus der Wunde schoss Blut. Der Mann blieb bewegungslos liegen, andere stolperten über ihn. Mark bemerkte erst, dass er vor lauter Grauen stehen geblieben war, als Lana ihn anbrüllte, er solle weiterrennen.

Die Schützen über ihnen auf der Rampe zielten jetzt offenbar genauer. Ihre Pfeile trafen immer mehr Leute aus Marks Dorf, Schmerzensschreie gellten. Mark fühlte sich dem Angriff hilflos ausgeliefert – es gab keine Möglichkeit, sich zu schützen.

Wo war Alec? Dieser harte Kerl mit den Kampfgenen? Wohin war er verschwunden?

Mark lief weiter, rückwärts, denn er schleppte immer noch Darnell unter den Achseln. Trina und Lana hatten keine Wahl, sie mussten mithalten. Frosch und Misty rannten neben ihnen her und versuchten zu helfen, ohne ihnen in die Quere zu kommen. Die Pfeile prasselten weiter vom Himmel, mehr Schreie, mehr Verletzte, mehr leblose Körper auf dem Boden. Mark bog um eine Ecke und stolperte in die nächste Gasse, die zur Hauptbaracke führte. Trina und Lana hielten weiterhin mit. Sie blieben dicht an den Barackenwänden, die ein wenig Schutz vor den Pfeilen boten. Hierher hatten sich weniger Menschen geflüchtet.

Die kleine Truppe quälte sich vorwärts, so schnell es mit ihrem bewusstlosen Freund in der Mitte ging. Die Behausungen in diesem Teil der Siedlung standen dicht an dicht und es gab keine Lücken, durch die sie in den umliegenden Wald entkommen konnten.

»Wir sind gleich da!«, rief Trina. »Schnell, bevor sie wieder über uns sind!«

Mark drehte sich um, so dass er nach vorn schaute, und

hielt Darnell am Hemd fest. Vom Rückwärtslaufen brannten seine Beine inzwischen höllisch und er war kurz davor, Krämpfe zu bekommen. Trotzdem wurde er schneller. Lana und Trina hielten Schritt. Frosch und Misty drängten sich entschlossen dazwischen, griffen jeder nach einem Arm und konnten so den anderen einen Teil von Darnells Gewicht abnehmen.

Sie schlängelten sich durch die schmalen Pfade und Gassen, über hervorstehende Wurzeln und festgetretene Erde, bogen links ab, dann rechts, dann wieder links. Das Dröhnen des Berks drang etwas gedämpft zwischen den Baracken und Baumreihen hindurch.

Endlich sah Mark ihre Baracke auf der anderen Seite einer kleinen Lichtung, die sie in den Wald geschlagen hatten. Er wollte gerade zum Endspurt ansetzen, als eine Horde Flüchtender auf die Lichtung gestürmt kam. Panisch liefen sie in alle Richtungen auseinander und stürzten auf die nächstbesten Baracken zu. Mark blieb wie angewurzelt stehen, als das Berk über ihnen vorbeidröhnte, tiefer als zuvor. Auf der Laderampe waren nur noch drei Personen zu sehen, aber als das Berk in der Luft zum Stillstand kam, eröffneten sie sofort das Feuer.

Kleine silberne Streifen pflügten durch die Luft und prasselten auf die Menschenmenge, die zur Lichtung gelaufen kam. Die Geschosse schienen alle zu treffen, sie bohrten sich in die Hälse und Arme von Männern, Frauen, Kindern. Die Getroffenen schrien auf und gingen fast im selben Moment zu Boden. Andere, die verzweifelt versuchten sich in Sicherheit zu bringen, stolperten über sie.

Mark und seine Freunde blieben an die Wand der nächsten Hütte gekauert stehen, Darnell hatten sie abgelegt. Schmerz und Erschöpfung machten sich in Mark breit. Am liebsten hätte er sich neben seinen bewusstlosen Freund gelegt.

»Wir hätten ihn dort liegen lassen sollen«, keuchte Trina. Sie hatte die Hände auf die Knie gestützt und rang nach Luft. »Das hat viel Zeit gekostet und trotzdem ist er immer noch mitten im Getümmel.«

»Vermutlich ist er eh schon tot«, krächzte Frosch.

Mark warf ihm einen vernichtenden Blick zu – aber es stimmte ja. Sie hatten sich in Lebensgefahr gebracht, um jemanden zu retten, der sowieso keine Chance hatte.

»Was ist da hinten, was ist da los?«, fragte Lana und schlich bis an die Ecke der Hütte, um einen Blick auf die Lichtung zu werfen. Über die Schulter sagte sie den anderen leise, was sie sah. »Sie schießen die Leute ab wie Kaninchen. Warum nehmen sie Pfeile statt Kugeln?«

»Ergibt alles keinen Sinn«, antwortete Mark.

»Können wir denn *gar nichts* tun?«, fragte Trina zitternd. »Warum machen diese Typen das nur?«

Mark schlich zu Lana und spähte ebenfalls um die Ecke. Die Lichtung war mit leblosen Körpern übersät, aus denen die Pfeile in die Luft ragten wie die Bäume eines winzigen Waldes. Das Berk schwebte immer noch mit blau flammenden, dröhnenden Düsen über ihnen.

»Wo sind unsere Sicherheitsleute?«, flüsterte Mark. Er redete mit sich selbst. »Verdammt!«

An der Tür ihrer Baracke regte sich etwas. Mark seufzte erleichtert. Alec! Er stand in der Tür und winkte sie aufgeregt zu sich. In den Händen hielt er zwei riesige, seltsame Gewehre mit enormen Seilrollen und Widerhaken an den Enden.

Alec hatte offensichtlich immer noch denselben Kampfgeist wie früher als Soldat, auch nach all den Jahren. Er hatte einen Plan und brauchte Hilfe dabei. Mark war bereit.

Er trat ein Stück vor, schaute sich schnell um. Auf der anderen Seite der Gasse lag eine breite Holzplanke. Ohne den anderen ein Wort zu sagen, rannte er los und schnappte sich die Planke. Er hielt sie wie ein Schutzschild über sich und sprintete über die Lichtung auf Alec zu.

Nach oben brauchte er gar nicht zu schauen – das Zischen der Pfeile, die auf ihn abgefeuert wurden, war deutlich genug. Genau wie der harte Einschlag, als einer davon das Holzstück traf. Mark rannte weiter.

5

Er rannte im Zickzack, mal schnell, mal langsam, und steuerte weiter auf Alec zu. Pfeile schlugen neben seinen Füßen ein und zum zweiten Mal bohrte sich einer in seinen provisorischen Schutzschild. Alec kam nun mitsamt den seltsamen Gewehren ebenfalls auf die Lichtung gelaufen. Unter dem Berk stießen sie fast zusammen. Mark hielt seinen Schutzschild über sie beide.

Alecs konzentrierter Blick war voller Kampfgeist. Trotz der grauen Haare sah er auf einmal zwanzig Jahre jünger aus.

»Schnell!«, brüllte er. »Sonst fliegt uns das Ding weg!«

Die Düsen dröhnten über ihnen und um sie herum wurden nach wie vor unzählige Menschen von den Pfeilen getroffen. Die Schreie waren unerträglich.

»Was soll ich machen?«, rief Mark. Die vertraute Mischung aus Adrenalin und Todesangst erfasste ihn.

»Du gibst mir damit Deckung.«

Alec schob sich die Gewehre unter einen Arm und zog eine Pistole hinten aus der Hose – Mark hatte sie noch nie gesehen. Ohne zu zögern, griff er mit seiner freien Hand danach. Die Pistole war geladen, das merkte er am Gewicht. Als er sie entsicherte, schlug wieder ein Pfeil in den Holzschild ein. Und noch einer. Die Unbekannten im Berk hatten anscheinend bemerkt, dass die beiden Männer auf dem Platz etwas ausheckten. Wie ein Schwall Hagelkörner bohrten sich um sie herum Unmengen von Pfeilen in die Erde.

»Los jetzt, Kleiner«, brüllte Alec. »Und schieß nicht daneben! Du hast nur zwölf Patronen. Schieß!«

Alec machte auf dem Absatz kehrt, rannte ein Stück, dann blieb er stehen. Mark zielte auf die Gestalten oben auf der Laderampe und feuerte schnell hintereinander zwei Schüsse ab. Die drei in den grünen Anzügen sprangen ein paar Schritte zurück und gingen in die Knie, so dass sie hinter der Metallrampe verschwanden. Einer drehte sich um und hangelte sich zurück in das Berk.

Mark warf den Holzschild weg. Er nahm die Waffe in beide Hände, stellte sich breitbeinig hin und zielte. Jemand lugte über die Kante der Rampe, Mark nahm ihn sofort ins Visier und feuerte einen Schuss ab. Der Rückstoß ließ ihn nach hinten taumeln, aber er sah das Blut des Getroffenen wie feinen roten Sprühnebel in der Luft hängen. Die Gestalt torkelte nach vorn über die Kante und stürzte herab. Von allen Seiten gellten Schreie, als die Leute sahen, was passiert war.

Eine der röhrenförmigen Waffen wurde über die Kante gestreckt und feuerte drauflos. Mark zielte und seine Kugel traf mit einem *Pling* auf das Metall der Röhre, die im nächsten Moment herunterfiel. Eine Frau hob sie neugierig auf.

Mark schaute kurz hinüber zu Alec. Der hielt eines der beiden seltsamen Gewehre mit dem Widerhaken hoch wie ein Seemann, der einen Wal harpunieren will. Plötzlich wurde der Haken aus dem Gewehr katapultiert und schoss auf das Berk zu. Das Seil wurde dabei wie ein Kondensstreifen hinterhergezogen. Der Haken knallte scheppernd gegen einen Hydraulikzylinder, der die Laderampe offen hielt, und setzte sich fest. Alec zog das Seil straff.

»Wirf mir die Pistole rüber!«, schrie er.

Mark schaute nach oben, prüfte, ob sich jemand vorgewagt hatte, um noch eine Salve Pfeile abzufeuern. Dann rannte er zu Alec. Kaum hatte der die Pistole, wurde er schon hoch zum schwebenden Berk gerissen. Mit der einen Hand hielt er sich am Seil fest, mit der anderen richtete er die Pistole nach oben. Als er die Kante der Laderampe erreichte, feuerte er direkt hintereinander drei Schüsse ab. Mark sah, wie Alec auf die Rampe kletterte und seine Füße dahinter verschwanden. Ein paar Sekunden später kam eine der grün gekleideten Gestalten über die Kante geflogen und schlug hart am Boden auf.

»Der andere Haken!«, brüllte Alec herunter zu Mark. »Mach, schnell, bevor noch mehr rauskommen oder das Ding wegfliegt!« Er wartete Marks Antwort nicht ab, sondern drehte sich sofort wieder um.

Marks Herz pochte so heftig gegen seine Rippen, dass es fast wehtat. Hektisch sah er sich um und entdeckte den zweiten Apparat auf dem Boden, wo Alec ihn hatte fallen lassen. Mit klopfendem Herzen hob er ihn auf und fragte sich voller Panik, wie er wohl zu bedienen war.

»Ziel einfach hier hoch!«, brüllte Alec von oben. »Wenn's nicht hängenbleibt, binde ich die Strippe fest. Mach schon!«

Mark hielt das Ding wie ein Gewehr und zielte direkt auf die Mitte der Laderampe. Er drückte ab. Der Rückstoß war stark, aber diesmal lehnte er sich dagegen, was einen schmerzhaften Schlag gegen die Schulter zur Folge hatte. Der Haken schoss mitsamt Seil auf das Berk zu und über die Kante der heruntergelassenen Laderampe hinweg. Scheppernd schlug er auf und wollte schon wieder abrutschen, als Alec ihn gerade noch erwischte. Mark sah, wie er das Seil schnell um einen der Hydraulikzylinder wickelte und festzog.

»Okay!«, brüllte Alec. »Drück auf den grünen Aufspulknopf …«

Seine Worte gingen unter, als das Dröhnen der Motoren lauter wurde und das Luftschiff einen Satz in die Höhe machte. Mark hielt sich am unteren Ende des Enterhakens fest und wurde in die Luft gerissen. Er hörte, wie Trina ihm von unten etwas zurief, aber er entfernte sich rasend schnell vom Boden und die Leute unter ihm wurden immer kleiner. Panisch klammerte er sich fest. Als er hinuntersah, wurde ihm schwindlig und er zwang er sich, nach oben zur Laderampe zu schauen.

Alec, der um ein Haar in den Tod gestürzt wäre, hangelte sich zurück auf die Rampe. Er schaffte es, sich an dem Seil festzuhalten, an dem auch Mark hing. Dann robbte Alec ein Stück die Rampe hoch und schaute über die Kante zu Mark herunter. Seine Augen waren weit aufgerissen.

»Auf den grünen Knopf drücken, Mark!«, brüllte er. »Mach schon!«

Mit ungeheurer Wucht peitschten Wind und Düsenstrom auf Mark ein. Das Berk stieg höher, es war schon mindestens sechzig Meter über dem Boden. Jetzt flog es auf die Bäume zu. Gleich würde Mark gegen die Äste geschleudert werden. Er hielt sich mit aller Kraft fest und suchte verzweifelt nach dem Knopf.

Da! Ein paar Zentimeter unter dem Abzug, der den Abschuss von Haken und Seil ausgelöst hatte. Mark konzentrierte sich einen Moment ganz auf seine rechte Hand – sie musste nun sein gesamtes Körpergewicht halten, damit er mit der linken auf den Knopf drücken konnte. Sein Körper pendelte hin und her, wurde vom Wind und den Manövern des Berks herumgerissen. Die Baumkronen kamen immer näher. Mark fand nicht den richtigen Halt, um fest genug auf den Knopf zu drücken.

Plötzlich war über ihm ein metallisches Scheppern und Quietschen zu hören. Die Ladeluke schloss sich.

6

»Schnell!«, brüllte Alec von oben.

Mark griff das Gewehr noch fester, als sie fast die Bäume erreichten, und klammerte sich mit aller Kraft daran fest. Dann krümmte er sich zusammen und schloss die Augen. Das Berk schleuderte ihn gegen die Krone der höchsten Kiefer. Nadeln bohrten sich in seine Haut, spitze Enden von Ästen zerrten an seinen Kleidern und schrammten über sein Gesicht. Sie fühlten sich an wie Knochenhände, die ihn festhalten und in den Abgrund ziehen wollten. Es war, als würde jeder Zentimeter seines Körpers aufgeschlitzt.

Dann wurde er weitergerissen, heraus aus den Klauen des

Baums. Mark entspannte einen Moment lang die Beine. Als das Berk einen Schlenker machte, wurde er im hohen Bogen mitgerissen und trat wie wild um sich. Die Rampe oben war schon halb geschlossen. Alec hing über der Kante und versuchte das Seil hochzuziehen. Sein Gesicht war ganz rot vom vielen Schreien, aber sein Gebrüll ging im ohrenbetäubenden Lärm unter.

Mark hätte sich vor lauter Todesangst am liebsten übergeben. Ihm war klar, dass er jetzt nur noch einen einzigen Versuch hatte. Seine Finger tasteten sich zum Abzug vor und suchten verzweifelt nach der Stelle, wo der Knopf sein musste. Aus dem Augenwinkel sah er noch mehr Bäume auf sich zurasen. Das Berk sank tiefer, er hatte keine Chance, ihnen zu entkommen.

Da war der Knopf! Mark drückte, aber sein Finger rutschte ab. Die ersten Zweige streiften ihn. Er versuchte es noch mal und presste das Gewehr dabei ganz fest an sich, um einen besseren Hebel zu haben. Wieder nichts. Dann drückte er ein drittes Mal. Letzter Versuch. Jetzt rastete der Knopf ein. Mark war schon fast im dichten Geäst der Bäume – da wurde er abrupt in die Höhe gerissen. Auf die Ladeluke zu. Zweige peitschten ihm ins Gesicht. Das Seil rollte sich surrend ein und Mark sauste auf Alec zu, der schon die Hand nach ihm ausstreckte. Die Öffnung der Luke war inzwischen keinen Meter mehr breit.

Im letzten Moment, bevor er gegen die Kante der Laderampe geknallt wäre, ließ Mark das Gewehr los. Er hechtete vorwärts, packte Alecs Hand. Gleichzeitig versuchte er mit der anderen Hand, sich an der Metallkante festzuklammern.

Doch er rutschte ab. Alec zog ihn an die Öffnung, sie war inzwischen nur noch ein Spalt, durch den sich Mark drehen und winden musste. In letzter Sekunde schaffte er es, quetschte sich hindurch. Der Hacken seines Schuhs blieb stecken und Mark strampelte wie ein Verrückter, um ihn den Fängen dieses grauenhaften Mauls zu entreißen. Mit einem gewaltigen Donnern, das von den finsteren Wänden im Inneren des Berks widerhallte, knallte die Rampe vollends zu.

Drinnen war es kühl. Das Echo des Donnerns verebbte langsam. Mark hörte nur noch seinen eigenen schweren Atem. Noch war die Dunkelheit für ihn undurchdringlich nach der gleißenden Sonne draußen. Aber er spürte Alec in seiner Nähe, hörte ihn jetzt ebenfalls nach Luft schnappen. Mark hatte Schmerzen am ganzen Körper und spürte, dass er an mehreren Stellen blutete. Das Berk war zum Stillstand gekommen und schwebte brummend auf der Stelle.

»Unglaublich. Wir haben es geschafft!«, sagte er. Seine Stimme hallte von den Wänden. »Aber wieso wartet hier keine Armee auf uns, um uns direkt wieder von Bord zu schmeißen? Oder mit den Pfeilen abzuschießen?«

Alec seufzte tief. »Ich weiß es nicht. Vielleicht haben sie nur eine Notbesatzung. Aber da ist bestimmt mindestens einer, der auf uns wartet.«

»Vielleicht zielt er gerade mit einem dieser Pfeile auf meinen Kopf.«

»Quatsch!«, blaffte Alec ihn an. »Ich glaube eher, diese Typen waren irgendwelche Loser, die komplett überfordert waren. Gut möglich, dass wir die Besatzung schon erledigt haben. Abgesehen vom Piloten.«

»Oder nebenan warten zehn Bewaffnete auf uns«, murmelte Mark.

»Eins von beiden wird's sein. Los, komm!« Alec setzte sich offenbar in Bewegung, in welche Richtung, konnte Mark nur vage schätzen. Es klang, als würde er auf allen vieren kriechen.

»Aber …« Nein, Alec hatte Recht. Was sollten sie denn sonst machen? Sitzen bleiben und Däumchen drehen? Er ging auf Hände und Knie und stöhnte vor Schmerzen. Dann folgte er seinem Freund.

Langsam nahm die Umgebung Konturen an. Etwa einen Meter entfernt brannte ein schwaches Licht. Anscheinend befanden sie sich in einer Art Frachtraum mit Regalen an den Wänden, deren Inhalt mit Gurten oder Türen aus Maschendraht an seinem Platz gehalten wurde. Aber die meisten Regale waren leer.

Jetzt erkannten sie, woher das Licht kam. Eine leuchtende Anzeige über einer breiten Metalltür. An den Seiten waren Riegel.

Alec stand auf. »Ich frag mich, ob die uns eingeschlossen haben.« Er ging zur Tür und drückte die Klinke herunter. Abgeschlossen.

Mark war froh, aufstehen zu können – der Boden war hart. Aber sein ganzer Körper tat weh, er fühlte sich windelweich geprügelt.

»Was soll das Ganze überhaupt?«, fragte er. »Warum haben die's auf uns abgesehen? Auf ein erbärmliches kleines Dorf?

Und dann schießen sie auch noch mit *Pfeilen* auf uns? Ich meine, was sollte *das* denn?«

»Das wüsste ich auch gern.« Alec zerrte an der Türklinke. Immer noch ohne Erfolg. »Auf jeden Fall sind alle, die so einen Pfeil abbekommen haben, umgekippt wie die Fliegen.« Frustriert wandte er sich von der Tür ab und stemmte die Hände in die Hüften.

»Wie die Fliegen«, wiederholte Mark leise. »Einer davon war Darnell. Meinst du, mit ihm ist alles in Ordnung?«

Der Blick, den Alec ihm zuwarf, sagte deutlich: *Von wegen!* Und Mark wusste, dass Alec Recht hatte. Schmerzhaft wurde ihm bewusst, dass Darnell wahrscheinlich tot war.

»Und jetzt?«, sagte er. »Was sollen wir hier oben?«

Alec fuhr ihn an. »Wenn jemand vor *unserer* Tür *unsere* Leute angreift, wehren wir uns. Diese Ratten kommen mir nicht davon!«

Mark sah Darnell vor sich und all die verletzten und verängstigten Menschen. »Okay, ich bin dabei. Was machen wir?«

»Zuerst müssen wir diese verfluchte Tür aufkriegen. Lass uns mal irgendwas suchen, womit wir das schaffen könnten.«

Trotz der jämmerlichen Beleuchtung versuchte Mark den Raum zu inspizieren. »Warum schweben wir jetzt eigentlich auf der Stelle?«

»Du stellst Fragen! Woher soll ich das denn wissen? Sperr einfach die Augen auf und such weiter!«

»Okay, okay.«

Zuerst sah Mark nur jede Menge unnützes Zeug. Ersatzteile, Werkzeuge, Kisten mit Vorräten – alles Mögliche von

Seife bis Toilettenpapier. Dann entdeckte er an der Wand etwas, das Alec gefallen würde: einen Vorschlaghammer.

»Hey, hier drüben!«, rief er und hob den Hammer hoch. »Der ist schön schwer, genau das Richtige, um mit deinen gigantischen Soldatenmuckis die Tür einzuschlagen.«

Der alte Bär grinste, kam herüber, packte den Hammer und fing an damit auf die Tür einzudreschen. Blieb bloß zu hoffen, dass dahinter keine Killer in grünen Anzügen auf sie warteten.

Klong, klong, klong. Unermüdlich hämmerte Alec und die Dellen wurden immer größer.

Mark durchstöberte währenddessen weiter das Lager. Er wollte unbedingt etwas auftreiben, das ihm als Waffe diente, wenn die Tür endlich aufgehen würde. Alec hatte wenigstens den riesigen Vorschlaghammer. Da entdeckte er in der dunkelsten Ecke des Raums etwas. Ein Regal voller großer Kästen, die richtig stabil aussahen, als sollten sie etwas Wichtiges schützen. Manche standen offen und waren leer, andere waren verschlossen.

Mark versuchte angestrengt etwas von der Aufschrift zu erkennen, aber es war zu dunkel. Er hob einen der versiegelten Kästen hoch – er war leichter, als er aussah – und ging damit in den helleren Teil des Raums. Als Mark ihn auf dem Boden abstellte, konnte er endlich die Aufschrift erkennen.

Auf der Oberseite klebte das bekannte Symbol, das vor einer Vergiftung durch biologische Gefahrenstoffe warnte. Darunter stand:

Virus VC321xb47
24 Pfeile
Hochansteckend!
Äußerste Vorsicht!

In diesem Moment wünschte sich Mark, er hätte den Kasten niemals angefasst.

7

Entsetzt wich er zurück. Er hatte dieses Ding berührt! Die Pfeile konnten während des Flugs beschädigt worden sein. Möglicherweise war der Virus sogar durch kleinste Risse im Kasten herausgedrungen? Und erst die offenen Kästen im Regal … Wobei die anscheinend alle leer waren.

Mark wischte sich die Hände an der Hose ab und ging noch ein paar Schritte rückwärts.

Klong, klong, klong.

Schwer atmend hielt Alec inne. »Noch ein oder zwei Schläge, dann springt das gute Stück auf. Wir müssen vorbereitet sein. Hast du irgendwelche Waffen gefunden?«

Mark fühlte sich krank. Als wären mikroskopisch kleine Tierchen aus der Kiste in seine Haut eingedrungen und würden sich in diesem Moment den Weg zu seinem Blut bahnen. »Nein, nur eine Kiste mit Pfeilen, die mit einem tödlichen Virus gespickt sind. Vielleicht können wir damit nach ihnen werfen?« Eigentlich sollte es ein Witz sein, aber jetzt fühlte er sich noch elender.

»Was? Ein Virus?«, wiederholte Alec ungläubig. Er kam herüber und sah sich den Kasten an. »Herrgott noch mal! *Damit* haben sie also auf uns geschossen. Was sind das bloß für Menschen?! Nein, keine Menschen, das müssen Ungeheuer sein.«

Mark bekam es mit der Angst zu tun. »Was, wenn sie hinter der Tür auf uns warten? Und *uns* die Pfeile in den Hals schießen? Was machen wir überhaupt hier oben?« Er konnte die wachsende Panik in seiner Stimme selbst hören und schämte sich dafür.

»Beruhig dich, Kleiner. Wir haben schon viel schwierigere Situationen gemeistert«, erwiderte Alec. »Such dir was, womit du jemandem den Schädel einschlagen kannst, falls wir angegriffen werden. Sollen die etwa so davonkommen? Jetzt sind wir hier. Umkehren ist nicht mehr.«

Der Kampfgeist in Alecs Stimme war ansteckend und gab Mark ein wenig Sicherheit zurück.

»Okay, ich such mir was.«

»Beeil dich!«

Mark sah einen Schraubenschlüssel an der Wand hängen, daneben war der Vorschlaghammer befestigt gewesen. Schnell griff er danach. Etwas Besseres war nirgends zu finden.

Alec hielt den Hammer in der Hand, bereit, der krummgeschlagenen Klinke den Rest zu geben. »Du hast Recht. Sie könnten auf uns schießen, sobald die Tür aufgeht. Deshalb stürmen wir da erst gar nicht rein wie ein paar stumpfsinnige Gorillas. Stell dich hier auf die Seite und warte auf mein Kommando.«

Mark folgte Alecs Anweisungen und stellte sich rücklings an die Wand neben der Tür. Den Schraubenschlüssel hatte er fest in der Hand. »Ich bin bereit.« Angst packte ihn.

»Los!«

Alec holte aus und ließ den Vorschlaghammer auf die Klinke herunterkrachen. Nach zwei weiteren Treffern brach sie knirschend ab. Noch ein Schlag – die Tür sprang auf und donnerte auf der anderen Seite gegen die Wand. Fast gleichzeitig kamen drei Pfeile angeschossen, *zisch, zisch, zisch*, und prallten klirrend gegen die Wand. Klappernd fiel etwas zu Boden, jemand rannte davon. Es war also nur einer.

Alec hielt eine Hand hoch, als wollte er Mark davon abhalten, dem Kerl hinterherzurennen. Er lugte zur Tür hinaus.

»Die Luft ist rein. Der Ratte sind wohl die Pfeile ausgegangen, da hat er sein Gewehr einfach weggeschmissen. Langsam glaub ich wirklich, dass wir es nur mit ein paar wenigen zu tun haben. Los, komm. Den schnappen wir uns.«

Alec schob sich ein Stück um die Ecke und checkte alles ein letztes Mal ab. Dann betrat er den schwach beleuchteten Gang hinter der Tür. Mark atmete tief durch und folgte ihm. Angewidert kickte er das Gewehr zur Seite. Er hatte Darnell vor Augen, dem der Pfeil aus der Schulter ragte. Hätte er doch mehr in der Hand als diesen Schraubenschlüssel!

Alec hielt den Vorschlaghammer mit beiden Händen und tastete sich den schmalen Korridor entlang, der einen leichten Bogen beschrieb, als würde er der runden Außenform des Berks folgen. Etwa alle drei Meter verströmte eine Notbeleuchtung dasselbe schwache Licht wie im Lagerraum. Sie kamen an mehreren verschlossenen Türen vorbei.

Mark kämpfte gegen seine Nervosität an. Er war bereit für den Angriff. Gerade wollte er Alec nach dem Grundriss eines Berks fragen – ihm war eingefallen, dass Alec auch mal Pilot gewesen war –, als weiter vorn eine Tür ins Schloss fiel und Schritte zu hören waren.

»Los!«, brüllte Alec.

Mark stockte der Atem. Er sprintete hinter Alec her durch die Windungen des Korridors. Dabei erhaschte er einen Blick auf den Schatten, der wie einer der Killer in den grünen Anzügen aussah, bloß ohne den Kopfschutz. Der Kerl rief etwas, aber die Worte hallten von den Wänden und waren nicht zu verstehen. Man erkannte nur, dass es definitiv ein Mann war. Höchstwahrscheinlich derselbe, der auf sie geschossen hatte.

Überall um sie herum heulten Motoren auf, das Berk setzte sich mit einem Ruck in Bewegung, dann flog es mit vollem Schub los. Mark verlor das Gleichgewicht und knallte gegen eine Wand. Er prallte ab und stolperte über Alec, der ebenfalls am Boden lag. Beide rappelten sich auf und griffen nach ihren Waffen.

»Das Cockpit ist gleich da vorne«, rief Alec. »Schnell!«

Er wartete nicht auf eine Antwort, sondern stürmte den Gang entlang. Mark wieder hinterher. Als sie an einer offenen Tür vorbeikamen und einen Blick in den Raum warfen, sahen sie gerade noch, wie der Kerl hinter Stühlen und einem Tisch durch eine Luke verschwand. Sie konnte nur zum Cockpit führen. Er wollte die Tür zur Luke zuziehen, doch Alec schleuderte gerade noch rechtzeitig den Vorschlaghammer. Er prallte an die Wand neben der Luke, fiel herunter und blockierte die Tür. Mark rannte an Alec vorbei und steckte, ohne einen Moment zu überlegen, den Kopf ins Cockpit.

Zwei Pilotensessel, eine Fensterfront über einem breiten Steuerpult mit Unmengen von Instrumenten, Anzeigen und blinkenden Bildschirmen. In einem der Sessel saß eine Frau. Sie drückte hektisch auf verschiedenen Schaltflächen herum. Das Berk schoss durch die Luft und die Bäume unter ihnen verschwanden mit rasender Geschwindigkeit. Bevor Mark sich richtig umsehen konnte, wurde er plötzlich von rechts zu Boden gerissen.

Einen Moment lang blieb ihm die Luft weg. Sein Angreifer wollte ihn am Boden halten, doch Alecs Vorschlaghammer traf ihn an der Schulter. Stöhnend fiel er hin. Mark rappelte sich auf und schnappte nach Luft. Alec packte den Mann an seinem grünen Oberteil und zog ihn zu sich hoch.

»Was läuft hier?«, brüllte er ihm spuckend ins Gesicht.

Die Pilotin drehte weiter an den Kontrollknöpfen, ohne auf das Chaos hinter sich zu achten. Mark trat auf sie zu, wusste aber nicht recht, was er machen sollte. Er drückte seine Füße fest in den Boden und legte so viel Autorität in seine Stimme, wie er aufbringen konnte.

»Halten Sie das Ding sofort an. Drehen Sie um und bringen Sie uns zurück.« Sie tat, als hätte sie nichts gehört.

»Reden Sie mit mir!«, brüllte Alec den Mann an.

»Wir sind unwichtig«, sagte der Kerl mit einem jämmerlichen Stöhnen. »Wir wurden bloß geschickt, um die Drecksarbeit zu erledigen.«

»Geschickt?«, wiederholte Alec. »Wer hat Sie geschickt?«

»Das kann ich nicht sagen.«

Mark bekam mit, was am anderen Ende des Raums passierte. Es machte ihn wütend, dass die Pilotin seine Anweisungen einfach ignorierte. »›ANHALTEN‹ habe ich gesagt. Sofort!« Er hielt seinen Schraubenschlüssel hoch, kam sich damit aber ziemlich lächerlich vor.

»Ich befolge nur Befehle von oben, Junge«, antwortete sie ohne die leiseste Regung in der Stimme.

Mark überlegte, was er antworten sollte. Doch dann hörte er, dass Alec den Mann schlug, und drehte sich zu ihnen um.

»Wer hat Sie geschickt?«, fragte Alec drohend. »Was war in diesen Pfeilen, die Sie auf uns abgeschossen haben? Irgendein Virus?«

»Ich weiß es nicht«, sagte der Mann und wimmerte. »Bitte, bitte lassen Sie mich.« Marks Aufmerksamkeit war ganz auf den Mann in dem grünen Anzug gerichtet. Er sah einen grauen Schleier über sein Gesicht wandern, als hätte auf einmal ein Geist von ihm Besitz ergriffen. »Tu es«, sagte er monoton, fast wie ein Roboter. »Bring es runter.«

»Was?«, fragte Alec. »Was soll das?«

Die Pilotin drehte sich zu Mark um, der perplex zurückstarrte. Ihr Blick war genauso dumpf und leblos wie der des Mannes. »Ich befolge nur Befehle.«

Mit einer kräftigen Bewegung legte sie einen Hebel bis zum Anschlag um. Ein Ruck ging durch das Berk und es stürzte auf die Erde zu. Vor dem Cockpitfenster waren nur noch Bäume zu sehen.

Mark riss es den Boden unter den Füßen weg und er krachte gegen das Steuerpult. Etwas Großes zerbrach und Motoren heulten auf. Es gab einen lauten Knall und gleich danach eine Explosion. Das Berk kam zum Stillstand, etwas Hartes flog durch den Raum und schlug Mark gegen den Kopf.

Es tat schrecklich weh. Mark kniff die Augen zusammen, um sein Blut nicht sehen zu müssen. Dann verlor er sehr langsam das Bewusstsein. Er hörte noch, dass Alec seinen Namen rief, durch einen dunklen, endlos langen Tunnel.

Ein Tunnel, wie passend, dachte er noch, bevor er weg war. In einem Tunnel hatte schließlich alles angefangen …

8

Mark lässt den Kopf gegen die Rückenlehne der fahrenden U-Trans sinken. Er macht die Augen zu, lächelt. Die Schule war heute zwar heftig, aber jetzt haben sie Ferien. Zwei Wochen lang. Chillen ist angesagt – einfach nur abhängen. Auf der Virtbox spielen und Unmengen von Essen in sich reinschaufeln. Mit Trina abhängen, mit Trina quatschen, Trina nerven. Vielleicht meldet er sich bei seinen Eltern einfach ab und fährt mit ihr weg. Warum nicht?

Er macht die Augen auf.

Trina sitzt ihm gegenüber. Sie ignoriert ihn. Ahnt nicht, dass er gerade von ihr geträumt hat, geschweige denn dass er in sie verliebt ist. Sie sind seit ewigen Zeiten befreundet, hat sich einfach so ergeben. Wenn zwei Kinder nebeneinander wohnen, werden sie halt Freunde. Das ist wie ein Naturgesetz. Junge, Mädchen, Alien – spielt alles keine Rolle. Damals konnte er noch nicht ahnen, dass sie einmal so wunderschön sein würde … mit so einem perfekten Körper und diesen strahlenden Augen. Das einzige Problem ist, dass sämtliche Typen in der Schule das offenbar genauso sehen. Und Trina gefällt das. So viel ist klar.

»Hey, du da drüben«, sagt er. Beinah lautlos schießt die U-Trans durch den Tunnel unter New York. Die Bewegung ist so beruhigend, dass ihm die Augen beinahe wieder zufallen. »An was denkst du gerade?«

Als ihre Blicke sich treffen, lächelt sie. »An gar nichts. Das werde ich jetzt zwei Wochen lang machen – an nichts denken. Und wenn ich anfange nachzudenken, werde ich ganz fest daran denken, nicht zu denken, bis ich aufhöre zu denken.«

»Wow. Das klingt schon fast anstrengend.«

»Nein. Das klingt genial. So was können nur echte Wunderkinder.«

Es ist einer der Momente, in denen Mark den unsäglichen Drang spürt, ihr seine Gefühle zu gestehen, nach ihrer Hand zu greifen, ein offizielles Date mit ihr auszumachen. Stattdessen kommt aus seinem Mund der übliche Bullshit. »O Klügste aller Klugen, eventuell könntest du mich in diese Methode des Nichtdenkens einweihen?«

Sie verzieht ein bisschen das Gesicht. »Du bist so ein Idiot!«

Ist das ein Erfolg? Er würde am liebsten laut stöhnen. Oder sich selbst eine reinhauen.

»Aber ich mag Idioten«, sagt sie versöhnlich.

Schon geht es ihm besser. »Also … was hast du vor? Fahrt ihr weg, bleibt ihr zu Hause oder was?«

»Vielleicht fahren wir ein paar Tage zu meiner Großmutter, aber sonst bin ich hier. Irgendwann wollte ich mich mit Danny treffen, ist aber noch nichts ausgemacht. Und du?«

Sofort ist seine Stimmung wieder im Keller. »Äh, ja. Ich meine, nein. Nichts, wir werden bloß … Gar nichts. Ich werde rumsitzen und Chips essen. Ständig rülpsen. Und zusehen, wie meine Schwester nach Strich und Faden verwöhnt wird.« Madison. Verwöhnt ist sie, das stimmt. Aber das ist nicht seine Schuld.

»Dann können wir uns ja vielleicht mal treffen.«

Mark strahlt. »Das wäre genial. Jeden Tag?« So weit hat er sich noch nie vorgewagt.

»Okay. Vielleicht können wir sogar …«, sie schaut sich mit übertriebener Wachsamkeit um, »… heimlich in eurem Keller knutschen.«

Eine gefühlte Ewigkeit lang denkt er, dass sie es ernst meint. Sein Herz bleibt stehen und er bekommt eine Gänsehaut.

Aber dann fängt sie an zu lachen wie eine Verrückte. Nicht wirklich gemein, vielleicht läuft das sogar unter Flirten. Trotzdem merkt er, dass sie ihn bis in alle Ewigkeit als Kumpel sieht, mehr nicht. Dass die Vorstellung, mit ihm im Keller zu knutschen, für sie total lächerlich ist.

»Sehr komisch!«, sagt er. »Ich lach mich gleich tot, heimlich.«

Sie hört auf zu lachen und fächelt sich mit der Hand Luft ins Gesicht. »Weißt du, ich würd's echt machen.«

Plötzlich geht das Licht aus.

Die U-Trans kommt abrupt zum Stehen, es gibt keinen Strom mehr. Beinahe wird Mark auf Trinas Schoß geschleudert. Normalerweise hätte ihn das gefreut, aber jetzt hat er einfach nur Angst. Er hat Geschichten gehört. Früher, in den alten Zeiten, ist so was anscheinend öfter vorgekommen. Aber er hat noch nie einen unterirdischen Stromausfall erlebt. Schwarz, alles ist schwarz wie die Nacht. Manche Fahrgäste fangen an zu schreien. Das menschliche Gehirn ist wohl nicht dazu gemacht, ohne Vorwarnung in absolute Dunkelheit gestürzt zu werden. Es ist furchteinflößend. Aber im nächsten Moment geben aufleuchtende Wrist Phones ein wenig Licht.

Trina greift nach seiner Hand, drückt sie. »Was ist hier los?«

Besonders verängstigt wirkt sie nicht, das beruhigt Mark. Sein Kopf wird klarer. Es ist zwar noch nie passiert, aber auch die U-Trans kann mal ausfallen.

»Wahrscheinlich eine Störung.« Er holt sein Palm Smartphone heraus – für eins von diesen schicken Armbanddingern reicht sein Geld nicht. Kein Netz. Er steckt es zurück in die Hosentasche.

Eine blassgelbe Notbeleuchtung schaltet sich ein, in Streifen läuft sie an der Waggondecke entlang. Sie ist zwar schwach, aber nach der völligen Dunkelheit vorhin eine große Verbesserung. Viele stehen auf, sehen sich um, manche flüstern aufgeregt miteinander. Flüstern scheint in solch einer Ausnahmesituation üblich zu sein.

»Wenigstens haben wir's nicht eilig«, sagt Trina. Und natürlich flüstert sie auch.

Marks Panik ist verflogen, ihn interessiert nur noch eins: Was sie mit »Weißt du, ich würd's echt machen« gemeint hat. Aber es ist zu spät. Verdammt mieses Timing.

Der Zug wird erschüttert. Nur ganz leicht. Es ist eher ein Zittern. Trotzdem ist es beunruhigend und wieder schreien die Leute auf und fahren von ihren Sitzen hoch. Mark und Trina wechseln erschrockene Blicke. Aber neugierig sind sie auch.

Zwei Männer machen sich an den Türen zu schaffen, versuchen sie aufzustemmen. Nach einer Weile gelingt es ihnen tatsächlich und sie springen hinaus auf den Mauerabsatz am Tunnelrand. Wie eine Horde Ratten auf der Flucht vor dem Feuer folgen ihnen die anderen Passagiere. Sie drängeln, schubsen, fluchen – dann sind endlich alle draußen. Mark und Trina sitzen allein im Waggon unter den blassgelben Notlichtern.

»Ich weiß nicht, ob das eine gute Idee ist«, sagt Trina, die aus irgendeinem Grund immer noch flüstert. »Bestimmt geht das Ding bald wieder an.«

»Kann sein«, antwortet Mark. Der Zug vibriert immer noch leicht, kein gutes Zeichen. »Ich weiß nicht. Irgendwas stimmt hier nicht.«

»Du meinst, wir sollten auch gehen?«

Er überlegt kurz. »Ja. Wenn wir hier sitzen bleiben, drehe ich noch durch.«

»Okay, vielleicht hast du Recht.«

Mark steht auf, Trina ebenfalls. Sie gehen zu den offenen Türen und klettern hinaus auf den Vorsprung am Tunnelrand. Er ist schmal und es gibt kein Geländer. Wenn der Zug jetzt anfahren würde, wären sie verloren. Auch hier draußen im

Tunnel ist die Notbeleuchtung angesprungen, aber sie richtet kaum etwas gegen die Finsternis so tief unter der Erde aus.

»Die anderen sind da langgegangen«, sagt Trina und zeigt nach links. Es klingt für Mark wie: *Lass uns lieber in die entgegensetzte Richtung gehen.* Das sieht er genauso.

»Also ... nach rechts«, sagt er mit einem Nicken.

»Ja, ich will nicht in ihrer Nähe sein. Und ich weiß nicht mal genau, warum.«

»Die hatten was von einem Mob.«

»Komm, wir gehen.«

Sie zieht ihn am Arm hinter sich auf dem schmalen Mauerabsatz entlang. Dabei tasten sie sich an der Wand entlang, lehnen sich fast dagegen, um nicht auf die Gleise hinunterzufallen. Die Wand vibriert, aber nicht so stark wie der Zug. Vielleicht ist die Ursache des Stromausfalls ja bald schon behoben. Vielleicht war es einfach nur ein leichtes Erdbeben und demnächst ist alles wieder in Ordnung.

Als sie zehn Minuten gelaufen sind, ohne ein Wort zu sagen, hören sie die Schreie. Nein. Nicht bloß Schreie. Es ist schlimmer als Schreie. Es ist das reine Grauen. Als würden Menschen geschlachtet. Trina bleibt stehen, dreht sich um, panisch.

Mark will instinktiv umkehren und wegrennen. Und er schämt sich dafür. Denn Trina hat sich bereits gefangen und zeigt, wie mutig sie ist.

»Wir müssen rausfinden, was da los ist. Vielleicht können wir helfen.«

Sie rennen, so vorsichtig und schnell sie können, bis sie zum Bahnsteig der nächsten Station kommen. Was sie erwartet, ist so grauenvoll, dass es gar nicht ganz in Marks Gehirn ankommt. Aber er weiß, dass sein Leben nie wieder so sein wird wie vorher. Niemals.

Der Boden ist übersät von Leichen. Nackten und verbrannten Leichen. Qualvolle Schreie bohren sich in seinen Kopf und hallen von den Wänden. Menschen stolpern mit ausgestreckten Armen und brennender Kleidung über den Bahnsteig. Ihre Gesichter sind halb geschmolzen, wie Wachs. Überall Blut. Und durch die Luft wälzt sich eine unglaubliche Hitze, als wären sie in einem glühenden Backofen.

Trina dreht sich um und nimmt seine Hand. Das Grauen in ihren Augen brennt sich in sein Gedächtnis. Sie zieht ihn wieder hinter sich her und rennt zurück in den Tunnel.

Die ganze Zeit über denkt Mark an seine Eltern und seine kleine Schwester. Vor seinem inneren Auge sieht er sie irgendwo verbrennen. Er sieht, wie Madison schreit. Es bricht ihm das Herz.

9

»Mark!«

Die Vision war zwar vorbei, aber die Erinnerung an den Tunnel trübte immer noch seine Gedanken wie langsam sickernder Schlamm.

»Mark! Wach auf!«

Das war Alec. Er schrie auf ihn ein. Wieso? Was war los?

»Verdammt, wach auf!«

Mark machte die Augen auf und blinzelte ins grelle Sonnenlicht, das zwischen den Ästen hoch über ihm durchblitzte. Dann schob sich Alecs Gesicht vor die Sonne und er konnte deutlicher sehen.

»Wird aber auch Zeit«, sagte der alte Bär mit einem übertriebenen Seufzer. »Hab angefangen mir Sorgen zu machen, Kleiner.«

Im selben Moment waren die fürchterlichen Schmerzen in Marks Kopf wieder da. Sein Schädel schien zu explodieren. Stöhnend fasste er sich an die Stirn und spürte Blut.

»Au«, war alles, was er sagen konnte. Er stöhnte wieder.

»Ja, bei dir hat's ganz schön gekracht, als wir abgestürzt sind. Du kannst froh sein, dass du noch lebst. Ein Glück, dass du einen Schutzengel wie mich hast.«

Mark hatte zwar das Gefühl, dass ihn die kleinste Bewegung umbringen würde, aber es musste sein. Er wappnete sich gegen den Schmerz und richtete sich auf. Er blinzelte die Flecken vor seinen Augen weg und wartete, bis die Schmerzen im Kopf und seinem Körper ein wenig nachließen. Dann sah er sich um.

Sie saßen auf einer Lichtung inmitten von Bäumen. Zwischen Kiefernnadeln und Laub ragten knorrige Wurzeln heraus. Etwa dreißig Meter entfernt lag das Wrack des Berks zwischen zwei riesigen Eichen, als wäre es dort gewachsen wie eine gigantische Blüte aus Metall. Zusammengebeult schmorte und qualmte es vor sich hin, ohne dass irgendwo Flammen zu sehen gewesen wären.

»Was ist passiert?«

»Du weißt es nicht mehr?«

»Nein, zumindest nicht, seit mir irgendwas gegen den Schädel geknallt ist.«

Alec zuckte mit den Schultern. »Da gibt's nicht viel zu erzählen. Wir sind abgestürzt und ich hab dich hier rausgeschleift. Dann hab ich dagesessen und zugesehen, wie du dich hin und her gewälzt hast, als hättest du einen Albtraum. Wieder die Erinnerungen?«

Mark konnte bloß nicken. Er wollte nicht daran denken und war erleichtert, als Alec das Thema wechselte.

»Ich hab versucht mir im Berk einen Überblick zu verschaffen. Aber es ist restlos verqualmt da drin. Sobald man wieder reinkann, ohne umzukippen, will ich mir alles noch mal genauer anschauen. Ich muss rausbekommen, wer diese Typen waren und warum sie das gemacht haben … Und wenn es meine letzte Tat auf dieser Welt ist.«

»Gut«, sagte Mark. Plötzlich ließ ihn ein Gedanke aufschrecken. »Was ist mit diesem Virus, mit den Behältern, die wir gesehen haben? Vielleicht sind die kaputtgegangen und das Zeug ist jetzt überall in der Luft.«

Alec streckte die Hand aus und klopfte Mark auf die Schulter. »Ich weiß, ich weiß. Keine Sorge. Auf dem Weg nach draußen musste ich durch den Raum. Ich hab die Kästen gesehen: Alle noch sicher versiegelt.«

»Wie funktionieren solche Viren überhaupt? Ich meine … könnten wir uns angesteckt haben? Würden wir das merken?« Diese Ungewissheit gefiel ihm gar nicht. »Was ist das wohl für ein Virus, was meinst du?«

Alec lachte leise. »Kleiner, das sind wirklich gute Fragen. Ich weiß aber auch keine Antwort. Wenn wir zurückkommen, müssen wir unsere Expertin fragen. Vielleicht hat Lana schon von diesem Virenstamm gehört. Mach dir erst mal keine Sorgen. Wie du dich vielleicht erinnerst, sind die anderen sofort umgefallen – du nicht.«

Doch Mark hatte immer noch die Aufschrift auf dem Kasten vor Augen: *Hochansteckend.* »Hast bestimmt Recht«, erwiderte er zögernd. »Was meinst du, wie weit sind wir weg von den anderen?«

»Keine Ahnung. Könnte ein ganz schön langer Marsch werden, aber wir schaffen das.«

Mark legte sich auf den Rücken und hielt sich die Augen mit dem Arm zu. »Gib mir ein paar Minuten. Dann nehmen wir das Berk auseinander. Wer weiß, was wir da finden.«

»Alles klar.«

Eine halbe Stunde später waren sie im Berk. Mark kickte die rauchenden Trümmer weg. Das Ding lag auf der Seite und man ging auf der Wand, nicht auf dem Gitterboden.

Die gekippte Lage des Berks machte sich in seinem ohnehin flauen Magen und schmerzenden Kopf bemerkbar. Aber genau wie Alec wollte er unbedingt Hinweise darauf finden, wem das Berk gehörte. Offensichtlich waren sie in ihrem kleinen Bergdorf nicht mehr sicher.

Die Computersysteme waren natürlich am vielversprechendsten, aber hier hatte Alec schon alles versucht. Ohne Erfolg. Alle Computer waren beim Absturz zu Bruch gegangen. Immerhin bestand die Chance, dass Alec und er irgendwo im Wrack ein intaktes Handy oder Workpad finden würden. Es war ewig her, dass Mark solche technischen Geräte gesehen hatte. Nach den Sonneneruptionen war ihnen nur das geblieben, was sie dabeigehabt hatten und was zufällig ganz geblieben war. Und irgendwann gab jeder Akku den Geist auf. Aber in einem Berk musste es doch Lademöglichkeiten geben.

Ein Berk. Er war in einem Berk. Langsam begriff Mark, wie grundlegend sich seine Welt in einem einzigen Jahr verändert hatte. Früher war ein Berk ungefähr so normal wie ein Baum gewesen. Gestern hätte er noch gewettet, dass er nie wieder eins zu sehen bekommen würde. Und jetzt war er hier, in einem Berk, das er mit Alec zum Absturz gebracht hatte! Es war spannend, auch wenn er bisher nichts gesehen hatte als Schrott, Klamotten, kaputte Luftschiffteile und noch mehr Müll.

Doch dann stieß er auf einen Schatz. Ein voll funktionsfähiges Workpad. Es war eingeschaltet – der leuchtende Bildschirm war Mark aufgefallen. Es steckte in einer der Schlafkojen zwischen Matratze und Bettgestell. Mark schaltete es sofort aus. Wenn der Akku erst mal leer war, konnten sie mit dem Ding nichts mehr anfangen.

Alec stand in einer anderen Koje über eine Truhe gebeugt und versuchte fluchend sie aufzubrechen.

»Hey, guck mal, was ich hab«, rief Mark triumphierend und hielt Alec das Workpad hin. »Und? Wie läuft's bei dir?«

Alec richtete sich auf. Als er das Workpad sah, strahlte er.

»Nichts. Gar nichts hab ich gefunden und langsam reicht's mir. Komm, wir schauen uns das Teil mal an.«

»Ich hab Angst, dass ihm der Saft ausgeht«, erwiderte Mark.

»Ein Grund mehr, es jetzt sofort zu untersuchen, findest du nicht?«

»Dann lass uns rausgehen. Weg von diesem stinkenden Schrotthaufen.«

Draußen brannte die Sonne weiterhin unbarmherzig. Sie setzten sich in den Schatten eines Baums und nahmen sich das Workpad vor. Mark hätte schwören können, dass die Zeit langsamer verging, wenn der Feuerball oben am Himmel stand und seine abnormalen Strahlen auf die Erde knallten. Mehrmals musste er sich beim Tippen auf dem Workpad den Schweiß von den Händen wischen.

Von wegen Workpad. Auf dem Ding waren Spiele, Bücher und Nachrichtensendungen aus der alten Zeit vor den Sonneneruptionen. Dann gab es noch ein Tagebuch, das sicher einiges hergegeben hätte, wenn es in letzter Zeit aktualisiert worden wäre. Jedenfalls war da nichts, was mit Arbeit zu tun hatte.

Bis sie auf das Landkartenprogramm stießen. Es konnte nichts mit den Daten der alten GPS-Satelliten zu tun haben, denn die waren bei den Sonneneruptionen allesamt durch die freigesetzte Strahlung zerstört worden. Anscheinend war das Programm mit einem Sender im Berk verbunden. Vielleicht wurde es von einem altmodischen Radar oder irgendeiner anderen Kurzwellentechnologie gesteuert. Und es gab eine Liste aller Flüge des Berks.

»Schau mal, da«, sagte Alec und zeigte auf einen Punkt. An diese Stelle führten alle Linien zurück, die die Flüge des Berks darstellten. »Das muss ihr Hauptquartier sein oder wie man das nennen will. Und anhand der Koordinaten und allem, was ich über diese Bergkette hier weiß, kann das nicht weiter als hundert Kilometer entfernt sein.«

»Vielleicht ist es ein ehemaliger Militärstützpunkt«, meinte Mark.

Alec überlegte. »Könnte ein Bunker sein. Wäre logisch, so was oben in den Bergen zu bauen. Da müssen wir hin. So schnell wie möglich.«

»Jetzt?« Mark fühlte sich noch ziemlich mitgenommen. Der Schlag auf seinen Kopf war nicht ohne gewesen. Und der alte Mann konnte doch unmöglich vorhaben, die ganze Strecke zu laufen, ohne vorher ins Dorf zurückzukehren?

»Nein, nicht gleich. Wir müssen zuerst nach Hause und herausfinden, was dort passiert ist. Nachschauen, wie's Darnell geht. Und den anderen.«

Mark fühlte sich gleich noch elender, als er Darnells Namen hörte. »Weißt du noch, was wir im Berk gesehen haben? Die Kiste mit den Pfeilen? Diese Typen haben doch keinen solchen Aufwand betrieben für einen Grippe-Angriff.«

»Du hast Recht, Kleiner. Leider. Wahrscheinlich erwarten uns bei unserer glorreichen Rückkehr keine besonders guten Neuigkeiten. Trotzdem müssen wir unseren Hintern da hinbewegen. Also komm schon.«

Sie standen auf. Mark schob das Workpad in seine Gesäßtasche. Wenn es nach ihm gegangen wäre, hätten sie bestimmt nicht nach irgendwelchen Bunkern gesucht, sondern wären einfach zurück ins Dorf gegangen.

Sie machten sich auf den Weg. Mark fühlte sich immer noch ziemlich benebelt und hatte irre Kopfschmerzen. Aber je weiter sie liefen, desto schneller wurde sein Puls und desto besser fühlte er sich. Bäume, Sonne, Büsche, Wurzeln und Eichhörnchen, Käfer, Schlangen. Er sog die warme, aber frische Luft mit ihrem Geruch nach Harz und verbranntem Toast ein.

Das Berk hatte sie weiter weggebracht, als sie vermutet hatten. Zwei Nächte mussten sie im Wald verbringen und schliefen jedes Mal nur so lange, bis sie genug Kraft für den nächsten Tagesmarsch getankt hatten. Ihre Mahlzeiten bestanden aus kleinen Wildtieren, die Alec mit seinem Messer erlegte. Am Nachmittag des dritten Tages nach dem Berk-Angriff kamen sie endlich in die Nähe ihrer Siedlung.

Doch bereits aus einer beträchtlichen Entfernung schlug den beiden ein grauenhafter Gestank nach Verwesung entgegen. Es war unerträglich.

10

Wenige Stunden vor Sonnenuntergang kamen sie am Fuß des Hügels an. Dahinter lagen ihre Hütten und Baracken.

Mark hatte einen breiten Streifen von seinem Hemd abgerissen und sich vor Nase und Mund gebunden. Als sie die letzte Anhöhe vor dem Dorf erklommen, drückte er auch noch die Hand auf den Stoff. Der Gestank war fürchterlich – eklig, verfault, schimmlig. Er konnte ihn auf seiner Zunge schmecken, in Mund und Rachen, sogar im Magen spüren. Als hätte er etwas verschluckt, das am Verrotten war. Mechanisch setzte er einen Fuß vor den anderen. Gleich würde er die schrecklichen Folgen des Angriffs mit eigenen Augen sehen.

Darnell.

Mark machte sich keine Illusionen. Schweren Herzens hatte er versucht sich damit abzufinden, dass sein Freund tot war. Aber Trina? Und Lana? Misty und Frosch? Lebten sie noch? Oder waren sie an dem mysteriösen Virus erkrankt? Er blieb stehen, als Alec seine Hand ausstreckte und Mark zurückhielt.

»Okay, hör mir zu«, sagte er und seine Stimme war gedämpft, denn er trug ebenfalls einen Mundschutz. »Wir müssen ein paar Sachen klären, bevor wir da reingehen. Wir dürfen uns nicht von unseren Gefühlen leiten lassen. Egal was uns dort erwartet, wir müssen uns darauf konzentrieren, so viele Menschen wie möglich zu retten.«

Mark nickte und wollte weiter, aber Alec hielt ihn immer noch zurück.

»Mark, ich muss mich darauf verlassen können, dass wir uns einig sind.« Mit seinem ernsten, eindringlichen Blick erinnerte er Mark an einen Lehrer. »Wenn wir da reingehen und Leute umarmen und weinen und vor lauter Verzweiflung jemandem helfen wollen, der sowieso keine Chance hat … werden am Ende nur noch mehr Menschen leiden. Verstehst du mich? Wir müssen langfristig denken. Und auch wenn es egoistisch klingt, müssen wir zuallererst uns selbst schützen. Hast du gehört? *Uns selbst*. So viele Menschen wie möglich zu retten bedeutet: Wir helfen keinem einzigen, wenn wir auch noch draufgehen.«

Mark sah Alec in die Augen. Sie ließen keinen Zweifel zu. Und er wusste, dass Alec Recht hatte. Das Workpad, die Karte und alles, was sie über die Leute im Berk wussten … Ihr Gegner verfolgte einen größeren Plan, so viel war klar.

»Mark?«, sagte Alec und schnippte mit den Fingern, um ihn aus seinen Gedanken zu reißen. »Red mit mir, Kumpel.«

»Was willst du damit sagen?«, fragte Mark. »Wenn jemand krank aussieht – falls diese Pfeile die Leute wirklich krank machen –, sollen wir uns dann von ihm fernhalten?«

Alec trat einen Schritt zurück und sah ihn mit einem Gesichtsausdruck an, den er nicht ganz einordnen konnte. »Wenn du das so formulierst, klingt es zwar nicht wirklich nach brüderlichem Zusammenhalt, aber du hast den Nagel auf den Kopf getroffen. Wir dürfen nicht riskieren krank zu werden, Mark. Wir haben keine Ahnung, was uns dort erwartet, wissen nicht, womit wir es zu tun haben. Ich sage bloß, dass wir vorbereitet sein sollten … und im Zweifelsfall …«

»Lassen wir jemanden zurück, damit ihn die Tiere fressen«, sagte Mark betont hart. Er wollte Alec treffen.

Doch der Ex-Soldat schüttelte nur den Kopf. »Wir wissen ja gar nicht, was uns erwartet, Junge. Lass uns einfach hochgehen und unsere Freunde suchen. Mir geht's doch bloß darum, dass du keine Dummheiten machst. Komm niemandem zu nahe, fass auf keinen Fall jemanden an. Halt dir schön den Lappen da vor dein hübsches Gesicht. Hast du verstanden?«

Mark hatte verstanden. Auf jeden Fall war es vernünftig, Abstand von allen zu halten, die einen Pfeil abbekommen hatten. *Hochansteckend.* Das Wort stand ihm immer wieder vor Augen. »Hast ja Recht. Ich mache keinen Blödsinn. Versprochen. Ich mache, was du sagst.«

Mitgefühl flackerte in Alecs Blick auf, das hatte Mark bisher nur selten erlebt. Seine Augen strahlten echte Wärme aus.

»Wir sind durch die Hölle gegangen, Kleiner. Das weiß ich. Aber das hat uns nur härter gemacht oder etwa nicht? Wir packen auch die nächste Hürde.« Er ließ den Blick über den Pfad schweifen, der zur Siedlung hinaufführte.

»Hoffen wir bloß, dass es unseren Freunden gut geht.«

»Ja, hoffen wir«, wiederholte Mark und knotete seinen Mundschutz enger.

Alec nickte ihm kurz zu – wieder ganz der Profi – und stieg den Hang hinauf. Mark riss sich zusammen, schwor sich seine Gefühle für den Moment außen vor zu lassen und folgte ihm.

Kaum hatten sie den Gipfel erreicht, sahen sie, woher dieser scheußliche Gestank kam.

Leichen. Überall Leichen.

Ganz am Rand des Dorfs stand eine große, einfache Holzkonstruktion, die ursprünglich Schutz vor Regen bieten sollte und später, als die Baracken solider gebaut wurden, als Lagerraum diente. Sie hatte drei Wände und war vorne offen. Das Strohdach war mit Lehm abgedichtet, damit es drinnen einigermaßen trocken blieb. Alle nannten das Gebäude nur »Hänger«, weil es vorne überhing und aussah, als würde es jeden Moment den Hang hinunterrutschen.

Offensichtlich hatte jemand beschlossen, die Toten in den Hänger zu schaffen.

Mark war entsetzt. Eigentlich erstaunlich, nachdem er im letzten Jahr mehr Tote gesehen hatte als hundert Bestatter zusammengenommen. Im früheren Leben. Aber das hier war ein unglaublicher Schock.

Mindestens zwanzig Tote lagen nebeneinander auf dem Boden. Die meisten Gesichter waren voller Blut, an Nase, Mund, Augen und Ohren. Nach der Hautfarbe und dem Geruch zu urteilen waren sie schon seit ein oder zwei Tagen tot. Ein kurzer Blick genügte, um festzustellen, dass Darnell nicht darunter war. Doch Mark wagte nicht sich Hoffnungen zu machen. Er drückte sich das Tuch noch fester gegen Nase und Mund und zwang sich den Blick von den Leichen abzuwenden.

Alec war anscheinend nicht so mitgenommen von diesem Anblick. Er starrte die Toten immer noch an – eher frustriert als angewidert. Vielleicht würde er in den Hänger gehen und sie untersuchen.

»Komm, wir gehen ins Dorf«, riss Mark ihn aus seinen Gedanken. »Und suchen unsere Freunde.«

»Okay«, erwiderte Alec.

Es wirkte wie eine Geisterstadt: alles voller Staub, trockenem Holz und heißer Luft.

Auf den Wegen und in den Gassen war kein Mensch, aber hin und wieder waren Augenpaare zu sehen, die durch Fenster oder Ritzen zwischen den Latten der zusammengezimmerten Hütten herauslugten. Mark kannte bei weitem nicht jeden hier im Dorf, aber irgendjemand musste ihn doch inzwischen erkannt haben.

»Hey!«, rief Alec so laut, dass Mark zusammenzuckte. »Ich bin's, Alec. Kommt mal raus und sagt uns, was passiert ist, solange wir weg waren!«

Ein Stück weiter oben antwortete jemand mit gedämpfter Stimme: »Seit dem Morgen, als das Berk wieder verschwunden war, ist niemand mehr rausgegangen. Alle, die den Verletzten geholfen haben, sind krank geworden. Es hat nur ein bisschen länger gedauert.«

»Das lag an den Pfeilen«, erwiderte Alec so laut, dass jeder in Hörweite es mitbekam. »Es könnte ein Virus sein. Wir haben das Berk geentert und etwa zwei Tagesmärsche von hier zum Absturz gebracht. Da drin haben wir einen Kasten mit den Pfeilen gefunden, die sie auf uns abgeschossen haben. Gut möglich, dass unsere Leute von den Dingern … mit irgendwas … infiziert worden sind.«

Sie hatten ihn gehört, fingen in ihren Behausungen an zu murmeln und zu flüstern, aber niemand gab Alec eine Antwort.

Er drehte sich zu Mark um. »Freuen wir uns, dass sie so schlau waren, sich in ihren Hütten einzuigeln. Wenn es tatsächlich einen Virus gibt, dann haben sie so vielleicht verhindert, dass er sich wie ein Lauffeuer verbreitet. Wer weiß? Wenn alle drin waren und sonst keiner mehr krank geworden ist, sind die Viren vielleicht mit den armen Schweinen im Hänger ausgestorben.«

Mark sah ihn skeptisch an. »Ich hoffe, du hast Recht.«

Schritte waren zu hören. Alec und Mark drehten sich zum Dorfplatz um. Es war Trina, sie kam um die Ecke und lief auf sie zu. Sie sah verschwitzt und erschöpft aus und war völlig verdreckt. Als sie Mark erkannte, strahlte sie übers ganze Gesicht. Mark spürte, wie auch sein Gesicht sich aufhellte. Trina wirkte nicht krank, das erleichterte ihn ungeheuer. Mit vollem Tempo kam sie auf ihn zugerannt, wurde aber in letzter Sekunde von Alec gestoppt.

Er trat mit ausgebreiteten Armen zwischen sie und Mark. Trina geriet beinahe ins Stolpern.

»Schön, dich zu sehen«, sagte Alec. »Aber wir können uns nicht einfach umarmen. Wir müssen sehr vorsichtig sein.«

Mark hatte mit einem Einwand von Trina gerechnet, aber sie nickte nur keuchend. »Ist gut. Ich war bloß … Ich bin einfach so froh, dass ihr wieder da seid! Kommt mit, ich muss euch was zeigen. Kommt schon!« Sie schwenkte die Arme, drehte sich um und rannte denselben Weg zurück, den sie gekommen war.

Mark und Alec rannten, ohne zu zögern, hinter ihr den Hauptweg durchs Dorf entlang. Im Vorbeikommen hörte Mark erstaunte Rufe und Geflüster aus den verbarrikadierten Hütten. Hier und da zeigte jemand in der Tür mit dem Finger auf sie. Nach ein paar Minuten blieb Trina vor einer kleinen Holzhütte stehen. Die Tür war vernagelt.

Von außen.

Jemand war darin eingesperrt.

Und er schrie.

11

Die Schreie klangen nicht mehr menschlich.

Trina wich ein paar Schritte zurück, als sie die zugenagelte Hütte erreichte. Dann drehte sie sich zu Mark und Alec um. Tränen liefen über ihre Wangen. Als sie so schwer atmend vor ihm stand, dachte Mark, dass er niemals in seinem Leben einen so traurigen Menschen gesehen hatte. Nicht mal nach der ganzen Ende-der-Welt-Scheiße, die sie durchgemacht hatten.

»Ich weiß, es ist schrecklich«, sagte Trina, während der Gefangene auf der anderen Seite weiterschrie. Mark konnte heraushören, dass es ein Mann oder ein Junge war, aber er erkannte die Stimme nicht. Es hörte sich entsetzlich an. »Er hat uns dazu gezwungen. Hat gesagt, er schneidet sich die Pulsadern auf, wenn wir es nicht tun. Und seitdem ist es immer schlimmer geworden. Wir wissen nicht, warum er nicht wie die anderen gleich gestorben ist. Aber Lana hat von Anfang an gesagt, dass wir vorsichtig sein müssen. Sie hat befürchtet, dass es vielleicht etwas Ansteckendes ist. Als dann immer mehr Leute krank geworden sind, hat sie ihn unter Quarantäne gestellt. Alles ging ganz schnell.«

Mark stand wie angewurzelt da. Er öffnete den Mund, wollte etwas fragen, machte ihn aber gleich wieder zu. Er kannte die Antwort.

Alec sprach es aus: »Da drin ist Darnell, oder?«

Trina nickte nur, weil sie so heftig weinte. Mark wollte sie einfach nur umarmen und sie den ganzen Tag und die ganze Nacht festhalten. Doch jetzt blieben ihm nur Worte.

»Es ist okay so, Trina. Es ist gut. Ihr beide habt das Richtige getan. Wie Lana schon gesagt hat: Darnell wusste, dass er vielleicht mit irgendwas infiziert worden ist. Wir müssen vorsichtig sein, bis wir sicher sind, dass es sich nicht mehr ausbreitet.«

Durch die Ritzen der Hütte drangen wieder Schreie. Es klang, als würde sich Darnell die Kehle zerfetzen. Am liebsten hätte Mark sich die Ohren zugehalten.

»Mein Kopf!«

Mark drehte sich mit einem Ruck um und betrachtete die Hütte. Zum ersten Mal hatte Darnell etwas Verständliches gebrüllt. Mark konnte nicht anders. Er lief zu einem der vernagelten Fenster. In der Mitte war zwischen den Brettern ein fünf Zentimeter breiter Spalt.

»Mark!«, brüllte Alec. »Komm zurück!«

»Alles gut«, erwiderte Mark. »Ich fasse nichts an.« Er bemühte sich Alec einen beruhigenden Blick zuzuwerfen. »Ich will nur meinen Freund sehen.« Er drückte den Stoff fest gegen Mund und Nase und sah Alec mit bedeutungsvoll hochgezogenen Augenbrauen an.

Der Alte brummte und schaute weg. Aber Trina starrte ihn herausfordernd an, hin- und hergerissen, ob sie Mark aufhalten oder ihm folgen sollte.

»Bleib bloß, wo du bist«, rief er ihr zu, bevor sie sich in Bewegung setzen konnte. Seine Stimme war durch den Stoff gedämpft, aber sie hatte ihn trotzdem verstanden. Sie nickte und starrte zu Boden.

Mark stand vor dem Spalt zwischen den beiden Brettern, mit denen das Fenster zugenagelt war. Die Schreie hatten aufgehört, aber er konnte hören, wie Darnell drinnen leise wimmerte. Alle paar Sekunden stieß er klagend dieselben zwei Wörter aus.

»Mein Kopf, mein Kopf, mein Kopf.«

Mark trat einen Schritt näher, dann noch einen. Der Schlitz war nur noch ein paar Zentimeter von seinem Gesicht entfernt. Er knotete seinen Mundschutz fester, dann lehnte er sich vor und lugte hinein.

Ein paar Strahlen des nachlassenden Sonnenlichts fielen schräg in den dunklen Raum. Mark sah Darnells Füße und Beine in einem Lichtstreifen. Er hatte sie im Liegen fest an sich gezogen. Sein Gesicht blieb in der Dunkelheit verborgen. Es sah so aus, als hätte er den Kopf zwischen den Armen versteckt.

Das Wimmern und Murmeln ging weiter. Außerdem zitterte er am ganzen Körper.

»Darnell?«, sagte Mark. »Hey … ich bin's, Mark. Ich weiß, dass du ganz schön durch die Mangel gedreht worden bist, Mann. Es … es tut mir echt leid. Hey, wir haben die Scheißkerle erwischt. Haben ihr Berk geschrottet und sie gleich mit.«

Sein Freund reagierte nicht, lag einfach nur im Halbschatten da. Zitterte und stöhnte und murmelte die beiden Wörter vor sich hin.

»Mein Kopf, mein Kopf, mein Kopf.«

Mark spürte, wie sich eine schreckliche Leere in ihm auftat. Sie drohte ihn zu verschlingen. Er hatte unendlich viel Schrecken und Tod erlebt, aber seinen Freund so leiden zu sehen … das gab ihm den Rest. Weil es sinnlos war. Unnötig. Warum nur tat jemand seinen Mitmenschen so etwas an? Nach all den furchtbaren Dingen, die auf der Erde passiert waren. War nicht alles schon schlimm genug?

Plötzlich überkam ihn eine fürchterliche Wut. Er schlug mit der Faust gegen das spröde Holz, dass seine Knöchel bluteten.

»Darnell?«, rief er gleich wieder. Er musste etwas sagen, was seinem Freund Kraft gab. »Vielleicht … vielleicht bist du stärker als die anderen und bist deshalb nicht gestorben. Halte durch, Mann. Warte ab. Du wirst …« Leere Worte. Als würde er seinen Freund anlügen.

»Also, der Sergeant und ich, Trina, Lana … Wir bringen das irgendwie in Ordnung. Du musst einfach …«

Darnells Körper wurde plötzlich stocksteif, seine Beine streckten sich ruckartig und die Arme wurden lang. Ein neuer

Schrei, schlimmer als alle davor, drang aus seiner geschundenen Kehle. Er klang wie das Brüllen eines wütenden Tieres. Mark wich entsetzt zurück, trat aber gleich wieder an die Ritze und lehnte sich so weit vor, wie es ging, ohne das Holz zu berühren. Darnell war in die Mitte des Raums gerollt und lag jetzt zuckend auf dem Boden, das Gesicht von einem einfallenden Lichtstrahl erhellt.

Seine Stirn, die Wangen, Kinn und Hals waren mit Blut bedeckt. Die Haare ebenfalls. Das Blut quoll ihm aus Augen und Ohren, tropfte von seinen Lippen. Er schien wieder die Kontrolle über seine Arme zu haben, drückte damit gegen seinen Kopf und drehte ihn nach links und rechts, als wollte er ihn von seinem Hals abschrauben. Wieder und wieder stieß er die einzigen beiden Worte aus, die es für ihn zu geben schien.

»Mein Kopf! Mein Kopf! Mein Kopf!«

»Darnell«, flüsterte Mark. Ihm war klar, dass sein Freund ihn in diesem Zustand nicht verstehen konnte. Und obwohl er sich schuldig und gemein fühlte, wusste er auch, dass er auf keinen Fall hineingehen und ihm helfen durfte.

»Mein Koooooooopf!« Darnell stieß einen lang gezogenen Schrei aus, dessen Todesqual Mark erneut zurückweichen ließ.

Drinnen bewegte sich etwas, Schritte waren zu hören. Dann ein dumpfer Knall gegen die Tür. Und noch einer. Und ein dritter.

Bumm. Bumm. Bumm.

Mark schloss die Augen. Er wusste, was dieses entsetzliche Geräusch bedeutete. Plötzlich war Trina da und schlang die Arme um ihn. Sie drückte ihn fest an sich, während sie von

Schluchzern geschüttelt wurde. Alec protestierte, allerdings nur halbherzig. Jetzt war es sowieso zu spät.

Noch mehrere Schläge waren aus dem Schuppen zu hören. Dann ertönte ein letzter, lang gezogener, durchdringender Schrei, der mit einem dumpfen Schlag endete. Danach hörte Mark, wie Darnell erschöpft ausatmend zu Boden sackte.

Mark schämte sich, aber alles, was er in diesem Moment spürte, war Erleichterung, dass die Qualen endlich ein Ende hatten. Und dass es nicht Trina gewesen war.

12

Mark hatte den alten Bären bisher nie besonders gefühlvoll erlebt. Nicht im Entferntesten. Aber als er jetzt herüberkam und ihn von Trina trennte, lag echte Wärme in seinem Blick.

»Wir haben schon viel zusammen durchgemacht.« Alec nickte kurz hinüber zur Hütte, in der Darnell lag. »Aber das, was wir da gerade gehört haben, war wohl das Schlimmste.« Er machte eine kurze Pause. »Trotzdem dürfen wir jetzt nicht aufgeben. Es ging von Anfang an ums Überleben.«

»Stimmt«, sagte Mark und sah Trina an.

Sie wischte sich eine Träne weg und sah Alec kühl in die

Augen. »Ich hab das Überleben langsam satt. Wenigstens hat Darnell den ganzen Mist hinter sich.«

Mark kannte Trina nun schon seit vielen Jahren, aber noch nie hatte sie so desillusioniert geklungen.

»Sag so was nicht«, erwiderte er. »Ich weiß ganz genau, dass du das nicht ernst meinst.«

Als sie ihn ansah, wurde ihr Blick sanfter. »Wann hat das ein Ende? Wir überleben, als die Erde von der Sonne fast zu Staub verbrannt wird; suchen uns einen Ort, an dem wir uns einen Unterschlupf bauen können; finden was zu essen. Vor ein paar Tagen haben wir noch gelacht! Und dann kommen ein paar Typen in einem Berk, schießen mit Pfeilen auf uns und lassen uns krepieren? Soll das irgendein kranker Witz sein? Sitzt da oben einer, der sich über uns kaputtlacht und irgendein Virtgame mit uns spielt oder was?«

Dann brach sie wieder in Tränen aus und hockte sich, das Gesicht in den Handflächen vergraben, im Schneidersitz auf die festgetretene Erde. Ihre Schultern bebten mit jedem lautlosen Schluchzer.

Mark schaute zu Alec hinüber, der ihn mit zusammengezogenen Augenbrauen ansah, als wollte er sagen: *Sie ist deine Freundin: Mach doch was.*

»Trina?« Mark kniete sich hinter sie und massierte ihr die Schultern. »Ich weiß – und wir haben noch gedacht, es könnte nicht mehr schlimmer kommen.« Er wusste, dass es keinen Sinn hatte, ihre Situation schönzureden.

»Aber wir halten zusammen«, fuhr er fort. »Und wir tun alles, was wir können, um uns nicht mit diesem Zeug anzustecken, an dem Darnell und die anderen gestorben sind. Nur müssen wir dazu …« Er streichelte ihr den Rücken und schaute Alec Hilfe suchend an.

»Dazu müssen wir wachsam sein«, ergänzte der. »Wir müssen vorsichtig und schlau sein und skrupellos, wenn es nötig ist.«

Mark wusste, dass es ein Fehler sein konnte, Trina zu berühren. Aber es war ihm egal. Er wusste ohnehin nicht, ob er weitermachen konnte, wenn Trina starb.

Sie ließ die Hände sinken und sah Alec an. »Mark, steh auf und geh weg von mir.«

»Trina …«

»Sofort! Geh weg und stell dich neben Alec, damit ich euch beide sehen kann.«

Mark tat, was sie von ihm verlangte. Er stellte sich neben Alec, der ein paar Meter entfernt stand, und drehte sich zu Trina um. Sie hatte aufgehört zu weinen. Fest entschlossen wie eh und je stand sie auf und verschränkte die Arme.

»Ich war sehr vorsichtig, seit ihr zwei euch in das Berk katapultiert habt. Die komischen Anzüge von diesen Dreckschweinen, die Pfeile und wie schnell die Getroffenen umgefallen und krank geworden sind … Mir war klar, dass hier was Gefährliches vor sich geht. Der Einzige, mit dem ich Kontakt hatte, war Darnell. Und der hat von sich aus Abstand gehalten. Er hat sich selbst da drin verbarrikadiert und mich gezwungen Fenster und Tür zuzunageln.«

Sie atmete tief durch und schaute zwischen Alec und Mark hin und her. »Was ich damit sagen will: Ich glaube nicht, dass ich krank bin. Schließlich ging es bei den anderen so schnell.«

»Stimmt, aber ...«, setzte Alec an, doch Trina unterbrach ihn.

»Ich bin noch nicht fertig«, sagte sie mit einem forschen Blick. »Ich weiß, dass wir vorsichtig sein müssen. Ich *könnte* ansteckend sein. Wir haben uns schon berührt, aber wir sollten das jetzt lieber lassen. Bis wir uns ganz sicher sind. Außerdem brauchen wir einen richtigen Mundschutz und müssen uns wie verrückt Hände und Gesicht schrubben.«

Mark war erleichtert, dass sie wieder so energisch war. »Klingt gut.«

»Geht klar«, stimmte Alec zu. »Also, wo sind die anderen? Lana, Misty, Frosch?«

Trina zeigte in verschiedene Richtungen. »Alle haben sich irgendwo verkrochen, um Abstand zu halten. Nur zur Sicherheit, bis raus ist, dass keiner Krankheitssymptome zeigt. Das wird noch ein paar Tage dauern.«

Ein oder zwei Tage nur herumzusitzen konnte Mark sich nicht vorstellen. »Wenn wir das machen, drehe ich durch. Wir haben ein Workpad gefunden. Da ist eine Landkarte drauf von dem Ort, wo das Berk herkam. Wir sollten ein paar Vorräte zusammenpacken und von hier verschwinden – vielleicht finden wir irgendwas raus.«

»Sehe ich auch so«, sagte Alec. »Am besten, wir lassen diesen verseuchten Ort so weit wie möglich hinter uns.«

»Warte. Was ist mit Darnell?« Auch wenn ihm eigentlich klar war, was die anderen sagen würden, wollte Mark wenigstens fragen. »Wollen wir ihn nicht begraben?«

Die Blicke von Trina und Alec sagten alles. Sie konnten auf keinen Fall riskieren ihm zu nahe zu kommen.

»Bring uns zu Lana und den anderen«, sagte Alec zu Trina. »Und dann machen wir uns auf den Weg.«

Während sie die Siedlung nach ihren Freunden durchkämmten, hatte Mark plötzlich die Befürchtung, viele andere Dorfbewohner würden sich ihnen anschließen wollen. Aber die Angst saß überall zu tief und niemand wagte sich aus seiner Hütte heraus. Das ganze Dorf war gespenstisch still, nur die Blicke waren zu spüren, die ihnen durch die Gassen folgten. Es überraschte Mark nicht. Alle hatten schon genug durchgemacht, warum sollten sie noch mehr Leid riskieren?

Sie fanden Misty und Frosch im oberen Stockwerk einer Blockhütte ganz am anderen Ende der Siedlung, weit entfernt vom Hänger und den Leichen. Wo Lana steckte, wusste Trina nicht genau.

Nach einer Stunde fanden sie Lana: Sie lag schlafend hinter ein paar Büschen am Fluss. Es war ihr peinlich, dass sie dort eingeschlafen war, aber die Erschöpfung war einfach zu groß gewesen. Nachdem Alec und Mark das Berk geentert hatten und im Wald verschwunden waren, hatte sie die Führung übernommen. Sie hatte die Verletzten unter Quarantäne gestellt, dafür gesorgt, dass die Leichen an einem Ort gesammelt wurden – natürlich trugen alle Helfer Handschuhe und Atemmasken –, und Nahrungsmittel verteilt. Keiner in der Siedlung wusste, was genau vor sich ging, aber Lana hatte von Anfang an darauf bestanden, Vorsicht walten zu lassen, für den Fall, dass sie es mit etwas Ansteckendem zu tun hatten.

»Ich bin nicht infiziert«, verkündete Lana, als sie sich nach einer Weile wieder auf den Rückweg ins Dorf machten. »Es ging so schnell. Alle, die nach dem Angriff krank geworden sind, sind schon gestorben. Sonst hätte ich bestimmt inzwischen die Symptome.«

»Wie schnell?«, wollte Mark wissen. »Wie schnell ist es gegangen?«

»Bis auf Darnell waren alle innerhalb von zwölf Stunden tot. Die ersten Symptome zeigten sich nach zwei, spätestens drei Stunden. Ich glaube, wer jetzt noch lebt und keine Symptome hat, ist außer Gefahr.«

Mark ließ den Blick über ihre kleine Truppe schweifen. Frosch zappelte nervös herum. Misty starrte zu Boden. Alec und Lana blickten einander konzentriert in die Augen, vertieft in ein Gespräch ohne Worte. Und Trina sah ihn an. Ihr entschlossener Blick sagte alles. Sie würden diese schreckliche Situation überstehen, so wie sie alles andere auch überstanden hatten.

Eine Stunde später waren sie in der Hauptbaracke und stopften so viele Vorräte in ihre Rucksäcke, wie sie nur tragen konnten. Dabei hielten sie immer schön Abstand voneinander. Die Vorsicht war ihnen schon in Fleisch und Blut übergegangen. In der kurzen Zeit, in der sie fieberhaft ihre Sachen packten, wusch Mark sich mindestens dreimal die Hände.

Als sie gerade fertig waren und jeder schon seinen Rucksack auf dem Rücken hatte, fing Misty an zu stöhnen. Mark wollte sich umdrehen und ihr zustimmen, die Rucksäcke waren wirklich schwer. Doch ein Blick in ihr Gesicht – und sein Magen zog sich vor Angst zusammen.

Sie war blass und stützte sich mit beiden Händen auf einem

Tisch ab. Mark konnte es nicht fassen, wenige Minuten zuvor war alles noch in Ordnung gewesen. Aber jetzt konnte sie sich nicht mehr auf den Beinen halten und sank auf ein Knie. Zaghaft griff sie sich an die Schläfe, als hätte sie Angst vor dem, was sie dort spüren würde.

»Mein … Kopf … tut weh«, flüsterte sie.

13

»Los, raus hier!«, schrie Lana. »Alle! Sofort!«

Mark schnappte nach Luft. Ihr Befehl widersprach allem, was er in dem Moment tun wollte. Er wollte Misty helfen.

»Raus jetzt. Dann können wir reden!«, beharrte Lana und zeigte zur Tür.

»Geht schon«, sagte Misty schwach.

Trina sah Mark in die Augen, aber sie zögerte nur eine Sekunde, bevor sie nach draußen ins Freie trat. Alec lief direkt hinter ihr, dann kam Lana.

Mark wandte sich ebenfalls zum Gehen, als er bemerkte, dass sich Frosch nicht vom Fleck gerührt hatte.

»Hey … los, komm. Wir gehen raus und reden darüber. Misty, sag's ihm.«

»Er hat Recht, alter Frosch«, sagte sie schwach. Ihren Rucksack hatte sie auf den Boden sinken lassen und sich danebengesetzt. Mark konnte nicht glauben, wie schnell es mit ihr bergab ging. Sie war bereits zu schwach zum Stehen. »Geht raus und lasst mich mal allein. Vielleicht habe ich nur was Komisches gegessen.« Aber Mark spürte, dass sie sich selbst nicht glaubte.

»Wir können nicht schon wieder jemanden im Stich lassen!«, rief Frosch aufgebracht und starrte Mark wütend an.

»Es bringt doch nichts, wenn du auch stirbst!«, entgegnete Misty. »Wie würde es dir an meiner Stelle gehen? Du würdest auch wollen, dass ich mich in Sicherheit bringe. Raus mit euch!« Das zu sagen hatte sie anscheinend einen großen Teil ihrer Energie gekostet – sie sackte zusammen, so dass sie fast auf dem Boden lag.

»Komm«, sagte Mark. »Wir lassen sie nicht im Stich. Wir gehen nur raus, um zu reden.«

Frosch stampfte aus der Baracke und murmelte vor sich hin. »Das ist abartig. Total abartig!«

Mark schaute zu Misty hinüber, aber sie starrte zu Boden, atmete langsam und tief. »Tut mir leid«, war alles, was er herausbrachte. Dann ging er hinaus zu den anderen.

Sie beschlossen ihr eine Stunde Zeit zu geben. Dann würden sie nachschauen, wie es um sie stand. Ob es ihr besser ging oder schlechter.

Oder ob sich nichts geändert hatte.

Diese Stunde war zum Verrücktwerden. Mark konnte nicht still sitzen. Rastlos lief er vor der Hütte auf und ab. Die Sorgen über den Virus ließen ihm keine Ruhe. Die Vorstellung, wie er sich den Weg durch seinen Körper bahnte … Es war unerträglich. Oder durch Trinas Körper. Er wollte es *wissen*. Sofort. Seine Gedanken kreisten um sich selbst und darüber vergaß er beinahe, dass Misty vermutlich den Virus hatte und bald sterben konnte.

»Ich glaube, wir müssen uns was Neues überlegen«, sagte Lana, als die Stunde vorbei war. Mistys Zustand hatte sich weder verbessert noch verschlechtert. Sie lag in der Baracke auf dem Boden und atmete gleichmäßig. Bewegte sich nicht. Sagte nichts.

»Wie meinst du das?«, fragte Mark und war froh, das Schweigen endlich zu brechen.

»Darnell und Misty sind der Beweis dafür, dass die Symptome nicht immer sofort auftreten.«

Alec schaltete sich ein. »Ich finde, wir sollten die Zeit nutzen, die uns bleibt. Wir müssen zu der Stelle, die wir auf der Karte gesehen haben. Und zwar so schnell wie möglich.« Mit gesenkter Stimme fügte er hinzu: »Es tut mir leid, aber wir müssen hier weg. Und es wäre doch kein Fehler, dahin zu gehen, wo wir rausfinden können, was eigentlich vor sich geht. Keine Ahnung, was in den Pfeilen drin war – jedenfalls hat es uns in diese beschissene Situation gebracht. Deshalb müssen wir dahin, wo die Pfeile herkommen. Vielleicht finden wir dort etwas, irgendein Medikament, das diese Krankheit heilen kann. Wer weiß?«

Das klang zwar alles ziemlich kaltherzig. Hart. Aber Mark

musste ihm zustimmen. Auch er wollte unbedingt weg von diesem Ort.

»Wir können Misty nicht alleinlassen«, sagte Trina, allerdings ohne wirklichen Nachdruck.

»Wir haben keine Wahl«, entgegnete Alec.

Lana, die mit dem Rücken an der Wand auf dem Boden saß, stand auf und klopfte sich die Hose ab. »Diese Schuldgefühle brauchen wir uns nicht aufzuladen«, murmelte sie. »Wir fragen Misty selbst. Das hat sie verdient. Und dann machen wir, was sie sagt.«

Mark sah die anderen mit hochgezogenen Augenbrauen an. Und sein Blick wurde genauso erstaunt erwidert.

Lana betrachtete das als Zustimmung und ging auf die offene Tür der Baracke zu. Ohne einzutreten, klopfte sie an den Türrahmen und erhob ihre Stimme. »Misty, wie geht's dir da drin?«

Mark saß so, dass er in die Hütte hineinsehen konnte. Misty lag auf dem Rücken und drehte sich langsam zu ihnen um.

»Ihr müsst gehen«, erwiderte sie schwach. »Mit meinem Kopf stimmt was nicht. Fühlt sich an, als würden irgendwelche Viecher mein Gehirn auffressen.« Sie atmete schwer, als hätten schon die wenigen Sätze sie sehr viel Kraft gekostet.

»Sollen wir dich wirklich hier zurücklassen, Süße?«, fragte Lana.

»Zwingt mich nicht, noch mehr zu reden. Geht einfach.« Wieder schweres Atmen. Mark konnte an ihren Augen ablesen, wie sie sich quälte.

Lana wandte sich den anderen zu. »Misty sagt, wir sollen gehen.«

Mark wusste, dass sie hart geworden waren. Das mussten sie, um in dieser neuen Welt zu überleben. Aber jetzt sollten sie zum ersten Mal jemanden zurücklassen, der noch am Leben war. Egal was Misty gesagt hatte – diese Schuldgefühle würde er niemals loswerden.

Ein Blick hinüber zu Trina vertrieb seine Zweifel. Trotzdem ließ er Alec den Vortritt.

Der Ex-Soldat war aufgestanden und hatte sich den Rucksack auf den Rücken geschnallt. »Wir wollen Misty unseren Respekt erweisen. Das tun wir am besten, indem wir losziehen und vielleicht etwas herausfinden, das uns allen helfen kann.«

Mark nickte und zog ebenfalls die Gurte seines Rucksacks fest. Trina zögerte, trat dann an den Türrahmen und schaute zu Misty hinein.

»Misty …«, begann sie, aber mehr brachte sie nicht heraus.

»Geht weg!«, brüllte das Mädchen so laut, dass Trina fast rückwärtsgestolpert wäre. »Haut ab, bevor die Viecher aus meinem Kopf rausspringen und euch beißen. Geht weg! *Geht weg!*« Sie stützte sich auf die Ellbogen und schrie wie am Spieß – so heftig, als hätte sie sich verletzt. Vielleicht war ihr in diesem Moment klar geworden, dass sie dasselbe grausame Schicksal erwartete wie Darnell.

»Okay«, sagte Trina traurig. »Okay.«

Frosch war Mistys bester Freund und stand ihr von allen am nächsten. Und er hatte noch kein Wort gesagt, starrte nur zu Boden. Aber als Mark und die anderen sich umdrehten, um loszugehen, rührte er sich nicht vom Fleck. Schließlich fragte Alec ihn, was das zu bedeuten habe.

»Ich komme nicht mit«, sagte Frosch.

In diesem Moment wurde Mark klar, dass er insgeheim damit gerechnet hatte. Und er wusste, Frosch würde seine Meinung nicht ändern. Nun mussten sie sich gleich von zweien ihrer Freunde verabschieden.

Alec diskutierte mit Frosch. Lana auch. Trina versuchte es erst gar nicht, offensichtlich sah sie es ähnlich wie Mark. Und genau wie der es erwartet hatte, ließ Frosch sich nicht umstimmen.

»Sie ist meine beste Freundin. Ich lasse sie nicht im Stich.«

»Aber sie *will*, dass du gehst«, beharrte Lana. »Sie will nicht, dass du hierbleibst und vielleicht mit ihr stirbst. Sie will, dass du am Leben bleibst.«

»Ich lasse sie nicht allein zurück«, wiederholte er und starrte Lana kalt an. Misty sagte nichts. Vielleicht hatte sie ihn nicht gehört oder war zu schwach, um zu reagieren.

»In Ordnung«, sagte Lana, ohne ihren Ärger zu verbergen. »Komm nach, falls du es dir anders überlegst.«

Mark wollte einfach nur weg. Die Situation war unerträglich. Ein letztes Mal blickte er durch die offene Tür zu Misty hinein. Sie lag zusammengerollt auf dem Boden und murmelte mit seltsam klingender Stimme unverständliche Worte. Es hörte sich an wie ein Singsang.

Jetzt ist sie durchgedreht, dachte er. Definitiv durchgedreht.

14

Es dämmerte. Nach nur fünf Kilometern wurde es schließlich zu dunkel, um weiterzugehen. Mark war froh, dass sie anhielten. Er war erschöpft von diesem verrückten Tag. Mit Sicherheit hatte Alec gewusst, dass sie nicht weit kommen würden, aber es war immer noch besser, als im Dorf zu bleiben. Endlich waren sie in der freien Natur, mitten im Wald mit seiner frischen Luft und den großen, dicken Bäumen. Hier fielen die Anspannung und das Bangen der letzten Stunden ein wenig von ihnen ab.

Sie sprachen kaum, bauten ihr Lager auf, aßen ihr Abendbrot – abgepackte Nahrungsmittel, die sie aus den Fabriken von Asheville mitgebracht hatten. Lana bestand darauf, dass sie Abstand zueinander hielten.

Später legte Mark sich einen guten Meter von Trina entfernt auf die Seite. Sie sahen sich an, schweigend, und Trina schien sich ebenso wie Mark nach einer Umarmung zu sehnen.

Mark war sich sicher, dass sie dasselbe dachte wie er. Schon wieder war ihre Welt zusammengebrochen. Drei Freunde hatten sie gerade verloren, drei Kameraden, mit denen sie durch die Hölle gegangen waren – aus dem verwüsteten New York hinauf in die Appalachen. Und natürlich dachten beide an den Virus. Alles keine besonders schönen Gedanken.

Alec legte sich noch nicht schlafen, sondern beschäftigte sich mit dem Workpad aus dem Berk. Er hatte bereits eine grobe Skizze der Karte, die sie darauf entdeckt hatten, auf ein Stück Papier gezeichnet, aber er suchte noch weitere Informationen. Mit dem Kompass in der Hand machte er sich Notizen, während Lana neben ihm saß und ihm Tipps gab.

Allmählich wurden Marks Augenlider schwer. Trina lächelte ihn an. Und er lächelte zurück. Auch wenn es ein ziemlich schiefes Lächeln war. Als der Schlaf kam, stürzten die Erinnerungen wieder auf ihn ein.

Sie werden verfolgt.

Es ist nur wenige Stunden her, dass in der Stadt etwas passiert ist. Vielleicht ein Bombenanschlag oder eine Gasexplosion. Jedenfalls etwas, das einen riesigen Brand entfachen kann.

Die Hitze ist unerträglich. Genauso wie die Schreie. Trina und er sind zurück in die U-Trans-Tunnel geflüchtet, auf stillgelegte Nebengleise, immer tiefer hinein in das Tunnelnetz.

Doch hier unten wimmelt es von Menschen. Die meisten drehen durch vor lauter Angst. Überall um sie herum passieren schreckliche Dinge: Menschen werden ausgeraubt, bedroht oder noch schlimmer. Es scheint, als wären nur abgebrühte Kriminelle der Katastrophe entkommen.

Trina hat eine Schachtel mit Insta Food gefunden, die jemand im allgemeinen Chaos fallen gelassen hat, Mark trägt den Karton. Die beiden haben in eine Art instinktiven Überlebensmodus umgeschaltet. Die meisten anderen offensichtlich ebenso, denn alle, denen sie begegnen, wissen anscheinend, dass Mark und Trina etwas haben, was sie selbst gerne hätten. Und das bezieht sich möglicherweise nicht nur auf das Essen. Sie werden verfolgt.

Egal wie viele Haken und Finten sie auf ihrer Flucht durch die dreckigen, glühend heißen Tunnel des unterirdischen Labyrinths schlagen, sie können ihren Verfolger nicht abschütteln. Er ist groß und schnell, er ist zu ihrem Schatten geworden. Doch jedes Mal wenn sich Mark zu ihm umdreht, scheint er hinter irgendeiner Ecke zu verschwinden.

Sie rennen einen langen Gang entlang, das Wasser steht knöcheltief und spritzt bei jedem Schritt hoch. Marks Handy ist ihre einzige Lichtquelle und ihm graut vor dem Moment, in dem der Akku den Geist aufgibt. Der Gedanke, in totaler *Finsternis* an diesem Ort zu sein und nicht zu wissen, wohin sie gehen sollen, macht ihm wahnsinnige Angst. Plötzlich bleibt Trina stehen, packt seinen Arm und zieht ihn nach rechts durch eine Tür, die er nicht gesehen hat.

Sie sind in einem kleinen Raum. Wahrscheinlich ein ehemaliger Lagerraum aus der Zeit, als es die alte U-Bahn noch gab und dieser Teil des Netzes genutzt wurde.

»Mach das aus!«, zischt sie Mark zu, während sie ihn tiefer in den Raum hineinzieht.

Mark schaltet sein Telefon aus und die Dunkelheit, vor der er sich eben noch gefürchtet hat, umschließt sie. Panik steigt in ihm auf, er will schreien und wegrennen.

Es dauert einen Moment, dann wird sein Verstand wieder klar. Er zwingt sich ruhig zu atmen und ist dankbar für Trinas Hand, die er auf seinem Rücken spürt.

»Der war viel zu weit weg. Der hat bestimmt nicht gesehen, dass wir hier rein sind«, flüstert sie ihm von hinten ins Ohr. »Er kann nicht lautlos durchs Wasser waten. Wir bleiben hier, bis er an uns vorbei ist.«

Mark nickt, dann fällt ihm ein, dass sie ihn nicht sehen kann. »Okay«, sagt er leise. »Aber wenn er doch hier reinkommt, machen wir ihn zusammen fertig.«

»Abgemacht. Dann kämpfen wir.«

Trina drückt seine Arme und lehnt sich an ihn. Obwohl es ihm in diesem Moment, unter diesen Umständen, ganz schön absurd vorkommt, wird ihm am ganzen Körper heiß. Es prickelt überall, Gänsehaut breitet sich aus. Wenn Trina doch bloß wüsste, wie sehr er sie mag. Ein bisschen komisch ist es schon: Irgendwie ist er dankbar für das, was sich hier abspielt, weil es sie zusammenschweißt.

In einiger Entfernung plätschert es. Dann hören sie ganz deutlich Schritte. Jemand watet durch das Wasser in dem schmalen Gang vor ihrem Versteck. Die Schritte sind gleichmäßig und sie werden lauter, kommen näher. Mark drückt sich noch weiter nach hinten, gegen Trina und die Wand. Wenn sie doch nur mit der Mauer verschmelzen könnten!

Plötzlich geht rechts neben Mark ein Licht an. Vor Schreck hätte er fast aufgeschrien. Er blinzelt – seine Augen hatten sich an die Dunkelheit gewöhnt – und versucht die Quelle des Lichtstrahls auszumachen. Der Strahl bewegt sich durch den Raum, dann landet er direkt in Marks Augen und blendet ihn. Mark senkt den Blick.

»Wer ist da?«, fragt Trina. Sie flüstert, aber in Marks Ohren klingt es, als würde sie in ein Megafon brüllen, so angespannt ist er.

Der Lichtstrahl bewegt sich. Jemand kommt aus einem Loch in der Wand gekrochen und steht auf. Mark kann kaum etwas erkennen, aber es scheint ein Mann zu sein. Heruntergekommen, mit verfilzten Haaren und abgerissener Kleidung. Hinter ihm taucht ein weiterer Mann auf, dann noch einer. Sie sehen alle gleich aus: schmutzig, heruntergekommen, skrupellos. Drei gefährliche Gestalten.

»Wir stellen hier die Fragen«, sagt der Erste. »Wir waren lange vor euch hier und stehen nicht auf Besuch. Warum rennen die Leute hier überhaupt rum wie aufgescheuchte Hühner? Was ist da los? Ihr zwei gehört ja nicht zu der Sorte, die normalerweise bei uns reinschneit.«

Mark ist starr vor Angst. Er sucht nach Worten, aber Trina kommt ihm zuvor.

»Denkt doch mal scharf nach. Wir wären nicht hier unten, wenn in der Stadt nicht irgendwas Schreckliches passiert wäre.«

Mark findet seine Stimme wieder. »Habt ihr nicht mitbekommen, dass oben alles glüht? Wir vermuten, dass eine Bombe hochgegangen oder eine Gasleitung explodiert ist oder so was.«

Der Mann zuckt mit den Schultern. »Meinst du, das juckt uns? Mich interessiert nur, wann's wieder was zu essen gibt. Und … vielleicht ist uns heute was Leckeres in den Schoß gefallen. Eine kleine Überraschung für mich und meine Jungs.« Er mustert Trina von oben bis unten.

»Lasst bloß die Finger von ihr«, sagt Mark. Der Blick des Mannes gibt ihm den Funken Mut, der ihm eben noch gefehlt hat. »Wir haben ein bisschen was zu essen. Das könnt ihr haben, wenn ihr uns dafür in Ruhe lasst.«

»Die kriegen gar nichts!«, fährt Trina dazwischen.

Mark dreht sich zu ihr um und flüstert: »Besser, als die Kehle aufgeschlitzt zu bekommen.«

Er hört es klicken, dann noch mal. Als er sich wieder zu den Männern umdreht, sieht er silberne Messerklingen im Licht glänzen.

»Dass eins klar ist«, sagt einer der Männer. »Bei uns hier wird nicht lang gefackelt. Wir nehmen uns, was wir wollen – Essen und alles andere auch.«

Als die Kerle auf sie zukommen, springt von links blitzschnell eine Gestalt in den Raum. Mark wagt kaum zu atmen, während er die kurze, aber brutale Prügelei verfolgt, die sich jetzt direkt vor ihm abspielt: Körper werden herumgeschleudert, Arme hauen wild um sich, Messer werden zur Seite geschlagen, Fausthiebe und Ächzen sind zu hören. Im Nu sind die drei Höhlenbewohner außer Gefecht. Sie liegen am Boden, krümmen sich, stöhnen und fluchen. Die Taschenlampe liegt auf der Erde. Ihr Lichtstrahl fällt auf die Stiefel eines sehr großen Mannes.

Er war ihnen gefolgt.

»Ihr könnt euch später bei mir bedanken«, sagt er mit tiefer, rauer Stimme. »Ich heiße Alec. Und ich glaube, wir haben ein viel größeres Problem als diese drei kleinen Kellerasseln hier.«

15

Mark wachte mit heftigen Schmerzen in der Seite auf. Anscheinend hatte er stundenlang auf einem Stein gelegen. So fühlte es sich zumindest an. Er drehte sich stöhnend auf den Rücken, schaute durch die Äste in den Himmel, der schon heller wurde, und dachte über seinen Traum nach.

An diesem Tag hatte Alec ihnen das Leben gerettet, das erste Mal von vielen. Aber auch Mark hatte sich mehr als einmal dafür revanchiert. Ihre Leben waren so fest miteinander verbunden wie die Steine und die Erde, auf der sie geschlafen hatten.

Allmählich wachten auch die anderen auf. Alec machte für

alle ein schnelles Frühstück aus den Eiern, die er in der Baracke eingepackt hatte. Bald waren ihre Vorräte aufgebraucht und sie würden auf die Jagd gehen müssen.

Sie hielten noch immer Abstand zueinander, frühstückten still und bedrückt. Mark saß allein da und grübelte. Es war zum Verrücktwerden, dass jemand alles zerstört hatte, was sie sich an Normalität aufgebaut hatten.

»Bereit zum Losmarschieren?«, fragte Alec schließlich in die Runde.

»Ja«, antwortete Mark. Trina und Lana nickten nur.

»Dieses Workpad war ein Geschenk des Himmels«, bemerkte Alec. »Mit der Karte und dem Kompass finden wir garantiert hin. Und wer weiß, was wir da entdecken?«

Dann gingen sie los, bahnten sich ihren Weg zwischen versengten Bäumen und nachwachsendem Unterholz hindurch.

***

Sie waren den ganzen Tag unterwegs, den einen Abhang hinuntergegangen, den nächsten Hang wieder hinauf. Mark fragte sich, ob sie irgendwann auf ein anderes Lager oder Dorf stoßen würden. Gerüchten zufolge sollte es in den Appalachen einige Siedlungen geben, denn hier war nach den Sonneneruptionen, dem gestiegenen Meeresspiegel und der nahezu vollständigen Zerstörung aller Städte und Pflanzen das einzige bewohnbare Terrain in der Region.

Es war Nachmittag. Sie machten gerade Rast an einem Bach, als Trina mit den Fingern schnippte, um Mark auf sich aufmerksam zu machen. Er sah zu ihr hinüber und sie machte eine Kopfbewegung in Richtung Wald. Dann stand sie auf und sagte, dass sie mal müsse.

Als sie weg war, wartete Mark noch zwei endlose Minuten, dann gab er denselben Grund vor und ging ihr hinterher.

Sie trafen sich knapp hundert Meter entfernt an einer großen Eiche. Die Luft roch so gut und frisch wie seit langem nicht mehr, irgendwie grün und kraftstrotzend.

»Was gibt's?«, fragte er. Sie standen etwa anderthalb Meter voneinander entfernt und hielten sich an den Befehl, auch wenn niemand sie sehen konnte.

»Mir reicht das langsam«, sagte Trina. »Wir haben uns kaum mal umarmt, seit das Berk unser Dorf angegriffen hat. Wir sehen beide gesund aus und fühlen uns auch so. Ist doch Blödsinn, das mit dem Abstand halten.«

Das erleichterte ihn ungeheuer. Auch wenn ihm klar war, dass die Umstände nicht schlimmer sein konnten, war er froh, dass sie in seiner Nähe sein wollte.

Mark lächelte. »Na … dann lassen wir jetzt diesen Quatsch. Von wegen ›Quarantäne‹.« Das Wort klang wirklich albern.

»Lana verraten wir besser nichts davon, sonst kriegt sie noch einen Anfall.« Sie kam auf ihn zu, schlang die Arme um seine Taille und küsste ihn. »Wie gesagt, mir kommt das eh sinnlos vor. Wir haben keine Symptome, also hoffen wir mal, dass wir außer Gefahr sind.«

Selbst wenn er gewollt hätte – Mark hätte kein Wort herausgebracht. Er beugte sich zu ihr und dann küsste er sie. Und dieser Kuss war viel länger als der davor.

Auf dem Rückweg hielten sie sich an den Händen. Erst als sie in die Nähe des Lagers kamen, gingen sie wieder auf Abstand. Mark konnte nicht abschätzen, wie lange er es durchhalten würde, den anderen etwas vorzumachen. Aber den Zorn von Lana oder Alec wollte er vorerst lieber nicht auf sich ziehen.

»Ich glaube, wir können übermorgen dort sein«, verkündete Alec, als sie wieder bei den anderen waren. »Vielleicht erst abends, aber egal. Dann machen wir eine Pause und überlegen uns, wie wir am nächsten Morgen vorgehen wollen.«

»Klingt gut«, sagte Mark abwesend, während er seinen Rucksack packte. Er schwebte ein wenig. Vorerst prallte alles an ihm ab.

»Na dann, genug geredet, Zeit, die Maultiere zu satteln«, sagte Alec.

Der Satz ergab für Mark zwar nicht besonders viel Sinn, aber er zuckte nur die Schultern und sah rüber zu Trina. Sie lächelte. Hoffentlich schliefen Alec und Lana heute sehr früh ein!

Obwohl die Versuchung groß war, fassten Mark und Trina sich nicht an den Händen, als der kleine Trupp seinen Marsch fortsetzte.

In dieser Nacht war es in ihrem Lager dunkel und still, abgesehen von Alecs Schnarchen und dem leisen Seufzen von Trinas Atem an Marks Brust. Sie hatten gewartet, bis Alec und Lana eingeschlafen waren, bevor sie zusammengerückt waren und sich umarmt hatten.

Mark blickte hoch und sah zwischen den Ästen in den strahlenden Sternenhimmel. Als er noch ganz klein gewesen war, hatte ihm seine Mutter die Sternbilder erklärt und er hatte dieses kostbare Wissen an seine kleine Schwester Madison weitergegeben. Am besten hatten ihm die Geschichten zu den Sternbildern gefallen, die hatte er Madison immer wahnsinnig gern erzählt. Gerade weil es so eine Seltenheit war, den Sternenhimmel zu sehen, wenn man in einer Riesenstadt wie New York lebte. Jeder Ausflug aufs Land war etwas ganz Besonderes gewesen. Sie hatten Stunden damit verbracht, über die Mythen und Legenden zu reden, die hoch über ihnen am Himmel prangten.

Er entdeckte den Orion. Sein Gürtel war heller, als er ihn je gesehen hatte. Orion! Er war Madisons liebstes Sternbild gewesen, weil er so leicht zu finden war und es so eine coole Geschichte dazu gab – der Jäger und sein Schwert, seine Hunde, die alle gegen einen dämonischen Bullen kämpften. Mark hatte die Geschichte jedes Mal weiter ausgeschmückt. Als er an Madison dachte, spürte er einen Kloß im Hals und Tränen in den Augen. Er vermisste seine Schwester sehr. So sehr! Eine dunkle Seite in ihm wollte sie am liebsten vergessen, weil es so wehtat.

Da knackten tief im Wald Zweige.

Schlagartig waren alle Gedanken an seine kleine Schwester wie weggefegt. Er schoss reflexartig in die Höhe und stieß Trina beinahe von sich weg. Sie murmelte etwas, drehte sich auf die Seite und schlief einfach weiter, obwohl aus dem Wald wieder ein Knacken zu hören war.

Beim Aufstehen legte Mark eine Hand auf Trinas Schulter und blickte sich suchend um. Trotz des Mondlichts und der zahllosen Sterne war es viel zu dunkel, um zwischen den dichten Bäumen etwas zu erkennen. Aber sein Gehör war um einiges sensibler geworden, seit es kaum noch Strom und künstliches Licht gab. Mark zwang sich ruhiger zu werden und konzentrierte sich. *Lauschte.* Ihm war klar, dass es ein Hirsch, ein Eichhörnchen oder ein anderes Tier sein konnte. Aber er hatte kein Jahr in der verbrannten Welt überlebt, weil er sich auf Vermutungen verlassen hatte.

Immer mehr Zweige knackten und Äste brachen. Die Schritte klangen schwer, sie schienen von einem Zweibeiner zu stammen.

Als er gerade Alec wecken wollte, sah Mark einen Schatten hinter einem Baum hervortreten. Er hörte, wie ein Streichholz entzündet wurde.

Dann sah er … Frosch.

»Mann, du hast mich fast zu Tode erschreckt«, seufzte Mark erleichtert.

Frosch sank auf die Knie und hielt das Streichholz näher an sein eingefallenes Gesicht. Seine Augen wirkten wie finstere Höhlen.

»Geht's dir … gut?«, fragte Mark und hoffte, dass sein Freund einfach nur müde war.

»Nein«, antwortete Frosch. Sein Gesicht zuckte, als würde er gleich anfangen zu weinen. »Nein, Mark. Es geht mir nicht gut. Da wuselt irgendwas in meinem Schädel herum.«

16

Mark rüttelte Trina wach, stand stolpernd auf und zog sie mit sich hoch. Frosch war definitiv krank und nur ein paar Meter von ihrem Lager entfernt. Noch wussten sie nichts über diese Krankheit, das machte es umso beängstigender. Trina war noch nicht richtig wach, aber Mark ließ nicht locker und zerrte sie hinter die verglühten Kohlen ihres Lagerfeuers.

»Alec!«, brüllte er. »Lana! Aufwachen!«

Die beiden waren im Nu auf den Beinen. Den Besucher hatten sie allerdings noch nicht bemerkt.

Mark hielt sich nicht mit Erklärungen auf. »Frosch, ich bin

froh, dass du hier bist. In Sicherheit. Aber … fühlst du dich krank?«

»Warum?«, fragte Frosch, der immer noch auf dem Boden kniete. »Warum habt ihr mich verlassen, nach allem, was wir zusammen durchgemacht haben?«

Es brach Mark das Herz. Was sollte er darauf schon antworten? »Ich … Wir wollten doch, dass du mitkommst.«

Frosch schien ihn nicht gehört zu haben. »Da sind irgendwelche Viecher in meinem Kopf. Ich muss sie da rausbekommen. Bevor sie mein Gehirn auffressen und sich zu meinem Herzen vorarbeiten.« Er wimmerte. Ein Laut, der Mark an einen verletzten Hund erinnerte.

»Was für Symptome hast du?«, wollte Lana wissen. »Was ist mit Misty passiert?«

Frosch hob die Hände und presste sie gegen seine Schläfen. Auch wenn man nur seine Umrisse erkennen konnte, sah es gruselig aus.

»Da … sind … *Viecher* in meinem Kopf!«, wiederholte er langsam. Seine Stimme klang wütend. »Ich dachte, dass von allen Menschen auf diesem elenden Planeten wenigstens meine Freunde mir dabei helfen würden, sie da rauszukriegen.« Er stand auf und fing an zu brüllen. »Holt diese Viecher aus meinem Kopf!«

»Jetzt beruhige dich erst mal«, sagte Alec mit einem drohenden Unterton.

Mark wollte nicht, dass die Situation eskalierte. »Hör zu, Frosch. Wir werden unser Möglichstes tun, um dir zu helfen. Aber dazu musst du dich hinsetzen und aufhören zu schreien. Uns anzubrüllen bringt nichts.«

Frosch antwortete nicht, aber sein Körper wirkte stocksteif. Die Hände waren zu Fäusten geballt.

»Frosch? Bitte setz dich hin und erzähle, was passiert ist, seit wir das Dorf verlassen haben.«

Ihr Freund rührte sich nicht.

»Komm schon«, drängte Mark. »Wir wollen dir helfen. Setz dich hin und beruhige dich.«

Nach ein paar Sekunden setzte sich Frosch tatsächlich. Dann sackte er in sich zusammen und lag auf der Erde, als wäre er erschossen worden. Er stöhnte leise und wiegte sich zusammengekrümmt hin und her.

Mark atmete tief durch, die Situation war halbwegs unter Kontrolle. Er merkte, dass er direkt neben Trina stand, doch das schien weder Alec noch Lana aufzufallen. Mark trat ein paar Schritte vor und setzte sich neben die Feuerstelle.

»Der arme Junge«, hörte er Alec hinter sich murmeln. Immerhin nicht so laut, dass Frosch es mitbekommen hatte. Manchmal sprach der alte Bär seine Gedanken aus, ohne nachzudenken.

Glücklicherweise nahm Lana mit ihrer Erfahrung als Krankenschwester die Sache in die Hand.

»Okay, Frosch, du hast große Schmerzen. Das ist schlimm. Aber wenn wir dir helfen sollen, müssen wir ein paar Dinge wissen. Meinst du, du bist in der Lage, darüber zu reden?«

Frosch wiegte sich immer noch stöhnend vor und zurück, aber er antwortete. »Ich werde es versuchen, Leute. Aber ich weiß nicht, wie lange mich die Viecher in meinem Kopf lassen. Beeilt euch lieber.«

»Gut«, sagte Lana. »Fangen wir mit dem Moment an, als

wir dich im Dorf zurückgelassen haben. Was hast du da getan?«

»Ich habe mich in den Türrahmen gesetzt und mit Misty geredet«, erzählte Frosch müde. »Was sollte ich sonst tun? Sie ist meine Freundin – die beste Freundin, die ich je hatte. Alles andere spielt keine Rolle. Wie kann man seinen besten Freund im Stich lassen?«

»Schön, dass jemand bei ihr war.«

»Sie hat mich gebraucht. Ich habe gemerkt, dass es schlimm für sie wurde, und da bin ich reingegangen und habe sie in den Arm genommen. Ich habe sie gehalten wie ein Baby, sie auf die Stirn geküsst. Als wäre sie mein Baby. Ich war so glücklich wie noch nie, als ich sie so im Arm gehalten habe. Und dann habe ich zugeschaut, wie sie langsam gestorben ist.«

Bei diesen Worten lief Mark ein Schauer über den Rücken. Er hoffte bloß, dass Lana irgendwelche Schlüsse daraus ziehen konnte.

»Wie ist sie gestorben?«, fragte Lana. »Hatte sie große Schmerzen, wie Darnell?«

»Ja. Ja, Lana. Sie hatte sehr große Schmerzen. Sie hat geschrien und geschrien, bis die Viecher aus ihrem Kopf in meinen gekrochen sind. Dann haben wir Misty von ihrem Leid erlöst.«

Totenstille legte sich über den Wald, als die letzten Worte verklungen waren, und Mark wurde eiskalt. Er spürte, dass Alec sich regte, doch Lana bedeutete ihm den Mund zu halten.

»*Wir?*«, widerholte sie. »Was meinst du damit? Und was meinst du damit, dass Viecher in deinen Kopf gekrochen sind?«

Ihr Freund drückte die Hände gegen seine Schläfen. »Wieso kapierst du das nicht? Wie oft muss ich es denn noch sagen? Wir! Ich und die Viecher in meinem Kopf! Ich weiß nicht, was für Viecher das sind! Hörst du? Ich … weiß … nicht, was für Viecher! Du bescheuerte, blöde Kuh!«

Aus seinem Mund kam ein lang gezogener Schrei, unmenschlich und durchdringend, und er wurde immer höher und lauter. Mark sprang auf und machte ein paar Schritte rückwärts. Der Schrei schien die Bäume zum Wanken zu bringen und jedes lebendige Wesen im näheren Umkreis in die Flucht zu schlagen. Bis nur noch dieser eine entsetzliche Laut übrig blieb.

»Frosch!«, brüllte Lana ihn an. Doch sein Schrei übertönte alles.

Frosch riss seinen Kopf mit den Händen ständig hin und her und hörte nicht auf zu schreien. Mark sah seine Freunde an, auch wenn er ihre Gesichter im Dunkeln nicht erkennen konnte. Er fühlte sich völlig hilflos, selbst Lana hatte anscheinend keine Ahnung, was sie machen sollte.

»Das reicht. Es ist vorbei«, hörte er Alec fast lautlos sagen, der losging und ihn im Vorbeigehen anrempelte. Mark geriet ins Straucheln, fand aber sein Gleichgewicht wieder und fragte sich, was der Alte vorhatte.

Alec ging direkt auf Frosch zu, zog ihn am T-Shirt hoch und zerrte ihn tiefer in den Wald. Frosch hörte nicht auf zu schreien, doch jetzt waren die Schreie abgehackt, weil er zwischendurch nach Luft schnappte und versuchte sich loszureißen. Bald waren die beiden im Schatten der Bäume verschwunden. Froschs Schreie wurden immer leiser.

»Was hat der Mann bloß vor?«, fragte Lana beunruhigt.

»Alec!«, schrie Mark. »Aaalec!«

Keine Antwort, nur Froschs Schreie. Und dann verstummten sie plötzlich. Stille. Als hätte Alec ihn in einen schalldichten Raum gesperrt und die Tür hinter ihm ins Schloss geworfen.

»Was war das?«, hauchte Trina hinter ihm.

Schritte kamen näher. Für einen Moment dachte Mark panisch, dass Frosch sich vielleicht losgerissen und Alec überwältigt hatte, dass er vollends durchgedreht war und jetzt zurückkam, um die anderen auch abzuschlachten.

Aber dann erschien Alec zwischen den finsteren Bäumen, sein Gesicht war in der Dunkelheit nicht zu sehen.

»Ich konnte nicht riskieren, dass er durchdreht und uns alle ansteckt«, sagte der alte Mann mit unerwartet zittriger Stimme. »Konnte ich einfach nicht. Nicht wenn wir's hier mit einem Virus zu tun haben. Ich … ich muss mich im Bach waschen gehen.«

Er streckte die Hände von sich weg und betrachtete sie lange. Dann marschierte er zum nahe gelegenen Bach. Kurz bevor er wieder zwischen den Bäumen verschwand, war Mark, als würde er ihn schluchzen hören.

17

Trotz allem, was passiert war, mussten sie den Rest der Nacht nutzen, um sich auszuruhen. Bis die Sonne aufging, würde es noch Stunden dauern.

Keiner hatte ein Wort gesprochen, seit Alec mit Frosch in den Wald gegangen war. Mark glaubte gleich zu explodieren, so verstört war er von allem, was in der vergangenen halben Stunde passiert war. Er *musste* reden. Aber Trina drehte sich weg, als er sie ansah. Sie ließ sich auf den Boden fallen, rollte sich auf einer Decke zusammen und schluchzte leise. Mark zerriss es das Herz. Monatelang hatten sie nicht geweint und jetzt ging das alles wieder von vorne los.

Trina war ihm ein Rätsel. Von Anfang an war sie stärker, zäher, mutiger gewesen als er. Anfangs hatte er sich deshalb geschämt. Doch dann akzeptierte er es und bewunderte sie für ihre Kraft. Und dafür, dass es ihr nicht peinlich war, ihre Gefühle zu zeigen und, wenn es sein musste, auch mal zu weinen.

Lana war schweigend mit sich selbst beschäftigt und legte sich irgendwann neben einem Baum am Rand ihres kleinen Lagers schlafen. Mark versuchte auch zu schlafen, aber er war hellwach. Irgendwann kam Alec zurück. Keiner hatte etwas zu sagen und langsam traten die Geräusche des Waldes wieder in den Vordergrund: Insekten summten, eine leichte Brise ging durch die Bäume. Doch Marks Gedanken kamen nicht zur Ruhe.

Was war da gerade passiert? Was hatte Alec mit Frosch gemacht? War es wirklich das, was er dachte? Hatte es wehgetan? Wie konnte die Welt nur so kaputt sein?

Endlich driftete er weg und schlief ein.

»Dieser Virus in den Pfeilen …«, sagte Lana am nächsten Morgen, als sie alle mehr tot als lebendig um das knisternde Feuer saßen. »Ich glaube, damit stimmt irgendwas nicht.«

Eine merkwürdige Aussage. Mark sah sie an. Er hatte ins Feuer gestarrt und über die Ereignisse der letzten Nacht nachgegrübelt. Ihre Worte holten ihn mit einem Schlag in die Gegenwart zurück.

»Ich glaube, mit den meisten Viren stimmt was nicht.« Alec war mal wieder sehr direkt.

Lana warf ihm einen vernichtenden Blick zu. »Du weißt, was ich meine. Ist euch das nicht aufgefallen?«

»Was?«, fragte Mark.

»Dass die Krankheit bei jedem anders verläuft?«, fragte Trina.

»Genau«, erwiderte Lana und zeigte anerkennend mit dem Finger auf sie. »Diejenigen, die von den Pfeilen getroffen wurden, starben innerhalb von Stunden. Bei Darnell und allen, die den Getroffenen geholfen haben, dauerte es mehrere Tage. Ihr Hauptsymptom war dieser extreme Schädeldruck. Sie benahmen sich, als würde ihr Kopf in einem Schraubstock zerdrückt. Misty hatte tagelang gar keine Symptome.«

Mark erinnerte sich nur zu gut an den Augenblick, als sie sie zurückgelassen hatten. »Ja«, murmelte er. »Sie hat gesungen, als wir sie das letzte Mal gesehen haben. Zusammengerollt auf dem Boden. Sie hat nur gesagt, ihr Kopf tut weh.«

»Sie war einfach ein bisschen anders als sonst«, bemerkte Lana. »Ihr wart nicht da, als Darnell krank geworden ist. Er ist nicht so schnell gestorben wie die anderen, aber er fing sehr bald an sich merkwürdig zu benehmen. Bei Misty war alles in Ordnung, bis die Kopfschmerzen anfingen. Aber mit beiden hat hier oben was nicht gestimmt.« Dabei tippte sie sich mit dem Finger an die Schläfe.

»Und was mit Frosch los war, haben wir hautnah miterlebt«, sagte Alec. »Wer weiß, wann er sich angesteckt hat. Vielleicht war er schon genauso lange infiziert wie Misty oder er hat es sich eingefangen, als sie gestorben ist. Auf jeden Fall sah er aus, als hätte er den Rinderwahn.«

»Ein bisschen Respekt, bitte!«, blaffte Trina ihn an.

Mark hätte erwartet, dass Alec sich wehren oder verteidigen würde, aber Trinas Vorwurf schien ihn tatsächlich getroffen zu haben. »Tut mir leid, Trina. Wirklich. Aber Lana und ich versuchen nur unsere Situation möglichst realistisch einzuschätzen. Das Ganze zu verstehen. Und Frosch war letzte Nacht eindeutig nicht bei Sinnen.«

Trina ließ nicht locker. »Also hast du ihn umgebracht.«

»Das ist nicht fair«, sagte Alec kühl. »Wenn Misty so schnell gestorben ist, nachdem sich die Symptome gezeigt haben, kann man fast sicher sein, dass Frosch auch innerhalb kürzester Zeit gestorben wäre. Er war eine Bedrohung für uns alle, aber er war auch unser Freund. Ich habe ihm einen Gefallen getan und für *uns* damit hoffentlich noch ein oder zwei Tage mehr herausgeschlagen.«

»Falls du dich nicht bei ihm angesteckt hast«, sagte Lana leise.

»Ich war vorsichtig. Und habe mich gleich danach abgeschrubbt.«

»Das bringt ja doch nichts«, sagte Mark. Seine Gedanken wurden immer düsterer. »Vielleicht tragen wir den Virus längst in uns und es hängt einfach vom jeweiligen Immunsystem ab, wie wir darauf reagieren.«

Alec ging in die Hocke. »Wir schweifen ab. Lana hat gesagt, mit diesem Virus stimmt was nicht. Er ist unbeständig. Ich bin kein Wissenschaftler, aber könnte es sein, dass er mutiert oder so was? Dass er sich verändert, wenn er von einem Menschen zum nächsten wandert?«

Lana nickte. »Mutiert, passt sich an, wird aggressiver – wer weiß … irgendetwas. Und je weiter er sich verbreitet, desto länger scheint es zu dauern, bis die Betroffenen sterben. Dadurch verbreitet er sich viel effektiver, was man erst mal nicht vermuten würde. Mark und du, ihr wart nicht dabei, aber ihr hättet sehen sollen, wie schnell die ersten Opfer gestorben sind. Das war nicht wie bei Misty. Eine Stunde oder zwei, länger hat ihr schrecklicher Todeskampf nicht gedauert, dann war es vorbei. Sie hatten Krämpfe und haben geblutet, dadurch konnte sich der Virus auf viele menschliche Wirte übertragen.«

Mark war froh, dass er das verpasst hatte. Aber wenn er an Darnells Qualen dachte, war es für diese Menschen vielleicht ein Glück gewesen, dass es so schnell gegangen war. Noch immer konnte er hören, wie Darnell seinen Schädel gegen die Tür gedonnert hatte.

»Es hat was mit ihren Köpfen zu tun«, murmelte Trina. Alle starrten sie an. Sie hatte gerade etwas Offensichtliches, aber doch Entscheidendes ausgesprochen.

»Es hatte auf jeden Fall was mit dem Kopf zu tun«, stimmte Mark ihr zu. »Alle hatten starke Kopfschmerzen. Und sie haben den Verstand verloren. Darnell hat halluziniert – er war verrückt. Und dann Misty. Und Frosch …«

Trina überlegte laut. »Was ist, wenn sie mit unterschiedlichen Giften geschossen haben? Woher wissen wir, dass es bei allen dasselbe war?«

Mark schüttelte den Kopf. »Ich bin jeden Kasten im Berk durchgegangen«, sagte er. »Alle hatten dieselbe Identifikationsnummer.«

Alec stand auf. »Also, wenn dieser Killervirus wirklich mutiert und sich jemand von uns angesteckt hat, können wir nur hoffen, dass wir noch ein oder zwei Wochen Zeit haben, bevor wir den Verstand verlieren. Los, machen wir uns auf den Weg.«

»Na prima«, murmelte Trina und stand auf.

Ein paar Minuten später marschierten sie weiter.

Am Nachmittag sahen sie in der Ferne eine Siedlung aus relativ großen Holzbauten. Sie lag abseits der Route, die Alec auf seiner provisorischen Karte eingezeichnet hatte. Der Gedanke, wieder auf eine größere Gruppe Menschen zu treffen, hob Marks Stimmung.

»Sollen wir hingehen?«, fragte Lana.

Alec schien das Für und Wider abzuwägen, bevor er antwortete. »Hm. Ich weiß nicht. Mir wär's lieber, wir würden weiterlaufen und uns an die Karte halten. Wir haben keine Ahnung, was das für Leute sind.«

»Wir sollten es herausfinden«, sagte Mark. »Könnte ja sein, dass sie was über den Bunker wissen oder über dieses Hauptquartier, von dem aus das Berk gestartet ist.«

Alec schaute ihn an und ging dabei anscheinend im Geist alle Alternativen durch.

»Ich finde, wir sollten uns das anschauen«, sagte Trina. »Dann können wir sie zumindest vor dem warnen, was mit uns passiert ist.«

»Okay«, gab Alec nach. »Eine Stunde.«

Als sie sich gerade den ersten Gebäuden – kleinen strohgedeckten Blockhütten – näherten, drehte der Wind. Schrecklicher Gestank schlug ihnen entgegen.

Es war derselbe Geruch, der Mark und Alec bei ihrer Rückkehr ins eigene Dorf so entsetzt hatte. Der Geruch von verwesendem Fleisch.

»Hey!«, rief Alec. »Das genügt. Wir drehen sofort um.«

In dem Moment sah Mark auch, woher der Gestank rührte. Ein Stück vor ihnen auf dem Weg lagen mehrere übereinandergestapelte Leichen. Auf einmal tauchte eine Gestalt auf. Ein kleines Mädchen kam auf sie zu. Sie war etwa fünf oder sechs Jahre alt, ihre schwarzen Haare waren verfilzt und die Kleidung unglaublich schmutzig.

»Leute!«, sagte Mark. Als die anderen zu ihm herübersahen, deutete er mit dem Kopf in Richtung des Mädchens. Sie blieb in gebührendem Abstand vor ihnen stehen. Auch ihr Gesicht war dreckverkrustet. Sie sagte kein Wort, sondern blickte sie nur aus leeren Augen an. Der Verwesungsgestank hing schwer in der Luft.

»Hallo du«, rief Trina ihr zu. »Ist alles in Ordnung mit dir, Süße? Wo sind deine Eltern? Wo sind die anderen aus deinem Dorf? Sind sie …« Sie brauchte nicht weiterzusprechen – der Leichenberg sprach Bände.

Das Mädchen antwortete leise und zeigte dabei auf den Wald hinter Mark und den anderen.

»Sie sind alle in den Wald gelaufen. Sie sind weggerannt.«

18

Mark wusste nicht, woran es lag, aber ihre Worte jagten ihm einen Schauer über den Rücken. Unwillkürlich folgte sein Blick ihrem Finger in Richtung Wald. Doch er sah nur Bäume und Büsche und Sonnenflecken auf dem Boden.

Trina ging auf das Mädchen zu, aber Alec protestierte.

»Lass es«, sagte er. Es wirkte nicht besonders überzeugend. Erwachsene zurückzulassen, die für sich selbst sorgen konnten, war das eine. Vielleicht sogar auch, einen fast erwachsenen Teenager von seinen Qualen zu erlösen. Aber das hier war ein Kind und das änderte alles. »Tu uns wenigstens den einen Gefallen und versuch sie nicht anzufassen.«

Das Mädchen wich ein Stück zurück, als Trina ihr näherkam.

»Ist ja gut«, sagte Trina und blieb stehen. Sie ging in die Hocke. »Wir sind deine Freunde. Ganz bestimmt, glaub mir. Wir kommen aus einem Dorf genau wie deinem, wo es viele Kinder gab. Hast du hier Freunde?«

Das Mädchen nickte. Doch dann schüttelte sie traurig den Kopf.

»Sie sind nicht mehr da?«

Ein Nicken.

Trina warf Mark einen vielsagenden Blick zu.

»Wie heißt du?«, fragte sie die Kleine dann. »Ich heiße Trina. Sagst du mir deinen Namen?«

Nach langem Zögern erwiderte das Mädchen: »Deedee.«

»Deedee … Der Name gefällt mir. Der ist echt süß.«

»Mein Bruder heißt Ricky.«

Es hatte so etwas Kindliches, wie sie das sagte, und sofort sah Mark wieder Madison vor sich. Ihm blutete das Herz. Er wünschte sich, dieses Mädchen wäre seine kleine Schwester. Und wie immer versuchte er mit aller Macht seine Gedanken zu kontrollieren, nicht in den finstersten aller Abgründe zu fallen und sich auszumalen, was bei den Sonneneruptionen wohl mit Madison passiert war.

»Wo ist Ricky?«, fragte Trina.

Deedee zuckte mit den Schultern. »Weiß ich nicht. Er ist mit den anderen mitgegangen. In den Wald.«

»Mit deiner Mama und deinem Papa?«

Das Mädchen schüttelte den Kopf. »Nein. Die sind von den Pfeilen getroffen worden, die vom Himmel gefallen sind. Alle beide. Sie sind gestorben, das war schlimm.« Tränen sammelten sich in ihren Augen, bis sie überliefen und ihre schmutzigen Wangen hinunterrollten.

»Das tut mir so leid, Süße«, sagte Trina voller Mitgefühl. Mark war sich sicher, dass er sie noch nie so sehr gemocht hatte wie in diesem Augenblick. »Diese Leute haben … auch einigen von unseren Freunden wehgetan. Es tut mir so leid!«

Deedee weinte und wippte dabei auf den Fersen vor und zurück, was Mark wieder an Madison erinnerte. »Ist schon gut«, sagte sie und Mark wusste nicht, wie lange er das noch aushalten würde. »Ich weiß, dass es nicht eure Schuld war. Das waren die bösen Männer. Die in den komischen grünen Anzügen.«

Mark dachte an das erste Mal, als er diese Leute im Berk gesehen hatte. Wie viele Berks flogen wohl mit ihrer tödlichen Ladung herum? Und warum nur, warum?

Trina bohrte weiter, so sanft sie nur konnte. »Warum sind die anderen weggegangen? Warum bist du nicht bei ihnen?«

Deedee hielt ihren rechten Arm mit geballter Faust in die Höhe. Sie zog ihren zerfetzten Ärmel hoch, unter dem eine kreisrunde Wunde an der Schulter sichtbar wurde. Sie war verschorft und schien nicht versorgt worden zu sein. Deedee sagte kein Wort, hielt nur den Arm waagerecht in die Höhe, damit alle ihn sehen konnten.

Mark sagte überrascht: »Sieht aus, als wäre sie von einem Pfeil getroffen worden.«

»Tut mir leid, dass du Schmerzen hast«, Trina warf Mark einen erbosten Seitenblick zu. »Aber … weißt du, warum sie weggegangen sind? Wo sie hinwollten? Warum bist du nicht mitgegangen?«

Das Mädchen zeigte wieder auf die Wunde. Mark sah Alec und Lana an und war sich sicher, dass sie es begriffen hatten, genau wie er. Die Kleine war getroffen worden – aber warum hatte sie überlebt? »Schlimm, dass sie dir wehgetan haben, das tut mir sehr leid«, sagte Trina. »Aber du hast wohl trotzdem großes Glück gehabt. Kannst du mir noch mehr Fragen beantworten? Nur wenn du willst, du musst nicht.«

Deedee stöhnte frustriert und zeigte wieder auf ihre Wunde. »Darum! Darum haben sie mich hiergelassen! Sie sind böse, wie die grünen Männer.«

»Oh, Deedee.«

Mark hielt es nicht länger aus. »Ich sag dir, was passiert ist. Sie dachten wahrscheinlich, sie ist krank, wegen dem Pfeil, und sind ohne sie gegangen.« Wie konnte jemand einem kleinen Kind das antun?

»Ist es so gewesen?«, fragte Trina. »Sie haben dich zurückgelassen, weil sie dachten, dass du vielleicht krank bist? Wie die anderen?«

Deedee nickte und wieder liefen ihr die Tränen über die Wangen.

Trina stand auf und sah Alec mit einem flehenden Blick an.

Der Soldat hob abwehrend die Hand. »Lass stecken! Ich seh vielleicht aus, als wär ich von der fiesesten Kreatur im Dschungel gefressen und wieder ausgespuckt worden, aber auch ich habe ein Herz. Wir nehmen die Kleine mit.«

Trina nickte und zum ersten Mal an diesem Tag lächelte sie glücklich.

»Es stimmt wahrscheinlich, dass sie infiziert ist«, sagte Lana. »Dauert bei ihr nur länger, bis die Symptome auftreten.«

»Aber es kann auch sein, dass wir uns alle infiziert haben«, brummte Alec, während er an den Gurten seines Rucksacks zog.

»Wir sind vorsichtig«, sagte Trina. »Wir müssen unbedingt unsere Hände sauber halten und sollten uns möglichst nicht ins Gesicht fassen. Und sooft es geht, eine Maske tragen. Aber ich lasse die Kleine nicht aus den Augen, bis …« Sie sprach den Satz nicht zu Ende und Mark war froh darüber.

»Jetzt haben wir ein Maul mehr zu stopfen«, meinte Alec. »Aber ich nehme an, sie wird nicht viel essen.« Er lächelte, um zu zeigen, dass es als Witz gemeint war. Sein Lächeln war ein seltener Anblick. »Eigentlich würde ich die Siedlung gern nach was Essbarem durchsuchen, aber diese elende Seuche hat es sich wahrscheinlich in jeder dreckigen Ritze hier gemütlich gemacht. Besser, wir hauen ab.«

Trina winkte Deedee, dass sie mitkommen solle, und sie folgte ihnen ohne Zögern. Als Alec sie denselben Weg wieder zurück auf ihre Route führte, gab sich Mark alle Mühe, nicht daran zu denken, dass sie genau in die Richtung gingen, in die Deedee gezeigt hatte.

In den nächsten Stunden trafen sie auf niemanden – weder Lebende noch Tote. Das Mädchen blieb während der Wanderung sehr still und beklagte sich nicht, obwohl sie zügig bergauf und bergab durch die felsige Landschaft marschierten. Trina ging mit einem Tuch vor der Nase neben ihr.

Deedee verschlang begierig ihr Abendessen, vermutlich ihre erste halbwegs richtige Mahlzeit seit langem. Danach liefen sie noch ein oder zwei Stunden, bevor sie ihr Lager aufschlugen. Alec verkündete, dass sie nach seinen Berechnungen nur noch einen Tagesmarsch vor sich hatten.

Mark beobachtete, wie Trina mit Deedee umging. Sie kümmerte sich rührend um das kleine Mädchen – machte ihr einen Schlafplatz fertig, half ihr beim Waschen im Bach, erzählte ihr eine Geschichte, als im Tal die Dunkelheit Einzug hielt.

Mark sah den beiden zu und hoffte, dass sie eines Tages wieder ein schönes und sicheres Leben führen konnten. Dass das Grauen ein Ende haben und Langeweile ihr einziges Problem sein würde. Und ein Mädchen wie Deedee herumrennen und lachen konnte, wie es für Kinder normal sein sollte.

Er legte sich neben Trina und die Kleine, dachte an die Vergangenheit und glitt in den Schlaf, wo düstere Erinnerungen auf ihn warteten, die seine idiotischen Hoffnungen zunichte machten.

19

Schon nach zehn Minuten weiß Mark, dass er von nun an in Alecs Nähe bleiben will, bis sie wieder zu Hause und in Sicherheit sind. Alec hat nicht nur innerhalb kürzester Zeit drei Männer entwaffnet und außer Gefecht gesetzt, er ist ausgebildeter Soldat, der ohne Zögern die Führung übernimmt und Klartext redet.

»Manchmal ist an Gerüchten was Wahres dran«, sagt Alec, während sie weiter durch den finsteren Gang waten. »In den meisten Fällen will nur irgendein gehirnamputierter Idiot eine Frau beeindrucken. Aber sobald viele Gerüchte auf ein und dasselbe rauslaufen, spitzt man am besten die Ohren und hört genau hin. Ihr fragt euch wahrscheinlich, was zur Hölle ich damit sagen will.«

Mark schaut zu Trina hinüber – ihr Gesicht kann er in dem schwachen Licht von Alecs Taschenlampe nur undeutlich erkennen. Sie wird dasselbe denken wie er: *Wer ist dieser Typ?* Sie trägt immer noch den Insta-Food-Karton, den sie gefunden hat. Scheint sich verzweifelt daran festzuhalten – kein anderer darf ihn anfassen. Noch nicht.

»Ja, das fragen wir uns allerdings«, erwidert Mark schließlich.

Alec bleibt stehen und wirbelt blitzschnell herum, wie eine Schlange, bevor sie zubeißt. Zuerst denkt Mark, seine Antwort hätte irgendwie sarkastisch geklungen und der Typ wollte ihn zusammenschlagen. Stattdessen hebt der zähe alte Knochen nur den Finger.

»Wir haben allerhöchstens eine Stunde, um aus diesen rattenverseuchten Tunneln rauszukommen. Habt ihr das verstanden? Eine Stunde.« Damit dreht er sich wieder um und marschiert weiter.

»Moment mal«, ruft Mark, bemüht, mit Alec Schritt zu halten. »Was soll das heißen? Wieso? Es ist doch viel besser, nicht nach oben zu gehen, bis … na ja, was weiß ich.«

»Sonneneruptionen.«

Alec sagt das Wort, als bräuchte er nichts zu erklären. Als wüssten alle, was in seinem Kopf vor sich geht.

»Sonneneruptionen?«, widerholt Trina. »Meinen Sie, das ist da oben passiert?«

»Ich bin mir ziemlich sicher, meine Hübsche. Ziemlich sicher.«

Bei diesem Wort überschlagen sich die düsteren Vorahnungen in Marks Kopf. Wenn das kein vereinzeltes Ereignis war, wenn es tatsächlich die ganze Welt betrifft, dann ist damit auch der letzte Funke Hoffnung gestorben, den er für seine Familie gehegt hat. »Woher wissen Sie das?«

Seine Stimme bebt.

Alec antwortet mit Nachdruck. »Weil zu viele Leute aus verschiedenen Ecken dasselbe beschrieben haben, bevor ich mich aus dem Staub gemacht habe. Angeblich haben die Nachrichtenagenturen direkt vor dem Ausbruch Warnungen herausgegeben. Das *sind* Sonneneruptionen, keine Frage. Extreme Hitze und Strahlung. Die doppelte Ladung. Etwas, worauf die Welt meinte, bestens vorbereitet zu sein. Die Welt hat sich geirrt. Meine bescheidene Meinung.«

Schweigend gehen sie weiter, Alec vorneweg. Sie biegen um Ecken, marschieren durch verschiedene Tunnel, und wenn sie hier unten auf jemanden treffen, machen sie einen Bogen um ihn. Mark wird immer schwerer ums Herz. Er weiß nicht, wie er mit allem umgehen soll. Er will einfach nicht glauben, dass es seine Familie nicht mehr geben soll, und schwört sich nicht zu ruhen, bis er sie wohlbehalten wiedergefunden hat. Schließlich bleibt Alec in einem langen Gang stehen, der genauso aussieht wie alle anderen.

»Hier sind noch ein paar Freunde von mir«, sagt er. »Sie wollten hier die Lage erkunden und Essen suchen. Ich arbeite schon jahrelang mit Lana zusammen. Wir haben für das Verteidigungsministerium gearbeitet – Lana war früher auch beim Militär. Als Krankenschwester. Die anderen haben wir unterwegs aufgelesen. Ihr zwei seid die Letzten –

mehr können wir nicht mitnehmen, sonst schaffen wir es nie.«

»Was denn?«, fragt Mark.

»Nach oben zu kommen«, sagt Alec. Damit hat Mark nun wirklich nicht gerechnet. »Zurück in die Stadt, so höllisch es da auch sein mag. Wenn wir uns so wenig wie möglich im Freien aufhalten, haben wir ganz gute Chancen. Aber wir müssen da hochkommen, bevor die Flutwelle hier alles unter Wasser setzt und wir jämmerlich ersaufen.«

Mark wachte auf und drehte sich auf die Seite. Seine Augen waren weit aufgerissen, er atmete schwer. Dabei hatte er nicht mal vom schlimmen Teil geträumt. Er wollte sich an all diese Dinge nicht mehr erinnern, wollte das Grauen dieses Tages nicht noch einmal erleben.

Bitte, dachte er. *Bitte nicht. Bitte. Nicht heute Nacht. Das ertrage ich nicht.*

Er wusste nicht mal, mit wem er redete. Mit sich selbst? Vielleicht hatte Frosch ihn angesteckt und er wurde langsam wahnsinnig.

Er drehte sich wieder auf den Rücken, starrte hinauf zu den Ästen und dem Sternenhimmel. Es war stockfinster, komplette Dunkelheit. Mark sehnte den Morgen herbei, dann musste er wenigstens für ein paar Stunden keine schrecklichen Träume fürchten. Vielleicht konnte er sich irgendwie wach halten. Er setzte sich auf und sah sich um. Aber viel erkennen konnte er nicht, nur die Silhouetten der Bäume und die Umrisse seiner Freunde, die neben ihm auf dem Boden lagen.

Er überlegte, ob er Trina wecken sollte. Sie würde sicher

verstehen, dass er Gesellschaft brauchte. Er müsste ihr nicht mal von seinem Traum erzählen. Aber sie lag so friedlich da und atmete ganz gleichmäßig. Mit einem lautlosen Seufzen verwarf er den Gedanken. Er wusste genau, was für ein schlechtes Gewissen er haben würde, wenn er sie um ihren kostbaren Schlaf brachte. Morgen stand nicht nur ein langer Marsch bevor, sie würde auch noch damit zu tun haben, auf die kleine Deedee aufzupassen.

Er legte sich wieder hin. Bilder von tosenden Wassermassen kamen hoch, die Schreie der Ertrinkenden. Die panische, unerträgliche Angst. Er sah den Raum tief unter New York vor sich, in dem er Lana und die anderen zum ersten Mal gesehen hatte. Alecs wettergegerbtes Gesicht und wie er ihnen erklärte, dass ihre größte und dringlichste Sorge jetzt, nachdem sie die gigantischen Sonneneruptionen überlebt hatten, die Flutwelle war – größer als jeder Tsunami. Die Sonneneruptionen mussten wirklich verheerend gewesen sein. Sie hatten überall auf der Welt Katastrophen verursacht und eine Höllenhitze entfacht, was zum rasanten Abschmelzen der Polkappen geführt hatte. Und das bedeutete, dass der Meeresspiegel mit ungeheurer Geschwindigkeit anstieg. Innerhalb weniger Stunden würde die Insel Manhattan komplett unter Wasser stehen.

Das alles hatte Alec ihnen erklärt, während sie zusammengedrängt in einem Raum unter der Erde standen, wo das Wasser ebenfalls alles überschwemmen und versenken würde.

Mark hatte Angst, einzuschlafen und zu träumen, denn er wusste, dass dann alles noch viel quälender wurde.

Und dennoch kam der Schlaf über ihn wie eine kalte, brechende Welle.

20

Das Lincoln Building, einer der höchsten, neuesten und prachtvollsten Wolkenkratzer von New York. Einer der wenigen mit direktem Zugang zum U-Trans-Netz.

Da müssen sie hin, wie Alec ihnen immer wieder einschärft. Er sagt, dass er einen vollständigen Netzplan auf seinem Telefon hat, trotzdem macht er sich offensichtlich Sorgen, sie würden es nicht rechtzeitig schaffen. Selbst in dem schummrigen Licht kann Mark erkennen, dass der Mann ernsthafte Zweifel hegt. Das passt gar nicht zu dem harten Brocken. Mark hätte eher gedacht, dass er selbst eingesperrt in einem Käfig mit einem Dutzend hungriger Löwen noch schief grinsen würde, während er überlegt, welchem er zuerst den Garaus machen soll.

Das Lincoln Building, sagt Mark. *Da musst du hin; dann kannst du deine Familie suchen.*

Sie rennen einen der unzähligen, endlosen Tunnel unter der Stadt entlang. Alec wie immer vorneweg, dahinter Lana. Hinter ihr ein Junge in seinem Alter. Er heißt Darnell. Und hinter ihm rennen Misty – ein Mädchen, aber ein bisschen älter, vielleicht achtzehn – und noch ein Junge, ebenfalls älter als Mark, aber klein und durchtrainiert. Misty nennt ihn »Frosch«, und der scheint es sogar gut zu finden. Dahinter kommen Mark und Trina und hinter ihnen bildet ein Junge namens Baxter das Schlusslicht. Baxter ist der Jüngste von allen, vielleicht dreizehn, aber Mark hat gleich gemerkt, dass er ein zäher Bursche ist. Er hat darauf bestanden, der Letzte zu sein, weil er die anderen vor Überraschungsangriffen beschützen will.

Mark hofft, dass er noch lange genug am Leben bleibt, um sich mit dem Jungen anfreunden zu können.

»Ich hoffe, Alec weiß, was er tut«, ruft Trina ihm leise zu. Sie rennen Seite an Seite und Mark kommt der lächerliche Gedanke, wie schön es doch wäre, mit ihr bei Sonnenuntergang an einem Strand zu sitzen.

»Das weiß er«, meint Mark. Hoffentlich merkt Trina nicht, dass er vor Angst schlottert – das Rennen fällt ihm deshalb ganz schön schwer. Zum ersten Mal in seinem fast siebzehn Jahre langen Leben wird ihm bewusst, was für ein Feigling er ist.

»Tsunami.« Trina sagt dieses Wort, als wäre es das Abartigste, was ihr je über die Lippen gekommen ist. »Wir sind mitten im New Yorker U-Trans-System und das soll unsere größte Sorge sein? Ein Tsunami?«

»Wir sind unter der Erde«, sagt Mark. »Und unsere Stadt liegt direkt am Meer, falls du's vergessen hast. Wasser fließt nach unten. Du weißt schon, Schwerkraft und so.«

Er spürt, dass sie ihn wütend ansieht, und dazu hat sie jedes Recht. Seine blank liegenden Nerven scheinen langsam mit ihm durchzugehen, jetzt gibt er auch noch den Besserwisser. Er versucht sich mit der einzigen Waffe zu retten, die ihm zur Verfügung steht: Ehrlichkeit.

»Entschuldige«, nuschelt er und japst nach Luft. »Ich hab einfach irrsinnige Angst. Tut mir echt leid.«

»Schon gut. Ich hab das nicht wirklich als Frage gemeint. Ich wollte bloß … Keine Ahnung … Das alles ist einfach so verrückt. Sonneneruptionen und ein Tsunami! Vor ein paar Stunden waren das noch Fremdwörter für mich.«

»Echt Scheiße.« Mehr fällt Mark nicht ein. Er will einfach nicht mehr darüber reden. Sonst zieht sich sein Magen vor Angst und Verzweiflung nur noch mehr zusammen.

Am Ende des Tunnels wird Alec langsamer. Er bleibt stehen und dreht sich zu ihnen um. Alle keuchen, Mark ist schweißgebadet.

»Jetzt müssen wir durch einen der neueren Abschnitte der U-Trans«, erklärt Alec. »Da werden garantiert Leute sein und wer weiß, wie die drauf sind. Menschen können ja ziemlich rabiat werden, wenn sie denken, dass die Welt gerade untergeht.«

Weit entfernt hört Mark Geräusche. Stimmengewirr. Schritte. Und Schreie, Weinen, Stöhnen.

Lana ist entschlossen. »Wir müssen da einfach durch. Geht schnell, aber nicht so, als wüsstet ihr, wo ihr hingeht. Wir dürfen nichts mitnehmen – lasst alles liegen, was ihr in den Händen habt, und leert eure Taschen, sonst werden wir womöglich angegriffen. Wir müssen einfach darauf hoffen, dass wir im Lincoln Building was zu essen finden.«

Einige von ihnen haben dieselben Fast-Food-Kartons bei sich wie Trina und schmeißen sie weg. Trina scheint es kaum übers Herz zu bringen, sich von ihren einzigen Vorräten zu trennen.

»Wir gehen durch diese Tür«, sagt Alec, den Blick auf sein Telefon geheftet. Der Akku muss kurz davor sein, den Geist aufzugeben. »Dann springen wir auf die Gleise. Wenn wir einen Bogen um den Bahnhof machen, begegnen wir vielleicht nicht so vielen anderen. Etwa achthundert Meter geradeaus, dann kommen wir zu den Türen, die in das Treppenhaus des Lincoln Building führen. Die Treppe geht bis hoch in den neunzehnten Stock. Das ist unsere einzige Chance.«

Mark schaut in die Runde und merkt, wie nervös und zappelig die kleine Gruppe ist. Frosch springt auf und ab, was auf Mark albern, aber irgendwie auch passend wirkt.

»Also los«, sagt Alec. »Bleibt dicht beieinander. Verteidigt einander bis aufs Blut.«

Trina stöhnt und Mark wünscht sich, der Soldat hätte das nicht gesagt.

»Los, los, los!«, ruft Lana ungeduldig.

Alec reißt die Tür auf. Die Hitzewelle schlägt ihnen entgegen und rollt über sie hinweg. Mark hat das Gefühl, als würde das letzte bisschen Sauerstoff aus seinen Lungen gebrannt. Er ringt um jeden Atemzug, bis er sich ein wenig an die extreme Temperatur gewöhnt hat.

Er tritt hinter Trina in den größeren Tunnel. Sie stehen auf einem schmalen Sims etwa einen Meter über den Gleisen. Alec und Lana sind schon hinuntergesprungen und strecken ihnen die Hände entgegen. Trina und er greifen danach und springen vom Rand hinunter. Mark sieht nach oben. Licht fällt durch den Treppenschacht herein, der hoch zur verwüsteten Welt über ihnen führt. Er sieht die Blicke der Menschen, die auf dem Bahnsteig gegenüber herumlaufen. Viele Blicke sind auf die Neuankömmlinge gerichtet.

Was Mark da oben sieht, bringt sein Herz fast zum Stillstand.

Der Bahnhof ist brechend voll. Mindestens die Hälfte der Leute hat irgendwelche Verletzungen. Schnittwunden und furchtbare Verbrennungen. Viele liegen schreiend auf dem Boden. Kinder, ältere und jüngere, viele von ihnen ebenfalls verletzt. Das ist das Schlimmste für Mark. Irgendwo kämpfen zwei Männer miteinander, prügeln aufeinander ein und kratzen sich, niemand versucht sie auseinanderzubringen. Eine Frau sitzt auf der Bahnsteigkante. Sie hat kein Gesicht mehr, stattdessen sind da nur versengte Haut und Blut. Für Mark ist es ein Vorgeschmack auf die Hölle.

»Weiter, macht schon!«, befiehlt Alec, als alle auf den Gleisen sind.

Sie gehen los und bleiben dabei so eng wie möglich zusammen. Trina geht links von Mark, Baxter rechts. Der Junge sieht völlig verängstigt aus, aber Mark fällt nichts ein, womit er ihn hätte trösten können. Es wären sowieso nur leere Worte. Direkt vor Mark laufen Alec und Lana und ihre Haltung signalisiert, dass man ihnen besser nicht in die Quere kommt. Als sie ungefähr die Hälfte des Bahnsteigs hinter sich gelassen haben, springen zwei Männer und eine Frau zu ihnen herunter auf die Gleise und versperren ihnen den Weg. Sie sehen schmutzig aus, sind aber unversehrt. Zumindest körperlich. Ihre Augen lassen die grauenvollen Dinge erahnen, die sie gesehen haben.

»Wohin so eilig?«, fragt die Frau.

»Genau«, schaltet sich einer ihrer Begleiter ein. »Ihr macht einen ganz schön wichtigen Eindruck. Habt ihr vielleicht ein Ziel, von dem wir nichts wissen?«

Der zweite Mann tritt auf Alec zu. »Keine Ahnung, ob Sie's mitgekriegt haben, aber die Sonne hat beschlossen, uns allen was zu husten. Es gab Tote. Viele Tote. Und Sie glauben, Sie können hier einfach durchmarschieren, als wäre alles in bester Ordnung? Gefällt mir gar nicht, das Ganze.«

Noch ein paar andere springen vom Bahnsteig herunter und versammeln sich hinter den beiden Typen und der Frau. Damit ist der Weg komplett blockiert.

»Los, lasst uns checken, ob sie was zu essen dabeihaben!«, ruft jemand.

Alec holt aus und schlägt dem Mann vor sich die Faust ins Gesicht. Dem Kerl spritzt das Blut nur so aus der Nase, er geht zu Boden. Der Schlag kam so plötzlich, dass sich einen Moment lang vor Schreck niemand rührt. Dann stürzen sich mehrere Leute mit Gebrüll auf ihre Truppe.

Es ist das totale Chaos. Fäuste fliegen, Füße treten, Finger krallen sich in Haare. Mark kriegt eine Faust ins Gesicht und sieht, wie Trina von einem Mann weggezerrt wird. Wutentbrannt geht er auf seinen Angreifer los und schlägt wild um sich, bis er zwei Treffer landet. Als er den Typen von sich wegstößt, sieht er den Mann, der Trina zu Boden gerissen hat und auf ihr hockt. Er versucht ihre Arme festzuhalten, aber sie wehrt sich verzweifelt.

Mark springt den Kerl von der Seite an und beide landen neben Trina auf dem Boden. Der Mann erwischt ihn mit der Faust, aber Mark schlägt sofort zurück. Dann sind sie ineinander verkeilt, drehen und winden sich, schlagen und treten. Mark kämpft sich frei, kriecht weg und sieht nach Trina. Sie ist aufgestanden, kommt herübergerannt und will ihrem Angreifer ins Gesicht treten. Dabei rutscht sie aus und knallt auf den Rücken. Der Fremde will sich auf sie stürzen, aber Mark rammt ihm seine Schulter in den Magen. Stöhnend krümmt sich der andere zusammen, während Mark aufsteht, Trina an der Hand packt und schnell wegzieht. Sie bahnen sich schubsend einen Weg durch die Menge und halten Ausschau nach den anderen.

Ihre Freunde sind ebenfalls in Kämpfe verwickelt, aber zumindest haben ihre Gegner keine weitere Verstärkung bekommen. Mark sieht, wie Frosch ausholt und jemandem einen Fausthieb versetzt. Alec und Lana kämpfen mit einem Mann und einer Frau, die es auf Misty und Baxter abgesehen hatten. Zwei rennen weg. Der Kampf wird gleich vorbei sein.

In dem Moment passiert es.

Ein donnerndes Geräusch, das immer lauter wird. Der Tunnel vibriert. Die Schlägerei bricht sofort ab. Alle stehen auf, schauen sich um. Auch Mark späht nach der Ursache. Er hält immer noch Trinas Hand.

»Was ist das?«, brüllt sie.

Mark schüttelt den Kopf und blickt suchend durch den Tunnel. Der Boden vibriert unter den Füßen und das Donnern schwillt zum Getöse. Sein Blick wandert zur Treppe, die vom Bahnsteig nach oben führt, da gehen die Schreie los – zahllose Schreie und Panik in der Menge.

Eine gigantische Welle aus schmutzigem Wasser kommt die breiten Stufen heruntergestürzt.

21

Mark wachte auf. Ohne zu schreien, ohne hochzufahren oder zu keuchen. Er machte einfach die Augen auf und merkte, dass sie tränennass waren, sein ganzes Gesicht war nass. Die Sonne strahlte hell durch die Bäume.

Die Flutwelle.

Nie, nie, nie würde er es vergessen. Wie ein wildes Tier kam sie diese Treppe hinuntergerauscht. Es war grauenvoll mitanzusehen, wie die ersten Menschen mitgerissen wurden.

»Alles klar?« Trina.

Er wischte sich schnell das Gesicht ab und drehte sich zu ihr um. Hoffentlich hatte sie nicht gesehen, dass er sich im Schlaf die Augen ausgeheult hatte. Aber ein Blick genügte. Sie sah ihn an wie eine besorgte Mutter.

»Äh, hallo«, murmelte er. Es war so peinlich. »Guten Morgen. Wie geht's?«

»Mark, ich bin nicht blöd. Sag mir, was los ist.«

Er wollte nicht darüber reden und warf ihr einen entsprechenden Blick zu. Dann sah er Deedee ein paar Meter entfernt an einem Baum lehnen. Sie pulte die Rinde von einem Zweig. Ihre Miene wirkte zwar nicht gerade fröhlich, aber zumindest nicht mehr so abgrundtief traurig wie am Vortag.

»Mark?«

Er blickte zurück zu Trina. »Ich hab bloß … schlecht geträumt.«

»Wovon?«

»Du weißt schon.«

Sie legte die Stirn in Falten. »Aber von was genau? Vielleicht hilft es, darüber zu reden.«

»Glaube ich nicht«, erwiderte er seufzend. Dann wurde ihm klar, dass er nicht besonders freundlich klang. Sie wollte ihm doch nur helfen. »Direkt bevor das Wasser den Bahnsteig geflutet hat. Und vorher, als wir gegen diese fiesen Typen kämpfen mussten, die sich uns in den Weg gestellt hatten. Ich bin aufgewacht, als gerade der richtig schlimme Teil anfing.« Der schlimme Teil. Als wäre alles davor ein Picknick im Park gewesen.

Trina schaute zu Boden. »Wenn diese Träume doch bloß ein Ende hätten! Wir haben es geschafft, nur das zählt. Irgendwie musst du das Vergangene loslassen.« Sie sah entschuldigend zu ihm hoch. »Sagt sich so leicht, ich weiß. Ich wär einfach froh, wenn du die Vergangenheit hinter dir lassen könntest. Das ist alles.«

»Ich weiß. Geht mir haargenau so.«

Er tätschelte ihr Knie, was in der Situation blödsinnig war, aber Alec und Lana kamen gerade vom Wasserholen am Bach zurück.

»Wie geht's ihr?«, fragte er Trina mit einem Seitenblick zu Deedee.

»Ziemlich gut, glaube ich. Sie hat zwar noch nicht viel erzählt, aber immerhin scheint sie sich in meiner Nähe wohlzufühlen. Ich kann mir gar nicht vorstellen, was die Kleine durchgemacht hat, als sie die ganze Zeit allein war.«

In Mark stieg von neuem die Wut hoch. »Wie konnten sie nur? Ich meine … was für Waschlappen …«

Trina nickte. »Ja … aber wer weiß. Schwere Zeiten und so.«

»Ja, aber sie ist doch garantiert noch keine sechs Jahre alt!« Er flüsterte und brüllte gleichzeitig. Er wollte nicht, dass Deedee ihn hörte, aber er konnte nicht anders. Ein Kind so im Stich zu lassen machte ihn unwahrscheinlich wütend.

»Ich weiß«, sagte Trina sanft. »Ich weiß.«

Lana trat zu ihnen; Mark sah ihr an, dass sie seine Gefühle gut nachvollziehen konnte.

»Wir machen uns besser auf den Weg«, sagte sie. »Irgendwas werden wir schon herausfinden.«

***

Der Tag zog und zog sich.

Immer wieder kam der Gedanke in Mark hoch, dass sie in die Richtung unterwegs waren, in die Deedee gezeigt hatte. Hier trieben sich die Leute aus ihrem Dorf herum.

Andererseits gab es keinen Grund, sich vor ihnen zu fürchten. Es waren ganz normale Menschen, die vor einem Angriff, vor einer Krankheit geflüchtet waren. Aber die Art, wie Deedee von ihnen gesprochen hatte, war merkwürdig gewesen. Mark sah es noch genau vor sich, wie anklagend sie auf ihre Wunde gezeigt hatte. Das alles beunruhigte ihn.

Nachdem sie mehrere Stunden lang keine Spur von irgendjemandem gesehen hatten, entspannte er sich langsam beim endlosen Laufen, Laufen, Laufen. Durch den Wald, über Bäche, durch Gestrüpp. Dabei fragte er sich, ob es überhaupt Sinn ergab, dieses Hauptquartier zu suchen.

Am Nachmittag legten sie eine Pause ein. Sie aßen Müsliriegel und tranken Wasser aus einem Fluss in der Nähe. Immer wieder fiel Mark auf, dass es eines gab, wovon sie genug hatten: Wasser. Wenigstens etwas.

»Wir sind schon relativ nah«, sagte Alec kauend. »Wir müssen jetzt ein bisschen vorsichtiger sein. Gut möglich, dass das Ding bewacht ist. Es gibt bestimmt viele Leute, die gern in so einen hübschen Bunker einziehen würden oder was auch immer das ist. Wahrscheinlich ist das Ding bis oben voll mit Lebensmitteln und Ausrüstung für einen Notfall.«

»Wir sind eindeutig ein Notfall«, murmelte Lana. »Wer immer diese Leute sein mögen, sie sollten ein paar gute Erklärungen parat haben.«

Alec nahm einen Bissen und schob ihn in seine Backe. »So gefällst du mir.«

»Bringen sie einem bei der Armee keine Manieren bei?«, fragte Trina. »Man kann genauso gut abbeißen, wenn man *fertig* ist mit Reden, statt direkt vorher.«

Alec kaute. »Wirklich?« Er lachte krächzend und kleine Müsli-Krümel flogen durch die Luft. Er hustete und gleich darauf lachte er weiter.

Es kam so selten vor, dass Alec in dieser Stimmung war. Mark war überrascht, aber dann ließ er sich mitreißen und lachte leise mit. Auch Trina lächelte und die kleine Deedee gluckste laut vor Lachen. Das machte Mark so froh, dass die düsteren Gedanken verschwanden.

»Man könnte denken, jemand hätte gefurzt, so albern, wie ihr da rumkichert«, bemerkte Lana trocken.

Da mussten alle noch viel mehr lachen, sie konnten gar nicht mehr aufhören. Alec setzte noch eins drauf und stachelte sie mit Furzgeräuschen an. Mark lachte, bis ihm das ganze Gesicht und die Bauchmuskeln wehtaten.

Schließlich beruhigten sie sich doch wieder, nach einem letzten großen Seufzer des Soldaten. Alec stand auf.

»Jetzt könnte ich dreißig Kilometer rennen«, sagte er. »Auf geht's.«

Als sie losmarschierten, war Marks Traum von letzter Nacht nur noch eine blasse Erinnerung.

22

Alec und Lana waren jetzt deutlich vorsichtiger, sie hielten alle Viertelstunde an und lauschten aufmerksam, suchten nach Hinweisen auf Wachen oder Fallen und blieben, soweit es ging, im Schatten der Bäume.

Die Sonne ging unter, noch zwei Stunden, dann würde die Dunkelheit auch das letzte Dämmerlicht schlucken. Alec hielt an und versammelte alle um sich. Irgendwann hatten die beiden Erwachsenen anscheinend beschlossen, dass sie keinen Abstand mehr voneinander zu halten brauchten.

Sie waren an einer kleinen Lichtung, umgeben von dicken Eichen und hohen Kiefern – alte Bäume, die nicht von den

Sonneneruptionen verbrannt worden waren – und dürrem Unterholz. Die Lichtung lag in einer Mulde zwischen zwei Hügeln. Mark war noch immer guter Laune und gespannt, was Alec vorhatte.

»Ich habe versucht das so weit wie möglich zu vermeiden«, sagte Alec. »Aber jetzt müssen wir doch mal auf dem Workpad überprüfen, ob meine nachgezeichnete Karte noch stimmt. Hoffen wir mal, dass meine alten grauen Zellen uns nicht im Stich gelassen haben.«

»Ja«, erwiderte Lana. »Hoffentlich sind wir nicht in Kanada oder Mexiko gelandet.«

»Sehr witzig.«

Alec schaltete das Gerät ein und öffnete das Landkartenprogramm. Er rief die Landkarte mit den verzeichneten Flügen des Berks auf und holte seinen Kompass hervor. Still sahen die anderen ihm dabei zu, wie er ein paar Minuten lang die Karte studierte, Höhenlinien mit dem Finger entlangfuhr und mit seiner Zeichnung verglich. Immer wieder hielt er inne, schloss die Augen und überlegte. Schließlich stand Alec auf, schaute hoch zur Sonne und drehte sich einmal im Kreis. Dann sah er auf seinen Kompass.

»Ja«, brummte er. »Ja, ja.«

Dann kniete er sich wieder hin, vertiefte sich erneut in die Karten und änderte ein paar Kleinigkeiten auf seiner Zeichnung.

Mark wurde langsam nervös. Bedeutete Alecs Verhalten, dass sie vom Weg abgekommen waren? Doch da sagte der alte Bär endlich den erlösenden Satz.

»Mann, bin ich gut. Ehrlich, nach all den Jahren sollte man

meinen, dass ich nicht mehr über mich selbst staunen würde. Aber jetzt tu ich's doch.«

»Du liebe Güte«, stöhnte Lana.

Alec tippte auf die Bildschirm-Karte, zeigte auf eine Stelle links neben dem Punkt, an dem die Flugrouten des Berks zusammenliefen. »Falls mich nicht alles täuscht und der Virus nicht schon an meinem Gehirn nagt, stehen wir genau hier. Etwa acht Kilometer von dem Ort entfernt, an dem unser Berk jede Nacht geparkt hat.«

»Bist du dir sicher?«, fragte Trina.

»Ich weiß, wie man Karten liest und die Landschaft anguckt. Und ich weiß, wie man einen Kompass und den Stand der Sonne liest. Diese ganzen Berge und Hügel und Täler mögen für eure kleinen Glupscher alle gleich aussehen, aber eins könnt ihr mir glauben: Sie sind es nicht. Schaut mal her.« Er zeigte auf die Karte. »Das hier ist Asheville, nur ein paar Kilometer östlich. Wir sind nah dran. Ich hab da so ein Gefühl. Ich glaube, die nächsten Tage könnten sehr interessant werden.«

Mark dagegen hatte das Gefühl, dass seine gute Laune nicht mehr lange anhalten würde.

Sie gingen noch anderthalb Kilometer näher heran, tief in einen der dichtesten Wälder, durch die sie bisher gekommen waren. Alec legte Wert auf Deckung, falls die Leute, die sie überraschen wollten, nachts Späher losschickten. Sie bauten ihr Lager, aßen schnell zu Abend und saßen danach um einen leeren Platz herum – Feuer hatten sie nicht gemacht, das Risiko, so nah am Hauptquartier des Berks entdeckt zu werden, war ihnen zu groß.

»Und wir können wirklich nichts helfen?«, fragte Trina.

»Später«, entgegnete Alec schroff.

Trina seufzte übertrieben. »Fast warst du mir schon sympathisch geworden.«

»Tja.« Er lehnte sich an einen Baum und machte die Augen zu. »Und jetzt lasst mich bitte ein bisschen meine grauen Zellen benutzen.«

Trina schaute Mark Hilfe suchend an, aber er lächelte nur. Er hatte sich schon lange an den alten Bären und seine Macken gewöhnt. Außerdem fand er, dass Alec Recht hatte. Sie mussten sich genau überlegen, was sie am nächsten Morgen machen sollten. Wie sollten sie an Informationen herankommen, über einen Ort und Leute, von denen sie absolut nichts wussten?

»Wie geht's dir, Deedee?«, fragte er. Die Kleine saß im Schneidersitz da und starrte auf den Boden. »An was denkst du gerade?«

Sie zuckte mit den Schultern und lächelte ihn schief an.

Er kam auf die Idee, dass sie sich vielleicht Sorgen machte, was mit ihr passieren würde. »Hey, du brauchst keine Angst zu haben wegen morgen. Wir lassen nicht zu, dass dir irgendwas passiert. Okay?«

»Versprochen?«

»Versprochen.«

Trina lehnte sich zu ihr hinüber und umarmte sie. Falls Zweifel daran bestanden hatten, dass Alec und Lana den Kampf gegen Berührungen aufgegeben hatten, so waren die jetzt ausgeräumt. Die beiden protestierten nicht.

»Mach dir keine Sorgen, ja?«, sagte Trina zu Deedee. »Wir

bringen dich in Sicherheit und dann gehen wir mit ein paar Leuten reden. Nichts weiter. Uns passiert schon nichts.«

Mark wollte gerade auch noch etwas Beruhigendes sagen, als er in der Ferne ein Geräusch hörte. Es klang, als würde jemand singen.

»Hört ihr das?«, flüsterte er.

Alle horchten auf – besonders Alec. Der riss die Augen auf und setzte sich reflexartig kerzengerade hin.

»Was?«, fragte Trina.

»Horch mal.« Mark legte einen Finger an seine Lippen und deutete mit dem Kopf in die Richtung, aus der die Stimme zu hören war.

Schwach zwar, aber da war etwas. Eine Frauenstimme, die irgendeinen Singsang von sich gab, nicht so weit weg, wie Mark zuerst gedacht hatte. Er bekam eine Gänsehaut – so hatte Misty gesungen, als die Krankheit bei ihr losgegangen war.

»Was zum Teufel ist *das* denn?«, flüsterte Alec.

Niemand antwortete. Alle lauschten weiter. Der Gesang war sehr hoch und trällernd. Er hätte fast schön klingen können, wenn er hier nicht so völlig fehl am Platz gewesen wäre. Wenn da draußen mitten im Wald wirklich jemand sang, dann war das … einfach nur schräg. Ein Mann stimmte ein, dann noch ein paar andere, bis es wie ein richtiger Chor klang.

»Was ist das bloß …?«, fragte Trina. »Ist hier irgendwo eine Kirche oder was?«

Alec lehnte sich mit ernster Miene vor. »Ich sag das nur ungern, aber das müssen wir uns ansehen. Ich gehe – ihr bleibt hier und verhaltet euch still. Das könnte eine Falle sein oder so was.«

»Ich komme mit«, platzte Mark heraus. Er hielt es nicht aus, hier nur rumzusitzen.

Alec schien sich da nicht so sicher zu sein. Er schaute Lana an und dann Trina.

»Was denn?«, fragte Trina. »Meinst du etwa, wir Frauen kommen nicht allein klar? Geht ruhig – wir schaffen das schon. Oder, Deedee?«

Das Mädchen wirkte verstört. Der Gesang schien ihr Angst zu machen. Aber sie nickte Trina zu und versuchte zu lächeln.

»In Ordnung«, sagte Alec. »Komm, Mark. Das schauen wir uns an.«

Deedee räusperte sich und hob die Hände, als ob sie etwas sagen wollte.

»Was ist?«, fragte Trina. »Weißt du irgendwas?«

Die Kleine nickte heftig, immer noch sehr verängstigt. Dann sprudelte es aus ihr heraus. Viel mehr, als sie die ganze Zeit über gesagt hatte. »Die Leute aus meinem Dorf. Das sind sie. Ich weiß, dass sie das sind. Sie sind komisch geworden, haben angefangen … komische Sachen zu machen. Sie haben gesagt, Bäume und Pflanzen und Tiere wären verzaubert. Und sie haben mich zurückgelassen, weil sie dachten, ich wäre … böse.« Beim letzten Wort fing sie an zu schluchzen. »Weil ich getroffen worden, aber nicht krank geworden bin.«

Mark und die anderen wechselten erstaunte Blicke. Das wurde immer merkwürdiger.

»Dann seht besser mal nach«, sagte Lana. »Ihr müsst zumindest sichergehen, dass sie weit genug weg sind und nicht in unsere Richtung kommen. Aber seid vorsichtig!«

Alec nickte. Anscheinend konnte er es kaum erwarten, sich

das anzusehen. Er klopfte Mark leicht auf die Schulter und wollte gerade losgehen, als Deedee noch etwas sagte.

»Passt vor dem hässlichen Mann ohne Ohren auf.«

Dann lehnte sie den Kopf an Trinas Schulter und fing an zu weinen. Mark sah Alec an, der den Kopf schüttelte, um zu sagen, dass sie das Mädchen in Ruhe lassen sollten. Er winkte Mark zu sich. Ohne ein weiteres Wort gingen die beiden in den Wald.

23

Der Gesang hielt an, während sie durch den Wald schlichen. Sie waren so leise wie möglich, doch ab und zu trat Mark auf einen Zweig oder heruntergefallenen Ast, der knackend zerbrach. Und jedes Mal erntete er dafür einen grimmigen Blick von Alec.

»Sorry«, zischte Mark dann und bemühte sich vergeblich vorsichtiger zu sein.

Es war schon fast dunkel. Immer weiter schlichen sie zwischen den Bäumen hindurch und kamen dem unheimlichen Gesang näher und näher. Die Bäume verwandelten sich in hoch aufragende Schatten, bedrohlich, riesig, bedrückend. Es war fast, als würden sie sich in Marks Richtung lehnen, egal wo er stand oder ging. In der Dunkelheit war es noch schwieriger, keine Geräusche zu verursachen, und immer wieder zog er Alecs vorwurfsvolle Blicke auf sich. Wenigstens konnte er die jetzt nicht mehr so gut sehen. Er ging weiter dem alten Bären hinterher.

Nach ein paar Hundert Metern sahen sie in einiger Entfernung ein orange flackerndes Licht. Feuer. Ein großes Feuer. Und der Gesang war jetzt richtig laut und ... intensiv. Die Leute sangen offenbar voller Inbrunst.

Alec schlich zu einem riesigen alten Baum und kauerte sich dahinter. Mark blieb ihm dicht auf den Fersen. Sie knieten sich nebeneinander, der Baum war groß genug, um beiden Schutz zu gewähren.

»Was denkst du über das, was Deedee erzählt hat?«, flüsterte Mark.

Er hatte wohl zu laut gesprochen, denn Alec sah ihn mit seinem warnenden »Sei-leise«-Blick an, den Mark im schwachen Licht gerade noch erkennen konnte. Dann antwortete er mit gedämpfter Stimme. »Kann sehr gut sein, dass das die Leute sind, die sie zurückgelassen haben. Und es klingt so, als hätten sie nur Rührei im Hirn. Und jetzt versuch mal nicht so viel Krach zu machen, ja?«

Mark verdrehte die Augen, aber Alec hatte sich schon abgewandt. Er spähte seitlich hinter dem Baumstamm hervor. Nach ein paar Sekunden drehte er sich wieder zu Mark um.

»Ich kann nicht alle sehen«, flüsterte er, »aber da sind mindestens vier oder fünf Knallköpfe, die um das Feuer tanzen, als wollten sie die Toten aufwecken.«

»Vielleicht ist es ja wirklich genau das, was sie wollen«, überlegte Mark. »Klingt wie eine Sekte.«

Alec nickte langsam. »Oder sie waren schon immer so.«

»Deedee hat gesagt, sie wäre von den Leuten als böse bezeichnet worden. Vermutlich waren sie schon vorher durchgeknallt und der Virus hat alles nur noch schlimmer gemacht.« Eine Sekte mit einem Virus, der sie noch verrückter machte. Das klang abenteuerlich. »Ich hab schon Gänsehaut, obwohl ich sie noch gar nicht gesehen habe.«

»Wir sollten näher ran. Ich will sichergehen, dass wir vor denen keine Angst zu haben brauchen.«

Sie verließen ihr Versteck und schlichen geduckt von Baum zu Baum. Jedes Mal prüfte Alec zuerst, ob die Luft rein war, bevor sie den nächsten Baum anpeilten. Mark war stolz auf sich. Er hatte lange fast kein Geräusch mehr verursacht.

Sie schlichen weiter, bis sie sich dem Feuer auf knapp hundert Meter genähert hatten. Der Gesang war jetzt deutlich zu hören und die Flammen warfen Schatten, die in den Baumkronen über ihnen kreisten und flackerten. Mark hockte sich hinter einen anderen Baum als Alec und streckte den Kopf hervor, um den langen Abhang hinunterzuschauen.

Das Feuer war riesig. Es hatte mindestens einen Umfang von drei Metern und die laut knisternden Flammen leckten hoch in die Luft, fast bis zu den unteren Ästen der umstehenden Bäume. Mark konnte es nicht fassen, dass diese Idioten riskierten, den gesamten Wald abzufackeln. Und das, wo seit den Sonneneruptionen alles staubtrocken war.

Fünf oder sechs Leute taumelten um das Feuer, warfen die Arme hoch, verbeugten sich zum Boden, liefen seitwärts, tanzten. Mark hatte damit gerechnet, dass sie merkwürdige Gewänder trugen oder gar vollständig nackt waren, aber sie waren ganz normal angezogen – mit T-Shirts, Achselhemden, Jeans, Shorts, Sportschuhen. Eine Gruppe von etwa zwölf anderen stand in zwei Reihen auf der gegenüberliegenden Seite des Feuers und sang den merkwürdigen Singsang, den sie gehört hatten. Mark verstand kein Wort.

Alec tippte ihm auf die Schulter. Mark fuhr herum und musste sich beherrschen nicht zu laut zu sprechen. »Mann, du hast mich zu Tode erschreckt!«

»Tut mir leid. Hör zu, ich hab kein gutes Gefühl bei diesen Typen. Ob die jetzt eine Bedrohung sind oder nicht – die Leute im Bunker haben sie auf jeden Fall bemerkt und sind garantiert in Alarmbereitschaft.«

Mark fragte sich, ob das nicht vielleicht sogar gut war. »Wenn die Rühreihirne hier die Aufmerksamkeit auf sich lenken, wird es für uns vielleicht leichter, dort reinzuschleichen. Meinst du nicht?«

Alec schien darüber nachzudenken. »Kann schon sein. Wir sollten vielleicht …«

»Wer ist da oben?«

Mark erstarrte. Alec ebenso. Sie starrten sich mit offenem Mund an. Mark konnte das Lagerfeuer in Alecs Augen flackern sehen.

»Ich hab gefragt, wer da oben ist.« Eine Frauenstimme aus der Gruppe unten am Feuer. »Wir wollen euch nichts tun. Wir wollen euch nur zu uns einladen. Schließt euch doch unseren Lobpreisungen an. Wir bedanken uns bei der Natur und den Geistern.«

»O Mann«, flüsterte Alec. »Bitte nicht.«

»Nein, ganz sicher nicht«, pflichtete Mark ihm bei.

Knackende Schritte näherten sich, und bevor sie irgendetwas unternehmen konnten, standen zwei Personen vor ihnen. Sie standen mit dem Rücken zum Feuer, deshalb konnte Mark ihre Gesichter nicht sehen. Man konnte nur erkennen, dass es sich um einen Mann und eine Frau handelte.

»Ihr seid herzlich eingeladen mit uns zu tanzen und zu singen«, sagte die Frau. Ihr Tonfall klang viel zu … ruhig, angesichts der Umstände. In dieser neuen Welt sollte man Fremden eigentlich immer mit Vorsicht begegnen.

Alec stand auf. Jetzt noch länger am Boden zu kauern wie ein lauschendes Kind war lächerlich. Mark erhob sich ebenfalls. Mit verschränkten Armen reckte Alec seine Brust vor, wie ein Bär, der sein Territorium verteidigt.

»Hört zu«, sagte er in seinem üblichen schroffen Ton. »Nett, dass ihr uns einladen wollt. Danke, aber wir müssen leider ablehnen. Nehmt's nicht persönlich.«

Mark verzog das Gesicht. In seinen Augen waren die beiden viel zu unberechenbar, vielleicht sogar labil, um so sarkastisch mit ihnen zu reden. Er konnte ihre Reaktion nicht erkennen, denn die Gesichter waren noch immer durch das Gegenlicht des Feuers unsichtbar.

»Warum seid ihr hier?«, fragte der Mann, als hätte er Alecs Kommentar überhört. »Warum seid ihr hier und beobachtet uns? Ich hätte gedacht, ihr fühlt euch geehrt, dass wir euch einladen.«

Alec holte Luft. Mark wurde immer nervöser.

»Wir waren neugierig«, sagte Alec ruhig.

»Warum habt ihr Deedee zurückgelassen?«, platzte Mark plötzlich heraus. Er hatte keine Ahnung, woher das gekommen war. Er wusste nicht mal mit Sicherheit, ob diese Leute tatsächlich aus demselben Dorf wie Deedee kamen. »Sie ist noch ein kleines Kind. Warum habt ihr sie zurückgelassen wie einen Hund?«

Die Frau antwortete nicht auf seine Frage. »Ich habe bei euch beiden kein gutes Gefühl«, erwiderte sie. »Wir können kein Risiko eingehen. Nehmt sie gefangen.«

Bevor Mark reagieren konnte, hatte er eine Schlinge um den Hals, die zugezogen wurde und ihn in die Höhe riss. Krächzend griff er nach dem Seil, um es zu lockern, und landete im nächsten Moment hart mit dem Rücken auf dem Boden. Alec war auf die gleiche Weise gefesselt worden. Mark konnte ihn krächzen und fluchen hören. Tretend und windend versuchte Mark sich zu seinem Angreifer umzudrehen, aber jemand griff ihm mit kräftigen Händen unter die Achseln und stellte ihn auf die Füße.

Dann wurde er den Abhang hinuntergezerrt.

Zum Feuer.

24

Mark hörte endgültig auf sich zu wehren, als ihm jemand die Faust ins Gesicht schlug und der Schmerz in seiner Wange explodierte. Ihm wurde klar, dass jeder Fluchtversuch völlig aussichtslos war. Also ließ er sich dahin schleifen, wo sie ihn haben wollten. Er sah, wie Alec sich gegen zwei große, kräftige Männer zur Wehr setzte und die Schlinge um seinen Hals immer fester zugezogen wurde. Alecs Krächzen und Würgen ging ihm durch Mark und Bein.

»Hör auf!«, brüllte er. »Alec, lass es! Die bringen dich um!«

Natürlich hörte der alte Bär nicht auf ihn und kämpfte weiter.

Sie wurden auf die Lichtung geschleift, wo immer noch das mächtige Feuer loderte. Eine Frau kam und legte Holz nach. Im nächsten Moment sprühten die roten Funken. Der Mann zerrte Mark um das Lagerfeuer herum und stieß ihn vor den in zwei Reihen stehenden Sängern zu Boden. Der Chor hörte auf zu singen, alle starrten ihn an.

Mark spuckte und hustete, sein Hals brannte höllisch von dem Seil, als er versuchte sich aufzusetzen. Ein großer Mann – vermutlich der, der ihn hierhergeschleift hatte – stellte ihm seinen riesigen Stiefel auf die Brust und drückte ihn wieder zu Boden.

»Unten bleiben«, sagte er. Nicht wütend oder aufgeregt, sondern ganz neutral, als erwarte er nicht, dass Mark auch nur daran denken würde, sich zu widersetzen.

Zwei Männer waren nötig gewesen, um Alec den Hang herunterzuzerren. Mark war trotzdem geschockt, dass sie es überhaupt geschafft hatten. Sie ließen Alec neben ihn fallen. Der Soldat ächzte und stöhnte, wehrte sich jedoch nicht, denn die beiden Männer hielten noch immer das Ende des Seils in der Hand, das um seinen Hals geschlungen war. Er wurde von einem langen Hustenanfall geschüttelt, dann spuckte er Blut.

»Warum tut ihr das?«, fragte Mark. Er lag flach auf dem Rücken und starrte in die Baumkronen, in denen die Schatten der Flammen tanzten. »Wir wollen euch nichts tun. Wir wollen nur wissen, wer ihr seid und was ihr macht!«

»Hast du deshalb nach Deedee gefragt?«

Ein paar Meter entfernt sah Mark eine Frau stehen. An ihrer Figur erkannte er, dass es dieselbe war, die oben auf dem Berg mit ihnen geredet hatte.

»Also wart ihr das. Ihr habt sie zurückgelassen! Wieso? Und warum nehmt ihr uns gefangen? Wir wollen bloß ein paar Antworten!«

Mit einem Mal war Alec in Bewegung, sprang auf und riss den beiden Männern das Seil aus der Hand. Dann ging er mit vorgereckter Schulter wie ein Rammbock auf sie los. Er stieß einen der Männer um, landete auf ihm und schlug auf ihn ein, bis zwei andere Männer versuchten ihn von dem Kerl herunterzuzerren. Als noch ein Mann dazukam, schafften sie es schließlich. Sie warfen Alec auf den Rücken und hielten seine Arme und Beine fest. Der Kerl, den Alec verprügelt hatte, richtete sich langsam und drohend wieder auf. Dann ging er auf ihn los und trat ihn dreimal hintereinander in die Rippen.

»Aufhören!«, schrie Mark. »Aufhören!«

Er zerrte an seinem Seil und wollte sich aufrappeln, aber der Stiefel war wieder da und drückte ihn zu Boden.

»Hör auf, ich wiederhole: Hör auf dich zu bewegen«, sagte der Mann mit seiner monotonen Stimme.

Die anderen waren immer noch damit beschäftigt, Alec zu prügeln und zu treten, aber der alte Haudegen hörte einfach nicht auf sich zu wehren. Dabei waren seine Chancen gleich null.

»Alec«, flehte Mark ihn an. »Du musst tun, was er sagt, sonst bringen sie dich um. Was haben wir davon, wenn du tot bist?«

Endlich schienen die Worte zu Alecs Dickschädel durchzudringen. Er hielt still und rollte sich mit schmerzverzerrtem Gesicht langsam zu einer Kugel zusammen.

Mark zitterte vor Wut, als er sich wieder der Frau zuwandte, die einfach nur dastand und alles gleichgültig beobachtete.

»Wer seid ihr?«, fragte er. Mehr brachte er nicht heraus, aber er versuchte so viel Verachtung in die Worte zu legen, wie er konnte.

Die Frau starrte ihn ein paar Sekunden an, bevor sie antwortete. »Ihr seid unerwünschte Eindringlinge. Und jetzt erzähl mir von Deedee. Ist das Mädchen bei euch? In eurem Lager?«

»Was interessiert euch das? Ihr habt sie doch zurückgelassen! Habt ihr etwa Angst, dass sie sich bei euch einschleicht und alle ansteckt? Sie ist *gesund*. Mit ihr ist alles in Ordnung!«

»Wir haben unsere Gründe«, sagte die Frau. »Die Geister sprechen zu uns und wir befolgen ihre Befehle. Nachdem der dämonische Regen niedergegangen war, haben wir unser Dorf auf der Suche nach einem heiligen Ort verlassen. Viele unserer Leute haben sich abgesetzt und wollten nicht mitkommen. Sie sind irgendwo da draußen und machen wahrscheinlich gemeinsame Sache mit den Dämonen. Vielleicht bist *du* ja einer ihrer Spione.«

Mark konnte nicht fassen, was diese Frau für absurdes Zeug redete. »Ihr überlasst ein unschuldiges kleines Mädchen dem Tod, weil sie *vielleicht* krank sein könnte? Kein Wunder, dass die anderen aus eurem Dorf nicht bei euch bleiben wollten.«

Die Frau wirkte auf einmal verwirrt. »Hör zu, Junge. Die anderen sind sehr viel gefährlicher als wir. Sie greifen ohne Vorwarnung an, töten ohne Gewissen. Das Böse versteckt sich in allen möglichen Formen, es ist überall. Wir können kein

Risiko eingehen, vor allem weil ihr Deedees Namen erwähnt habt. Ihr seid jetzt unsere Gefangenen. Euch freizulassen könnte die Aufmerksamkeit derjenigen erregen, die uns schaden wollen.«

Mark starrte sie an, seine Gedanken rasten. Je mehr diese Frau sagte, desto unguter wurde sein Gefühl. »Deedee hat uns erzählt, dass die Pfeile vom Himmel kamen. Wir haben die Leichen in eurer Siedlung gesehen. Dasselbe ist uns auch passiert. Wir wollen nur herausfinden, *warum*.«

»Das Mädchen hat das Böse über uns gebracht. Weil sie schlecht ist. Was meint ihr, warum wir sie zurückgelassen haben? Falls ihr sie gerettet und in unsere Nähe gebracht habt, ist das schlimmer, als ihr es euch im Traum vorstellen könnt.«

»Was soll dieser ganze Schwachsinn?«, knurrte Alec. »Wir haben viel größere Probleme, als *Sie* sich im Traum vorstellen können.«

»Sie müssen uns gehen lassen«, fügte Mark schnell hinzu, bevor Alec noch etwas sagen konnte. Er war vielleicht der härteste Knochen in ihrer Truppe, aber Verhandeln war nicht seine Stärke. »Wir suchen nur einen sicheren Ort zum Leben. Bitte. Wir versprechen, dass wir einfach verschwinden. Wir erzählen niemandem von euch und wir bringen Deedee nicht in eure Nähe, wenn ihr das nicht wollt. Wir können uns um sie kümmern.«

»Es macht mich traurig, wie wenig ihr versteht«, erwiderte die Frau. »Wirklich.«

Am liebsten hätte Mark laut geschrien, aber er zwang sich ruhig zu bleiben. »Gut, dann erklären wir uns jetzt gegenseitig alles. Ist das fair? Ich *will* das alles verstehen. Und es ist wirklich wichtig, dass auch ihr uns versteht. Könnt ihr vielleicht einfach mit uns reden, statt uns wie Tiere zu behandeln?«

Als sie nicht antwortete, versuchte er das Gespräch anders in Gang zu halten. »Also … warum fangen wir nicht einfach beim Anfang an? Wie wir in diese Berge gekommen sind.«

Die Augen der Frau waren geweitet und ihr Blick wirkte leer. »Ich habe immer gedacht, dass die Dämonen versuchen würden freundlich zu sein, wenn sie uns holen kommen. Ihr habt uns hereingelegt und uns dazu verleitet, euch hier herunterzubringen und zu fesseln. Damit ihr uns mit eurer Freundlichkeit hereinlegen könnt. Dämonen. Ihr seid alle Dämonen!« Sie nickte einem der Männer, die bei Mark und Alec standen, knapp zu.

Der Mann holte mit seinem Fuß aus und trat Mark in die Rippen. Schmerz explodierte in seiner Seite und er konnte nicht anders, als laut aufzuschreien. Der Mann trat ihn wieder, diesmal in den Rücken, direkt in die Niere. Unfassbare Schmerzen durchströmten Marks Körper und Tränen brannten in seinen Augen. Er schrie noch lauter als vorher.

Alec protestierte. »Hör auf, du jämmerlicher Wasch …« Einer der Männer, die ihn festhielten, schnitt ihm das Wort ab, indem er ihm mit der Faust ins Gesicht schlug.

»Warum tut ihr das?«, brüllte Mark. »Wir sind keine Dämonen! Ihr seid völlig verrückt!« Noch ein Tritt in die Rippen, unerträgliche Schmerzen. Er rollte sich zusammen und schlang die Arme um seine Beine. Es würde immer so weitergehen und es gab kein Entkommen.

»Aufhören!«

Eine tiefe Männerstimme dröhnte ihnen von der anderen

Seite des Feuers entgegen. Die Männer, die Mark und Alec verprügelt hatten, wichen sofort zurück und fielen mit gesenktem Blick auf die Knie. Auch die Frau kniete sich hin und blickte zu Boden.

Mark, dem der Schmerz in allen Knochen saß, löste sich langsam aus seiner Igelhaltung und versuchte einen Blick auf den Mann zu erhaschen, der hier offenbar das Sagen hatte. Durch die Flammen hindurch sah Mark, dass der Mann auf ihn zukam. Er ging um das Feuer herum und blieb einen Meter vor ihm stehen. Marks Blick wanderte an ihm hoch: von den Stiefeln, der Jeans und dem engen Karohemd bis zu einem entsetzlich vernarbten Gesicht. Es wirkte fast unmenschlich. Mark hätte am liebsten weggeschaut, riss sich aber zusammen und sah dem entstellten Fremden direkt in die bohrenden, schmerzerfüllten Augen.

Er hatte keine Haare. Und er hatte keine Ohren.

25

»Mein Name ist Jedidiah«, sagte der Mann. Seine Lippen sahen gelblich aus und waren auf einer Seite verkrümmt. Er lispelte seltsam und seine Stimme klang völlig … *tonlos*. »Aber meine Anhänger nennen mich Jed. Auch *ihr* werdet mich Jed nennen, denn wie ich sehe, seid ihr misshandelt worden. Aber ab jetzt seid ihr meine Freunde. Sind wir uns da einig?«

Mark nickte, Alec knurrte nur etwas Unverständliches. Widerspenstig bis zuletzt hatte sich der alte Soldat dem Befehl widersetzt und aufgerichtet, statt auf dem Rücken liegen zu bleiben. Doch nun knieten die Männer, die sie eben noch geschlagen und getreten hatten, wie ins Gebet vertieft auf dem

Boden. Mark richtete sich ebenfalls auf und hoffte, dass es keine Tritte nach sich ziehen würde. Tatsächlich schien Jed nichts dagegen zu haben.

»Sehr gut«, sagte er. »Es scheint, als würden wir endlich Frieden schließen.« Er kam herüber und setzte sich mit dem Rücken zum Feuer vor sie hin. In dem flackernden Schein der Flammen glitzerte sein Kopf feucht, als würde er gleich schmelzen. *Schmelzen.* Das war es, was mit dem armen Kerl passiert sein musste, dachte Mark.

»Ist das von den Sonneneruptionen?«, fragte er.

Jed lachte ein paar Sekunden leise, allerdings ohne einen Funken Fröhlichkeit. Es klang eher verstörend. »Es bringt mich jedes Mal zum Lachen, wenn jemand die Dämonenplage so nennt. Als es passiert ist, hielt auch ich es für ein simples Himmelsphänomen, das leider im Einzugsbereich der Erde stattgefunden hat. *Zufall. Unglück. Pech.* Diese Worte gingen mir damals durch den Kopf.«

»Und jetzt glauben Sie, dass große böse Dämonen vom Himmel gefallen sind?«, fragte Alec in einem Ton, der keinen Zweifel daran ließ, für wie schwachsinnig er eine solche Vorstellung hielt. Mark wollte ihm einen warnenden Blick zuwerfen – da sah er erst, wie Alec zugerichtet war, und er tat ihm furchtbar leid. Sein Gesicht war blutverschmiert und zugeschwollen von all den brutalen Schlägen, die er hatte einstecken müssen.

»Das war schon das zweite Mal«, erwiderte Jed, der Alecs sarkastischen Unterton anscheinend nicht bemerkt hatte. »Beide Male kam es vom Himmel – einmal von der Sonne, dann von den Schiffen. Wir glauben, dass sie alljährlich wiederkommen, um uns zu bestrafen, weil wir nachlässig geworden sind, und um uns daran zu erinnern, wonach wir streben sollen.«

»Zweimal … Sonne und Schiffe«, wiederholte Mark. »Also die Sonneneruptionen und dann die Pfeile aus dem Berk?«

Jeds Kopf zuckte heftig nach links und rechts, bevor er sich wieder auf Mark konzentrierte. *Was in aller Welt sollte das denn?*

»Ja, zweimal«, sagte der Mann, als hätte er nichts Ungewöhnliches getan. »Und wie schon gesagt, bekümmert und erheitert es mich zugleich, dass ihr die Bedeutung dieser Ereignisse nicht versteht. Nur weil euer Verstand noch nicht weit genug entwickelt ist.«

»Dämonen«, sagte Mark. Fast hätte er die Augen verdreht, riss sich aber noch rechtzeitig zusammen.

»Dämonen. Ja, Dämonen. Sie haben mir das Gesicht verbrannt, es zu dem zusammengeschmolzen, was ihr heute seht. Damit ich meine Mission niemals vergesse. Dann kamen die kleinen, mit ihrem Hass gefüllten Pfeile aus den Schiffen. Das ist jetzt zwei Monate her und wir trauern immer noch um diejenigen, die an diesem Tag ihr Leben gelassen haben. Deshalb zünden wir das Feuer an, singen die Lieder und tanzen. Wir fürchten die anderen aus unserem Dorf, die sich uns nicht angeschlossen haben. Ohne Zweifel machen sie mit den Dämonen gemeinsame Sache.«

»Moment mal, zwei Monate?«, fragte Alec. »Was meinen Sie damit?«

»Ja«, erwiderte Jed langsam, als würde er mit einem verwirrten Kind sprechen. »Wir zählen gewissenhaft die Tage, jeden einzelnen. Es sind jetzt zwei Monate und drei Tage.«

»Hey, hey, hey!«, rief Mark. »Das kann doch gar nicht sein! Bei uns ist es erst vor ein paar Tagen passiert.«

»Ich mag es nicht … wenn man meine Worte anzweifelt«, sagte Jed, dessen Stimme sich in der Mitte des Satzes dramatisch änderte. Jetzt klang sie drohend. »Wie könnt ihr dasitzen und mich der Lüge bezichtigen? Warum sollte ich die Unwahrheit sagen? Ich habe versucht Frieden zu schließen und euch eine Chance zu geben und das ist der Dank?« Seine Stimme war mit jedem Wort lauter geworden, bis er schrie und sein ganzer Körper bebte. »Davon … davon tut mir der Kopf weh.«

Mark wusste genau, dass Alec gleich in die Luft gehen würde, also legte er ihm beschwichtigend die Hand auf den Arm. »Nicht«, flüsterte er. »Lass es.« Dann wandte er sich wieder an Jed. »Hören Sie bitte zu. So war das nicht gemeint. Wir wollen das Ganze nur verstehen. In unserem Dorf sind die … Pfeile aus den Schiffen vor weniger als einer Woche niedergegangen. Wir dachten, bei Ihnen war das genauso. Und … Sie haben gesagt, dass Menschen am selben Tag gestorben sind. Wir haben die Leichen von Menschen gefunden, die anscheinend erst seit kurzem tot sind. Helfen Sie uns das zu verstehen.«

Mark hatte das Gefühl, dass diese Leute wichtige Informationen besaßen. Er glaubte nicht, dass der Mann log. Der Virusangriff auf das Dorf hatte sicher wirklich schon vor zwei Monaten stattgefunden. Was konnte das bedeuten?

Jed hatte die Hände an seinen Kopf gelegt, dorthin, wo seine Ohren hätten sein sollen, und wiegte sich langsam hin und her. »Manche sind sofort gestorben. Andere später. Je länger, desto qualvoller. Immer mehr Tote. Unser Dorf zerbrach in zwei Lager. Alles das Werk der Dämonen.« Er fing an zu stöhnen, es klang fast wie ein Singsang.

»Wir glauben Ihnen«, sagte Mark. »Wir wollen das einfach nur verstehen. Erzählen Sie uns, was passiert ist. Der Reihe nach. Bitte.« Er versuchte seine Ungeduld zu verbergen, aber es gelang ihm nicht ganz. Wie sollte er es bloß schaffen, Informationen aus dem Mann herauszubekommen?

»Euretwegen ist der Schmerz wiedergekommen«, sagte Jed drohend. Er wiegte sich immer noch hin und her. Seine Ellbogen standen steif zur Seite ab, während er weiter die Hände an seinen Kopf drückte, als wollte er seinen Schädel zerquetschen. »Es tut so weh. Ich kann … Ich muss … Ihr müsst von den Dämonen geschickt worden sein. Das ist die einzige Erklärung.«

Mark wusste, dass ihnen nicht mehr viel Zeit blieb. »Wir sind keine Dämonen, ich schwöre es. Wir sind hier, weil wir etwas von Ihnen lernen wollen. Vielleicht tut Ihnen der Kopf weh, weil Sie … Ihr Wissen mit uns teilen sollen.«

Alec ließ den Kopf hängen.

»Sie kamen vor zwei Monaten«, sagte Jed abwesend. »Und der Tod kam in Schüben. Jedes Mal dauerte es länger. Zwei Tage. Fünf Tage. Zwei Wochen. Einen Monat. Und es gibt Leute aus unserem Dorf, eigentlich unsere Freunde, die uns umbringen wollen. Wir verstehen nicht, was die Dämonen wollen. Wir verstehen es nicht. Wir … verstehen … es … nicht. Wir tanzen, wir singen, wir bringen Opfer …«

Er fiel zu Boden, die Hände immer noch fest gegen den Kopf gedrückt. Er gab ein lang gezogenes, schmerzerfülltes Stöhnen von sich.

Mark war mit seiner Geduld am Ende. Das war doch alles vollkommener Wahnsinn. Er gab die Hoffnung auf ein halbwegs vernünftiges Gespräch auf und sah zu Alec hinüber; das Funkeln in seinen Augen sagte ihm, dass sein Freund zu einem Fluchtversuch bereit war. Ihre Aufpasser knieten immer noch mit gesenktem Blick am Boden, aus irgendeiner kranken Ehrfurcht vor dem sich vor Schmerzen windenden Mann. Das hieß: jetzt oder nie.

Mark dachte noch darüber nach, wie er vorgehen sollte. Er versuchte sich trotz Jeds Stöhnen zu konzentrieren, als hinter ihnen im Wald neue Geräusche zu hören waren. Rufe und Geschrei, Gelächter. Menschen, die Vogelrufe und Tierlaute nachahmten. Dann kamen knackende Schritte auf dem trockenen Waldboden hinzu. Immer näher kamen die unheimlichen Geräusche. Kurz darauf wurde es noch beängstigender, denn die Laute verteilten sich in einem großen Kreis um das Feuer, bis sie völlig eingekesselt waren von einem Chor laut krächzender, »Kuckuck« rufender, brüllender und hysterisch lachender Menschen. Dem Lärm nach zu urteilen waren es mindestens ein Dutzend.

»Was ist das jetzt wieder?«, sagte Alec mit unüberhörbarer Abscheu.

»Wir haben euch vor ihnen gewarnt«, sagte die kniende Frau. »Früher waren das unsere Freunde und Verwandten. Jetzt haben die Dämonen sie in ihrer Gewalt und sie wollen uns nur noch quälen und töten.«

Jed richtete sich urplötzlich wieder auf und brüllte aus vollem Hals los. Mit Gewalt warf er seinen Kopf nach vorn, dann nach links und rechts, als wolle er etwas aus seinem Schädel wegschütteln. Mark konnte nicht anders: Auf allen vieren kroch er rückwärts, bis das Seil um seinen Hals straff gespannt war. Das andere Ende wurde noch immer von einem der knienden Männer gehalten.

Jed gab einen durchdringenden, entsetzlichen Laut von sich, der alle anderen Geräusche aus dem Wald übertönte.

»Sie haben mich umgebracht!«, brüllte er markerschütternd. »Die Dämonen … haben … mich … umgebracht!«

Sein Körper erstarrte, seine Arme klappten steif an den Rumpf und mit einem letzten Ausatmen kippte er um. Reglos lag er da, aus seiner Nase und dem Mund quoll Blut.

26

Völlig erstarrt saß Mark da und betrachtete Jeds leblosen Körper, der in einer unnatürlich verrenkten Haltung vor ihm lag. Das hier, dieses Lager voller Irrer, war das Seltsamste, was er je erlebt hatte. Und die Verrückten, die die Tiergeräusche nachahmten und hysterisch lachten, brachten das Fass zum Überlaufen.

Mark blickte langsam zu Alec hinüber, der ebenfalls reglos dasaß und Jed anstarrte.

Das Rascheln und die Laute aus dem Wald gingen weiter. Pfiffe, Jauchzen, Gejohle. Knackende Äste.

Die knienden Männer, die Mark und Alec verprügelt hatten, standen auf und blickten auf die Seile, als wüssten sie nicht recht, was sie damit machen sollten. Sie sahen ihre Gefangenen an, tauschten Blicke aus, betrachteten wieder die Strippen. Auch die Sänger, die in zwei Reihen hinter ihnen standen, schauten sich ratlos um, als müsste ihnen jemand sagen, wie es weiterging. Scheinbar war Jed das Bindeglied zwischen allen gewesen. Ohne ihn wirkten seine Anhänger völlig hilflos.

Alec fackelte nicht lange. Entschlossen, die Situation auszunutzen, schob er seine Finger unter das Seil um seinen Hals und lockerte es. Mark befürchtete, dass die Männer aus ihrer Benommenheit erwachen und zurückschlagen würden, aber stattdessen ließen sie von sich aus die Seilenden fallen. Sofort bearbeitete Mark ebenfalls die Schlinge um seinen Hals. Nach einer Weile schaffte er es, sie zu lösen, zog sie über seinen Kopf – und war frei. Im selben Moment hatte auch Alec sich befreit.

»Weg hier«, knurrte der Alte.

»Was ist mit den komischen Käuzen da draußen?«, fragte Mark. »Die haben uns umzingelt.«

Alec seufzte tief. »Komm. Wenn sie uns aufhalten wollen, müssen wir uns da irgendwie durchkämpfen. Den Rest überlassen wir den Knallköpfen hier.«

Die Frau, die als Erste mit ihnen gesprochen hatte, kam mit besorgtem Blick hastig auf sie zu. »Wir haben nur versucht die Dämonen in Schach zu halten. Sonst nichts. Ihr habt unsere Bemühungen zunichtegemacht. Wie konntet ihr unsere Feinde hierherführen?«

Nachdem sie das gesagt hatte, zuckte sie zusammen und

stolperte mit der Hand an der Schläfe einen Schritt zurück. »Wie konntet ihr?«, flüsterte sie.

»Tut mir leid«, brummte Alec. Er ging zum Feuer, griff sich ein langes Stück Holz, das erst halb in den lodernden Flammen lag, und hob es hoch wie eine Fackel. »Das dürfte sie ein bisschen einschüchtern. Komm, Kleiner.«

Mark blickte zu der Frau zurück, die offensichtlich Kopfschmerzen hatte. Langsam begriff er.

»Ich hab gesagt, du sollst kommen!«, brüllte Alec ihn an.

In dem Moment kamen Dutzende Menschen schreiend und mit erhobenen Fäusten aus dem Wald gestürmt. Frauen, Männer und Kinder, in allen Gesichtern derselbe irre Blick, in dem sich Wut mit Entzücken mischte. Mark war sich sicher, dass er noch nie etwas so Unheimliches gesehen hatte. Er folgte Alecs Beispiel und griff sich ein Holzscheit aus dem Feuer. Als er es durch die Luft schwang, loderten an der Spitze Flammen auf. Er hielt es vor sich wie ein Schwert.

Die Angreifer stürzten sich mit animalischen Kampfschreien auf die Reihen der Sänger. Zwei Männer wurden durch die Luft geschleudert und landeten direkt im Feuer. Mark sah entsetzt zu, wie ihre Kleider und Haare Feuer fingen. Schreiend stolperten sie aus den Flammen, aber es war zu spät. Sie rannten brennend in den Wald, den sie mit Sicherheit ebenfalls in Brand setzen würden. Mark drehte sich zu den Sängern um. Sie wurden geschlagen und gewürgt, völliges Chaos war ausgebrochen – es war einfach zu viel.

»Mark!«, brüllte Alec herüber. »Ich weiß nicht, ob du's mitbekommen hast, aber wir werden angegriffen!«

»Bitte«, rief eine Frau hinter ihm. »Nehmt mich mit.«

Mark fuhr herum und sah die Frau, die ihre Misshandlung angeordnet hatte. Er hätte sie fast mit seiner Fackel verbrannt. Jetzt wirkte sie wie verwandelt. Beinahe unterwürfig. Doch bevor er antworten konnte, steckten sie plötzlich mitten in einem Mob aus prügelnden Menschen. Mark wurde hin und her geschubst. Erstaunt merkte er, dass nicht nur die Neuankömmlinge gegen die anderen kämpften. Viele der Angreifer verprügelten sich gegenseitig. Eine Frau fiel ins Feuer und stieß einen markerschütternden Schrei aus.

Jemand zerrte ihn am T-Shirt zur Seite. Mark wollte sich gerade mit seiner Waffe zur Wehr setzen, als er merkte, dass es Alec war.

»Du hast es echt drauf, dich zum Prügelknaben machen zu lassen!«, brüllte er.

»Da waren auf einmal so viele!«, schrie Mark zurück.

»Los, nichts wie weg jetzt!« Alec ließ ihn los und sie rannten davon, den Hang hinauf, weg vom Feuer. Mitten durch die aufgebrachte Menschenmenge.

Mark schwang beim Laufen seine Fackel nach rechts und links. Plötzlich stürzte sich jemand von hinten auf ihn, das brennende Holzstück fiel ihm aus der Hand und er landete mit dem Gesicht im Dreck. Einen Moment später hörte er ein dumpfes Geräusch und einen Schrei – sein Angreifer wurde von ihm heruntergerissen. Als er hochsah, stand Alec neben ihm, den Fuß in der Luft.

»Steh auf!«, brüllte er. Aber gleich darauf wurde er selbst von einem Mann und einer Frau zu Boden gerissen.

Mark rappelte sich auf, griff nach seiner Fackel und rammte sie dem Mann in den Nacken, woraufhin der schreiend von

Alec abließ. Wieder holte Mark mit seiner Fackel aus und schleuderte sie, so hart er konnte, gegen den Kopf der Frau. Lautlos sackte sie von Alec herunter.

Mark streckte Alec seine Hand hin und half ihm auf die Beine.

Noch mehr Leute kamen auf sie zu, mindestens fünf oder sechs.

Mark schwang sein Holzscheit und überließ die Kontrolle komplett seinen Instinkten und dem Adrenalin. Er traf einen Mann, schwang seine Waffe in die andere Richtung und hieb einer Frau damit direkt auf die Nase. Als ein Mann von vorn auf ihn zukam, schlug er mit der Fackel nach seinem Bauch und sah die Kleider des anderen in Flammen aufgehen.

Alec kämpfte an seiner Seite. Er boxte, trat, stieß mit den Ellbogen und schleuderte die Angreifer wie Müllsäcke weg. Irgendwann hatte er seine Fackel fallen gelassen, weil er beide Hände brauchte, um die Angreifer abzuwehren.

Auf einmal spürte Mark einen Arm um seinen Hals. Er wurde hochgerissen und bekam keine Luft mehr. Mit beiden Händen schlug er verzweifelt nach hinten. Er traf nichts mit dem Holzscheit und versuchte es noch einmal. Mit letzter Kraft schlug er zu. Da, seine Waffe traf auf einen menschlichen Körper. Der Mann schrie. Der Griff um Marks Kehle lockerte sich, endlich strömte wieder Luft in seine Lungen.

Er stürzte zu Boden und schnappte gierig nach Luft. Alec beugte sich ebenfalls schwer atmend vor. Aber ihre Verschnaufpause währte nicht lange. Schon kamen neue Angreifer auf sie zu.

Alec half Mark hoch. So schnell sie konnten krochen und

kletterten sie auf allen vieren den Hang hinauf, wo die Bäume etwas Schutz boten. Mark hörte die Rufe ihrer Verfolger – offensichtlich wollten sie sie nicht entkommen lassen. Sobald es weniger steil war, rannten die beiden los. Und in diesem Moment sah Mark es – ungefähr hundert Meter vor ihnen.

Ein riesiges Waldstück stand lichterloh in Flammen.

Das Waldstück *zwischen* ihnen und ihrem Lager. Wo sie Trina, Lana und Deedee zurückgelassen hatten.

27

Die Bäume und Sträucher im Wald waren sowieso schon halb abgestorben – das Zeug brannte wie Zunder. Der letzte Wolkenbruch war mehrere Wochen her und alles, was seit den Sonneneruptionen nachgewachsen war, war völlig ausgetrocknet. Kleine Rauchschwaden zogen über den Boden, die Luft war erfüllt vom Geruch nach brennendem Holz.

»Das wird sich ausbreiten wie ein Lauffeuer«, rief Alec.

Mark dachte einen Moment, es wäre ein Witz, aber Alec sah nicht danach aus. »Das *ist* ein Lauffeuer!«, brüllte er zurück.

Doch Alec rannte schon direkt auf die Flammen zu. Noch waren sie relativ weit entfernt, aber sie wurden immer größer.

Mark lief hinterher, denn sie mussten durch dieses Inferno, bevor es unpassierbar wurde. Sie mussten zu Trina und Deedee und Lana.

Es ging durch Gestrüpp und dornige Büsche, ständig mussten sie Bäumen und tief hängenden Ästen ausweichen. Wahrscheinlich wurden sie immer noch verfolgt, aber die Geräusche wurden schwächer. Selbst ihren verrückten Verfolgern war wohl klar geworden, dass es Irrsinn war, direkt in einen Waldbrand hineinzurennen. In der Ferne hörte man immer noch Pfiffe hallen.

Er rannte weiter und konzentrierte all seine Gedanken auf Trina.

Die Flammen kamen näher, knisterten und prasselten, sprühten Funken. Wind war aufgekommen und fachte das Feuer weiter an. Ein riesiger brennender Ast krachte durch das Blätterdach nach unten. Alec rannte noch immer in vollem Tempo direkt auf das brennende Waldstück zu, als hätte er nur ein Ziel: mit dem Flammentod allem ein Ende zu setzen.

»Wäre es nicht besser, einen großen Bogen darum zu machen?«, rief Mark ihm zu. »Wo rennst du denn hin?«

Alec antwortete, ohne sich umzudrehen, und Mark musste sich anstrengen ihn zu verstehen. »Ich will so nah dran bleiben wie möglich! Immer am Rand entlangrennen, damit wir wissen, wo wir sind! Und nebenbei die Knallköpfe loswerden!«

»Und, weißt du, wo wir sind?« Mark rannte, so schnell er konnte, aber er holte Alec nicht ein.

»Ja, weiß ich«, gab der nur zur Antwort. Trotzdem angelte er im Rennen seinen Kompass hervor und warf einen Blick darauf.

Der Rauch wurde immer dichter und das Atmen schwerer. Das Feuer nahm jetzt Marks ganzes Blickfeld ein. Direkt vor ihm schlugen die Flammen in die Höhe und erhellten die Nacht. Die Hitze ergoss sich in Wellen über sein Gesicht, der Wind in seinem Rücken verschaffte ihm etwas Kühlung.

Als sie sich dem Feuer auf ungefähr zehn Meter genähert hatten, konnte von Wellen allerdings keine Rede mehr sein. Die Temperatur stieg explosionsartig an, Mark hatte das Gefühl, seine Haut würde gleich schmelzen. Gerade als er dachte, dass Alec jetzt wohl doch noch den Verstand verloren hatte, bog der Soldat scharf nach rechts ab und rannte parallel zum Waldbrand weiter, der sich immer mehr ausbreitete. Mark blieb ihm so dicht auf den Fersen, wie er nur konnte, und legte zum weiß Gott wievielten Mal sein Leben in Alecs Hände.

Infernalische Hitze erfasste seinen Körper, drückend heißer Wind von links, kühlere Luft von rechts. Seine Kleider fühlten sich so heiß an, als würden sie im nächsten Moment in Flammen aufgehen, obwohl sie vom Schweiß klitschnass waren. Seine Haare blieben trocken, weil die sengende Hitze jedes Tröpfchen Feuchtigkeit sofort verdampfen ließ. Er stellte sich vor, seine Haare würden an den Wurzeln austrocknen und wie Kiefernnadeln vom Kopf fallen. Seine Augen fühlten sich an, als würden sie in ihren Höhlen gekocht. Auch als er blinzelte und sie sich rieb, waren sie immer noch schrecklich trocken.

Er hörte nichts mehr außer dem Lodern der Flammen, ein konstantes Dröhnen wie von den Antriebsdüsen tausender Berks.

Plötzlich kam eine Frau direkt vor ihnen von rechts angestürzt. Das Feuer glitzerte in ihren wahnsinnigen Augen. Mark bereitete sich auf einen Kampf vor. Aber die Frau überquerte nur direkt vor Alec ihren Weg. Stumm pflügte sie durch das Unterholz. Dann stolperte sie, rappelte sich wieder auf. Im nächsten Moment verschwand sie in den Flammen. Alec und Mark rannten weiter.

Endlich erreichten sie den seitlichen Rand des wachsenden Infernos. Er war klarer abgegrenzt, als Mark gedacht hatte. Aus irgendeinem Grund breitete sich der Waldbrand in diese Richtung nicht weiter aus. Sie hielten mehr oder minder den gleichen Abstand zum Feuer, aber es fühlte sich gut an, endlich nach links zu rennen. Endlich in die Richtung, wo Trina und die anderen waren. Adrenalin strömte durch Marks Körper und er rannte noch schneller, so dass er Alec fast in die Hacken trat, als er ihn einholte. Sie rannten nebeneinander weiter.

Doch bald war jeder Atemzug eine ungeheure Anstrengung für Mark. Der heiße Rauch versengte ihm die Luftröhre und fühlte sich an wie reines Gift. »Wir müssen … weg … vom Feuer.«

»Ich weiß!«, rief Alec und fing an wie verrückt zu husten. Er warf einen schnellen Blick auf den Kompass in seiner Hand. »Fast … da.«

Sie waren an der Rückseite des riesigen Flammenmeers angelangt und diesmal bog Alec nach rechts ab, weg vom Feuer. Mark rannte weiter hinterher und merkte, dass er jede Orientierung verloren hatte. Aber er vertraute Alec. Dankbar spürte er mit jedem Atemzug die frischere Luft in seinen Lungen. Mit neuer Energie rannten sie jetzt noch schneller durch den

Wald. Das Prasseln des Feuers war nicht mehr so laut und er konnte langsam wieder seine eigenen Schritte hören.

Plötzlich blieb Alec stehen.

Mark rannte ein paar Schritte an ihm vorbei, bevor er sich bremsen konnte. Er schaute seinem Freund mit aufgerissenen, fragenden Augen an.

Alec lehnte an einem Baum und japste nach Luft. Er nickte, drückte sich den Arm an die Stirn und stöhnte.

Dankbar für die Pause, beugte Mark sich vor und stützte sich mit den Händen auf die Knie. Der Wind hatte sich gelegt und das Feuer schien jetzt in sicherer Entfernung zu sein. »Mann, ich weiß nicht, ob das eine gute Idee war, so nah an einem lodernden Waldbrand entlangzurennen.«

Alec sah zu ihm herüber, sein Gesicht lag im Schatten. »Du hast wahrscheinlich Recht. Aber unter solchen Umständen kann man leicht die Orientierung verlieren. Ich wollte unbedingt den richtigen Weg im Kopf behalten.« Er warf einen Blick auf seinen Kompass und deutete dann auf eine Stelle hinter Mark. »Unser Lager ist in dieser Richtung.«

Mark drehte sich um, aber er konnte in dem dunklen Stück Wald nichts Besonderes entdecken. »Woher weißt du das? Ich seh bloß Bäume.«

»Ich weiß es einfach.«

Neben dem gleichmäßigen Prasseln des Feuers hallten merkwürdige Geräusche durch die Nacht. Schreie und Gelächter. Es war unmöglich auszumachen, aus welcher Richtung sie kamen.

»Die Knallköpfe sind anscheinend immer noch unterwegs und machen Randale«, sagte Alec stöhnend.

»Ich hatte gehofft, dass sie alle verbrennen«, sagte Mark. Ihm war selbst klar, wie schrecklich das klang. Aber der Teil von ihm, der um jeden Preis überleben wollte und im vergangenen Jahr ziemlich skrupellos geworden war, gab ihm Recht. Er wollte sich keine Sorgen mehr um irgendwelche Durchgeknallten machen müssen. Er wollte nicht die ganze Zeit über die Schulter blicken müssen.

»Wünschen kann man sich viel«, sagte Alec. Er atmete tief durch. »Okay. Und jetzt beeilen wir uns, dass wir zurück zu den Mädels kommen.«

Sie rannten wieder los, nur ein klein wenig langsamer als vorher. Beide waren nervös, wegen der merkwürdigen Laute, auch wenn sie im Moment nicht sehr nah zu sein schienen.

Nach ein paar Minuten wechselte Alec die Richtung, dann gleich wieder. Er blieb stehen, schaute sich um und zeigte dann einen Hang hinunter.

»Ah«, sagte er. »Gleich da unten ist es.«

Sie gingen in die Richtung los, stolperten und rutschten den steilen Hang hinunter. Der Wind wehte wieder – jetzt zum Feuer hin – und sie atmeten die frische Luft dankbar ein. Wenigstens darüber mussten sie sich im Moment keine Sorgen machen. Mark hatte sich so an das Licht der Flammen gewöhnt, dass er das Morgengrauen gar nicht bemerkt hatte. Jetzt war der Himmel über den Bäumen violett statt schwarz und er konnte schon ein wenig besser sehen, wo er hinlief. Die Landschaft sah vertrauter aus – und auf einmal standen sie in ihrem Lager. Ihre Sachen lagen noch genauso da, wie sie sie zurückgelassen hatten.

Aber von Trina, Lana und Deedee keine Spur.

Mark spürte Panik in sich aufsteigen. »Trina!«, brüllte er. »Trina!«

Hastig durchkämmten sie die Umgebung und riefen immer wieder nach ihnen.

Aber alles blieb still.

28

Mark war völlig außer sich. Trotz all der schrecklichen Dinge, die sie im letzten Jahr durchgemacht hatten, waren er und Trina noch nie länger voneinander getrennt gewesen. Schon nach zehn Minuten überkam ihn eine entsetzliche Hilflosigkeit ohne sie.

»Das kann nicht sein«, sagte er zu Alec, mit dem er in immer größeren Kreisen den Wald um das Lager herum absuchte. Er konnte die Verzweiflung in seiner eigenen Stimme hören. »Sie würden doch nicht einfach abhauen, solange wir unterwegs sind. Nicht ohne uns wenigstens eine Nachricht zu hinterlassen!« Er brüllte vor Wut und Verzweiflung.

Alec hatte sich besser im Griff. »Jetzt mach mal halblang, Kleiner. Merk dir zwei Dinge: Erstens ist Lana genauso zäh wie ich und um einiges schlauer. Und zweitens: Immer auf die Details achten!«

»Wie meinst du das?«, wollte Mark wissen.

»Du hast Recht, unter normalen Umständen hätten sie hier gewartet, bis wir zurückkommen. Aber die Umstände sind nicht normal. In unmittelbarer Nähe tobt ein Waldbrand, außerdem rennen Verrückte durch den Wald und machen Geräusche wie in einem Horrorfilm. Würdest du einfach sitzen bleiben und Däumchen drehen?«

Das beruhigte Mark kein bisschen. »Also … meinst du, dass sie uns suchen gegangen sind? Und was ist, wenn wir auf dem Weg hierher an ihnen vorbeigelaufen sind?« Er ballte seine Hände zu Fäusten und drückte sie an die Schläfen. »Sie könnten sonst wo sein!«

Alec kam zu ihm und legte ihm die Hände auf die Schultern. »Mark! Was ist mit dir los? *Beruhig* dich, Junge!«

Mark ließ die Hände sinken und schaute Alec in die Augen, die im ersten Morgenlicht hart und grau wirkten. Er schien sich echte Sorgen um ihn zu machen. »Es tut mir leid. Ich … ich bin einfach ausgerastet. Was sollen wir bloß machen?«

»Wir lassen uns nicht ins Bockshorn jagen. Wir bleiben schön ruhig und denken gründlich nach. Und dann gehen wir los und finden Lana und die anderen.«

»Sie haben ein kleines Mädchen dabei«, sagte Mark leise. »Was ist, wenn die Bekloppten, die uns angegriffen haben, vor uns hier waren? Und sie mitgenommen haben?«

»Dann holen wir sie zurück. Aber dazu musst du dich zusammenreißen, sonst wird das nichts. Verstanden?«

Mark schloss die Augen und nickte. Er bemühte sich sein rasendes Herz und die lodernde Panik zu drosseln. Alec würde schon einen Weg finden. Er fand immer einen.

Schließlich sah Mark seinem Gefährten in die Augen. »Okay. Geht wieder. Tut mir leid.«

»Gut. Schon besser.« Alec trat einen Schritt zurück und inspizierte den Boden. »Langsam wird es hell genug. Wir müssen Spuren suchen, um herauszufinden, wo sie langgegangen sind – abgeknickte Zweige, Fußabdrücke, aufgewühlten Boden, alles Mögliche. Sieh dich mal um.«

Mark war mehr als dankbar, etwas tun zu können, anstatt sich alle erdenklichen Horrorszenarien auszumalen. Das Feuer und ab und zu ein Schrei oder Lachen waren immer noch zu hören, aber es klang weit weg. Zumindest fürs Erste.

Er suchte den Wald rund um ihren Lagerplatz ab. Jede Stelle sah er sich ganz genau an, bevor er den nächsten Schritt machte. Dabei ließ er seinen Blick langsam hin und her wandern, auf und ab, von einer Seite zur anderen, wie ein Suchroboter. Sie brauchten nur einen Hinweis, der sie auf die richtige Spur brachte. Mark merkte, dass das Ganze für ihn zur sportlichen Herausforderung wurde. Er wollte der Erste sein, der etwas fand. Das half ihm sich von seiner Panik abzulenken.

Er durfte Trina nicht verlieren. Nicht jetzt.

Alec suchte die Gegend etwa sechs Meter vom Lager entfernt ab. Auf allen vieren schnüffelte er am Boden herum wie ein Hund. Es sah lächerlich aus, aber irgendwie fand Mark es rührend. Der alte Grizzlybär zeigte kaum Gefühle – wenn er nicht gerade brüllte oder herumschrie oder auf irgendetwas einschlug … Aber wenn ihm jemand am Herzen lag, konnte er schon Gefühle zeigen. Mark zweifelte nicht daran, dass Alec sein Leben geben würde, wenn er damit eine ihrer drei Freundinnen retten konnte. Konnte er das auch von sich behaupten?

Sie fanden eindeutige Spuren – abgeknickte Zweige, Abdrücke von Schuhsohlen, zur Seite gebogene Äste an Büschen und Bäumen. Aber jedes Mal kamen sie zu dem Schluss, dass sie das selbst verursacht haben mussten.

Nach etwa einer halben Stunde wurde Mark klar, dass sie das Gebiet durchsuchten, das sie gestern nach ihrem Aufbruch zum Lagerfeuer durchquert hatten. Er blieb stehen und richtete sich auf.

»Hey, Alec«, sagte er.

Alec war immer noch auf allen vieren unterwegs und steckte gerade seinen Kopf in einen Strauch. Er brummte etwas, das wie »Ja?« klang.

»Warum suchen wir eigentlich die ganze Zeit auf dieser Seite des Lagers?«

Alec kroch aus dem Strauch und sah ihn an. »Kam mir logisch vor. Entweder sie sind uns gefolgt oder sie wurden von denselben Idioten mitgenommen, die uns angegriffen haben. Oder … sie sind losgegangen, um zu sehen, was es mit dem Feuer auf sich hat.«

Mark hatte den Eindruck, dass sie damit auf dem Holzweg waren. »Oder sie sind vor dem Feuer weggerannt. Nicht jeder ist so durchgeknallt wie du. Die meisten würden eher die

Flucht ergreifen, wenn sie ein gigantisches Inferno auf sich zukommen sehen. Mein ja nur.«

»Nein, das glaube ich nicht.« Alec hatte sich auf den Knien aufgerichtet. »Lana ist nicht feige. Sich selbst retten und uns sterben lassen, das würde sie nicht tun.«

Noch bevor er den Satz beendet hatte, fing Mark an den Kopf zu schütteln. »Du musst das mal zu Ende denken. Lana vergöttert dich genauso wie du sie. Sie denkt garantiert, du kommst prima allein zurecht. Und sie würde alle Details abwägen und dann entscheiden, was zu tun ist. Hab ich Recht oder hab ich Recht?«

Alec zuckte mit den Schultern und starrte Mark trotzig an. »Du denkst also, nach allem, was passiert ist, würde Lana uns mit ein paar blutrünstigen Irren zurücklassen und um ihr Leben rennen?«

»Sie wusste nicht, dass uns diese Typen in ihrer Gewalt haben. Wir haben ihr gesagt, wir gehen bloß mal nachschauen. Dann hat sie vermutlich noch mehr Geräusche gehört und das Feuer kommen sehen. Wahrscheinlich hat sie ihr Superhirn eingeschaltet und ist zu dem Schluss gekommen, dass sie lieber zum Berk-Hauptquartier laufen sollten, weil wir sicher dasselbe tun werden. Idealer Treffpunkt. Du hattest uns die ungefähre Richtung gezeigt.«

Alec nickte und brummelte mit unergründlicher Miene vor sich hin.

»Mal ganz abgesehen davon, dass sie eine Zivilistin …«, bei dem letzten Wort malte er Anführungszeichen in die Luft, »… und ein wahrscheinlich völlig verängstigtes kleines Mädchen dabei hat. Lana würde sie ganz sicher nicht allein lassen, um uns zu suchen, oder sie in die Gefahrenzone bringen.«

Alec stand auf und wischte sich den Schmutz von den Knien. »Okay, Kleiner, du kannst jetzt die Klappe halten. Hast mich ja überzeugt. Aber … worauf willst du hinaus?« In seinem Gesicht blitzte die Andeutung eines Lächelns auf, ganz flüchtig. Und Mark wusste, wieso. Der alte Bär genoss es – zuzusehen, wie sein Schüler selbst kombinierte.

Mark zeigte über das Lager hinweg in die Richtung, in der vermutlich das Berk-Hauptquartier lag. Wo die Leute zu finden waren, die ihnen das Leben zum zweiten Mal ruiniert hatten.

»Wie gesagt«, erklärte Alec mit einem übertriebenen Seufzer, »du hast mich überzeugt. Also, lass uns da drüben suchen.« Er zwinkerte Mark im Vorbeigehen zu, starrte ihn aber gleich darauf finster an.

Mark lachte. »Du bist wirklich ein komischer Kauz.«

Alec blieb stehen und sah Mark in die Augen. »Das hat meine Mutter auch immer gesagt. Sie hat mich morgens aufgeweckt, mir ein Küsschen gegeben, mich in den Arm genommen und gesagt: ›Mein süßer Alec, du bist wirklich ein komischer kleiner Kauz.‹ Das hat mich immer mitten hier reingetroffen.« Er klopfte mit der Faust auf sein Herz und verdrehte theatralisch die Augen. »Los, an die Arbeit.«

»Siehst du?«, sagte Mark und lief ihm hinterher. »Brauche ich noch mehr Beweise? Komischer. Kleiner. Kauz. Offiziell bestätigt.«

Als sie in der Richtung durch den Wald liefen, in der sie das Berk-Hauptquartier vermuteten, verhielten sie sich vorsichtiger. Sie fingen wieder an das ganze Gebiet Zentimeter für Zentimeter nach Hinweisen abzusuchen. Mark hielt inne und lauschte auf die Geräusche, die kaum noch zu hören waren, wenn man sich nicht auf sie konzentrierte. Das Tosen und Knistern des Feuers waren immer noch in sicherer Entfernung, kamen aber näher. Und ab und zu ein Johlen oder Brüllen ihrer gruseligen neuen Bekannten. Auch das in sicherer Entfernung – obwohl schwer zu sagen war, aus welcher Richtung diese Laute kamen. Jetzt wo die Sonne aufgegangen war, sah die Luft vom Rauch ganz dunstig aus.

»Ich hab was«, verkündete Alec. »Pass auf!«, ermahnte er Mark, als der herüberkam, um es sich anzusehen.

»Oh, tut mir leid.« Er ging langsam und vorsichtig auf den alten Bären zu.

Alec kniete am Boden. Er benutzte einen Stock, um Mark seine Funde zu zeigen. »Guck mal diese Büsche hier. Da sind mindestens drei Leute hindurchgelaufen. Siehst du das? Da ist was abgebrochen, hier der Ast, und da und dort sind Fußabdrücke.« Er zeigte auf einen in der Nähe.

Mark beugte sich vor und sah genauer hin. Klein. Genau die richtige Größe für Deedee. »Es gibt nur ein Problem«, fuhr Alec mit belegter Stimme fort.

»Was denn?«, fragte Mark.

Alec zeigte mit seinem Stock auf ein paar große Blätter direkt über dem Pfad, den ihre Gefährtinnen offensichtlich entlanggelaufen waren. Die glänzend grünen Blattoberflächen waren mit kleinen, getrockneten Blutströpfchen gesprenkelt.

29

Diesmal brach Mark nicht sofort in Panik aus. Aber ihm wurde eiskalt, an seinen Händen bildeten sich Schweißtropfen. Er spürte, wie die Farbe aus seinem Gesicht wich. Alec stand auf und folgte langsam dem Pfad.

Mit zunehmender Bestürzung zeigte Alec ihm noch mehr Blutspuren. Es war zwar nicht viel Blut, aber deutlich zu erkennen. »Schwer zu sagen, wie stark die Verletzung ist. Manchmal verliert jemand allein bei Nasenbluten so viel Blut. Aber ich hab auch schon mal jemanden gesehen, dem der Arm weggepustet wurde und der kaum geblutet hat. Die Explosion hat das Gewebe sauber verödet.«

»Sehr beruhigend«, murmelte Mark.

Alec warf ihm einen raschen Blick über die Schulter zu. »Tut mir leid, Kleiner. Ich wollte bloß sagen, dass das nicht unbedingt was Schlimmes bedeuten muss. Vielleicht nur eine Schnittwunde. Ich hab schon Leute mit viel schlimmerem Blutverlust erlebt, ziemlich oft sogar. Daran stirbt man nicht gleich. Außerdem hilft es uns ihrer Spur zu folgen.«

Alec ging weiter und ließ seinen Blick aufmerksam hin und her schweifen, um bloß nichts zu übersehen. Mark heftete sich an seine Fersen und versuchte nicht auf das Blut zu achten. Das brachte er einfach nicht fertig. Seine Nerven waren bis zum Zerreißen angespannt. Hoffentlich war das alles keine Falle!

»Hast du noch mehr Hinweise gefunden, ob es wirklich Trina und die anderen sind?«, fragte er.

Alec blieb stehen und bückte sich, um einen Erdklumpen neben einem zertrampelten Strauch zu untersuchen. »Dem Muster nach würde ich sagen, dass hier auf jeden Fall unsere hübsche kleine Truppe langgelaufen ist. Ich kann ihre Fußabdrücke hier in der Erde gut erkennen. Aber …« Er warf einen nervösen Blick zurück.

»Aber was?«

»Na ja … Ich hab Deedees Abdrücke schon eine Weile nicht mehr gesehen, also schätze ich, jemand hat das arme kleine Ding da hinten auf den Arm genommen.« Er deutete mit dem Daumen hinter sich.

»Dann ist sie wohl diejenige, die verletzt wurde«, vermutete Mark und sein Magen zog sich zusammen. »Vielleicht … vielleicht ist sie bloß hingefallen und hat sich das Knie aufgeschlagen oder so.«

»Ja …«, erwiderte Alec benommen. »Aber die Sache ist die …«

Mark hatte noch nie erlebt, dass Alec so zögerte. »Spuck's endlich aus, Mann! Was ist?«

»Als sie hier vorbeigekommen sind«, sagte Alec leise, ohne von Marks Ausbruch Notiz zu nehmen, »sind sie auf alle Fälle gerannt. Und zwar schnell. Darauf deuten alle Spuren hin. Die Länge ihrer Schritte, die zertrampelten Sträucher, die abgeknickten Äste.« Er sah Mark in die Augen. »Als ob sie verfolgt wurden.«

In Marks Hals bildete sich ein Kloß. Aber dann fiel ihm etwas ein. »Aber du hast doch gerade gesagt, du hast nur die Fußabdrücke von drei Personen gesehen. Gibt es *irgendeinen* Hinweis, dass jemand hinter ihnen her war?«

Alec blickte hoch und zeigte zum Himmel. »Manchmal kommt hier oben was langgeflogen, schon vergessen?«

Als ob sie noch mehr bräuchten, worüber sie sich Sorgen machen mussten. »Meinst du nicht, wir hätten gehört, wenn ein Berk hier herumgedüst wäre und die drei gejagt hätte?«

»In dem Chaos? Da bin ich mir nicht so sicher. Außerdem muss es nicht unbedingt ein Berk gewesen sein.«

Mark schaute resigniert zum Himmel. »Lass uns weitersuchen.«

Die beiden folgten dem Pfad und Marc hoffte, dass sie kein Blut mehr finden würden. Oder gar Schlimmeres.

***

Die Spuren von Trina, Lana und Deedee führten in eine lange, tiefe Schlucht, die in einen geschützten Canyon mündete. Mark hatte gar nicht gemerkt, dass die Bergwände neben ihnen immer höher wurden. Schließlich hatten sie ja auch die meiste Zeit den Boden nach Spuren abgesucht. Aber jetzt waren sie aus dem dichten Wald auf eine große Lichtung getreten, die an beiden Seiten von hohen grauen Granitfelsen umgeben war. Die Felswände waren so steil, dass nur hier und da ein paar kleine Flecken bewachsen waren.

Alec holte seine gezeichnete Karte hervor und blieb stehen. »Wir sind da«, sagte er und zerrte Mark hinter eine Eiche.

»Wo?«

»Das Berk ist mit ziemlicher Sicherheit nach jedem Flug in dieses Tal hier zurückgekehrt.«

Mark spähte hinter dem Baum hervor und betrachtete die hohen, düsteren Felswände. »Ein bisschen gefährlich, hier reinzufliegen, findest du nicht?«

»Kann sein. Aber auch ein perfektes Versteck. Irgendwo hier muss ein Landeplatz sein. Und der versteckte Eingang zu einer Anlage. Ich glaube immer noch, dass es sich um einen Regierungsbunker handelt. Gerade weil Asheville ganz in der Nähe ist, gleich hinter diesen Bergen.«

»Ah.« Mark ließ nicht locker. »Wie stehen die Chancen, dass Lana und die anderen bis hierher verfolgt wurden? Was, wenn die sie erwischt haben?«

»Haben sie sicher nicht. Lana weiß, dass es keinen Sinn hat, über die Berge zu kraxeln und uns zu suchen. Dann lieber direkt zu dem Ort laufen, der sich als Treffpunkt anbietet. Genau hierher.«

»Und wo sind sie dann?«

Alec antwortete nicht – etwas auf der Lichtung hatte seine Aufmerksamkeit erregt.

»Vielleicht haben wir beide Recht«, flüsterte er schließlich. Seine raue Stimme klang unheilvoll.

»Was ist los?«

»Auf die Knie und mir hinterher!«

Auf allen vieren kroch Alec hinter dem Baum hervor, blieb aber immer im Schutz der Büsche und Sträucher. Mark folgte ihm auf die Lichtung. Bestimmt würde über ihnen jeden Moment ein Berk auftauchen und sie mit Pfeilen beschießen. Sie hielten sich an den kaum erkennbaren Pfad, den Trina und die anderen vermutlich entlanggelaufen waren. Zuerst dachten sie, dass die Berks auf der Lichtung landeten, aber weit und breit gab es hier keinen Landeplatz – alles war ziemlich überwuchert.

Alec kämpfte sich etwa zehn Meter weit durchs Gestrüpp, dann hielt er an. Mark schaute an ihm vorbei und sah eine Stelle, an der die Sträucher großflächig niedergetrampelt waren. Ein deutliches Zeichen für einen Kampf. Marks Hoffnung schwand.

»O nein«, war alles, was er herausbrachte.

Alec untersuchte den Boden aus der Nähe, beugte sich noch tiefer. »Du hattest Recht. Hier hat sie jemand überwältigt, keine Frage. Die Sträucher auf der anderen Seite sind komplett zertrampelt, siehst du? Als ob da zwanzig Mann durchmarschiert wären.«

Mark versuchte seine Panik im Zaum zu halten. »Und jetzt? Was machen wir denn? Umkehren oder nach ihnen suchen?«

»Nicht so laut, Kleiner. Sonst erwischen sie uns auch noch.«

»Lass uns zurückgehen«, flüsterte Mark. »Dann können wir neu überlegen, was zu tun ist.« Er wäre der Spur am liebsten gleich weiter gefolgt, aber seine innere Stimme sagte ihm, dass sie einen Plan dafür brauchten.

»Wir haben keine Zeit, um …«

Ein lautes Krachen schnitt Alec das Wort ab, ein gewaltiges metallisches Knirschen. Mark ließ sich auf den Bauch fallen, als würde er damit rechnen, dass die Felswände gleich auf ihn einstürzten.

»Was war das?«, keuchte er.

Aber bevor Alec antworten konnte, krachte es wieder. Ein kurzes, markerschütterndes Donnern, das den Boden erbeben ließ. Auch als es verklungen war, bebte die Erde noch nach. Sogar die Sträucher um sie herum zitterten. Mark und Alec sahen sich an. Sie hatten keinen Schimmer, was das zu bedeuten hatte.

Dann ging es wieder los. Urplötzlich hob sich der Boden unter ihren Füßen, dem Himmel entgegen.

30

Mark sprang auf und packte Alecs Arm. Der Boden unter ihnen bebte und bäumte sich immer weiter auf. Es kostete Mark all seine Kraft, auf den Beinen zu bleiben. Was da passierte, war eigentlich völlig unmöglich, und er begann an seinem Verstand zu zweifeln. Die Erde unter ihren Füßen hob sich langsam und kippte dabei. Panisch schaute er sich um. Er war so perplex, dass er keine Ahnung hatte, was er machen sollte. Auch Alec wirkte völlig benommen. Aber dann fingen Marks graue Zellen langsam wieder an zu arbeiten. Und er begriff gleich mehrere Dinge auf einmal.

Hier wölbte sich nicht das ganze Tal in Richtung Himmel,

wie es bei einem Erdbeben oder einer Verschiebung der Erdkruste der Fall gewesen wäre. Es war nur ein kleiner Ausschnitt – die Lichtung, auf der sie waren. Die Bäume um sie herum standen nach wie vor ruhig und unbewegt da, die Äste schaukelten höchstens ein wenig im Wind.

Außerdem fiel ihm durch die zunehmende Neigung des Bodens auf, dass in Wirklichkeit eine Hälfte nach unten in die Erde sank. Insgesamt schien der ganze Bereich kreisförmig zu sein.

Und drittens hörte man ein tiefes, metallisches Knirschen.

»Das ist künstlich!«, rief er, während er und Alec losrannten. »Dreht sich um irgendeine Achse!«

Alec nickte knapp und wurde schneller. Sie sprinteten quer zum steiler werdenden Gefälle auf den Rand zu, um dort von der rotierenden Scheibe zu springen. Sie bewegte sich so langsam, dass Mark bald mehr Neugier als Panik verspürte. Offensichtlich standen sie auf einer riesigen Falltür. Aber warum war sie so …

Sie rannten die letzten Schritte bis zum Rand der Scheibe und sprangen in der Nähe der Achse zurück auf den festen Grund, wo der Abstand zum Boden nur etwa einen Meter betrug. Von dort rannten sie geduckt auf die erste Baumreihe zu und versteckten sich hinter einer dicken Eiche. Mark spähte hinter dem Baumstamm hervor und beobachtete das unglaubliche Schauspiel. Die obere Kante der runden Scheibe ragte jetzt knapp zehn Meter in die Höhe, während die untere schon in der Erde verschwunden war. Das Ganze drehte sich weiter und die Zahnräder knirschten immer lauter.

»Wie eine Münze, die durch die Luft wirbelt«, murmelte Alec.

»Aber eine verdammt große Münze. Die sich sehr langsam dreht«, stimmte Mark ihm zu.

Ein paar Minuten später stand die Scheibe genau senkrecht, halb über und halb unter der Erde, aber sie hörte nicht auf sich zu drehen. Schon bald versank die bewachsene Seite im Boden und Mark konnte einen Blick auf die Rückseite der Scheibe werfen – eine flache, graue Betonoberfläche. Über ihre gesamte Breite verliefen parallele Rillen. Es würde nicht mehr lange dauern, bis die große Scheibe flach auf dem Boden lag, bereit für die Landung eines Flugkörpers, der mit Haken und Ketten befestigt werden konnte.

Eine Landeplattform, dachte Mark. Für das Berk. Oder die Berks.

»Wieso fallen Erde und Pflanzen auf der anderen Seite nicht ab?«, wunderte er sich. »Sieht aus wie Zauberei.«

»Wahrscheinlich alles so künstlich wie Insta Food«, antwortete Alec. »Wär ja auch blöd, wenn sie jedes Mal alles neu bepflanzen müssten, oder?«

»Sieht aber ziemlich echt aus.« Mark war beeindruckt. Die rotierende Bodenscheibe musste an die hundert Meter Durchmesser haben. »Meinst du, die haben uns gesehen? Die haben doch bestimmt Kameras hier draußen.«

Alec zuckte mit den Schultern. »Sollte man meinen. Wir können bloß hoffen, dass sie nicht so genau hinschauen.«

Die »Münze« stand jetzt schräg in einem Winkel von fünfundvierzig Grad und in wenigen Minuten würde das Loch im Boden wieder verschlossen sein. Mark überlegte, ob Alec wohl dasselbe dachte wie er.

»Sollen wir?«, fragte er ihn. »Jeden Moment könnte ein Berk landen – das ist die Gelegenheit.«

Alec sah ihn überrascht an, als hätte Mark seine Gedanken gelesen. Dann machte sich ein vielsagendes Grinsen auf seinem Gesicht breit. »Hm. Vielleicht die einzige Möglichkeit, da reinzukommen.«

»Ja, vielleicht. Jetzt oder nie.«

»Und die Kameras und Wachposten? Ziemlich riskant.«

»Aber die haben Trina und die anderen.«

Alec nickte bedächtig. »So spricht ein wahrer Soldat.«

»Gut, dann komm mit.«

Mark stand auf und kroch nah an den Stamm gedrückt hinter dem Baum hervor. Er musste losrennen, bevor ihm Zweifel kamen, und er wusste, dass Alec direkt hinter ihm sein würde. Die Lücke zwischen der Oberkante der rotierenden Scheibe und dem Boden war noch gut vier Meter hoch. Mark atmete einmal tief durch und nahm all seinen Mut zusammen. Dann rannte er nach links. Er war auf Schüsse gefasst oder auf Soldaten, die aus der dunklen Öffnung stürmen würden. Aber nichts passierte.

Als sie am Rand der Öffnung ankamen, blieb er stehen und ging auf die Knie. Er kroch weiter auf allen vieren an den Rand und schaute in die Tiefe. Alec robbte neben ihn und lehnte sich über den Rand. Mark wurde ein bisschen mulmig, über ihnen hing immerhin die gigantische sinkende Scheibe. Wenn sie auf den letzten Metern plötzlich herunterfiel, würden sie beide in der Mitte durchgesäbelt.

Unten war es dunkel, aber Mark konnte einen umlaufenden Gang aus silbrig glänzendem Metall ausmachen. Er schien am gesamten unteren Rand der Scheibe entlangzulaufen. Es gab keine Lichtquelle und niemand war zu sehen. Mark blickte nach oben und sah, dass die Kante der Scheibe schon beunruhigend nah war. Sie hatten nur noch wenige Minuten.

»Wir müssen mit den Füßen voraus da runter«, sagte Mark und zeigte auf den Umlaufgang – einen schmalen Metallsteg. »Kriegst du das hin?«, fügte er mit einem kurzen Grinsen hinzu.

Alec war schon dabei. »Besser als du, Kleiner«, sagte er augenzwinkernd.

Mark drehte sich auf den Bauch und schob seine Beine über die Kante. Er ließ die Füße in den Abgrund hinunterbaumeln und klammerte sich mit den Händen an der Kante fest. Dann fing er an, seine Beine vor und zurück zu schwingen. Alec war ihm zwei Schritte voraus. Er ließ sich nach vorne gebeugt hinunterfallen. Mit einem Ächzen schlug er auf dem Metallboden auf, schien aber nicht verletzt zu sein. Mark verdrängte den Gedanken, der sich in seinem Kopf festsetzen wollte: dass er den Steg verfehlte oder ungünstig landete, abrutschte und hinunter in die Dunkelheit stürzte. Er zählte lautlos bis drei und ließ seine Beine nach hinten schwingen. Dann passte er genau den Moment ab, in dem sie zurückschwangen – und ließ los.

Noch im Sprung erhaschte er einen Blick nach oben durch den schmalen, sichelförmigen Spalt. Für den Bruchteil einer Sekunde sah er die blau flammenden Düsen eines landenden Berks.

31

Sie waren übereinander gefallen und mussten sich erst mal sortieren, wobei Alec fluchte und knurrte. Plötzlich rutschte Mark über den Rand ab, doch Alec zog ihn blitzschnell zurück. Dann fluchte er weiter. Als sie sich endlich aufgerappelt hatten, hallte ein gewaltiger Knall durch den Raum und die Öffnung war geschlossen. Völlige Dunkelheit umfing sie.

»Super«, hörte Mark Alec sagen. »Ich sehe nicht mal die Hand vor Augen.«

»Hol das Workpad raus«, sagte Mark. »Ich weiß, dass der Akku fast leer ist, aber wir haben keine andere Wahl.«

Nach einem zustimmenden Grummeln und leisem Geraschel leuchtete das Display des Workpads auf und erhellte den Raum ein wenig. Einen Moment lang fühlte Mark sich in die Tunnel unter New York zurückversetzt, durch die er und Trina im Schein seines Telefons gerannt waren.

»Bevor ich runtergesprungen bin, hab ich ein Berk landen sehen«, sagte Mark. Er musste endlich damit aufhören, ständig der Vergangenheit nachzuhängen. »Jetzt wissen wir, dass sie mindestens zwei hatten, bevor wir das eine geschrottet haben.«

Alec drehte das erleuchtete Display des Workpads in unterschiedliche Richtungen, um sich zu orientieren. »Ja, ich hab die Düsen auch gehört. Schätze, die Landeplattform wird abgesenkt und das Berk rollt unten herunter. Dann wird sie wieder hochgefahren und dreht sich noch mal. Besser, wir beeilen uns, sonst haben wir bald Gesellschaft.«

Jetzt hielt er das Workpad auf zwei Eingänge gegenüber gerichtet. Sie führten offensichtlich zu Kammern, die dunkel und leer waren. An den Rillen im Boden konnte man erkennen, wo die Berks von der abgesenkten Landeplattform gezogen wurden.

Der metallene Gang war nur gut einen Meter breit, er klirrte und klapperte verdächtig, als sie darauf entlangliefen. Obwohl er ihr Gewicht aushielt, hörte Marks Herz erst auf zu rasen, als er am Ziel war. Erleichtert ging er auf eine runde Luke mit einem Handrad in der Mitte zu – wie in einem U-Boot.

»Das Ding wurde vor Ewigkeiten gebaut«, sagte Alec und reichte Mark das Workpad. »Wahrscheinlich um Regierungsbeamte im Fall einer globalen Katastrophe zu schützen. Zu dumm, dass es keiner bis hierher geschafft hat. Die meisten sind vermutlich genauso gegrillt worden wie der Rest.«

»Reizend«, sagte Mark, der das Workpad hochhielt, um die Tür zu inspizieren. »Meinst du, die ist verriegelt?«

Alec war schon an die Luke getreten und hatte das Rad fest mit beiden Händen gepackt, beinahe als erwartete er, dass es sich nicht rühren würde. Aber als er es mit viel Schwung drehte, ging es so leicht, dass er hinfiel, gegen Mark stolperte, und sie übereinander auf den Metallboden stürzten.

»Kleiner«, sagte Alec. »Heute hast du's wirklich auf mich abgesehen, was? Pass bloß auf, dass du mir nicht zufällig da unten im Nichts verschwindest. Ich brauch dich hier noch.«

Lachend rappelte Mark sich auf und drückte sich ein bisschen stärker an Alecs Bauch ab als nötig. »Eine Schande, dass du keine Kinder hast, Alter. Du wärst bestimmt ein klasse Opa gewesen.«

»Von wegen«, knurrte Alec beim Aufstehen. »Dann wäre die ganze Rasselbande bei den Sonneneruptionen verbrannt.«

Mark blieb das Lachen im Hals stecken. Sofort holten ihn die Gedanken an seine Eltern und Madison wieder ein.

Alec merkte, wie verstört er war. »Oh, verdammt. Entschuldige.« Er griff nach Marks Schulter und drückte sie. »Junge, ich sag dir mit aller Aufrichtigkeit, die ein alter Geier wie ich aufbringen kann, dass es mir furchtbar leidtut, was ich da eben gesagt habe. Ich beneide dich nicht, Mark. Kein Stück. Bei mir war immer die Arbeit meine Familie, aber ich weiß, dass das nicht dasselbe ist.«

So etwas hatte Mark noch nie von ihm gehört. »Schon gut.

Echt. Danke.« Er machte eine Pause und fügte noch hinzu: »Opa.«

Alec nickte und machte sich wieder am Rad zu schaffen. Er drehte so lange, bis ein lautes Klicken zu hören war. Dann konnte er die Klappe aufstoßen. Sie schwang herum und schlug innen gegen die Wand.

Hinter der Luke war nichts als Dunkelheit zu sehen. Dafür war das tiefe Brummen weit entfernter Maschinen jetzt überdeutlich zu hören.

»Was ist das?«, flüsterte Mark. »Hört sich fast an, als wäre hier unten eine Fabrik oder so.« Er hielt das Workpad in die Öffnung und sie sahen einen langen Gang, der in die Finsternis mündete.

»Wetten, dass das ein Generator ist«, antwortete Alec.

»Stimmt. Die brauchen natürlich Strom hier unten.« Mark hob das Workpad an.

»Genau. Wir leben schon so lange in der Wildnis und unseren erbärmlichen Siedlungen. Hier drinnen werden Erinnerungen wach.«

»Berks, Generatoren … Die müssen ja Unmengen Treibstoff hier unten gelagert haben oder meinst du, den bekommen sie von woanders her?«

Alec überlegte kurz. »Na ja, vor einem Jahr ist es passiert, und um ein Berk in der Luft zu halten, braucht man viel. Ich würde sagen, ja, sie kriegen ihn woanders her.«

»Gehen wir weiter?«, fragte Mark, obwohl die Antwort klar war.

»Sicher.«

Mark trat als Erster in den Gang und wartete darauf, dass

Alec ihm folgte. »Was machen wir, wenn uns jemand sieht?« Er flüsterte, aber in dem schmalen Gang klang seine Stimme ziemlich laut. »Wir könnten ein paar Waffen gebrauchen.«

»Das kannst du laut sagen. Obwohl … leise wär besser. Die Sache ist die: Wir haben keine Wahl, aber auch nicht viel zu verlieren. Wir gehen einfach los und sehen, was passiert.«

Im nächsten Moment hörten sie hinter sich ein Scheppern, gefolgt vom Quietschen und Knirschen der Zahnräder. Mark brauchte sich nicht umzudrehen, um zu wissen, dass die Landeplattform – vermutlich mit einem Berk darauf – gerade in den Boden gesenkt wurde.

Alec blieb ganz ruhig. Mark musste sich weit hinüberlehnen, um ihn bei dem Lärm zu verstehen. »Wir warten ab, in welche Kammer es gelenkt wird, dann verstecken wir uns in der anderen. Hier auf dem Gang sollten wir uns lieber nicht erwischen lassen.«

»Okay«, sagte Mark mit klopfendem Herzen und blank liegenden Nerven. Er schaltete das Workpad aus. Von draußen fiel Licht herein, das genügte.

Sie krochen durch die Luke zurück nach draußen und zogen sie zu. Dann versteckten sie sich im Schatten auf dem Umlaufgang, während die Landeplattform mit dem Berk weiter abgesenkt wurde. Zum Glück war das Cockpit auf der anderen Seite, so dass die Gefahr, gesehen zu werden, ziemlich gering war. Als die Plattform unten ankam, schepperte und krachte es wieder, dann bewegte sich das Schiff auf Schienen in die rechte Kammer. Alec und Mark rannten in die gegenüberliegende und versteckten sich ganz hinten, im Schutz der Dunkelheit.

Das Warten war eine Qual, aber irgendwann war das Berk offenbar am Ziel. Als es zum Stillstand kam, fuhr die riesige Landeplattform langsam wieder nach oben. Die Besatzung des Berk musste schon ausgestiegen sein, denn Mark konnte trotz des Lärms leise Stimmen hören. Jetzt wurde die Luke geöffnet.

»Komm«, flüsterte ihm Alec ins Ohr. »Wir gehen ihnen hinterher.«

Sie schlichen sich aus der Kammer. Die Leute aus dem Berk hatten die Luke offen gelassen und Alec kroch bis an die Öffnung heran, um zu lauschen. Er warf einen Blick in den Gang. Anscheinend war die Luft rein. Er nickte Mark kurz zu und schlich weiter. Mark folgte ihm. Im selben Moment fing die Landeplattform wieder an zu rotieren und die Büsche und Sträucher drehten sich in Richtung Himmel.

Stimmen hallten vor ihnen durch den Gang, aber sie waren nicht zu verstehen. Alec nahm Mark das Workpad ab und steckte es in seinen Rucksack. Dann hielt er Mark am Arm fest und zog ihn mit sich, immer an der Wand entlang.

Vorsichtig schlichen sie Schritt für Schritt über den Gang. Die Besatzung des Berk war anscheinend stehen geblieben, sie schienen sich zu unterhalten, denn ihre Stimmen wurden lauter. Es klang, als wären sie nur zu zweit. Alec und Mark hielten inne, als sie jedes Wort verstehen konnten.

»… nördlich von hier«, sagte eine Frau. »Ist abgebrannt wie Zunder. Ich wette, das hat was mit den Leuten zu tun, die sie letzte Nacht aufgegabelt haben. Wir werden es gleich rausfinden.«

Ein Mann antwortete: »Hoffe ich doch. Als wäre nicht alles

schon schlimm genug. Und jetzt ist auch noch das zweite Berk weg. Die Armleuchter in Alaska scheren sich einen feuchten Dreck um uns. Jetzt, wo alles schiefläuft, lassen die uns einfach hängen.«

»So ist es«, entgegnete die Frau. »Für die sind wir doch so was von entbehrlich …«

»Ja, aber so war das nicht geplant. Was können wir denn dafür, dass der Virus mutiert?«

Irgendwo hinter ihnen rastete die Landeplattform ein, anscheinend war die Drehung abgeschlossen. Es war stockdunkel.

Die beiden gingen mit schweren Schritten weiter, als würden sie Stiefel tragen. Eine Taschenlampe leuchtete auf und ein wackelnder Lichtkegel beleuchtete den Gang. Alec zog Mark wieder am Arm und sie folgten ihnen in sicherem Abstand.

Der Mann und die Frau sprachen erst wieder, als sie an eine Tür kamen und sie öffneten. Die Scharniere quietschten. Die beiden traten in einen Raum, der nicht zu sehen war, und der Mann sagte: »Sie haben übrigens schon einen Namen für den Virus. Sie nennen ihn Den Brand.«

Die Tür knallte zu.

32

Mehr hatten sie nicht von dem Gespräch mitbekommen, aber Mark gefiel das gar nicht. »Den Brand. Er hat gesagt, sie nennen ihn ›Den Brand‹. Den Virus.«

Alec schaltete das Workpad wieder ein und sein Gesicht wurde angestrahlt: das Gesicht eines Mannes, der aussah, als hätte er noch nie im Leben gelächelt. Nichts als Sorgenfalten. »Ja. Das bedeutet nichts Gutes. Wenn etwas einen Spitznamen hat, dann ist es eine große Sache, über die viel geredet wird. Gar nicht gut.«

»Wir müssen rausfinden, was passiert ist. Diese Leute, die um das Feuer getanzt sind, wurden lange vor uns angegriffen. Jedenfalls ihre Siedlung. Vielleicht war das eine Art Test?«

»Dann haben wir zwei Ziele. Erstens: Lana, Trina und die Kleine finden. Zweitens: rauskriegen, was hier läuft.«

Mark war ganz seiner Meinung. »Dann nichts wie los.«

Alec schaltete das Workpad wieder aus und der Korridor versank erneut in Dunkelheit. »Fahr mit deiner Hand die Wand entlang«, flüsterte er. »Und versuch ausnahmsweise mal mich nicht zu treten.«

Sie tasteten sich den stockdunklen Korridor entlang, Mark trat ganz vorsichtig auf und atmete flach. Das entfernte Brummen von Maschinen war lauter geworden. Als er mit seinen Fingern eine unsichtbare Linie über die kühle Metalloberfläche zog, war zu spüren, dass die Wand vibrierte.

Dann kamen sie an eine Tür, über der ein schwach leuchtendes Rechteck ahnen ließ, dass die beiden aus dem Berk hier hereingegangen sein mussten. Alec zögerte kurz, dann tappte er auf Zehenspitzen daran vorbei – was bei ihm irgendwie albern wirkte.

Mark beschloss ein bisschen mutiger zu sein. Er blieb vor der Tür stehen und drückte sein Ohr dagegen.

»Gar nicht clever«, zischte Alec.

Mark antwortete nicht, sondern lauschte konzentriert. Die gedämpften Worte waren nicht zu verstehen. Aber es klang wie eine hitzige Diskussion.

»Jetzt komm«, flüsterte Alec. »Ich will mich noch ein bisschen umsehen, bevor uns jemand einsperrt und den Schlüssel wegwirft.«

Mark nickte, obwohl er wusste, dass Alec ihn nicht sehen

konnte. Er schlich zurück auf die andere Seite des Korridors und legte wieder eine Hand an die Wand. Alec ging voraus. Sie ließen das schwache Licht hinter sich, das aus den Ritzen der Tür drang, und waren bald wieder in völlige Dunkelheit gehüllt.

Der Korridor schien endlos lang und außer den rumpelnden Maschinengeräuschen war nichts zu hören. Auf einmal fiel Mark auf, dass er etwas sehen konnte. Ein dunstiger roter Schimmer lag in der Luft und ließ Alec wie einen auf Zehenspitzen herumschleichenden Teufel aussehen. Mark hielt seine Hand hoch und bewegte die Finger – sie sahen aus wie in Blut getränkt. Alec hatte es bestimmt auch bemerkt.

Schließlich kamen sie an eine große Tür auf der linken Seite des Korridors. Sie stand einen Spaltbreit offen. Darüber hing eine rote Lampe, die mit einem Metallgitter eingefasst war. Alec blieb stehen und starrte geradeaus, als würde er darauf warten, dass ihm jemand erklärte, was in dem Raum war. Das Brummen der Maschinen war wieder so laut geworden, dass sie nicht mehr zu flüstern brauchten.

»Die Frage nach den Generatoren ist wohl geklärt«, sagte Mark. Hinter seiner Stirn brauten sich Kopfschmerzen zusammen und er merkte, wie erschöpft er war. Sie waren die ganze Nacht und jetzt noch einen halben Tag wach gewesen. »Vielleicht sind sie da drin. Mach einfach die Tür auf.«

Alec warf ihm einen kurzen Blick zu. »Geduld, mein Junge. Und Vorsicht. Ein voreiliger Soldat ist ein toter Soldat.«

»Und ein langsamer Soldat nimmt in Kauf, dass Trina und die anderen bald tot sind.«

Statt zu antworten, griff Alec nach der Klinke und drückte

vorsichtig die Tür auf. Die Maschinengeräusche wurden lauter. Hitze und ein beißender Gestank nach Brennstoff schlugen ihnen entgegen.

»O Mann«, sagte Alec. »Ich hatte ganz vergessen, wie das Zeug stinkt.« Leise machte er die Tür wieder zu. »Hoffentlich finden wir bald irgendwas Nützliches.«

Etwa zwanzig Meter weiter kam die nächste Tür. Insgesamt gab es sechs Türen an diesem Gang. Alle standen eine Handbreit offen und wurden oben von einer vergitterten Lampe schwach beleuchtet. Nur dass diese Lampen gelb waren und schon bedenklich flackerten.

»Dass die Türen alle offen stehen, ist irgendwie gruselig«, flüsterte Mark. »Und dahinter ist es stockdunkel.«

»Was willst du damit sagen?«, fragte Alec. »Willst du lieber gehen?«

»Nein. Aber geh du voraus.«

Alec lachte leise und kickte vorsichtig gegen die erste Tür. Mit einem metallischen Quietschen schwang sie auf. Trotz des gelblichen Lichts, das auf den Boden fiel, war nichts weiter zu erkennen. Die Tür stieß mit einem leisen, dumpfen Geräusch gegen die Wand. Dann war alles still.

Anstatt diesen ersten Raum zu betreten, brummte Alec nur missbilligend und ging zur nächsten Tür. Er stieß sie ebenfalls auf und dort sah es nicht anders aus. Dunkelheit, kein Mensch weit und breit, Stille. Er stieß die nächste Tür mit dem Fuß auf. Er checkte sämtliche Türen – nichts.

»Am besten wir gehen mal rein.« Alec drehte sich zu Mark um und machte eine Kopfbewegung, dass er ihm in den letzten Raum folgen sollte. Eilig kam Mark ihm hinterher. Alec tastete die Wand nach einem Lichtschalter ab, vergebens, dann betrat er den Raum trotzdem. Mark war direkt hinter ihm. Sie blieben einen Moment stehen, warteten, bis sich ihre Augen an die komplette Dunkelheit gewöhnt hatten, und sahen sich suchend um.

Schließlich holte Alec seufzend das Workpad wieder heraus. »Wozu braucht man Generatoren, wenn nirgends die Lampen an sind? Das Ding hier wird bald vollends den Geist aufgeben.« Er schaltete es ein.

Das Licht vom Workpad tauchte den überraschend großen Raum in ein gespenstisches blaues Licht. An jeder Wand verlief eine lange Reihe Stockbetten, ungefähr zehn auf jeder Seite. Sie waren leer, bis auf eines fast ganz am Ende. Dort saß mit dem Rücken zu ihnen eine zusammengesunkene Gestalt. Von weitem schien es ein älterer Mann mit hängenden Schultern zu sein. Mark lief es kalt den Rücken hinunter. In dem schummrigen Licht, dem fast leeren Raum, der bedrückenden Stille … hatte er fast das Gefühl, einen Geist vor sich zu sehen, der ihnen jeden Moment ihr grauenvolles Schicksal verkünden würde. Der Mann regte sich nicht und gab auch keinen Laut von sich.

»Hallo?«, rief Alec. Seine Stimme dröhnte durch die Stille.

Mark sah ihn erschrocken an. »Was machst du denn da?«

Alecs Gesicht lag im Schatten, weil er das Workpad in den Raum hineinhielt. »Ich bin nur höflich«, flüsterte er zurück. »Und ich will diesem Kerl ein paar Fragen stellen.« Dann sagte er lauter: »Hallo, Sie da hinten? Können Sie uns vielleicht helfen?«

Leises, heiseres Gemurmel. Für Mark klang es wie ein

Mensch auf dem Totenbett. Die Wörter waren nur eine Ansammlung unverständlicher Silben.

»Wie bitte?«, fragte Alec.

Der Mann rührte sich nicht und gab keinen Laut mehr von sich. Er saß nur weiterhin zusammengesackt auf seinem Bett und schaute in die andere Richtung.

Auf einmal musste Mark um jeden Preis wissen, was der Mann gesagt hatte. Er lief zwischen den Betten hindurch, ohne Alecs Proteste zu beachten. Zielstrebig ging er auf den Mann zu und hörte, dass Alec ihm hinterherkam. Das Licht des Workpads schwankte hin und her und brachte an den Wänden unheimliche Schatten zum Tanzen.

Als er sich dem seltsamen Mann näherte, wurde Mark langsamer. Der Fremde hatte breite Schultern und war muskulös, aber durch seine Haltung wirkte er zerbrechlich und bedauernswert. Mark blieb einen Meter neben dem Bett stehen. Der Mann hielt den Kopf gesenkt, sein Gesicht lag völlig im Schatten.

»Was haben Sie gesagt?«, fragte ihn Mark, als er vor ihm stand. Alec stellte sich neben ihn und hob das Workpad, um den Mann wenigstens ansatzweise sehen zu können.

Langsam hob der zusammengesunkene Mann den Blick, wobei er den Kopf drehte wie ein rostiges Maschinenteil. Sein altes, faltiges Gesicht war ernst und die Augen waren wie dunkle Höhlen, in die das Licht nicht vordringen konnte.

»Ich wollte sie nicht weggeben«, sagte er heiser. »Lieber Gott, ich wollte das nicht. Nicht an diese Wilden.«

33

Mark wollte so viele Fragen stellen, dass er sich dabei fast überschlug.

»Was meinen Sie damit?«, fragte er. »Wer wurde weggegeben? Können Sie uns was über dieses Gebäude erzählen? Oder über einen Virus? Wissen Sie etwas über zwei Frauen und ein kleines Mädchen, die draußen gefangen genommen wurden?« Er versuchte den Riesenkloß in seinem Hals hinunterzuschlucken und beruhigte sich ein wenig. »Meine Freundin heißt Trina. Blond, in meinem Alter. Da war noch eine Frau dabei. Und ein Mädchen. Wissen Sie irgendwas über die drei?«

Der Mann blickte wieder zu Boden und seufzte tief. »So viele Fragen.«

Mark atmete tief durch, ging zu dem Stockbett gegenüber und setzte sich hin. Vielleicht war der alte Mann nur ein bisschen verwirrt. Ihn mit Fragen zu bombardieren war vielleicht nicht die ideale Taktik. Als er zu Alec hochsah, wirkte sein Freund etwas überrascht über Marks Ausbruch, aber dann schüttelte er nur den Kopf und setzte sich neben ihn auf das Bett. Alec legte das Workpad auf den Boden, so dass der Lichtschein ihre Gesichter ein wenig monströs aussehen ließ, als würde man sich eine Taschenlampe unters Kinn halten.

»Was können Sie uns erzählen?«, fragte Alec mit einer für seine Verhältnisse sanften Stimme. Anscheinend war er zum selben Schluss gekommen wie Mark: Dass der Mann mit Vorsicht behandelt werden musste. »Was ist hier passiert? Alle Lichter sind aus, kein Mensch zu sehen. Wo sind die alle?«

Statt einer Antwort stöhnte der Mann nur und hielt sich beide Hände vors Gesicht.

Alec und Mark sahen sich an.

»Ich versuch's noch mal«, sagte Mark. Er setzte sich auf die Bettkante, stützte die Unterarme auf seine Knie und beugte sich dem anderen entgegen. »Hey … wie heißen Sie?«

Der Fremde ließ die Hände sinken und selbst in dem schwachen Licht konnte Mark erkennen, dass seine Augen feucht waren. »Wie ich heiße? Ihr wollt meinen Namen wissen?«

»Ja, ich will Ihren Namen wissen. Unser Leben ist genauso beschissen wie Ihres, das können Sie mir glauben. Ich bin Mark und das ist mein Freund Alec. Sie können uns vertrauen.« Der Mann lachte spöttisch, bekam davon aber sofort einen Hustenanfall. Schließlich sagte er: »Ich heiße Anton. Nicht dass das eine Rolle spielen würde …«

Mark war unsicher, wie er weitermachen sollte. Dieser Mann konnte die Antworten auf so viele Fragen kennen und Mark wollte es nicht vermasseln. »Hören Sie … wir kommen aus einer der Siedlungen. Drei von unseren Freunden wurden oben in diesem Canyon gefangen genommen. Und wir vermuten, dass unser Dorf von hier aus angegriffen wurde. Wir wollen einfach nur wissen, was los ist. Und unsere Freunde zurückhaben. Das ist alles.«

Er merkte, dass Alec etwas sagen wollte, und sah ihn scharf an, damit er ruhig blieb. »Können Sie uns irgendwas dazu sagen? Zum Beispiel … was das hier für ein Gebäude ist? Was ist da draußen los, mit den Berks, den Pfeilen und dem Virus? Was ist *hier* los?« Eine unglaubliche Müdigkeit senkte sich bleischwer auf ihn herab, aber er zwang sich dazu, die Augen offen zu halten und auf sein Gegenüber zu richten. Endlich hatten sie die Chance, die langersehnten Antworten zu bekommen.

Anton atmete ein paarmal tief durch und eine Träne rollte aus seinem rechten Augenwinkel. »Vor zwei Monaten wählten wir eine Siedlung aus«, sagte er schließlich. »Als Test. Nicht dass die katastrophalen Ergebnisse viel am gesamten Plan geändert hätten. Aber für mich hat das Mädchen alles verändert. So viele Tote, und die Einzige, die überlebt hat, hat mir gezeigt, was wir angerichtet haben. Wie gesagt, ich wollte nicht, dass sie wieder zu ihren Leuten zurückmuss. Seitdem ist es für mich vorbei. Endgültig vorbei.«

Deedee, dämmerte es Mark. Er sprach von Deedee. Aber was war mit Trina und Lana? »Erzählen Sie uns, was passiert ist«, drängte er. Mit jeder Sekunde, die verging, fühlte er sich schlechter, weil sie hier herumsaßen, anstatt nach den dreien zu suchen. Andererseits brauchten sie Informationen, sonst würden sie sie niemals finden. »Von Anfang an.«

Mit abwesender Stimme fing Anton an zu sprechen. »Die Nacheruptive Notstandskoalition in Alaska wollte etwas, das sich schnell ausbreitet und schnell tötet. Einen Virus, den irgendwelche Monster noch in den guten alten Zeiten entwickelt hatten, bevor die Sonneneruptionen alles verbrannt haben. Der Virus würde das Gehirn abschalten. Sofortiges Koma, hieß es; der Virus macht die Befallenen bewegungsunfähig und verursacht Blutungen, wodurch er sich in der Umgebung ausbreiten kann. Die Übertragung erfolgt durch infiziertes Blut, aber auch über die Luft, wenn die Bedingungen stimmen. Genau das Richtige, um die Siedlungen auszurotten, in denen alle eng beieinander wohnen.«

Der Mann redete ohne Unterbrechung mit unbewegter Stimme. Marks Gehirn war vor lauter Erschöpfung kaum in der Lage, seinen Worten wirklich zu folgen. Er wusste, dass das sehr wichtige Informationen waren, aber es wollte ihm einfach nicht in den Schädel. Wie lange war er jetzt schon wach? Vierundzwanzig Stunden? Sechsunddreißig? Achtundvierzig?

»... bis sie merkten, dass sie es total versaut haben.«

Mark schüttelte den Kopf. Er hatte gerade einen wichtigen Teil von Antons Erklärungen verpasst.

»Was meinen Sie damit?«, wollte Alec wissen. »Was haben sie versaut?«

Anton hustete, dann schniefte er und wischte sich mit der Hand über die Nase. »Das mit dem Virus. Er funktioniert nicht. Er hat zwei Monate lang bei den Testpersonen nicht richtig funktioniert, aber sie haben den Plan trotzdem durchgezogen, weil sonst ja angeblich die Ressourcen des Planeten verbraucht worden wären. Sie haben also die Dosis in den Pfeilen erhöht. Diese Dreckschweine wollen die Hälfte der Bevölkerung auslöschen. Die Hälfte!«

»Was ist mit dem kleinen Mädchen?« Mark schrie beinahe. »Waren zwei Frauen bei ihr?«

Anton schien nichts von dem zu hören, was Mark oder Alec sagten. »Sie haben gesagt, wenn alles erledigt ist, kümmern sie sich um uns. Sie wollten uns nach Alaska zurückholen, uns Häuser und Lebensmittel zur Verfügung stellen und uns beschützen. Die halbe Welt muss sterben und dann fangen wir von vorne an, hieß es immer. Aber sie haben's versaut, nicht wahr? Das kleine Mädchen hat überlebt, obwohl sie von einem Pfeil getroffen wurde. Aber da ist noch mehr. Der Virus verhält sich anders als gedacht. Er verbreitet sich wie ein Lauffeuer, das stimmt. Aber blöderweise macht er, was er will. Nicht was die wollen.«

Er gab einen Laut von sich, der vage an ein Lachen erinnerte, sich aber schnell wieder in ein bellendes Husten verwandelte. Plötzlich heulte er hemmungslos. Er ließ sich auf die Seite fallen, zog seine Beine an die Brust und rollte sich zusammen. Seine Schultern bebten, während er weinte.

»Ich hab ihn«, sagte er unter Schluchzern. »Ganz sicher. Wir haben ihn alle. Ihr habt ihn auch. Da könnt ihr Gift drauf nehmen, meine Freunde. Ihr habt den Virus. Ich habe meinen Kollegen gesagt, dass ich mit ihnen nichts mehr zu tun haben will. Mir reicht's. Jetzt bin ich hier oben ganz allein. Ist mir nur recht.«

Mark hatte das Gefühl, als würde er die ganze Szene durch dichten Nebel beobachten. Er konnte sich einfach nicht konzentrieren. Er versuchte die Müdigkeit abzuschütteln. »Haben Sie eine Ahnung, wo unsere Freunde sein könnten?«, fragte er, diesmal ruhiger. »Wo sind Ihre Kollegen?«

»Die sind alle unten«, flüsterte Anton. »Ich hab's nicht mehr ausgehalten. Ich bin hier hochgekommen, um zu sterben oder verrückt zu werden. Vermutlich beides. Ich bin bloß froh, dass sie mich gelassen haben.«

»Unten?«, wiederholte Alec.

»Weiter unten im Bunker«, erwiderte Anton jetzt leiser, weil er weniger schluchzte. »Sie sind da unten und schmieden Pläne. Pläne für einen Aufstand in Asheville. Um zu zeigen, dass wir unzufrieden damit sind, wie sich die Sache entwickelt hat. Sie wollen es nach Alaska schaffen.«

Mark schaute zu Alec hinüber, der Anton einfach nur anstarrte. Was der arme Kerl sagte, wurde mit jedem Wort bizarrer.

»Aufstand?«, fragte Mark. »Wieso in Asheville? Wer sind diese Leute?«

»Asheville ist der letzte gesicherte Rückzugsort im Osten Amerikas«, antwortete Anton, dessen Worte jetzt kaum noch zu verstehen waren. Er stieß nur noch schwache, heisere Laute aus. »Mit Mauern und allem – so marode sie auch sein mögen. Und *sie* sind meine Kollegen, alle von der NNK angeheuert, der allmächtigen Nacheruptiven Notstandskoalition.

Meine geschätzten Kollegen wollen unsere Chefs stürzen, bevor die sich aus dem Staub machen und durch den Flat-Trans zurück nach Alaska verschwinden.«

»Anton«, sagte Alec. »Hören Sie mir zu. Gibt es sonst noch jemanden, mit dem wir reden können? Und wo können wir etwas über das Mädchen und die beiden Frauen erfahren, die wir suchen?«

Der Mann hustete. Dann wurde seine Stimme wieder ein wenig lebhafter. »Die Leute, meine ehemaligen Kollegen, fangen an den Verstand zu verlieren. Versteht ihr? Die … sind … nicht ganz dicht. Stundenlang sitzen sie da unten, schmieden ihre Pläne. Sie gehen nach Asheville und versammeln eine Armee um sich, wenn es sein muss, sagen sie. Oh, es gibt Gerüchte über ein Heilmittel, aber das ist kompletter Schwachsinn. Meine Kollegen werden dafür sorgen, dass andere nicht das behalten, was ihnen selbst genommen worden ist: das Leben. Und ihr wisst, was sie dann machen werden. Ihr wisst es, oder?«

»Was?«, sagten Mark und Alec wie aus einem Mund.

Anton stützte sich auf einen Ellbogen. Eine Hälfte seines Gesichts lag im Dunkeln, die andere im bläulichen Licht des Workpads. Es sah aus, als wäre in der Pupille des angestrahlten Auges ein Funken entzündet worden.

»Sie werden durch den Flat-Trans von Asheville nach Alaska gehen«, sagte der Mann. »Sie werden dorthin gehen, wo sich die Regierungsangehörigen versammelt haben, und für das Ende der Welt sorgen. Sie reden ständig davon, dass sie eine Heilung finden und dann die provisorische Regierung stürzen wollen. Aber in Wirklichkeit werden sie nur den Virus endgültig überallhin verbreiten. Sie werden das zu Ende führen, was die Sonneneruptionen nicht geschafft haben. Die Menschheit ausrotten. Idioten, allesamt.«

Anton sackte wieder auf seinem Bett zusammen und ein paar Sekunden später tönte sein Schnarchen durch den Raum.

34

Mark und Alec hörten Antons pfeifendem Atem zu.

»Ich bin mir nicht sicher, wie viel wir von alldem glauben können«, sagte Alec nach einer Weile. »Aber ich bin, mal vorsichtig ausgedrückt, beunruhigt.«

»Ja«, erwiderte Mark matt. Sein Kopf dröhnte und ihm war übel. Er konnte sich nicht erinnern, wann er das letzte Mal so müde gewesen war. Aber sie mussten aufstehen, raus aus diesem Raum und Trina und die anderen suchen.

Er rührte sich nicht.

»Junge, du siehst wie ein Zombie aus«, sagte Alec, der ihm den Kopf zugewandt hatte. »Und ich fühl mich wie einer.«

»Ja«, sagte Mark wieder.

»Was ich jetzt sage, wird dir nicht gefallen, aber es gibt keine Widerrede.«

Mark zog die Augenbrauen hoch. Selbst dafür musste er seine gesamte Energie aufbringen. »Und das wäre?«

»Wir müssen schlafen.«

»Aber … Trina … Lana …« Auf einmal fiel ihm der Name des Mädchens nicht mehr ein. Unmöglich. Sein Kopf tat weh, als würde in seinem Schädel ein Sturm wüten.

Alec stand auf. »Wir helfen den dreien kein bisschen, wenn wir vor Müdigkeit nicht mehr richtig funktionieren. Wir legen uns nur mal kurz aufs Ohr. Jeder eine Stunde oder so, während der andere Wache schiebt. Anton hat gesagt, seine Kollegen sind noch stundenlang in irgendeinem Meeting.« Er ging zur Tür am anderen Ende des Raums und schloss sie ab. »Nur zur Sicherheit.«

Mark ließ sich auf die Matratze fallen und zog langsam seine Beine auf das Bett. Er verschränkte die Arme hinter dem Kopf. Eigentlich wollte er protestieren, aber er brachte nichts heraus.

Alec fing wieder an zu reden. »Ich übernehme die erste Wache, also …«

Aber bevor er den Satz zu Ende gesprochen hatte, war Mark schon eingeschlafen.

Dann kamen die Träume. Die Erinnerungen. Lebhafter als je zuvor. Als wäre seine extreme Erschöpfung der perfekte Nährboden.

35

Nur ein kurzer Moment, doch er fühlt sich an wie eine Ewigkeit, als Mark eine riesige Welle die Stufen der U-Trans-Station herunterstürzen sieht – eine Herde weißer, schäumender Pferde. Tausend Dinge schießen ihm durch den Kopf. Wie ist er hierhergekommen? Was ist über ihnen in der Stadt passiert? Ist seine Familie tot? Wie wird die Zukunft aussehen? Wie wird es sein zu ertrinken?

All diese Gedanken stürmen in der Sekunde auf ihn ein, die das Wasser braucht, um das Ende der Treppe zu erreichen. Dann packt ihn jemand am Arm und reißt ihn weg, zwingt ihn den Blick von der bevorstehenden Katastrophe abzuwenden. Er sieht Trina, ihre Augen sind vor Entsetzen riesengroß und sie zerrt an ihm, das holt ihn aus seiner Erstarrung.

Er sprintet los und packt sie am Arm, damit sie sich auf keinen Fall verlieren. Alec und Lana sind direkt vor ihnen. Sie rennen sehr schnell, vorbei an den Schlägertypen, die sie vorhin noch belästigt haben. Ihr Verhalten kommt Mark jetzt so unglaublich dumm vor, dass die Wut wieder in ihm hochsteigt. Doch dieser Moment geht vorüber. Trina und er rennen Seite an Seite den Tunnel entlang. Er wirft einen schnellen Blick zurück, sieht Baxter, Darnell, Frosch, Misty. Alle sind direkt hinter ihnen und in ihren Augen sieht er die gleiche Angst wie in Trinas, die schreckliche Panik, die er selbst verspürt.

Mark hört ein tosendes Rauschen, das ihn an die Niagarafälle erinnert. Menschen schreien, Gegenstände klirren, Glas zersplittert. Alec wirkt nicht wie ein alter Mann, als er jetzt am Bahnsteigende vorbeijagt und in die Dunkelheit des Tunnels eintaucht. Ihnen bleibt kaum Zeit, so viel ist klar, und Mark erkennt mit Schrecken, dass sein Leben in den Händen der beiden Menschen vor ihm liegt. Das war's. In den nächsten paar Minuten wird sich entscheiden, ob er leben oder sterben wird.

Hinter ihm schreit jemand auf, dann trifft ihn etwas hart an der Schulter und er gerät ins Stolpern. Er fängt sich wieder, lässt dabei aber Trina los, die so viel Schwung hat, dass sie nicht anhalten kann und weiterrast. Mark blickt zurück und sieht beides: Misty ist hingefallen und eine steigende Flut ergießt sich aus der U-Trans-Station auf die Gleise. Die Wassermassen von der Straße überschwemmen den Bahnsteig und fließen in das breite Becken des Tunnels, und zwar nur wenige Meter entfernt.

Als das Wasser über Misty hinwegspült, ist es schon einige Zentimeter hoch. Sie versucht wieder auf die Füße zu kommen. Mark will ihr hochhelfen, da springt Misty plötzlich mit einem Schrei auf, als hätte sie einen Stromschlag bekommen.

»Das ist heiß!«, schreit sie, während sie nach Marks Hand greift und sich an ihm festhält.

Sie drehen sich um und rennen weiter. Das Wasser umspült jetzt schon ihre Füße. Es dringt durch Marks Schuhe und Socken, seine Hosenbeine saugen sich voll und er spürt erst die Wärme, dann die brodelnde Hitze. Er macht einen Satz, wie jemand, der in zu heißes Badewasser gestiegen ist. Das Wasser ist kochend heiß, dass man sich daran verbrüht.

Die Truppe rennt immer weiter den Tunnel entlang. Sie tun ihr Bestes, um im stetig steigenden Fluss voranzukommen. In Windeseile steht das Wasser gut einen halben Meter hoch. Mark kann nicht fassen, wie schnell das gegangen ist. Es reicht ihm bis über die Knie und die Strömung wird stärker. Wenn er nicht aufpasst, wird ihm der Boden unter den Füßen weggerissen. Er holt Trina ein, die anderen sind nur wenige Meter vor ihnen. Sie rennen nicht mehr, sie kämpfen sich vorwärts. Nur mit vollem Körpereinsatz kommen sie noch langsam Schritt für Schritt voran. Das Wasser reicht jetzt schon fast an Marks Oberschenkel und er weiß, dass die Strömung am Ende stärker sein wird als sie.

Und es brennt, es verbrüht ihm die Haut. Sein Körper juckt vor Schmerz.

»Hier lang!«, brüllt Alec. Er stemmt sich gegen den schmutzigen, reißenden Fluss, kämpft gegen die Strömung und watet nach links, wo eine kurze Treppe mit Eisengeländern zu sehen ist. Sie führt zu einem Absatz und einer Tür. »Da müssen wir hoch!«

Mark bewegt sich in diese Richtung, er setzt immer ein Bein vor das andere und sucht bei jedem Schritt nach festem Halt. Trina macht es genauso. Lana ist bereits da. Baxter, Misty, Darnell und Frosch kämpfen sich alle hinter Mark voran. Viel länger können sie der Strömung nicht mehr standhalten. Das Tosen des Wassers ist ohrenbetäubend. Es wird nur von Alecs Worten und den Schreien aus der Station übertönt, die von den Tunnelwänden widerhallen. Doch allmählich bleiben die Schreie aus und Mark weiß auch, warum: Die meisten Menschen sind schon ertrunken.

Das wird Mark mit fürchterlicher Gewissheit vor Augen geführt, als eine Leiche gegen sein Knie stößt und gleich darauf von der Strömung weitergetragen wird: eine Frau. Ihr Gesicht hat schon die bläuliche Farbe des Todes angenommen und wird von einem schwimmenden Haarkranz umrahmt. Sie dreht sich langsam im Kreis, während sie tiefer in den schwarzen Tunnel getragen wird. Dann treiben weitere Menschen vorbei. Manche sind noch am Leben, die meisten aber reglos. Die Lebenden strampeln mit Armen und Beinen, versuchen zu schwimmen oder Boden unter die Füße zu bekommen. Mark will ihnen instinktiv helfen und nach ihren Händen greifen. Aber es ist zu spät. Sie können von Glück sagen, wenn sie es selbst schaffen.

Alec hat die Treppe erreicht, das Eisengeländer gepackt und erklimmt die ersten beiden Stufen. Mark macht einen weiteren schwerfälligen Schritt nach vorn. Das Wasser geht ihm bereits bis zur Hüfte. Es brennt, ist brüllend heiß. Alec beugt sich vor und hilft Lana die Treppe hoch. Dann ist Trina bei ihm und greift nach seiner Hand. Schon ist sie oben. Mark ist der Nächste. Er macht den letzten zittrigen Schritt und plötzlich hält er sich am Unterarm des älteren Mannes fest, der ihm immer wieder das Leben rettet. Alec zieht ihn mit einem Ruck hoch, Mark wird nach vorn geschleudert, dann ist er auf der Treppe und fällt fast vornüber aufs Gesicht. Trina fängt ihn auf und umarmt ihn.

Frosch schafft es, dann Darnell, dann Misty. Alle außer Alec haben sich von der Treppe auf den kleinen Absatz gerettet und stehen vor einer Tür. Doch Baxter, der etwas jünger ist als die anderen, kommt nicht richtig voran. Mark empfindet plötzlich tiefe Scham, als er sieht, dass der Junge sich immer noch durch die heiße Brühe kämpft: Er ist knapp zwei Meter außerhalb von Alecs Reichweite. Das Wasser klatscht gegen ihn, es steigt immer weiter und spritzt in sein angsterfülltes Gesicht.

Mark sprintet wieder die Treppe hinunter, obwohl Trina nach ihm schreit. Er steht neben Alec und fragt sich, was er tun soll. Menschen werden an Baxter vorbeigetrieben. Mark sieht, wie ein Fuß den Jungen hart an der Schulter trifft. Ein Kopf durchstößt direkt neben ihm die Wasseroberfläche, prustet und wird dann wieder nach unten gezogen.

»Mach einen Schritt!«, ruft Alec Baxter zu.

Der Junge tut, was Alec gesagt hat. Ein Schritt und dann noch einer. Er ist jetzt fast in Reichweite, aber das Wasser schlägt hart gegen seinen Rücken. Es grenzt an ein Wunder, dass er noch nicht weggespült worden ist.

Mark will ihn anspornen: »Du hast es fast geschafft!«

Baxter macht noch einen Schritt, dann verliert er plötzlich das Gleichgewicht und sein Kopf taucht unter. Alec springt ihm zur Hilfe und packt den Arm des Jungen, während die Strömung die beiden zu erfassen und in die Dunkelheit zu ziehen droht. Das Ganze geht so schnell, dass Mark reagiert, ohne nachzudenken. Er packt das Geländer mit der Linken, greift mit der Rechten blitzschnell zu und bekommt Alecs Ärmel zu fassen, bevor er weggespült wird. Alec packt Marks Arm, kurz bevor der Stoff reißt.

Die Strömung zerrt an Mark, aber er hält sich krampfhaft am Geländer fest. Er wird zur Seite gerissen und donnert gegen die Betonwand des Schienentunnels. Alec und Baxter werden mitgezogen, halten sich aber aneinander fest. Mark hat das Gefühl, dass ihm gleich der Arm ausgerissen wird. Seine Muskeln sind zum Zerreißen gespannt, es tut höllisch weh. Um den Schmerz auszuhalten, konzentriert er sich vollkommen darauf, nicht loszulassen. Wasser fließt ihm in den Mund. Er spuckt es aus. Es schmeckt nach Dreck und Öl und verbrennt ihm die Zunge.

Er fühlt, wie Hände nach seinem Arm greifen, nach seinem T-Shirt und Ellbogen, wie sie an ihm ziehen. Von der anderen Seite merkt er, dass Alec sich mit beiden Händen an ihm entlanghangelt, als wäre er ein Seil. Das kann nur heißen, dass Baxter weggespült wurde. Mark kann nichts tun, er hat keine Kraft mehr, sein ganzer Körper ist ein einziger brennender Schmerz. Er kann sich nur festhalten, die Verbindung aufrechterhalten. Das Wasser schlägt über seinem Kopf zusammen und er schließt die Augen. Er zwingt sich nicht nach Luft zu schnappen, denn das würde ihn umbringen.

Er weiß nicht mehr, wo oben und unten ist. Es existieren nur noch das Wasser, die Hitze, das Rauschen. Und der Schmerz, der seinen Körper durchströmt.

Doch dann durchbricht er die Wasseroberfläche, fühlt Hände an seiner Brust, unter seinem Arm. Er wird rückwärts die Stufen hochgezerrt. Alec ist genau vor ihm, er hat das Geländer zu fassen bekommen. Baxter steckt fest zwischen Alex' Beine geklemmt, wie der Besiegte bei einem Ringkampf. Plötzlich schießt Baxters Gesicht aus dem Wasser hoch und der Junge japst, spuckt und schreit.

Sie haben es geschafft. Sie haben es gemeinsam geschafft!

Kurz darauf haben sie wieder Boden unter den Füßen, stehen auf dem Treppenabsatz. Alle zusammen. Das Wasser ist bis zum oberen Rand des Gleisbetts gestiegen und beginnt den Absatz zu überspülen.

Alec ist die völlige Erschöpfung anzusehen. Er ist klatschnass, atmet schwer und schnappt nach Luft. Während er nach vorn taumelt, reißt er die Tür auf. Mark durchfährt es wie ein Blitz: Sie hätte verschlossen sein können. Alles hätte hier und jetzt zu Ende sein können. Aber sie ist offen und Alec hält sie auf.

Er winkt allen, vor ihm hindurchzugehen.

»Macht euch auf einen langen Aufstieg gefasst.«

36

Zitternd wachte Mark auf. Es war stockdunkel, sein Körper ganz steif.

Er wälzte sich in dem quietschenden Stockbett hin und her, um besser zu liegen, damit seine Muskeln nicht mehr so höllisch wehtaten. Alec und Anton schnarchten laut. Besonders lange hatte Alec bei seiner ersten Wache anscheinend nicht durchgehalten.

Schließlich blieb Mark auf dem Rücken liegen. Er konnte nicht mehr einschlafen und nichts weiter tun, als darauf zu warten, dass sein Kumpel aufwachte. Aber Alec sollte sich ruhig ausschlafen – sie würden ihre Kräfte noch brauchen.

Der Traum war erschreckend intensiv gewesen, furchtbar real. Marks Herz schlug immer noch wie wild. Es war, als hätte er das alles gerade wirklich noch einmal erlebt. Er konnte das schmutzige Wasser schmecken, die Verbrennungen auf der Haut spüren. Er erinnerte sich an den anschließenden Aufstieg die endlose Treppe hinauf, immer wieder um die nächste Ecke, das schwindelerregende Hin und Her. Er wusste nicht, wie er mit den anderen Schritt gehalten hatte, kraftlos und von den Verbrennungen gepeinigt, wie er war. Trotzdem waren sie hoch und immer höher gekraxelt, während unter ihnen das Wasser schwoll. Nie würde er vergessen, wie er über das Geländer nach unten auf das immer höher steigende Wasser geschaut hatte, in dessen Tiefen sein Leben fast geendet hätte.

Alec hatte sie gerettet.

Die nächsten beiden Wochen verbrachten sie in dem Wolkenkratzer, durch dessen Treppenhaus sie aus dem Bahntunnel hinaufgestiegen waren. Es wurde schnell klar, dass es nach wie vor unmöglich war, nach ihren Familien zu suchen. Die Hitze, die Strahlung und der steigende Meeresspiegel waren zu gefährlich. Marks Hoffnung, seine Familie wiederzufinden, schwand immer mehr, bis er irgendwann nicht mehr daran glaubte. Beinahe.

Das Lincoln Building. Tatsächlich gab es noch reichlich Stoff für Albträume her. Sie waren möglichst weit in der Mitte des Gebäudes geblieben, in den inneren Korridoren des Hochhauses, um sich vor der gnadenlosen Sonnenstrahlung zu schützen. Trotzdem waren sie in den ersten Monaten alle kränklich gewesen.

Er hörte ein Stöhnen aus Alecs Richtung und die Erinnerungen wurden verdrängt. Später würden sie zurückkommen und ihn von neuem terrorisieren. Doch das Gefühl der totalen Panik, das er in den letzten Momenten im U-Trans-Tunnel verspürt hatte, ließ ihn nicht los. Es hing in der Luft wie der Rauch eines gelöschten Feuers.

»Oh … Mist«, sagte Alec.

Mark stützte sich auf einen Ellbogen und schaute in Alecs Richtung. »Was ist?«

»Ich wollte nicht einschlafen. Ein schöner Soldat bin ich! Und dann hab ich auch noch das verdammte Workpad angelassen. Das können wir vergessen.«

»Na ja, der Akku war wahrscheinlich sowieso fast leer«, beruhigte ihn Mark. Obwohl er in Wahrheit alles für nur fünf Minuten funzliges Licht gegeben hätte.

Alec stöhnte wieder. Mark hörte das Bettgestell quietschen, als sein Freund aufstand.

»Wir müssen seine Kollegen ausfindig machen. Er hat gesagt, sie besprechen sich weiter unten im Bunker. Das heißt, wir müssen eine Treppe suchen«, sagte Alec.

»Was ist mit ihm?« Mark zeigte auf Anton, ohne daran zu denken, dass Alec ihn in der Dunkelheit nicht sehen konnte.

»Lass ihn ausschlafen. Komm, wir gehen.«

Mark brauchte einen Augenblick, um sich zu orientieren. Dann stand er auf und tastete sich am Bett entlang zum Mittelgang.

»Weißt du, wie lange wir geschlafen haben?«, fragte er.

»Keine Ahnung«, antwortete Alec. »Vielleicht zwei Stunden?«

Die nächsten Minuten verbrachten sie damit, sich langsam durch den Raum zum Gang vorzutasten. Die Notbeleuchtung über der Tür flackerte nur noch ein bisschen, lieferte kaum mehr Licht. Nach einer Weile fanden sie endlich das Treppenhaus, nach dem Alec gesucht hatte.

»Dann mal los«, flüsterte Alec und stieg die Stufen hinunter.

Die Treppe führte drei Stockwerke in die Tiefe, aber einen Ausgang gab es erst ganz unten. Sie drückten die Tür auf und standen in einem weiteren Korridor. Jetzt befanden sie sich offenbar in dem Teil des Bunkers, für den oben die Generatoren ratterten: Der Gang wurde von Leuchtstreifen an der Decke erhellt.

Mark warf Alec einen kurzen Blick zu, dann schlichen sie den Gang hinunter. Auf beiden Seiten reihte sich eine Tür an die andere, aber Alec schlug vor, erst einmal den ganzen Korridor zu erkunden, bevor sie versuchten die Türen zu öffnen. Bald merkten sie, dass der Gang im Halbkreis verlief.

Als sie fast in der Mitte angekommen waren, hörte Mark Stimmen. Woher sie kamen, war leicht zu erkennen: Vor ihnen auf der linken Seite stand die eine Hälfte einer Flügeltür offen. Aus dem Raum drangen Stimmen, darin musste eine Versammlung stattfinden. Männer und Frauen redeten wild durcheinander, man konnte kein einziges Wort verstehen. Das konnten nur Antons Kollegen sein.

Alec ging langsam auf den Eingang zu und schlich sich vorsichtig mit dem Rücken an den geschlossenen Türflügel gelehnt vor. Er sah Mark an und zuckte mit den Schultern, nach dem Motto »Jetzt oder nie«. Dann reckte er seinen Kopf ein Stück in die Türöffnung. Mark hielt die Luft an, er war sich nur zu bewusst, dass sie unbewaffnet waren.

Alec zog den Kopf zurück und schob sich ein Stück zu Mark hinüber. »Das ist so was wie ein Vortragssaal. Ziemlich groß, passen wahrscheinlich um die zweihundert Leute rein. Sie sitzen ganz unten und schauen zu jemandem auf der Bühne. Und sie diskutieren heftig über irgendwas. Worum es ging, konnte ich nicht verstehen.«

»Wie viele?«, flüsterte Mark.

»Mindestens vierzig, vielleicht sogar fünfzig. Keine Spur von unseren Mädels.«

»Was machen wir jetzt?«, fragte Mark. »Weitergehen? Wir sind bestimmt bald am Ende des Gangs.«

»Auf allen vieren könnten wir reinkriechen, hinter der letzten Reihe an der Wand entlang. Wir können uns hinten rechts in der Ecke verstecken. Und hören, was die zu sagen haben.«

Gute Idee. Sie hatten keine Ahnung, wer diese Leute waren oder was sie vorhatten, und das hier war *die* Möglichkeit, es herauszufinden. »Okay, machen wir.«

Sie gingen auf Hände und Knie, Alec zuerst, dann Mark. Der Soldat spähte hinter dem Türrahmen hervor und kroch blitzschnell in den großen Vortragssaal. Als Mark ihm folgte, fühlte er sich nackt, so schutzlos waren sie. Aber der hintere Teil des Saals war leer. Die Stimmen kamen alle von unten und klangen weit genug entfernt. Und da anscheinend alle durcheinanderredeten, bekamen sie hoffentlich nichts von ihren ungebetenen Gästen mit.

Alec kroch an den schwarzen Plastikstühlen der letzten Sitzreihe entlang, bis er ganz am rechten Ende in einer relativ gut versteckten Ecke angekommen war. Dort quetschte er sich im Schneidersitz zwischen den letzten Sitz und die Wand. Mark rutschte neben ihn. Um sich so unsichtbar wie möglich zu machen, musste er sich ziemlich verrenken.

Alec streckte kurz den Kopf hoch, warf einen Blick über die Rückenlehne vor sich und zog ihn schnell wieder zurück.

»Viel sieht man nicht. Vielleicht warten sie auf etwas. Oder machen eine Pause. Keine Ahnung.«

Mark schloss die Augen und lehnte den Kopf gegen die Wand. Eine gefühlte Ewigkeit saßen sie so da. Mindestens zehn zermürbende Minuten lang passierte gar nichts. Nur Gemurmel und leise Gesprächsfetzen. Aber dann bewegte sich plötzlich etwas und Mark hielt die Luft an. Aus dem Korridor war ein Mann hereingekommen, der aber zielstrebig den Mittelgang entlanglief und hinter den Stuhlreihen verschwand. Mark atmete erleichtert auf – er hatte sie nicht gesehen.

Unten wurde es ruhig, über dem ganzen Raum lag plötzlich eine gespenstische Stille. Mark konnte sogar die Schritte des Mannes hören, als er unten ankam und ein paar Stufen zur Bühne hochstieg.

»Ich übernehme jetzt, Stanley«, sagte eine tiefe Männerstimme, die von den Wänden widerhallte, obwohl er ganz leise gesprochen hatte. Gute Akustik.

»Danke, Bruce«, antwortete Stanley mit sehr viel höherer Stimme. »Bitte hört ihm alle aufmerksam zu.«

Man hörte jemanden die Treppe hinuntersteigen und sich

auf einen knarrenden Stuhl setzen. Als es wieder ruhig war, ergriff der Neuankömmling das Wort.

»Wir müssen zur Tat schreiten. Es wird nicht mehr lange dauern, bis wir alle den Verstand verlieren.«

37

Als wären die ersten Sätze des Mannes nicht bizarr genug gewesen, fingen die Zuhörer an zu klatschen und zu jubeln. Mark bekam eine Gänsehaut. Bruce wartete, bis der Applaus nachließ, dann sprach er weiter.

»Frank und Marla sind von ihrem Erkundungsflug über der Gegend um Asheville zurück. Genau wie wir erwartet hatten, wurden dort die Stadtmauern ordentlich verstärkt. Menschlichkeit und Barmherzigkeit, meine Freunde? Die Zeiten sind vorbei. Die NNK hat eine Armee von Monstern geschaffen, aus Menschen, die früher bereit gewesen wären, für einen bedürftigen Nachbarn ihr letztes Hemd zu geben. Die

Drecksäcke in Alaska und North Carolina – in unserem Asheville – haben sich ein für alle Mal von den Siedlungen abgewandt. Und was noch schlimmer ist: Sie haben sich von uns abgewandt. *Von uns!*«

Wütendes Geschrei, Getrampel und Getrommel auf den Armlehnen. Der Lärm erfüllte den ganzen Raum, bis Bruce weitersprach.

»Sie haben uns hierhergeschickt!«, rief er. Seine Stimme wurde lauter. »Sie haben uns beauftragt, an der größten Menschenrechtsverletzung seit dem Krieg von 2020 teilzunehmen. Einem Holocaust! Aber sie haben darauf beharrt, das sei unerlässlich für das Überleben der Menschheit. Sie haben gesagt, dadurch würden die wenigen verbliebenen Ressourcen geschont, um die Menschen zu ernähren, die es ihrer Meinung nach *wert* sind zu leben. Aber woher nehmen sie das Recht zu entscheiden, wer es wert ist zu leben und wer nicht?« Er machte eine kurze Pause, bevor er weitersprach. »Nun ja, meine Damen und Herren, es sieht so aus, als wären *wir* es nicht wert. Sie haben uns hierhergeschickt, um die Drecksarbeit zu erledigen, und nun haben sie beschlossen uns abzusägen. Wofür halten die sich, frage ich euch!«

Den letzten Satz brüllte er regelrecht und brachte die Zuhörer erneut in Rage. Sie schrien und stampften mit den Füßen. Von dem Gebrüll pochten Mark die Schläfen und er bekam schrecklichen Druck hinter der Stirn. Er dachte schon, der Lärm würde nie aufhören, aber dann endete er abrupt. Bruce musste eine Handbewegung gemacht haben, um sie zum Schweigen zu bringen.

»Es ist doch so …«, sagte der Redner jetzt viel ruhiger, »die

Testpersonen mit ihrer merkwürdigen kleinen Sekte werden mit jedem Tag fanatischer. Wir haben uns mit ihnen geeinigt. Sie wollten das kleine Mädchen zurück. Anscheinend wollen sie die Kleine ihren Geistern opfern. Ich glaube, sie sind endgültig verrückt geworden. Wir können ihnen nicht mehr helfen. Es vergeht kaum ein Tag, an dem sie sich nicht gegenseitig bekämpfen, sich neu gruppieren und wieder von vorne anfangen. Aber wir haben uns mit denen geeinigt, die noch ansatzweise vernünftig wirken. Ich habe genug davon, mir jedes Mal, wenn ich rausgehe, Sorgen zu machen, ob gleich jemand hinter einem Baum hervorspringt und mich anfällt.«

Diesmal machte er eine längere Pause und ließ Stille einkehren. »Wir haben ihnen das kleine Mädchen und die beiden Frauen, die bei ihr waren, übergeben. Ich weiß, das klingt hart, aber es verschafft uns ein wenig Zeit, in der wir uns um diese Leute keine Sorgen machen müssen. Ich will keine wertvolle Munition verschwenden, um uns gegen eine verrückte Sekte zu verteidigen.«

In Marks Ohren rauschte es. »Das kleine Mädchen. Die beiden Frauen. *Übergeben.*« Die schlimmen Sachen, die sie im Schlafsaal von Anton erfahren hatten. Das alles dröhnte in seinem Kopf, bis er anfing zu zittern. Er erinnerte sich, wie verrückt die Leute am Lagerfeuer gewesen waren. Eine Situation, die bereits verzweifelt ausgesehen hatte, war gerade noch schlimmer geworden. Und Alec und er hatten hier im Bunker ihre Zeit verschwendet – die drei waren längst nicht mehr hier.

Dieser Bruce schwadronierte weiter, aber Mark konnte sich nicht mehr auf seine Worte konzentrieren. Er lehnte sich zu Alec und flüsterte ihm ins Ohr: »Wie konnten sie die drei bloß diesen … diesen Durchgeknallten überlassen? Wir müssen los. Wer weiß, was diese Psychos mit ihnen machen!«

Alec hob beschwichtigend die Hand. »Ich weiß. Machen wir. Aber vergiss nicht, warum wir hier sind. Wir hören uns an, was dieser Kerl zu sagen hat, und dann gehen wir. Versprochen. Lana bedeutet mir genauso viel wie Trina dir.«

Mark nickte und lehnte sich wieder an die Wand. Er versuchte zuzuhören.

»… Feuer ist gelöscht, dank dem Wolkenbruch vor ein paar Stunden. Der Himmel ist schwarz, aber es raucht nur noch. Es wird reichlich Schlammlawinen geben. Wie es aussieht, haben sich die Verrückten in die halb verbrannten Vororte geflüchtet. Wir können nur hoffen, dass sie eine Weile dort bleiben, bevor sie Asheville stürmen, um an Nahrungsmittel zu kommen. Aber ich denke, in den nächsten ein bis zwei Tagen können wir ohne Bedenken in Asheville einmarschieren und verlangen, was uns zusteht. Wir gehen zu Fuß und versuchen die Leute von der Regierung zu überraschen.«

Einige Zuhörer flüsterten besorgt miteinander, bis Bruce weitersprach. »Wir können nicht leugnen, dass die Krankheit auch bereits bei uns grassiert. Wir haben die Symptome gesehen, *hier* in unserem sicheren Unterschlupf. Es ist doch undenkbar, dass unsere Vorgesetzten diesen Virus freigesetzt haben ohne ein Gegenmittel in der Hinterhand. Und ich sage: Entweder sie geben es uns – oder sie sterben! Auch wenn wir dazu bis nach Alaska müssen. Wir wissen, dass sie in ihrem Hauptquartier einen Flat-Trans haben. Wir gehen durch den Flat-Trans und zwingen die Regierung in Alaska uns zu geben, was uns zusteht!«

Wieder donnernder Applaus und Fußstampfen.

Mark schüttelte den Kopf. Diese Leute waren offensichtlich nicht mehr ganz dicht. Der Raum war von einer wilden Energie erfüllt, als wäre diese Meute ein Nest voller Schlangen, die jederzeit zubeißen konnten. Warum dieser Virus freigesetzt worden war, wussten sie noch nicht genau. Aber was er bei den Menschen anrichtete, war völlig eindeutig: Er machte sie verrückt und je weiter er sich ausbreitete, desto länger schien dieser Prozess zu dauern. Wenn die Einwohner von Asheville, der größten noch existierenden Stadt im Umkreis von Hunderten von Kilometern, wirklich eine Mauer errichtet hatten, um sich vor der Krankheit zu schützen, dann musste die Lage schlimm sein. Dann war ein Haufen infizierter Soldaten das Letzte, was sie dort brauchten. Und der Flat-Trans …

In Marks Kopf dröhnte und pochte es und es fiel ihm schwer, seine Gedanken zu ordnen. Er wusste, dass er sich auf Trina konzentrieren musste, darauf, sie zu retten. Aber was war mit all den neuen Informationen, die sie gerade bekommen hatten? Er stieß Alec mit dem Ellbogen an und warf ihm einen ungeduldigen Blick zu.

»Gleich, Junge. Lass dir nie die Chance entgehen, an Informationen zu kommen. Gleich geht's los und wir suchen die anderen. Versprochen.«

Mark war nicht bereit, Trina für Informationen zu opfern. Nicht nach allem, was sie zusammen durchgemacht hatten. Er konnte nicht mehr lange warten.

Im Raum war es still geworden.

»Die *Nacheruptive … Notstands … Koalition.*« Bruce betonte jeden Teil des Namens übertrieben und voller Häme. »Wofür halten die sich? Für Götter? Die einfach beschließen können, die Bevölkerung in der Osthälfte der Vereinigten Staaten auszulöschen? Als ob die Leute von der Regierung mehr Recht hätten zu leben als alle anderen!«

Danach folgte eine lange Pause. Mark hielt es nicht mehr aus. Er kroch um Alec herum und warf einen Blick über die Stuhllehne vor ihm. Bruce war ein großer Mann mit einer Glatze, die im matten Licht glänzte. Sein Gesicht wirkte blass und er trug einen ungepflegten Dreitagebart. Unter dem engen schwarzen T-Shirt zeichneten sich seine Muskeln ab. Mit gefalteten Händen stand er auf der Bühne und schaute zu Boden, als betete er.

»Habt kein schlechtes Gewissen, Freunde. Wir hätten zu dem, was sie von uns verlangt haben, nicht Nein sagen können«, sagte Bruce und hob langsam den Blick, um seine gebannten Zuhörer wieder anzuschauen. »Wir hatten keine Wahl. Sie haben uns mit genau den Ressourcen erpresst, die sie für sich haben wollen. Wir müssen schließlich auch essen. Wir können nichts dafür, dass der Virus sich nicht erwartungsgemäß verhält. Jetzt können wir nur noch das tun, was wir seit den Sonneneruptionen auch gemacht haben: mit allen Mitteln ums Überleben kämpfen. Von Darwin haben wir gelernt, dass in der Natur der Stärkere überlebt. Aber die NNK versucht die Natur auszutricksen. Es ist Zeit, dass wir uns selbst um unsere Belange kümmern. Wir … werden … *leben!*«

Tosender Beifall, Pfiffe, Applaus und Getrampel, fast zwei Minuten lang. Mark kauerte sich zurück neben Alec. Sein Drang, endlich abzuhauen, ließ sich kaum mehr beherrschen. Er wollte gerade etwas sagen, als die Zuhörer wieder still wurden und die Stimme von Bruce wie das vielfach verstärkte Zischen einer Schlange den Raum durchdrang.

»Aber zuerst, meine Freunde, müsst ihr mir einen Gefallen tun. Wir haben zwei Spione in diesem Vortragssaal. Gut möglich, dass sie von der NNK kommen. Ich zähle bis dreißig, dann will ich sie gefesselt und geknebelt vor mir haben.«

38

Mark und Alec stürzten los.

Die Menge war in ein wüstes Gebrüll ausgebrochen, eine Art Kampfschrei, und hatte sich sofort in Bewegung gesetzt. In ihrem Eifer, als Erste bei den Eindringlingen zu sein, stolperten und fielen sie übereinander.

Während Mark auf die Flügeltür zurannte, konnte er kaum den Blick von der merkwürdigen Szene in den unteren Reihen abwenden. Mit einer Mischung aus Entsetzen und Belustigung sah er, wie Bruce Befehle brüllte und mit hochrotem Kopf auf Alec und Mark zeigte. Seine Bewegungen wirkten irgendwie kindisch, er ähnelte fast einer Comicfigur. Auch der Eifer und das Gebrüll, mit dem seine Anhänger auf den Gang drängten, wirkten unnatürlich und übertrieben. Waren die alle mit irgendwelchen Drogen aufgeputscht? Männer und Frauen, die brüllten und knurrten wie eine Horde amoklaufender Affen. Und alle wollten sie *ihn und Alec* fangen, als würde ihr Leben davon abhängen.

Alec war zuerst an der Tür und stürzte hinaus auf den Gang. Mark kam schlitternd zum Stehen. Er hatte sich so auf die Meute konzentriert, dass er fast am Ausgang vorbeigerannt wäre.

Draußen auf dem Korridor geriet er ins Stolpern, fing sich aber gleich wieder. Alec war noch so schlau gewesen, die Tür hinter ihm zuzuwerfen und ihnen damit ein paar Momente Vorsprung zu verschaffen. Das Licht war schummrig, aber Mark sah, dass Alec offenbar nicht mehr wusste, aus welcher Richtung sie gekommen waren.

»Hier lang, mir nach, Alec!«, rief er. Alec holte ihn ein – und schon flog die Tür wieder auf. Schreiend kam die Horde herausgestürmt.

Mark rannte, so schnell er konnte, und versuchte nicht daran zu denken, was ihre Verfolger mit ihnen machen würden, falls sie sie zu fassen bekamen. Bruce hatte gesagt, sie sollten gefesselt und geknebelt werden, aber ihren Blicken nach zu urteilen wäre das nur der Anfang gewesen. Er schaute zurück, um sicherzugehen, dass Alec Schritt hielt. Der alte Bär kam mit kraftvollen Bewegungen hinterher. Mark rannte den halbrunden Korridor entlang in Richtung Treppenhaus. Ein anderer Fluchtweg fiel ihm nicht ein.

Adrenalin durchströmte seinen Körper und gleichzeitig

spürte er, wie geschwächt er war. Er konnte sich nicht erinnern, wann er das letzte Mal etwas gegessen hatte. Aber er *musste* es hinaus in den Wald schaffen! Er konnte das Treppenhaus schon sehen und legte noch einen Zahn zu. Das Geschrei ihrer Verfolger hallte durch den engen Korridor. Mark erreichte die Treppe und sprang schon auf die erste Stufe, als Alec keuchend dazukam. Seine schweren Stiefel donnerten auf dem Eisen. Mit den Händen am Geländer rasten sie die Wendeltreppe hinauf, Stufe für Stufe, Stockwerk für Stockwerk. Als sie schon im dritten Stock waren, hörten sie, dass die Meute offenbar gerade unten ankam. Das dumpfe Echo ihres wilden Geschreis jagte Mark einen Schauer über die schweißnasse Haut.

Oben rannte er weiter, hinaus in den Gang, wo es immer noch stockdunkel war. Auf einmal wusste er nicht, wohin sie weiterlaufen sollten, er fühlte sich überfordert, konnte nichts mehr entscheiden und spürte Panik in sich aufsteigen.

»Wo lang?«, rief er Alec hektisch zu. Sollten sie sich irgendwo verstecken – vielleicht in dem Raum mit den Generatoren? Einen Ausgang zu suchen hieß, ungeschützt herumzurennen und gefasst zu werden, falls sie keinen fanden. Aber wenn sie sich versteckten, würden sie vermutlich auch erwischt werden, nur etwas später.

Statt zu antworten, rannte Alec nach rechts, in Richtung der riesigen, rotierenden Landeplattform. Erleichtert, dass sein Freund nun die Führung übernommen hatte, folgte Mark ihm zügig.

In waghalsigem Tempo rasten sie durch die Dunkelheit. Mark ließ seine Hand an der Wand entlangstreifen, um nicht die Orientierung zu verlieren, aber er wusste, wenn er über etwas stolperte, war es vorbei. Sie rannten an dem Raum mit dem Generator und der flackernden roten Leuchte vorbei. Die Maschinen summten wie ein Bienenschwarm. Aber das Licht und die Geräusche wurden schnell schwächer. Da endlich merkte er es – und wäre beinahe abrupt stehen geblieben.

Ihre Verfolger waren nicht mehr zu hören. Mit keinem Laut. Als wären sie nie die Treppe hochgekommen.

»Alec«, flüsterte er. Seine Stimme war zwischen ihrem Keuchen und den lauten Schritten kaum zu hören. Er wiederholte es ein bisschen lauter.

Sein Freund blieb stehen und Mark raste an ihm vorbei, bevor er anhalten konnte. Nach Atem ringend drehte er sich zu Alec um und wünschte sich verzweifelt ein bisschen Licht.

»Warum ist es so leise?«, fragte er.

»Keine Ahnung«, antwortete Alec. »Aber wir sollten weiterlaufen.« Mark hörte, dass er die Korridorwände abtastete. »Nimm du die rechte Seite, ich nehm die linke. Vielleicht gibt es einen Ausgang, von dem wir nichts wissen.«

Mark fing an zu suchen. Die Wände fühlten sich kalt an. Er erinnerte sich an die Tür, durch die Licht herausgedrungen war. Aber davon war jetzt nichts mehr zu sehen. Diese völlige Dunkelheit war zum Verrücktwerden und es machte ihn nervös, dass sie nicht wussten, wo ihre Verfolger geblieben waren. Da stimmte irgendwas nicht.

Sie kamen am Ende des Gangs an, wo die runde Luke zurück in den Raum unter der Landeplattform führte. Er hörte, wie Alec durch die Öffnung ging und wieder zurückkam.

»Da drin sieht man auch nichts.«

»Woanders können wir nicht hin«, erwiderte Mark. »Komm, wir gehen da rein und machen die Tür zu, bis uns was einfällt. Vielleicht können wir …«

Alec schnitt ihm das Wort ab. »Shhh. Hast du das gehört?«, flüsterte er.

Allein von der Frage bekam Mark eine Gänsehaut. Er rührte sich nicht und hielt den Atem an. Zuerst hörte er gar nichts, dann ein schwaches Rascheln, irgendwo weiter hinten im Gang. Es hörte nicht auf und merkwürdigerweise war es manchmal näher und dann wieder weiter weg. Plötzlich hatte Mark das Gefühl, dass sie nicht allein waren.

Seine Nerven gingen mit ihm durch. Er wollte Alec durch die Luke schubsen, es war ihre einzige Chance. Reingehen, die Klappe zuknallen, das Rad drehen und die Luke verschließen. Aber als er einen Schritt machte, hörte er ein Klicken und gleich darauf schien ihnen der grelle Strahl einer Taschenlampe direkt ins Gesicht. Wer immer sie hielt, stand nur ein paar Schritte entfernt.

»Wir haben euch nicht erlaubt zu gehen«, sagte eine Frauenstimme.

39

Plötzlich gingen weitere Taschenlampen an und ihre Strahlen hüpften hektisch hin und her. Bruces Leute stürmten auf sie zu und stimmten von neuem ihr Kampfgeschrei an. Mark schaute zu Alec, der packte ihn am T-Shirt und zog ihn zur Luke.

Alec war schon halb hindurchgestiegen und zog dabei immer noch Mark mit, als die grellen Taschenlampen sie erreichten. Jemand hielt Marks Fuß fest und hob ihn so weit hoch, dass er auf den Rücken fiel und hart mit dem Hinterkopf aufschlug. Dann wurde er an seinem Bein weggezerrt. Verzweifelt versuchte er sich freizukämpfen und robbte sich windend und tretend zwischen den Beinen ihrer Angreifer hindurch.

Alec rief vergeblich nach ihm. Jetzt kreisten sie Mark ein und jemand trat ihm in die Rippen. Mit einem schrillen Schrei schlug ihm eine Frau in den Magen. Stöhnend versuchte er sich zusammenzurollen. Dabei drehte er seinen Fuß so ruckartig, dass er dem Griff entkommen konnte. Das nutzte er aus, rollte sich auf den Bauch und kroch in Windeseile zurück zur Luke.

Ein Brüllen fuhr durch das Gewühl: ein donnerndes Knurren, wie es eine Bärin von sich geben würde, die ihr Junges beschützen will. Das war Alec – und mit einem Mal flogen ihre Gegner auf allen Seiten durch die Luft. Alec hatte sich in das Gewühl gestürzt und bereits die Hälfte der Angreifer überwältigt. In dem Durcheinander fiel jemand auf Marks Bein, ein anderer auf seinen Rücken. Mark drehte sich um und schon saß einer auf seinem Gesicht. Einen Moment lang kam ihm das alles völlig lächerlich vor, wie eine bescheuerte Zirkusnummer, und er hätte fast gelacht.

Aber dann gab ihm jemand eine Ohrfeige und katapultierte das Zirkusbild aus seinem Kopf. Mark schlug mit der Faust zurück, allerdings traf er nicht. Blindlings schlug er um sich. Seine Arme flogen durch die Luft und beim vierten oder fünften Mal traf seine Faust endlich ein Kinn und er hörte einen Schrei. Für einen Augenblick sah er Alec wie einen Löwen kämpfen, Angreifer wegstoßen, Gesichter mit dem Ellbogen attackieren und seine Gegner zu Boden werfen. Scheppernd fiel eine Taschenlampe herunter und rollte schrammend über den Boden, bis sie an der Wand liegen blieb. Ihr Strahl beleuchtete die Öffnung der Luke, sie war keine vier Meter mehr entfernt. Irgendwie mussten sie es schaffen, ihre Angreifer abzuwehren und durch die Luke zu kommen. Sonst waren sie verloren.

Mark hatte sich auf Hände und Knie hochgerappelt, aber im nächsten Moment wurde er wieder rücklings zu Boden gerissen. Ein Arm legte sich um seinen Hals und zog nach hinten. Mark würgte und schnappte nach Luft, als ihm die Luftröhre abgedrückt wurde. Er holte mit seinem Bein aus und rammte mit aller Kraft seinen Fuß rückwärts in die Beine des Angreifers, der war überrumpelt und ließ los. Mark drehte sich um und haute ihm die Faust ins Gesicht. Im letzten Moment sah er, dass es eine Frau war. Ihr Kopf wurde mit einem Knacken zur Seite gerissen und Blut schoss ihr aus der Nase.

Da wurde Mark von hinten geschnappt, zwei Verfolger griffen ihm unter die Achseln und zogen ihn in den Stand. Er versuchte sich zu befreien, aber sie hielten ihn fest. Ein hämisch grinsender Mann trat vor ihn. Er holte aus und rammte ihm die Faust in den Magen. Mark sackte zusammen, höllische Schmerzen und Übelkeit überkamen ihn. Er würgte, aber er hatte nichts im Magen, das er hätte erbrechen können.

Wieder brüllte Alec und jetzt stürzte sich sein Freund auf einen dieser beiden. Als er endlich einen Arm wieder frei hatte, holte Mark aus und stieß seinen Ellbogen auf das Kinn des anderen Verfolgers. Jetzt waren beide Arme frei. Er schmiss sich auf den Mann, der ihn geschlagen hatte, und warf ihn zu Boden, wo er stöhnend aufprallte.

Mark kümmerte sich nicht weiter um ihn, sondern rappelte sich auf und schnappte sich die heruntergefallene Taschenlampe, die er gesehen hatte. Als er sich aufrichtete, schwang er sie hoch erhoben herum, um zu sehen, ob jemand auf ihn zukam. Er traf einen Mann am Ohr, der schreiend umfiel. Alec war ebenfalls an eine Taschenlampe gekommen und erhob sich gerade nach einem Kampf mit zwei oder drei Gegnern, die jetzt reglos dalagen. Mark rannte zu ihm hin und beide drehten sich Rücken an Rücken langsam im Kreis. Ihnen gegenüber standen die restlichen Angreifer. Sie waren immer noch weit in der Überzahl. In zwei Gruppen geteilt, auf jeder Seite des Gangs eine, machten sie sich offenbar gerade zum gemeinsamen Angriff bereit.

Mark ließ den Leuchtkegel seiner Lampe wandern und bemerkte, dass die Gruppe zwischen ihnen und der Luke die kleinere war. Etwa acht Personen. Wenigstens etwas. Als würden sie telepathisch kommunizieren, stürmten Alec und er gleichzeitig und mit Gebrüll auf diese kleinere Gruppe zu. Sie stürzten sich regelrecht in sie hinein und rissen die Verfolger um. In einem Anfall irrer Verzweiflung tobte Mark los, trat wie wild um sich und schlug mit seiner Taschenlampe auf alles, was sich bewegte. Kletternd, kriechend und schubsend arbeitete er sich vorwärts, wand sich heraus, wenn irgendjemand versuchte ihn an seinen Kleidern, Armen oder Beinen festzuhalten.

Irgendwie schaffte Mark es, das Getümmel hinter sich zu lassen. Der Weg zur Luke war frei. Alec hatte sich auch durchgeschlagen, wurde gerade von einer letzten Attacke zu Boden geschleudert, sprang aber sofort wieder auf. Beide rannten auf die runde Luke zu und kletterten in Windeseile hindurch. Blitzschnell schob Alec die Tür zu. Mehrere Arme ragten durch den Spalt und blockierten die Tür.

»Komm her und hilf mir!«, brüllte Alec.

Mark schlug mit seiner Taschenlampe auf die Hände und Finger ein. Dann zog Alec die Tür kurz auf und donnerte sie mit Karacho zurück auf Arme, Hände, Finger. Einige der Angreifer schrien laut auf und zogen sich zurück. Aber da kam schon der nächste Ansturm, der Alec fast umgeworfen hätte.

Mark ließ seine Taschenlampe fallen, um Alec zu helfen. Zusammen rissen sie die schwere Tür wieder auf und rammten sie auf die Hände und Arme der Angreifer. Noch mehrmals setzten sie sich auf diese Weise zur Wehr – immer schneller und mit mehr Wucht.

»Noch einmal richtig fest«, rief Alec.

Mark nahm all seine Kraft zusammen, zog die Tür auf und stieß sie brüllend wieder zurück. Die schwere Metallplatte brachte Knochen zum Bersten und zerquetschte Finger.

Alec lehnte sich gegen die Tür und ließ sie mit einem letzten donnernden Schlag ins Schloss fallen.

Dann drehte Mark das Rad der Luke zu.

40

Er drehte es fest und fester. Es quietschte, sonst war nichts zu hören in dem Raum. Alec half ihm, als ihre Gegner versuchten das Rad auf der anderen Seite zurückzudrehen.

»Schön festhalten!«, sagte Alec schließlich, als es sich nicht mehr weiterdrehen ließ. Er trat zurück und Mark packte die rechte Seite des Rads mit beiden Händen, hängte sich mit seinem ganzen Gewicht daran fest. Schmerz pochte in seinem Kopf, im ganzen Körper. Er sah, dass der riesige Raum vor ihm, in dem die Berks landeten und starteten, leer war.

Alec hob seine Taschenlampe wieder auf, die neben der von Mark lag. Er richtete sie auf die rechte Kammer. Im Lichtkegel tauchte der beeindruckende Umriss des Berks auf. Alec ließ den Strahl der Lampe hin und her schweifen: verbeultes Metall, lange Bolzenreihen, hervorstehende Kanten und Rillen. In dem schwachen Licht sah das ganze Gefährt aus wie ein Raumschiff voller Aliens, das aus den Tiefen des Ozeans heraufgestiegen war.

»Von innen wirkt das Ding viel größer«, sagte Mark angestrengt. Seine Arme wurden langsam müde, aber er spürte einen Zug am Rad. Es ruckte ein bisschen. »Meinst du, wir kommen damit raus?«

Alec ging langsam um das Berk herum und suchte es ab, wahrscheinlich nach der Laderampe. »Deine beste Idee seit langem«, sagte er.

»Ein Glück, dass du Pilot bist.« Durch die Tür hörte Mark dumpfe, tiefe Schläge und stellte sich vor, wie die Leute auf dem Gang außer sich vor Wut auf die Tür eindroschen.

»Ja …«, erwiderte Alec abwesend. Kurz darauf hallte seine Stimme von der Rückseite des Berks herüber. »Hier hinten ist sie, die Rampe!«

Draußen wurden ihre Verfolger ganz still.

»Sie haben aufgegeben!«, sagte Mark mit einer kindlichen Begeisterung, die ihm sofort peinlich war.

»Nein, die hecken was aus«, entgegnete Alec. »Wir müssen da rein und die Schüssel startklar machen. Und die Landeplattform aufkriegen.«

Mark blickte zum Rad hoch und ließ es vorsichtig los. Ohne das Ding aus den Augen zu lassen, stand er auf.

Er erschrak, als ein lautes Scheppern durch den Raum dröhnte, gefolgt vom Knirschen von Metall auf Metall. Er wirbelte herum, aber das Geräusch kam von der Rückseite des Berks. Alec musste irgendwie die Laderampe aufbekommen haben. Mark warf noch einen letzten Blick auf das Rad – es stand weiterhin still – und rannte zu Alec. Der stand mit den Händen in den Hüften wie ein stolzer Mechaniker an der Rückseite des Berks und sah zu, wie sich die riesige Rampe langsam herabsenkte.

»Wollen wir einsteigen, Kopilot?«, fragte er mit einem schiefen Grinsen. »Ich bin sicher, dass man die Landeplattform auch vom Cockpit aus bedienen kann.«

Mark sah es in seinem Blick: Der Mann konnte es kaum erwarten, endlich mal wieder am Steuer eines Berks zu sitzen und damit durch die Luft zu düsen. »Wenn du mit ›Kopilot‹ meinst, dass ich danebensitze und dir zuschaue, meinetwegen.«

Alec lachte laut und ausgelassen. Das klang gut und für einen Moment vergaß Mark, in welcher Todesgefahr sie sich befanden. Aber dann waren die schrecklichen Sorgen um Trina wieder da und gleichzeitig fing auch noch sein Magen an wie verrückt zu knurren.

Als die Laderampe offen war und sich nicht mehr bewegte, kletterte Alec hinauf und verschwand in dem dunklen Schiff. Mark rannte noch einmal zurück, um nach der Luke mit dem Rad zu schauen. Dort schien alles in Ordnung zu sein, also lief er Alec hinterher.

An der oberen Kante der Rampe blieb er stehen und leuchtete mit seiner Taschenlampe in den Laderaum. Das Berk war unheimlich – vollkommen eingestaubt und dunkel. Es sah fast genauso aus wie das andere Berk, das sie geentert hatten, nur irgendwie leerer. Alec lief hin und her und schaute sich alles genau an.

Es hallte dumpf, als Mark das Berk betrat. Dieser Moment erinnerte ihn plötzlich an einen alten Film – Astronauten betraten ein verlassenes Alien-Raumschiff. Natürlich war es am Ende doch nicht verlassen, sondern voller Aliens gewesen, zu deren Lieblingsspeise Menschen gehörten.

»Ich kann weit und breit nichts von den Kästen mit den Pfeilen sehen, die im anderen Berk waren«, sagte Alec und leuchtete mit der Taschenlampe lauter leere Regalbretter an.

Mark bemerkte etwas im hintersten Regal. »Hey, was ist das?«, fragte er und ging neugierig hinüber. Er leuchtete mit der Taschenlampe ins Regal und holte einen Stapel mit drei Workpads heraus, die mit Gummibändern festgeklemmt waren.

»Schau dir das an«, rief er Alec zu. »Workpads!«

»Und? Funktionieren sie?«, erwiderte Alec nicht besonders interessiert.

Mark klemmte sich seine Taschenlampe unter den Arm und schaltete eines der Geräte an. Der Bildschirm leuchtete sofort auf und die Passwortabfrage erschien.

»Funktioniert super«, sagte er. »Aber wahrscheinlich brauchen wir dein gutes, altes Soldatensuperhirn, um sie zu knacken.«

»Komm mal hier…« Alec wurde das Wort abgeschnitten. Ein Ruck ging durch das Berk und es bebte einige Sekunden lang. Mark versuchte das Gleichgewicht zu halten und ließ beinahe das Workpad fallen. Die Taschenlampe rutschte weg, rollte klappernd über den Boden und ging aus.

»Was war das denn?«, fragte Mark, obwohl er eine Ahnung hatte.

Kaum hatte er zu Ende gesprochen, drangen lautes Knirschen von Zahnrädern und Schaben von Metall auf Metall zur Ladeluke herein. Jemand aus Bruce' Mannschaft musste irgendwo einen Knopf gedrückt haben. Die Landeplattform öffnete sich.

41

»Schnell, mach die Rampe zu!«, rief Alec. »Der Knopf ist direkt daneben. Ich mach das Baby startklar. Wenn's sein muss, brechen wir damit durch die Decke!«

Ohne eine Antwort abzuwarten, rannte er weiter ins Berk rein. Damit war Marks Lichtquelle weg und einen Moment lang versank er in Dunkelheit. Dann fiel ein schwacher Lichtstrahl durch die schmale Öffnung der Landeplattform und Mark hatte Glück – er sah seine Taschenlampe am Boden liegen.

Schnell griff er danach, schaltete sie an und rannte zurück zu der Stelle, wo er die Workpads gefunden hatte, und schnallte sie wieder fest. Wenn er Glück hatte, würde er lange genug leben, um die Informationen darauf auszuwerten. Ganz kurz sah er sich im Frachtraum um. Außer dem Knirschen der Landeplattform waren noch Stimmen zu hören – Rufe.

Sie hatten bereits Gesellschaft. Vermutlich waren ihre Verfolger im Begriff, von oben hereinzuspringen, so wie Alec und er es auch gemacht hatten. Er musste es schaffen, die Laderampe hochzufahren, bevor sie eindringen konnten. Jeder Moment zählte.

Mark rannte los und fing an fieberhaft zu suchen. Neben der Rampe war alles voller Kabel, Haken und Metallplatten, mit denen die Hydraulik an der Wand festgemacht war. Schließlich fand er das Bedienfeld auf der linken Seite, sah den richtigen Knopf und drückte ihn. Ein Motor brummte los und mit einem Ruck setzte sich die Rampe in Bewegung, fuhr langsam und quietschend nach oben.

Die Stimmen waren bereits näher gekommen. Er drückte sich neben der Öffnung gegen die Wand und sah sich nach einer Waffe um. Nichts. Ihm blieben nur die Taschenlampe und seine Fäuste.

Das Schließen der Rampe schien eine Ewigkeit zu dauern – sie war gerade mal auf halber Höhe. Mit quietschenden Scharnieren klappte die große Metallplatte langsam zu, wie eine Venusfliegenfalle in Zeitlupe. Mark machte sich darauf gefasst, dass die Meute es bis zum Berk schaffen würde, bevor die Ladeluke vollends zu war. Er umklammerte die Taschenlampe und schwang sie vor sich hin und her wie ein kurzes Schwert. Draußen war es schon viel heller geworden, was wohl hieß, dass die Landeplattform inzwischen ungefähr senkrecht stand.

Ein Mann und eine Frau sprangen auf die Rampe und kletterten an Bord. Mark spannte seine Muskeln an und holte mit der Taschenlampe aus. Doch er verfehlte den Mann, der ihn sofort am T-Shirt packte. Die Taschenlampe fiel auf den Boden und rollte durch die Öffnung nach draußen. Dem Scheppern und Klirren zufolge war sie kaputt. Mark landete unsanft auf der Rampe und starrte dem Mann in das völlig ausdruckslose Gesicht. Er wirkte überhaupt nicht angestrengt, war nicht außer Atem, selbst nach dem Hochklettern nicht.

»Du bist ein verdammter Spion«, sagte der Fremde so ruhig, als hätten sie sich gerade zum Kaffeetrinken hingesetzt. »Und als wäre das nicht schon schlimm genug, versuchst du auch noch unser Berk zu stehlen. Und drittens bist du ein hässlicher kleiner Mistkerl, hab ich Recht oder hab ich Recht?«

»Das wollte ich auch gerade sagen«, erwiderte Mark. Es war alles irgendwie vollkommen surreal.

Der Mann tat, als hätte er nichts gehört. »Ich hab ihn«, rief er der Frau zu. »Geh rein und stell die Rampe ab.«

Jetzt wurde Mark klar, wer die beiden waren. Die Piloten. Er hatte sie vorhin reden gehört.

»Tut mir leid, Mann«, sagte Mark. Das unwirkliche Gefühl war zu einem merkwürdigen Flattern in seiner Brust geworden. Irgendwie stand er neben sich. In seinem Kopf pochten diese Schmerzen. »Ich fürchte, ich kann dich ohne den richtigen Ausweis nicht reinlassen.«

Der Mann wirkte verblüfft. Seine Partnerin war ein paar Schritte entfernt, direkt an der Kante der Rampe, über die sie jetzt kroch, um noch hereinzukommen. In Marks Kopf war irgendein Schalter umgelegt worden. Er verstand nicht, was da passierte, aber er fühlte sich auf einmal verändert. Um keinen Preis würde er zulassen, dass die beiden an Bord kamen.

Mark hielt den Mann am Hemd fest und trat mit dem linken Fuß heftig nach der Frau. Er traf sie in den Magen, sie schrie auf und stolperte zurück, versuchte sich an ihrem Partner festzuhalten. Aber es war zu spät. Sie stürzte, fiel von der Kante und schlug dabei mit dem Kopf gegen das Knie des Mannes. Mark hörte sie draußen auf dem Boden aufschlagen.

Die Laderampe war fast oben, der Spalt war höchstens noch anderthalb Meter breit. Der Mann hatte sich hinübergelehnt, um nach seiner Partnerin zu sehen, aber jetzt wandte er sich wieder wutentbrannt Mark zu. Doch der war ebenfalls wütend. So wütend wie noch nie. Als würde ein Sturm in ihm toben.

Er griff wieder nach dem Hemd des anderen, packte es mit der ganzen Faust und knurrte nur vier Worte:

»Jetzt. Bist. Du. Dran.«

42

»Du bist tot«, keuchte der Mann wutentbrannt. »Du bist so gut wie tot.«

»Nein«, erwiderte Mark. »Ich nicht.«

Er holte aus und donnerte dem Kerl mit voller Wucht die Faust ins Gesicht. Der Mann schrie auf. Er krallte nach Marks Haaren, Gesicht und T-Shirt. Dabei erwischte er Marks Schulter, rang mit ihm und warf ihn zu Boden. Sie rollten gegen die Laderampe. Mark landete mit dem Rücken auf einem hervorstehenden Metallstück, während der Pilot ihm von oben mit dem Unterarm die Luft abdrückte.

»Heute hast du dich mit dem Falschen angelegt«, zischte er.

»Mich haben schon genug Leute geärgert, bevor du auf die Idee gekommen bist, mein Berk zu klauen. Und du wirst dafür jetzt bezahlen, Kleiner. Dabei werde ich mir schön Zeit lassen. Hast du verstanden?«

Er lehnte sich zurück und Mark holte Luft, ganz tief. Dann griff der Pilot nach seinem Hemd und setzte sich mit seinem ganzen Gewicht auf Marks Bauch. Der Mann holte weit aus und schlug Mark mit der Faust direkt auf den Kiefer. Es war, als würde in seinem Gesicht etwas zerbrechen. Da kam schon der nächste Schlag, die Schmerzen explodierten.

»Wär besser, wenn die Klappe nicht ganz zugeht«, sagte der Mann. Anscheinend dachte er, der Kampf wäre gewonnen. »Auch wenn ich gerne zusehen würde, wie dein Kopf da draußen zerquetscht wird wie eine Weintraube, lasse ich mir wie gesagt lieber ein bisschen Zeit.«

Er stand von Marks Bauch auf, ging hinüber zum Bedienfeld und drückte einen Knopf. Mark spürte einen Ruck in seinem Rücken, dann quietschte es und ein langsames Knirschen setzte ein, als die Rampe sich wieder absenkte. Mark konnte sehen, dass es immer heller wurde. Die Landeplattform musste schon vollständig umgedreht sein und gerade nach unten sinken. In ein paar Minuten würden die anderen hereinstürmen. Dann gnade ihnen Gott.

Doch Mark zwang sich zu warten. Eine unbändige Wut kochte in ihm hoch.

Der Pilot kam zurück, griff nach Marks Füßen und hob sie ächzend an. »Na los, jetzt bring ich dich mal in Position.« Er schleifte Marks Rumpf herum und lief tiefer in den Frachtraum des Berks hinein. »Du sollst es ja schön bequem haben, wenn ich …«

Aber jetzt war Mark dran. Laut schreiend trat er um sich und versuchte sich aus dem Griff des Piloten zu befreien. Der Mann stolperte rückwärts, bis er mit dem Rücken gegen die Wand neben der herabsinkenden Laderampe knallte. Mark sprang auf, stürmte auf den Piloten zu und rammte ihm seine Schulter in den Magen. Der andere krümmte sich zusammen und schlang seine Arme um Marks Rücken. Unsanft landeten beide auf dem Boden, wo sie hin und her rollten und einander mit den Fäusten bearbeiteten. Mark versuchte ihm sein Knie in den Schritt zu rammen, aber der Mann wehrte ihn mit dem Arm ab, holte aus und traf Mark am Kinn.

Sein Kopf wurde zurückgerissen und der Pilot stürzte sich sofort wieder auf ihn. Aber Mark gab nicht auf, sondern nutzte den Schwung, um sich nach hinten zu drehen und den Kerl abzuschütteln. Als er aufstand, bemerkte er entsetzt, dass die Laderampe noch einen Meter tiefer gesunken war.

Er drückte schnell auf den Knopf zum Schließen, die Rampe quietschte erneut und fuhr wieder hoch. Als er sich gerade zu seinem Gegner umdrehen wollte, riss der Mann ihn um und sie krachten gemeinsam auf das harte Metall. Beide rutschten die Rampe hinunter fast bis an die Kante. Mark drehte sich und hielt den Piloten mit beiden Händen am Hemd fest. Er versuchte ihn durch den Zwischenraum von Bord zu werfen, aber der andere stemmte sich mit den Füßen ab und landete wieder auf Mark.

Der Feuerball aus tosender Wut – der mit Hitze und

Schmerz geladene Reaktor, der in seiner Brust immer heißer und heißer geworden war – explodierte jetzt endgültig.

Mit einer Kraft, die ihn selbst überraschte, schüttelte er den Piloten ab und warf ihn zu Boden. Bevor er sich aufrichten konnte, saß Mark schon auf ihm und schlug auf ihn ein. Hart. Blut spritzte. Etwas knackte entsetzlich. Mark war, als gehöre sein Körper nicht mehr ihm. Er konnte kaum noch richtig sehen. Vor seinen Augen tanzten kleine helle Flecken, er zitterte und spürte das Blut in seinen Adern brodeln.

Ein Teil von ihm registrierte, dass die Ladeluke fast geschlossen war. Registrierte auch die Schreie und Rufe der Leute draußen, die auf das Berk losgehen wollten. Aber Mark hatte völlig die Kontrolle verloren.

Er schaute nach unten und sah überrascht, dass er den Piloten an die Kante der Rampe gezerrt hatte, sein Kopf und die Schultern hingen bereits nach draußen. Der Pilot versuchte vergeblich sich aus Marks eisernem Griff zu befreien. Der holte aus und schlug weiter auf ihn ein. Der Mann schrie und wand sich wie wild, weil er wusste, was Mark vorhatte.

Vielleicht sogar besser als Mark selbst. Er hielt den Piloten in dieser Position fest, halb drinnen, halb draußen. Seine Gedanken konzentrierten sich nur auf den Mann, den er festhielt, und darauf, dass er jetzt für alles büßen musste. Die Wut war wie ein Nebel in seinem Kopf. Und er konnte nicht aufhören.

Eine Grenze war überschritten.

Die Rampe drückte gegen den Brustkorb des Mannes. Quetschte ihn zusammen, um sich zu schließen. Seine fürchterlichen Schreie gingen Mark durch und durch. Sie rissen ihn aus seiner Raserei. Erst in diesem Augenblick wurde ihm klar, was er da gerade tat. Er quälte einen anderen Menschen. Das Geräusch, als das Brustbein und die Rippen des Piloten brachen, das Quietschen der Laderampe, die dabei war, das Hindernis zu zerquetschen – Mark war plötzlich von sich selbst entsetzt.

Er versuchte den Piloten vollends hinauszuschieben, aber er war in dem Spalt eingeklemmt. Seine Schreie schienen das ganze Berk zum Vibrieren zu bringen. Mark legte sich auf den Rücken, stützte sich mit den Ellbogen ab und trat mit aller Kraft gegen den Körper des Mannes. Er rutschte ein paar Zentimeter nach draußen. Brüllend trat Mark weiter auf ihn ein und bugsierte den Körper des Piloten weiter hinaus, um seine Qualen zu beenden.

Mit einem letzten Tritt beförderte er den Piloten ins Freie. Der Mann verschwand hinter dem Spalt und die Ladeluke knallte zu.

43

Eine tiefe, beunruhigende Stille und Dunkelheit erfüllten den Frachtraum. Nach einigen Sekunden durchbrachen Motorengeräusche die Stille und das Berk setzte sich mit einem Ruck in Bewegung, rollte auf den Schienen in den großen Raum mit der Landeplattform.

Marks Augen gewöhnten sich an die Dunkelheit. Er zog sich auf Hände und Knie, kroch zur Wand und lehnte sich mit dem Rücken dagegen. In seinem Innern spürte er etwas Seltsames. Es gefiel ihm gar nicht.

Er schlang die Arme um die Knie und legte den Kopf darauf. So ganz begriff er nicht, was da gerade mit ihm passiert war. Die tanzenden Lichtflecken, die lodernde Wut, das Adrenalin, das ihn angetrieben hatte wie die Kolben eines altmodischen Benzinmotors. Das alles hatte ihn völlig im Griff gehabt, er hatte die Kontrolle verloren, war völlig darauf fixiert gewesen, den Piloten zu vernichten. Es hatte ihn fast gefreut, als der Mann in dem Spalt zwischen der Rampe und dem Schiff eingeklemmt gewesen war.

Es war, als hätte er den …

Als Mark die Wahrheit erkannte, blickte er entsetzt auf. Er *hatte* für einen Moment den Verstand verloren. Und zwar völlig. Und bloß weil er jetzt wieder normal zu sein schien, hieß das nicht, dass *es* nicht schon angefangen hatte. Langsam schob er sich an der Wand nach oben, bis er stand. Er verschränkte die Arme. Ihm war kalt.

Der Virus. Die Krankheit, die das menschliche Gehirn angriff, wie Anton es ihnen im Schlafsaal beschrieben hatte. Das erinnerte ihn an etwas anderes, das er unten im Bunker gehört hatte, ironischerweise von dem Piloten, als er ihn vorher belauscht hatte. Zwei Worte.

Mark hatte es. Das spürte er ganz genau. Kein Wunder, dass sein Kopf so wehtat.

Er hatte Den Brand.

44

Mark war überraschend gefasst.

Hatte er nicht damit gerechnet? Sich damit abgefunden, dass es fast unmöglich war, sich *nicht* anzustecken? Trina hatte die schreckliche Krankheit wahrscheinlich auch. Lana und Alec ebenfalls. Warum Deedee dagegen immun war – sie war vor geschlagenen zwei Monaten von einem Pfeil getroffen worden –, war ihm ein Rätsel. Aber was hatte Bruce gesagt? Es hatte logisch geklungen: Jemand, der einen Virus freisetzt, musste sich auch irgendwie dagegen schützen können. Es musste irgendwo eine Behandlung, ein Gegenmittel dafür existieren. Alles andere ergab keinen Sinn.

Vielleicht, vielleicht gab es einen Funken Hoffnung. Vielleicht.

Wie oft hatte er im letzten Jahr den Tod vor Augen gehabt? Er hatte sich daran gewöhnt. Jetzt musste er sich auf die nächste Etappe konzentrieren: Trina – er musste Trina finden. Und wenn nur, um mit ihr zusammen zu sterben.

Er erschrak, als das Berk mit einem Ruck zum Stehen kam. Wieder knirschten die Zahnräder und Seilwinden. Die Landeplattform wurde hochgefahren. Das Berk sprang an – Deckenleuchten flackerten und die Triebwerke heulten auf.

Plötzlich war Mark unwahrscheinlich aufgeregt und rannte zur Tür des Frachtraums. Er wollte mit eigenen Augen sehen, wie Alec dieses Ding flog.

Alec schien hier im Cockpit völlig in seinem Element zu sein. Begeistert machte er sich an Knöpfen, Schaltern, Hebeln zu schaffen.

»Wieso in aller Welt hat das so lange gedauert?«, fragte er, ohne sich zu Mark umzudrehen.

»Es gab ein kleines Problem.« Darüber zu reden war das Letzte, was Mark im Moment wollte. »Kannst du uns mit dem Ding wirklich von hier wegbringen?«

»Klar doch! Die Schüssel hat noch die halbe Ladung Brennstoffzellen und ist ziemlich gut in Schuss.« Er nickte in Richtung der Fensterfront vor ihm, wo gerade die Bäume in Sicht kamen. »Wir sputen uns besser, bevor die Knallköpfe hier reinschneien und über uns herfallen.«

Mark beugte sich vor, um mehr zu sehen. Und tatsächlich:

Als er sich an die Scheibe lehnte, konnte er erkennen, dass sich Bruce' Mannschaft schon am Rand der Landeplattform versammelt hatte. Sie wirkten eher ratlos, zeigten mal in die eine, dann in die andere Richtung. Aber ein paar von ihnen waren sehr nah am Berk und machten irgendetwas, das Mark aus seinem Blickwinkel nicht erkennen konnte. Ihm kam ein beunruhigender Gedanke.

»Was ist mit der Ladeluke?«, fragte er. »Du konntest sie von außen öffnen, oder?«

»Diese Funktion hab ich zuallererst deaktiviert. Mach dich locker.« Er war immer noch mit dem Steuerpult beschäftigt. »In etwa einer Minute ist das Baby startklar. Am besten, du parkst deinen Hintern in einem Sessel und schnallst dich ordentlich an.«

»Okay.« Ein letzter Blick nach draußen. Er ging um Alec herum ans andere Ende der Fensterfront. Von dieser Seite sah man die Felswand des Canyons besser. Sein Blick blieb am grauen Granit hängen. Instinktiv ließ Mark den Blick über die lange Felswand schweifen – und erstarrte. Da kam etwas auf sie zugerast – ein riesiger Hammer.

Und schon im nächsten Moment traf er mit einem knirschenden Schlag auf das Cockpitfenster. Im Nu breiteten sich feine Risse wie ein Spinnennetz im Glas aus. Offenbar kletterte jemand an der Außenwand herauf.

Mark machte einen Satz zurück und Alec schrie erschrocken auf.

»Schnell! Flieg los!«, rief Mark.

»Was glaubst du denn, was ich hier mache?« Alec schaltete schneller herum, aber jetzt nur noch auf dem mittleren Teil des Steuerpults. Ein Finger schwebte über einem grünen Knopf auf dem Touchscreen.

Mark schaute gerade zurück zum Fenster, als der Hammer erneut angedonnert kam. Mit einem fürchterlichen Knirschen durchbrach er das Glas und das Steuerpult wurde mit Scherben übersät. Der Hammer flog hinterher und prallte vom Steuerpult auf den Boden. Das Gesicht des dazugehörigen Mannes erschien in dem Loch, dann seine Hände und Arme, als er sich daranmachte hereinzuklettern.

»Schaff den Kerl raus!«, brüllte Alec. Im selben Moment drückte er auf den grünen Knopf und das Berk hob mit einem Ruck ab. Die Triebwerke brüllten auf wie ein Rudel hungriger Löwen.

Mark fand sein Gleichgewicht wieder und bückte sich nach dem Hammer. Doch als er danach greifen wollte, packte ihn jemand an den Haaren und zog. Ein animalischer Schmerzensschrei kam aus seinem Mund und er ließ den Hammer fallen, um mit den Fäusten auf den Angreifer einzuschlagen. Aber der Mann ließ nicht los, er nahm Mark in den Schwitzkasten und zog ihn auf die kaputte Scheibe zu.

Marks Kopf schlug erst gegen die Kante der Cockpitscheibe, im nächsten Augenblick ragte er schon in die heiße Morgenluft hinaus. Der Mann versuchte ihn herauszubugsieren; als Mark schon zur Hälfte draußen hing, klammerte er sich verzweifelt an der Fassung fest. Zum zweiten Mal an diesem Tag glaubte er zu ersticken.

Das Berk stieg hoch in den Himmel und Mark schnappte von außen Alecs entsetzten Blick hinter der Scheibe auf. Mark sah noch, wie Alec von seinem Pilotensitz aufstand, dann verschwand er aus seinem Blickfeld. Das Berk schwebte etwa zwanzig Meter über dem Boden, ohne sich zu bewegen. Mark spürte, wie Alec an seinen Beinen zog, was die Schmerzen an seinem Hals und Kopf nur verschlimmerte. Aus seiner Kehle drang ein ersticktes, feuchtes Bellen, das ihm fast mehr Angst machte als die Schmerzen.

Alec zog von oben an seinen Beinen. Der Unbekannte zerrte von unten an ihm, er hing buchstäblich an ihm, an Haaren und Hals. Es fühlte sich an, als wäre sein Körper in ein mittelalterliches Folterinstrument eingespannt, durch das seine Knochen und Sehnen immer weiter gedehnt wurden. Mark fragte sich, ob sein Kopf wohl abspringen konnte, wie ein Sektkorken aus der Flasche. Dann begriff er endlich, dass er die Fensterfassung loslassen konnte, Alec hielt ihn ja fest. Sofort nutzte er seine frei gewordenen Hände, um auf den Angreifer einzuprügeln, zu krallen und kratzen. Die Welt stand dabei Kopf, der Boden schwebte als Himmel über ihm.

Mark rutschte noch ein Stück weiter aus dem Fenster. Panik durchzuckte ihn wie ein Blitzschlag, aber dann wurde er wieder festgehalten. Etwas Dunkles raste an ihm vorbei. Ein schwarzer Klumpen, gefolgt von einem schmalen, hellbraunen Schaft. Der Hammer. Er hörte einen furchtbaren Schlag, ein Knacken, einen Schrei. Alec hatte dem Kerl den Hammer ins Gesicht geschleudert.

Der Mann ließ los – und stürzte auf die Erde zu. Mark japste, endlich bekam er wieder Luft.

Vorsichtig zog Alec ihn höher und höher, durch die Fensteröffnung hinein, dann fiel er krachend zu Boden. Er rang immer noch nach Luft und fasste sich an den schmerzenden Hals.

Der alte Soldat untersuchte ihn eingehend. Als er sicher zu sein schien, dass Mark außer Lebensgefahr war, stand er auf, setzte sich zurück ans Steuerpult und ließ das Berk in den Himmel aufsteigen.

45

Alec flog das Schiff senkrecht nach oben, bis es über den Felswänden des Canyons schwebte. Dann rasten sie mit einer unglaublichen Geschwindigkeit davon. Mark drehte sich der Magen um. Er hatte sich so weit gefangen, dass er auf allen vieren eine Toilette ausfindig machen konnte, wo er sich übergab. Nichts als Galle und Magensäure. Sein Hals brannte, als hätte er ätzende Chemikalien geschluckt.

Er blieb eine Weile zusammengekauert sitzen, bis er in der Lage war, ins Cockpit zurückzuwanken.

»Essen. Sag, dass was zu essen da ist«, krächzte er.

»Und Wasser?«, fragte Alec. »Wär das auch was?«

Mark nickte, obwohl der Alte ihn nicht sehen konnte.

»Warte noch, bis wir irgendwo landen können. Ich würde die Schüssel ja schweben lassen, aber wir können es uns nicht leisten Treibstoff zu verballern. Den brauchen wir noch. Bestimmt finden wir hier was Essbares.«

»Bitte«, murmelte Mark. Seine Augenlider sackten herunter und das hatte nichts mit Müdigkeit zu tun. Er fühlte sich sehr schwach, gleich würde er umkippen. Es kam ihm vor, als wäre seine letzte Mahlzeit eine Woche her. Und dieser Durst! Sein Mund fühlte sich an wie ein Eimer Sand.

»Ich weiß, das war ziemlich hart«, sagte Alec leise. »Gib mir noch ein oder zwei Minuten.«

Mark machte die Augen nicht auf. Er verlor zwar nicht ganz das Bewusstsein, aber die Welt rückte weit weg, wie ein Theaterstück, das er von der letzten Reihe am Boden liegend verfolgte. Mit ein paar Decken über dem Kopf. Die Geräusche klangen gedämpft und sein Magen schmerzte vor Hunger.

Schließlich wurde das Berk langsamer und ruckte ein letztes Mal. Von weitem drangen Schritte zu Mark, dann sagte Alec etwas zu ihm.

»Hier, mein Junge. Nichts Tolles, Armee-Fraß, aber sehr nahrhaft. Bringt dich wieder auf die Beine. Ich hab uns in ein verlassenes Stadtviertel geflogen, direkt zwischen dem Bunker und dem Zentrum von Asheville. Die Knallköpfe sind anscheinend alle vor dem Feuer nach Süden geflüchtet.«

Mark machte die Augen auf. Seine Lider waren so schwer, dass er sie fast mit den Fingern hochheben musste. Zuerst sah er Alec verschwommen, aber dann wurde seine Sicht schärfer. Sein Freund hielt ihm irgendwelche Klumpen hin ... auf Alufolie. Egal. Es war völlig egal. Mark griff sich drei davon und stopfte sich die – wahnsinnig köstlichen – Happen in den Mund. Salzig und fleischig. Aber als es daran ging, sie zu schlucken, blieben sie stecken.

»Wa...«, setzte er an, aber dann wurde er von einem Hustenanfall geschüttelt und das Essen, das er nicht herunterbekam, landete in Alecs Gesicht.

Sein Freund wischte sich die Brocken ab. »Reizend.«

»Wasser«, krächzte Mark.

»Ja. Ich weiß. Hier.« Er hielt ihm eine Feldflasche hin und Mark konnte die Flüssigkeit darin hin und her schwappen hören.

Er versuchte sich aufzusetzen und stöhnte, als höllische Schmerzen durch seinen Körper schossen.

»Vorsichtig«, sagte Alec. »Trink nicht zu schnell. Sonst wird dir schlecht.«

»Okay.« Zitternd griff Mark nach der Feldflasche und hob sie an die Lippen. Herrliches kühles Wasser floss in seinen Mund und Rachen. Er unterdrückte ein Husten und konzentrierte sich darauf zu schlucken, ohne einen Tropfen zu verschwenden. Dann trank er noch mehr.

»Das reicht«, warnte ihn Alec. »Jetzt iss noch ein paar Bissen von dieser Köstlichkeit.«

Mark aß und diesmal schmeckte es noch besser. Noch salziger und fleischiger. Jetzt konnte er auch besser schlucken, obwohl er die schlimmsten Halsschmerzen seines Lebens hatte. Ein wenig Kraft schien in seinen Körper zu sickern. Die Kopfschmerzen ließen nach. Aber das Beste war, dass die Übelkeit verschwand.

»Du siehst aus, als wären ein paar Glühbirnen in deinem Kopf wieder angegangen«, sagte Alec und setzte sich neben ihn. Auch er stopfte sich jetzt etwas von dem Essen in den Mund. »Das Zeug ist gar nicht mal schlecht, was?«

»Du solltest nicht mit vollem Mund reden«, erwiderte Mark mit einem schwachen Grinsen. »Das ist unhöflich.«

»Ich weiß.« Alec stopfte sich den Mund noch voller und schmatzte überlaut. »Du willst also behaupten, ich hätte keine Kinderstube?«, fragte er – mit vollem Mund.

Mark lachte. Ein richtiges Lachen, von dem ihm Brust und Hals wehtaten.

Als er sich wieder erholt hatte, fragte er: »Wo hast du uns gleich noch mal hingeflogen?« Glücklich aß er weiter.

»Also, der Bunker, aus dem wir gerade kommen, liegt genau westlich von Asheville. Deshalb bin ich Richtung Osten geflogen – da gibt es ein paar schicke Wohnviertel am Fuß der Berge. Ein paar Kilometer südlich habe ich viele Leute gesehen. Verrückte. Ich glaube, dahin könnten die ganzen Knallköpfe, mit denen wir es am Lagerfeuer so gemütlich hatten, geflüchtet sein, nachdem sie den Wald abgefackelt haben. Aber hier ist es anscheinend ruhig.«

Er nahm noch einen Happen. »Wir stehen auf einem Wendehammer – in einer verflucht noblen Gegend. Jedenfalls bevor hier alle gebraten worden sind. Am Rand von Asheville gab es eine Menge reicher Leute, früher. Ihre Luxusvillen sind jetzt allerdings Ruinen.«

»Aber was ist mit …«

Alec hob die Hand, um Mark zu unterbrechen. »Ich weiß. Sobald wir ein bisschen Kraft und noch ein paar Stunden Schlaf getankt haben, suchen wir die drei.«

Mark wollte keine Zeit mehr verlieren, aber er wusste, dass Alec Recht hatte. »Irgendwas … zu sehen?«

»Ich glaube, ich habe ein paar Leute erkannt, als ich eben über die Straßen hinweggeflogen bin. Ich bin mir fast sicher, dass es die aus Deedees Siedlung sind. Wir müssen einfach nachsehen, ob es stimmt, was Bruce gesagt hat. Und unsere Mädels tatsächlich dort bei denen sind.«

Mark schloss kurz die Augen. Er wusste nicht mehr, was er denken sollte. Oder hoffen durfte.

Sie aßen und tranken schweigend weiter. Mark war neugierig, wie es draußen aussah, trotzdem war er zu erschöpft, um aufzustehen und ans Fenster zu gehen. Außerdem hatte er schon genug ausgebrannte Häuser gesehen. »Meinst du, wir können hier stehen bleiben? Du weißt schon, dass ein Irrer uns die Scheibe eingeschlagen hat, oder?«

»Bis jetzt hat sich noch niemand dem Berk genähert. Wir müssen eben aufpassen. Und wenn wir losgehen, um Lana und die anderen zu suchen, können wir bloß hoffen, dass der zusätzliche Eingang niemandem auffällt.«

Beim Gedanken an den Mann mit dem Hammer wurde Mark mulmig. Das erinnerte ihn daran, wie er ausgerastet war, als er den Piloten an der Ladeluke ausgeschaltet hatte.

Alec merkte, dass etwas nicht stimmte. »Ich weiß, dass du nicht die ganze Zeit Däumchen gedreht hast, als du da allein im Frachtraum gewesen bist. Willst du mir sagen, was passiert ist?«

Mark warf ihm einen verlegenen Blick zu. »Ein paar Minuten lang war es, als hätte ich die Kontrolle über mich verloren, und ich hab mich … ziemlich merkwürdig benommen. Fast sadistisch.«

»Mach dir deswegen keine Gedanken, Junge. Ich hab schon oft erlebt, wie einem guten Mann im Kampf die Sicherungen durchgebrannt sind. Und das war lange, bevor es irgendeinen Virus gab, auf den man es hätte schieben können. Das heißt nicht, dass du … ihn hast. Menschen machen verrückte Sachen, um zu überleben. Hast du das im vergangenen Jahr nicht Tag für Tag selbst erlebt?«

Das tröstete Mark nicht wirklich. »Das war … anders. Einen Augenblick lang war das wie Weihnachten für mich – dabei zuzusehen, wie ein Mann zerquetscht wird.«

Alec sah ihn lange an und Mark hatte keine Ahnung, was er dabei dachte. »In ein paar Stunden wird es dunkel. Im Dunkeln draußen rumzuirren bringt nichts. Wir schlafen uns jetzt erst mal aus.«

Mark nickte. Er war durcheinander und überlegte, ob er nicht doch besser den Mund gehalten hätte.

Gähnend machte er es sich bequem. Besser, er ließ jetzt erst mal alles ein wenig sacken, bevor er weiter darüber nachdachte.

Schnell zogen ihn die Erschöpfung und der volle Magen hinab in den Schlaf.

Und in die Träume.

46

Er ist in einem Konferenzraum im Lincoln Building und hat sich zum Schlafen unter dem großen Tisch zusammengerollt. Früher haben dort vermutlich wichtige Menschen zusammengesessen und über noch wichtigere Dinge gesprochen. Er hat Bauchschmerzen, weil sie schon seit Wochen nur von Snacks und Cola leben. Beides haben sie aus den Automaten, die überall im Hochhaus verteilt sind. Die Dinger zu knacken war nicht so ganz einfach – aber ehemalige Soldaten wie Alec und Lana schienen selbst *dafür* gerüstet zu sein.

Das Lincoln Building ist ein grauenhafter Ort. Heißer als in der Hölle ist es hier drin. Im gesamten Gebäude stinkt es ekelerregend nach verwesenden Leichen – die Überreste der Menschen, die beim ersten Ausbruch von Hitze und Strahlung gestorben sind. Sie liegen überall. Mark und seine neuen Freunde haben den gesamten vierzehnten Stock leer geräumt, aber der fürchterliche Gestank hängt trotzdem nach wie vor in der Luft. Unmöglich, sich an so etwas zu gewöhnen. Außerdem kommt Langeweile hinzu. Mark und die anderen haben nichts zu tun. Die Langeweile wuchert wie ein Krebsgeschwür und droht ihnen den Verstand zu rauben. Ganz zu schweigen von der Gefahr durch die Strahlung draußen – wobei Alec meint, sie nehme allmählich ab. Jedenfalls halten sie sich so weit wie möglich von den Fenstern fern.

Das einzig Gute an ihrer Lage ist, dass er und Trina sich endlich nahegekommen sind. Sehr nahe. Mark grinst wie ein Vollidiot und ist froh, dass es keiner sieht.

Die Tür öffnet und schließt sich wieder, Schritte sind zu hören. Eine Getränkedose rasselt über den Boden, jemand flucht leise.

»Hey«, flüstert eine Stimme. Mark vermutet, dass es Baxter ist. »Bist du schon wach da unterm Tisch?«

»Ja«, sagt Mark verschlafen. »Und wenn nicht, wäre ich es spätestens jetzt. Besonders leise bist du ja nicht gerade.«

»Sorry. Ich soll dich holen – ein Schiff fährt den Broadway herunter und hält direkt auf uns zu. Komm, das musst du dir ansehen.«

Nie hätte Mark es für möglich gehalten – auf der berühmtesten Straße der Welt fahren jetzt keine Autos mehr, sondern Schiffe. Manhattan hat sich in ein Geflecht aus Flüssen und Kanälen verwandelt, in denen sich die gnadenlose Sonne spiegelt. Alles glitzert. Es sieht aus, als wäre der Himmel über und unter ihnen zugleich.

»Ohne Scheiß?«, fragt Mark schließlich, als er merkt, dass er ein paar Sekunden lang den Mund nicht mehr zubekommen hat. Die Nachricht ist unglaublich, aber er versucht seine Hoffnung auf Rettung im Zaum zu halten. Baxter spöttelt: »Nein, ich hab's mir ausgedacht. Jetzt komm schon.«

»Na, dann muss die Strahlung wohl zurückgegangen sein oder Zombies sitzen da unten am Steuer.« Mark reibt sich Gesicht und Augen, dann rutscht er unter dem großen Konferenztisch hervor. Er steht auf, reckt sich, gähnt noch einmal und ärgert Baxter damit, dass er sich so gar nicht beeilt. Doch dann geht die Neugier mit ihm durch.

Als sie hinaus auf den Flur treten, schlägt ihnen eine neue Welle aus Hitze und Gestank entgegen. Selbst nach Wochen muss Mark würgen und gegen den Brechreiz ankämpfen.

»Wo sind die anderen?« Bestimmt haben Alec und Lana das Schiff längst bemerkt.

»Unten im Vierten. Da steht das Wasser. Stinkt wie die Hölle, ein Duft nach vergammeltem Fisch und vergammelten Menschen. Ich hoffe, du hast nichts im Bauch.«

Mark zuckt nur mit den Schultern, weil er jetzt nicht an essen denken will. Er kann Schokoriegel und Kartoffelchips nicht mehr sehen – was er nie im Leben für möglich gehalten hätte.

Die beiden gehen zum mittleren Treppenhaus und machen sich an den Abstieg, zehn Stockwerke geht es runter. Außer ihren Schritten ist nichts zu hören. Aufregung und Neugier, wer wohl in dem Schiff sein mag, lenken Mark ein wenig von dem bestialischen Gestank ab. Er sieht Blutflecken auf den Treppenstufen. Und am Geländer kleben ein Büschel Haare und irgendein fleischiger Klumpen. Unvorstellbar, die Panik, die in diesem Gebäude geherrscht haben muss, als die Sonneneruptionen losgingen. Und erst der Horror danach! Zum Glück – für ihre Gruppe zumindest – haben sie hier keine Überlebenden mehr angetroffen.

Sie erreichen den Treppenabsatz im vierten Stock, wo an der Tür schon Trina auf sie wartet.

»Beeilt euch!« Sie macht eine schnelle Kopfbewegung, dass sie ihr folgen sollen. Und rennt los, redet über die Schulter hinweg mit ihnen, während sie durch einen ewig langen Gang auf die Fensterwand zulaufen. »Es ist eine große Yacht – sieht so aus, als wäre sie vor den Eruptionen neu und schick gewesen. Jetzt hat man den Eindruck, sie wäre mindestens hundert Jahre alt. Kaum zu glauben, dass das Ding noch schwimmt und sogar noch fährt.«

»Habt ihr schon jemanden gesehen?«, fragt Mark.

»Nein. Die müssen unter Deck sein. Vorn im Führerhaus, auf der Brücke, was weiß ich, wie man das nennt.«

Wie es scheint, weiß sie auch nicht mehr über Schiffe als er.

Sie biegen um die Ecke und sehen Alec und Lana. In diesem Bereich gibt es keine Fensterscheiben mehr und das Meerwasser schwappt keinen halben Meter unter ihnen draußen an die Wand. Frosch und Misty sitzen auf dem Boden und starren hinaus. Mark hört das Schiff, lange bevor er es sieht: ein hustend stotternder Motor, der schon bessere Zeiten gesehen hat. Schließlich kommt das ramponierte Gefährt hinter einem kleineren Gebäude zum Vorschein. Die langsam tuckernde Yacht liegt mit dem Heck tief im Wasser. Sie ist ungefähr zehn Meter lang und fünf Meter breit, Klebeband und Sperrholzbretter decken notdürftig die Löcher und geplatzten Schweißnähte ab. Eine dunkle, von einem Spinnwebgeflecht aus Sprüngen durchzogene Glasscheibe wirkt wie ein unheilvolles Auge, das sie beim Näherkommen beobachtet.

»Wissen die, dass wir hier sind?«, fragt Mark. Die Leute kommen bestimmt, um sie zu retten. Ihnen wenigstens Wasser und Lebensmittel zu bringen! Einen anderen Gedanken lässt er nicht zu. »Habt ihr euch bemerkbar gemacht?«

»Nein«, antwortet Alec kurz angebunden. »Anscheinend untersuchen sie jedes Gebäude. Garantiert, um alles mitzunehmen, was nicht niet- und nagelfest ist. Aber jetzt haben sie uns gesichtet.«

»Wir können nur hoffen, dass sie nichts gegen uns haben«, flüstert Trina, als befürchte sie, die Unbekannten könnten sie hören.

»Wenn diese Leutchen nichts gegen uns haben, bin ich der König von Amerika«, antwortet Alec mit ausdrucksloser Stimme. »Passt gut auf, Jungs und Mädels. Macht alles so wie ich.«

Das Schiff ist mittlerweile schon sehr nah, Motorenlärm und Abgase erfüllen die Luft. Hinter der verdunkelten Scheibe sind jetzt schwach die Umrisse von zwei Personen zu erkennen, beide scheinen Männer zu sein.

Der Motor wird ausgeschaltet und das Heck schwingt herum, so dass die ganze Yacht der Länge nach am Gebäude anlegen kann. Alec und Lana machen einen Schritt zurück und Mark sieht, dass Misty und Frosch sich schon bis ganz nach hinten an die Wand zurückgezogen haben. Trina, Baxter und er stehen mit angespannten Gesichtern dicht beieinander.

Einer der beiden Männer aus dem Führerhaus taucht jetzt aus einer Luke an Deck auf. In der Hand hält er ein riesiges Gewehr und die Mündung ist auf die Leute im Lincoln Building gerichtet, die ihn beobachten. Er sieht furchtbar hässlich aus: fettige, am Kopf klebende Haare, ein zottiger Bart – als würde irgendein wildes Flechtengewächs an seinem Hals wuchern –, schwarze Sonnenbrille. Seine Haut ist sonnenverbrannt und dreckverkrustet, die Kleider hängen in Fetzen an ihm herunter.

Eine zweite Person taucht auf, zu Marks Erstaunen ist es eine Frau mit kahl geschorenem Kopf. Sie macht das Schiff an der Außenmauer fest, während ihr Partner einen Schritt auf die kaputten Fenster zu macht, an denen Alec und Lana stehen.

»Ich will sämtliche Hände sehen«, sagt er und bewegt das Gewehr drohend von rechts nach links, wobei er kurz auf jeden von ihnen zielt und innehält. »So, hoch die Hände, übern Kopf. Na los.«

Sie tun wie befohlen, nur Alec nimmt die Hände nicht nach oben.

»Ihr glaubt also, ich meine das nicht ernst?«, sagt der Fremde mit einer heiseren, brutalen Stimme. »Sofort, sonst seid ihr tot.«

Langsam hebt auch Alec seine Hände Richtung Decke.

Dem Kerl scheint das noch nicht zu reichen. Er atmet seltsam schwer und starrt Alec mit seiner dunklen Sonnenbrille an. Blitzschnell reißt er das Gewehr zu Baxter herum und feuert drei schnelle Schüsse ab. Sie erschüttern die stinkende, heiße Luft. Mark stolpert rückwärts, bis er gegen eine Bürotrennwand kracht. Die Geschosse haben Baxters Brust zerfetzt, Blut quillt heraus. Baxter bricht zusammen. Er schreit nicht einmal, denn er ist bereits tot. Sein ganzer Oberkörper besteht nur noch aus Blut und zerfetzter Haut.

Der Mann atmet schwer. »Ab jetzt wird gemacht, was ich sage.«

47

Mark zuckte im Schlaf. Er hatte Baxter sehr gern gehabt, seine Schlaubergersprüche und seine vorwitzige, unerschrockene Art. Mit anzusehen, wie etwas so Fürchterliches passierte …

Über dieses Erlebnis würde er vermutlich nie hinwegkommen. Von allen Erinnerungen, die ihn in seinen Träumen quälten, tauchten diese am häufigsten auf. Jedes Mal wollte er dann aufwachen, wollte sie hinter sich lassen und nicht immer und immer wieder die schreckliche Szene und den Wahnsinn, der ihr gefolgt war, von neuem erleben.

Jetzt aber wachte er nicht auf. Sein Körper brauchte die Ruhe und ließ es nicht zu.

Es ist einer der Momente, in denen das Gehirn sich weigert, das zu verarbeiten, was sich gerade vor den eigenen Augen abspielt – Marks Nervenbahnen sind erst einmal durch den Schock blockiert, er kann es nicht fassen. Er liegt am Boden, den Kopf gegen die Zwischenwand gelehnt. Trina hat die Hände schützend an die Brust gedrückt und schreit los – ein Schrei wie von einer Million aufgescheuchter Krähen, die aus einem Tunnel herausplatzen. Frosch und Misty halten einander umklammert, ihre Gesichter regungslose Grimassen des Grauens. Lana und Alec stehen nach wie vor stocksteif mit erhobenen Händen da. Aber ihren Muskeln ist die Anspannung anzusehen.

»Schnauze!« Der Sonnenbrillenträger brüllt, dass die Spucketröpfchen nur so fliegen. Trina verstummt von einer Sekunde auf die nächste, so abrupt, dass ihr Schrei regelrecht abgehackt wirkt. »Noch so einen fürchterlichen Krach wie eben und ich erschieße den verdammten Schreihals. Ist das klar?«

Bebend hält sich Trina den Mund mit beiden Händen zu. Irgendwie schafft sie es zu nicken, aber sie kann den Blick nicht von ihrem blutverschmierten, leblosen Freund abwenden. Mark zwingt sich Baxter nicht anzusehen. Dafür starrt er den Killer hasserfüllt an.

»Alles erledigt, Boss«, sagt die Frau auf dem Schiff. Sie richtet sich auf und wischt sich die Hände an ihrer schmutzstarrenden Hose ab. Offenbar hat sie die Yacht irgendwo vertäut – das Ende eines Seils kann Mark noch sehen. Entweder hat sie nichts von Baxters Hinrichtung mitbekommen oder sie ist völlig abgestumpft. »Und jetzt?«

»Hol deine Knarre, blöde Kuh«, sagt der Mann mit einem schnellen Blick zur Seite, der keinen Zweifel daran lässt, dass er die Frau immer so behandelt. »Soll ich dir auch noch erklären, wie man aufs Klo geht?«

Am schlimmsten findet Mark, dass die Frau auch noch nickt und sich bei dem Killer entschuldigt. Sie verschwindet einen Augenblick unter Deck. Dann taucht sie wieder auf und hält ein ähnliches Gewehr wie seines mit beiden Händen. Sie baut sich neben ihrem Partner auf und richtet die Waffe der Reihe nach auf Mark und seine Freunde.

»Herhören. Hier spielt die Musik«, sagt der Mann. »Wenn ihr weiterleben wollt, macht ihr einfach, was ich sage. Wir brauchen Treibstoff und Futter. Ich würde sagen, ihr habt beides, weil ihr noch keine Skelette seid. Jedes Hochhaus, das so groß wie das hier ist, hat einen Generator. Schafft ran, was wir brauchen, und schon hauen wir ab. Ihr dürft sogar was für euch behalten. So großherzig sind wir. Wir wollen nur unseren Anteil.«

»Sehr großherzig«, brummt Alec in seinen Bart.

Mark springt auf die Füße, als der Fremde mit dem Lauf seiner Waffe direkt auf Alecs Gesicht zielt. »Nein! Nicht!«

Der Fremde schwenkt die Waffe herum und richtet sie auf ihn. Mark reißt die Arme hoch und versucht in der Zwischenwand zu verschwinden. »Bitte! Hören Sie einfach auf! Wir besorgen Ihnen alles, was Sie brauchen!«

»Haargenau, mein Sohn, das werdet ihr. Und jetzt los. Alle. Zeit für eine kleine Shoppingtour.« Er macht einen abgehackten Schwenk mit der Waffe, um die Richtung vorzugeben.

»Und passt auf, dass ihr nicht auf euren toten Freund tretet«, sagt die Frau.

»Fresse!«, brüllt ihr Partner sie an. »Du wirst jeden Tag dämlicher.«

»Sorry, Boss.«

Sie wirkt auf einmal wie ein eingeschüchtertes Mauerblümchen und lässt den Kopf hängen. Marks Herz hämmert immer noch ungefähr tausend Mal pro Minute, aber er kann nicht anders: Die Frau tut ihm leid.

Der Mann wendet sich jetzt wieder ihnen zu. »Zeigt uns, was ihr habt. Wir wollen nicht den ganzen Tag hier absitzen.«

Mark befürchtet schon, dass Alec irgendetwas Verrücktes macht – aber der geht einfach zurück zum Treppenhaus. Als er an ihm vorbeigeht, zwinkert er ihm schnell zu. Mark weiß nicht, was er davon halten soll.

Sie müssen Baxters blutigen Leichnam zurücklassen und den langen Korridor hinuntergehen. Jetzt sind sie Gefangene in ihrer eigenen Festung. Sie kommen zum Treppenhaus und steigen die Treppe hoch. Für Mark ist dieses Ungeheuer jetzt nur noch »Boss« – die ängstliche Entschuldigung der Frau geht ihm nicht aus dem Kopf.

Während sie die Treppe hinaufgehen, bohrt Boss immer wieder einem von ihnen den Gewehrlauf in den Rücken, damit sie nicht etwa vergessen, wer am Drücker ist.

»Denk dran, was mit deinem Kumpel passiert ist«, flüstert Boss Mark zu, als er ihn mit der Waffe anstößt.

Mark geht weiter, mechanisch, immer einen Schritt vor den anderen.

Zwei Stunden lang durchkämmen sie das Lincoln Building von oben bis unten nach Lebensmitteln und Treibstoff. Oben im dreißigsten Stock entdecken sie in einem Lagerraum eine Notration an Treibstoff. Danach geht es ans Runterschleppen der Dieselkanister zum Schiff. Mark ist klatschnass geschwitzt und alles tut ihm weh. Sie leeren die Automaten in den vielen Pausen- und Aufenthaltsräumen vollends und überlassen den beiden mehr als die Hälfte der Chips- und Schokoladenvorräte.

Unter Deck auf dem Schiff ist es noch heißer und es stinkt tatsächlich noch höllischer als in ihrem Wolkenkratzer. Als Mark den Treibstoff auf der Yacht ablädt, fragt er sich, ob Boss und seine Partnerin sich wohl jemals in dem warmen Wasser rund um sie herum gewaschen haben. Sie leben umgeben von – zugebenermaßen nicht gerade sauberem – warmem Wasser, riechen aber, als hätten sie noch nie einen Tropfen davon zum Waschen benutzt. Bei jedem Gang aufs Schiff ekelt Mark sich mehr vor den beiden. Und er wundert sich über Alecs stoisches Schweigen. Alec schuftet hart – ohne das kleinste Anzeichen von Rebellion.

Nachdem sie praktisch jede freie Ecke auf dem Schiff vollgepackt haben, machen sie einen letzten Rundgang durch die untere Hälfte des Wolkenkratzers. Boss verkündet gerade gnädig, sie dürften das behalten, was weiter oben noch übrig ist. Er steht vor der Fensterfront und hält die Waffe auf sie gerichtet. Draußen geht die Sonne orange lodernd unter. Seine Untergebene steht hohlköpfig und devot an seiner Seite. Trina holt ein paar letzte Chipstüten und Schokoriegel aus der zertrümmerten Tür eines Automaten. Frosch, Misty, Lana, Alec und Darnell haben nichts mehr zu tun und sehen ihr zu. Bestimmt denken alle das Gleiche: Sie zählen die Sekunden, bis die Horrorgestalten endlich weg sind. Und hoffen, dass bis dahin keiner mehr stirbt.

Alec geht auf Boss zu, wobei er die Hände beruhigend erhoben hält.

»Vorsicht«, warnt Boss. »Jetzt habt ihr eure Arbeit getan, da hätte ich fast Lust auf ein bisschen Zielschießen. Aus der Nähe.«

»Ja, wir haben unsere Arbeit getan«, grollt Alec. »Wir sind ja keine Vollidioten. Das Schiff sollte erst schön vollgeladen werden, bevor …«

»Bevor was?« Boss scheint eine Revolte zu spüren, die Muskeln in seinem Arm spannen sich an. Mark sieht, wie sich sein Finger um den Auslöser des Gewehrs krümmt.

»Das.«

Alec legt los. Seine Hand schnellt vor und schlägt Boss die Waffe aus der Hand – ein Schuss löst sich, geht aber ins Leere, während das Ding über den Boden davonschliddert. Die Frau reagiert überraschend schnell. Sie macht auf dem Absatz kehrt und rennt durch den Korridor entlang der Fensterfront davon. Lana nimmt die Verfolgung auf, obwohl die Frau bewaffnet ist. Mark sieht ihr nicht länger hinterher, denn jetzt wirft sich Alec mit seinem ganzen Gewicht auf den Kerl und beide krachen gegen die große Fensterscheibe.

Alles geht wahnsinnig schnell. Ein eisiges Splittern erfüllt den Raum, Risse durchziehen in Windeseile das Glas – dann klirrt und kracht es und die gesamte Riesenscheibe zerspringt in tausend Stücke, während Alec sich von Boss losmacht und versucht das Gleichgewicht wiederzufinden. Sie geraten ins Straucheln und fallen im nächsten Moment aus dem Fenster –

auf das Wasser tief unter ihnen zu. Mark stürzt sich mit einem Hechtsprung auf sie und packt Alecs Arm. Er greift nach seinen Fingern, hält sie ganz fest, da rutschen seine Füße vom leeren Fensterrahmen ab und auf einmal hängt er in der Luft. Im nächsten Moment wird er zusammen mit Alec und Boss hinausfallen.

Da schlingt jemand von hinten beide Arme um seinen Brustkorb. Mark hält Alec mit aller Kraft fest; unter sich sieht er die Straße, vielmehr den Fluss. Boss hat keinen Halt mehr, fällt, rudert dabei wie ein Wahnsinniger mit Armen und Beinen und brüllt wie am Spieß. Mark hat das Gefühl, als würden seine Arme jeden Augenblick aus den Gelenken gerissen, aber Alec fasst sich sehr schnell, dreht sich in der Luft, greift mit der freien Hand nach dem Fensterbrett und zieht sich daran hoch, während Mark rücklings durchs Fenster hineingezogen wird. Es war Frosch, der ihm das Leben gerettet hat.

Kurz darauf sind alle wieder in Sicherheit. Lana kommt den Korridor zurückgerannt.

»Sie ist verschwunden. Muss sich irgendwo versteckt haben.«

»Nichts wie weg hier«, ruft Alec ihr zu und rennt bereits los, Mark und die anderen ihm hinterher. »Der Plan ist aufgegangen. Das Schiff ist voll beladen – und gehört jetzt uns. Lasst uns abhauen aus der Stadt!«

Sie kommen zum Treppenschacht und rennen, immer zwei Stufen auf einmal nehmend, nach unten. Mark ist völlig verschwitzt und erschöpft und fürchtet sich ein wenig vor dem, was jetzt auf sie zukommt: Sie müssen den Ort verlassen, der nach den Sonneneruptionen ihre Heimat geworden ist. Müssen sich hinauswagen ins völlig Unbekannte. Er weiß nicht, was stärker ist: seine Aufregung oder die Angst.

Jetzt sind sie im vierten Stock, sprinten durch den Flur, hechten durch den leeren Fensterrahmen auf die Yacht.

»Schnell, mach die Leinen los!«, schreit Alec Mark zu.

Alec und Lana steigen hinunter in die Kabine. Darnell, Frosch, Misty und Trina suchen sich einen Sitzplatz an Deck und blicken ziemlich verunsichert um sich. Endlich bekommt Mark die Knoten auf, mit denen die Frau die Yacht festgemacht hatte. Er zieht das Tau an Bord, im selben Moment lässt Alec den Motor anspringen und das Schiff tuckert los, weg vom Lincoln Building. Mark setzt sich ans Heck und legt den Kopf in den Nacken, er will einen letzten Blick auf den hoch aufragenden Wolkenkratzer werfen. Der golden glühende Sonnenuntergang spiegelt sich in der Glasfassade.

Plötzlich taucht Boss wie ein verrückt gewordener Delfin aus dem Wasser auf und versucht mit aller Macht hinten an Bord zu klettern. Wie eine Schere bewegt er die Beine und tastet mit den Händen nach etwas, woran er sich festhalten kann. Er bekommt einen Haken zu fassen, seine Armmuskeln schwellen an, während er sich aus dem Wasser zu ziehen versucht. Jetzt sieht man einen riesigen lilablauen Fleck in seinem Gesicht.

»Ich bring euch alle um«, zischt er. »Alle!«

Das Schiff nimmt Fahrt auf. Mark dreht durch – er wird nicht zulassen, dass dieser elende Aussatz von einer Bestie ihnen die Chance zur Flucht vermasselt. Er hält sich gut an seinem Sitz fest und tritt mit voller Wucht nach Boss. Doch der lässt nicht locker. Mark holt wieder aus und tritt drauflos. Und noch mal. Boss verliert langsam doch den Halt.

»Lass … los!«, schreit Mark, während er gnadenlos weitermacht.

»Ich bring euch um …«, gurgelt Boss, aber seine Energie scheint nachzulassen.

Mark stößt einen adrenalingeladenen Schrei aus und wirft sich mit seiner ganzen Kraft in einen letzten Angriff – er springt hoch und dem Kerl mit beiden Füßen direkt ins Gesicht. Mit einem erstickten Schrei lässt Boss los und fällt in das von der Schiffsschraube aufgewühlte Wasser. Sein Körper verschwindet im weißen Schaum.

Mark ringt nach Luft. Er klettert über die Lehne des Sitzes und blickt suchend aufs Wasser hinunter. Keine Spur von Boss. Dafür regt sich drüben am Lincoln Building etwas am ausgeschlagenen Fenster, aus dem Boss gestürzt war. Sie haben sich zwar schon ein ganzes Stück entfernt, aber die Frau ist deutlich zu sehen. Dort steht sie mit ihrem Gewehr. Mark geht in Deckung, erwartet einen Kugelhagel. Doch stattdessen sieht er, wie die Frau die Waffe auf sich selbst richtet und sich den Lauf ans Kinn hält.

Mark will schreien, aber es ist zu spät.

Das Schiff fährt weiter.

48

Schweißgebadet wachte Mark auf. Er war so durchgeschwitzt, dass er einen Moment lang glaubte, die Gischt vom Wasser in seinem Traum hätte ihn nass gespritzt. Und wieder tat ihm der Kopf schrecklich weh – bei jeder Bewegung schienen lose Wackersteine darin herumzurollen.

Glücklicherweise nervte Alec ihn beim Frühstück nicht. Es war ein wichtiger Tag – die Suche nach Trina und den anderen ging in die entscheidende Phase.

Sie saßen im Cockpit, die Vormittagssonne schien durch die Fenster und eine warme Brise pfiff durch die kaputte Scheibe herein.

»Du hast geschlafen wie ein Stein und nichts mitgekriegt«, sagte Alec, nachdem sie eine Weile schweigend dagesessen hatten. »Ich habe einen kleinen Rundflug mit unserer Schüssel gemacht, während du geschlafen hast. Hab mir ein bisschen die Gegend angeschaut … Es ist tatsächlich so, wie ich vermutet hatte. Die Leute vom Lagerfeuer sind nur ein paar Kilometer entfernt … sie haben Lana, Trina und Deedee! Ich habe gesehen, wie sie vorwärtsgetrieben wurden wie Vieh!«

Mark wurde ganz schlecht, als er das hörte. »Wie … wie meinst du das?«

»Mehrere Personen wurden von einem Haus zu einem anderen getrieben. Ich konnte Lanas schwarze Haare und Trina mit der Kleinen auf dem Arm erkennen. Ich bin extra noch ein wenig näher herangeflogen, um ganz sicherzugehen.« Alec atmete tief durch, bevor er weitersprach. »Wenigstens wissen wir jetzt, dass sie am Leben sind und wo wir sie suchen sollen. Und was wir zu tun haben.«

Mark hätte darüber erleichtert sein können. Aber ihm wurde mit Schrecken klar, mit wem sie es zu tun hatten. Sie mussten gegen diese Leute kämpfen, um Trina, Lana und Deedee freizubekommen. Zwei gegen … wie viele?

»Hat's dir die Sprache verschlagen, Kleiner?«

Mark hatte die Rückseite des Pilotensessels angestarrt, als sähe er dort etwas unglaublich Faszinierendes. »Nein. Aber ich habe Angst.« Er hatte es schon lange aufgegeben, dem alten Soldaten Mut vorzuspielen.

»Angst. Angst ist gut. Ein guter Soldat hat Angst. Das macht einen normal. Wie man damit umgeht, das ist das Entscheidende.«

Mark lächelte. »Ich glaube, das habe ich schon öfter von dir gehört. Hab's kapiert.«

»Dann schmier dir die Kehle und los geht's.«

»Klingt gut.« Mark nahm einen Riesenschluck aus seiner Feldflasche und stand auf. Endlich verblasste der Traum etwas, der auch nach dem Aufwachen noch schwer auf ihm gelastet hatte. »Was machen wir jetzt?«

Alec wischte sich den Mund ab. Er nickte zur Mitte des Berks hin. »Wir holen die drei da raus. Aber zuerst besorgen wir uns hier im Lager noch ein paar Waffen.«

Mit Berks kannte Mark sich nicht aus, Alec dafür umso besser. In der Mitte des Luftschiffs gab es einen abgeriegelten Lagerraum, der mit Passwort und Netzhautscan zu öffnen war. Beides hatten sie nicht. Ihnen blieb also nur die gute alte brachiale Methode, um hineinzukommen: mit der Axt.

Zum Glück hatte das Berk schon bessere Zeiten gesehen und war so alt, dass nur eine halbe Stunde Schwitzen und etliche Hiebe von jedem nötig waren, um die Stahltür aus ihren Scharnieren und Schlössern zu schlagen. Metallstücke klirrten über den Boden, die massive Tür neigte sich und fiel schließlich krachend zu Boden. Das Getöse schien eine Ewigkeit durch das Luftschiff zu hallen.

Alec hatte den letzten entscheidenden Schlag gesetzt. »Da wollen wir mal hoffen, dass noch was zu holen ist im Bauch von unsrer Schüssel«, sagte er.

Im Lagerraum war es dunkel und roch nach Staub. Es gab zwar Strom im Berk, aber in diesem düsteren Raum waren die Lampen durchgebrannt, nur eine blutrote Notbeleuchtung funktionierte noch. Alec fing an die Regale zu durchsuchen, aber man sah auf den ersten Blick, dass sie weitgehend ausgeräumt waren. Außer leeren Verpackungen und Behältern, die durch das häufige Kippen des Luftschiffs überall verstreut lagen, war hier nichts mehr. Fehlanzeige. Alec fluchte leise vor sich hin, Mark war niedergeschlagen. Wie sollten sie das denn anstellen – Trina und die anderen mit bloßen Fäusten aus ihrer Gefangenschaft befreien?

»Hier ist was«, knurrte Alec mit gepresster Stimme. Er machte sich an etwas zu schaffen, versuchte es aufzubekommen.

Mark sah ihm über die Schulter. Das Ding lag im Dunkeln, es schien eine große Kiste mit mehreren Metallverschlüssen zu sein.

»Nichts zu machen. Reich mir mal die Axt rüber.«

Mark holte sie schnell aus dem Korridor, wo Alec sie nach dem letzten erfolgreichen Schlag auf die Türscharniere fallen gelassen hatte. Er hob die Axt an, weil er selbst versuchen wollte, diese Metallkiste aufzubekommen.

»Willst du wirklich ran an die Kiste?«, fragte Alec und richtete sich auf. »Ganz sicher?«

»Wieso nicht?«

»Man weiß ja nicht, was da drin ist. Kann alles sein – Sprengstoff, Hochspannungsgeräte, Gift, was weiß ich.«

»Ja und?« So leicht ließ sich Mark nicht ins Bockshorn jagen.

»Mein ja nur. Ich würde nicht einfach blindlings draufschlagen, sonst hören wir womöglich heute Mittag schon die Engelchen singen. Wir müssen vorsichtig sein. Präzise Schläge, und zwar nur auf die Schnallen. Schön mit Gefühl.«

Mark musste lachen. »In Sachen Gefühl bist du nun wirklich kein Profi. Ich glaube, ich versuche mal mein Glück.«

»Bitte schön«, meinte Alec nur, trat einen Schritt zurück und verbeugte sich mit einer weit ausholenden Geste. »Aber sei bloß vorsichtig.«

Mark umfasste den Stiel der Axt ganz fest, beugte sich vor und hackte mit kurzen Bewegungen auf die kleinen, aber stabilen Schnallen ein. Bald schon lief ihm der Schweiß das Gesicht hinunter, mehrmals wäre ihm die Axt fast aus der Hand gerutscht, aber schließlich durchbrach er den ersten Verschluss und machte sich an den nächsten.

Nach zehn Minuten hätte er schreien können vor Schmerzen in Schultern und Händen. Seine Finger waren schon ganz taub vom Zupacken. Aber er hatte es geschafft.

Er richtete sich auf, reckte sich, konnte sich ein Ächzen aber nicht verkneifen. »Das war gar nicht so einfach, wie es aussah, Mann.«

Beide lachten und schon fragte Mark sich, woher seine gute Laune kam. Was sie vorhatten, war schließlich irrsinnig gefährlich. Aber irgendwie weigerte sich sein Verstand sich ernsthaft damit zu befassen.

»Gutes Gefühl, mal richtig zuzupacken, stimmt's?«, fragte Alec. »So, und was haben wir da Schönes? Nimm du das Ende hier, dann nehm ich das andere.«

Mark fasste unter den schmalen Rand des Deckels und wartete auf Alecs Zeichen. Alec zählte bis drei und gleichzeitig hoben sie den Deckel an – er war schwer, klappte aber problemlos auf und fiel krachend gegen die Wand. In der Kiste lagen längliche, glänzende Gegenstände, in denen sich das rote Licht spiegelte. Sie glänzten so sehr, dass es fast aussah, als seien sie nass.

»Was ist *das* denn?«, fragte Mark. Alec hatte einen ungläubig staunenden, verzückten Ausdruck im Gesicht. »Wenn ich dich so ansehe, würde ich sagen, du weißt haargenau, was das ist.«

»Allerdings«, flüsterte Alec. »Allerdings.«

»Und?« Mark platzte beinahe vor Neugier.

Statt einer Antwort fasste Alec in die Kiste und nahm einen der Gegenstände heraus. Er hob ihn hoch – das Ding hatte die Größe und Form eines Gewehrs – und untersuchte ihn. Es schien größtenteils aus silbernem Metall und Plastik zu bestehen. Um den langen Schaft des Geräts zogen sich kleine, spiralförmige Plastikrohre. Das eine Ende bestand aus einem Kolben wie bei einem Gewehr mit Abzug, das andere sah wie eine längliche Blase mit einer Tülle aus. Mit einem Tragegurt konnte man es sich über die Schulter hängen.

»Was ist es denn? Jetzt sag schon«, fragte Mark und hörte die Ehrfurcht in seiner eigenen Stimme.

Alec schüttelte nur ungläubig den Kopf, während er das Teil in den Händen hielt. »Hast du irgendeine Vorstellung davon, wie viel diese Dinger kosten? Die waren viel zu teuer für die normalen Waffengeschäfte. Ich fasse es nicht, was ich da in der Hand habe.«

Mark platzte beinahe. »Was denn? Los, jetzt sag endlich!«

Alec sah ihm in die Augen. »Dieser schlimme Finger hier ist ein Transvice.«

»Ein *Transvice*?«, wiederholte Mark. »Und was macht man damit?«

»Damit kann man Menschen in Luft auflösen.«

49

»Auflösen?«, fragte Mark skeptisch. »Wie meinst du das?«

»Egal. Es bringt uns jedenfalls rein gar nichts, wenn die Dinger nicht funktionieren.« Alec inspizierte den Kasten und holte einen sperrigen schwarzen Gegenstand mit silbernen Verschlüssen heraus. Er ging mit seinen kostbaren Funden an Mark vorbei aus dem Lagerraum und verschwand auf dem Gang. »Komm schon!«, rief er ihm noch zu.

Mark warf einen letzten Blick auf die bedrohlichen, fast magisch glänzenden Dinger in der Kiste und rannte Alec hinterher.

Im Cockpit fand er ihn wieder, wo er auf dem Pilotensitz

saß und immer noch die Waffe in seiner Hand bewunderte. Er sah so begeistert aus wie ein kleiner Junge mit einem neuen Spielzeug. Das große schwarze Ding, das er ebenfalls mitgenommen hatte, stand auf dem Boden. Es sah aus wie ein Ständer für die Waffe. Oder vielleicht ein Ladegerät.

»Sehr hübsch«, sagte Mark im Näherkommen und stellte sich hinter Alecs Sessel. »Jetzt musst du mir nur noch verraten, was man damit macht.«

»Sekunde«, antwortete Alec und hängte sein Spielzeug in eine lang gestreckte Halterung in dem schwarzen Gerät. Er drückte einen kleinen Knopf an der Seite. Es piepte, dann fing es an zu summen und schließlich leuchtete der ganze Korpus der Waffe grau.

»Ich lade unser Baby kurz auf und dann *zeige* ich dir, was es kann«, verkündete Alec und schien erfüllt von einer Art väterlichem Stolz. Er sah Mark an. »Schon mal von einem Flat Trans gehört?«

Mark verdrehte die Augen. »Na logisch. Bin ja nicht vom Mond.«

»Schon gut, Schlaumeier. Spar dir die Puste. Aber du weißt ja, wie kostspielig die Dinger sind und wie sie funktionieren, richtig?«

Mark zuckte die Schultern und setzte sich auf den Boden – auf dieselbe Stelle, an der er vor gefühlten hunderttausend Jahren eingeschlafen war. »Ich habe natürlich noch nie einen Flat Trans gesehen. Oder benutzt. Aber ich weiß, dass es ein Materietransporter ist.«

Alec lachte spöttisch. »*Natürlich* hast du noch nie einen gesehen, du hast ja auch keine Milliarde Dollar! Und arbeitest auch nicht für die Regierung. Ein einziger Transporter kostet derartig viel – so weit kannst du in einem Jahr gar nicht zählen. Der Flat Trans zerlegt ja die Materie in einzelne Moleküle und setzt sie am Zielort wieder zusammen. Dieser schlimme Finger hier macht im Grunde dasselbe. Allerdings nur auf den ersten Teil der Geschichte bezogen.«

Ein kalter Schauder lief Mark über den Rücken, als er die Waffe ansah. »Du meinst, der zerlegt Menschen? Löst sie in winzig kleine Teilchen auf?«

»Kann man so sagen. Die Moleküle verteilen sich in der Luft wie die Asche eines lieben Verstorbenen. Kann gut sein, dass sie bis in alle Ewigkeit durchs All fliegen und schreien, dass jemand sie wieder zusammensetzen soll. Oder vielleicht ist es auch in derselben Sekunde einfach vorbei. Was weiß ich. Vielleicht gar keine so schlechte Art zu sterben.«

Mark schüttelte nur den Kopf. Moderne Technologie. Es gab schon ziemlich abgefahrene Sachen auf der Welt, die aber niemandem mehr viel nützten, seit die Sonne einfach den Großteil der menschlichen Zivilisation zu Kohle gebraten hatte.

»Und mehr war ja nicht drin in dem Lagerraum, richtig?«, fragte Mark.

»Nein. Also … drück die Daumen, dass die Schätzchen hier funktionieren.«

»Wie lang muss man das aufladen?«

»Nicht sehr lange. Gerade lang genug, dass wir ein paar Sachen für unsere Rettungsaktion zusammenpacken können.« Ganz der Soldat, dachte Mark.

»Dann probieren wir das Baby aus und laden eins für dich auf. Und vielleicht noch eins zur Reserve.«

Mark starrte das Ladegerät wie in Trance an, bis Alec ihn auf die Füße zog, damit er bei der Vorbereitung ihrer Mission mithalf.

Eine halbe Stunde später hatten sie Rucksäcke mit Nahrungsmitteln, Wasser und sauberer Kleidung vollgepackt, die sie im Stauraum einer Schlafkoje gefunden hatten. Das erste Transvice war jetzt voll aufgeladen, Alec hatte sich den Gurt über die Schulter gehängt und hielt es fest in beiden Händen, während sie die Laderampe des Berks herunterließen. Sie hatten sich ein wenig in der unmittelbaren Umgebung umgesehen, niemanden in der Nähe bemerkt und beschlossen, dass es sicher war, das Hightech-Gewehr jetzt auszuprobieren.

Mark zuckte zusammen, als die Hydraulik der Rampe sich wie immer jaulend und quietschend öffnete. Er blickte zu Alec hinüber, der vor Stolz fast zu platzen schien.

»Hältst du dein Baby nicht ein bisschen sehr fest?« In dem voll aufgeladenen Transvice glänzte und schimmerte ein schwach orangefarbenes Licht.

Alec warf Mark einen Blick zu, der zu sagen schien: *Stör mich nicht.* »Das Schätzchen sieht vielleicht zerbrechlich aus, aber es ist ziemlich stabil. Könnte man vom Lincoln Building fallen lassen, ohne dass es kaputtgeht.«

»Das wundert mich nicht, da würde es ja auch im Wasser landen.«

Alec drehte sich um und hielt das Transvice so, dass es mit dem gefährlichen Ende – der seltsamen kleinen Tülle, die aus der langen Blase herausragte – direkt auf Mark zeigte.

Gegen seinen Willen zuckte Mark zusammen. »Das ist nicht lustig«, sagte er.

»Vor allem nicht, wenn ich jetzt den Abzug betätigen würde.«

Die Laderampe knallte donnernd auf den aufgesprungenen Straßenbelag des Wendehammers, auf dem sie gelandet waren. Die ganze Welt war mit einem Mal erschreckend still, außer entferntem Vogelgezwitscher war nichts zu hören. Schwüle Luft umgab sie, das Atmen fiel schwer. Mark musste husten, als er versuchte tief Luft zu holen.

»Komm mit.« Alec stürmte bereits die Rampe hinunter. »Wir suchen uns ein Eichhörnchen.« Beim Gehen schwenkte er die Waffe ständig von links nach rechts, auf der Hut vor irgendwelchen Eindringlingen. »Noch besser wäre es allerdings, wenn uns einer von den Knallköpfen vor die Flinte laufen würde. Nur blöd, dass die Dinger geladen werden müssen, sonst könnten wir das verdammte Virusproblem in null Komma nichts lösen. Mal ordentlich aufräumen hier in diesem heruntergekommenen Stadtteil.«

Mark trat ebenfalls von der Rampe des Berks auf die Straße. Aber er war sehr vorsichtig, schließlich konnten sie ja aus den Häuserruinen um sie herum oder dem versengten Wald dahinter beobachtet werden. »Ich bin zu Tränen gerührt, wie viel dir so ein Menschenleben wert ist«, murmelte er.

»Langfristig«, gab Alec zurück. »Manchmal muss man einfach langfristig denken. Aber ich sag das nur so, Kleiner. Hohles Gewäsch.«

Hier im Wohnviertel eines früher ganz normalen Vororts zu stehen beunruhigte Mark – er hatte sich völlig an das Leben in den Bergen, in einer Hütte im Wald gewöhnt. In dieser verlassenen Wohngegend fühlte er sich schrecklich unwohl. Er musste unbedingt ein wenig zur Ruhe kommen, bevor sie sich ernsthaft ihrer Aufgabe widmeten. »Komm, bringen wir den Test hinter uns.«

Alec ging auf einen gemauerten Briefkasten zu. Er war halb zerstört, es sah aus, als wäre jemand bei einem verzweifelten Fluchtversuch mit dem Auto oder Truck hineingefahren.

»Na schön«, sagte er. »Ich wollte es gerne an etwas Lebendigem ausprobieren – bei lebendem organischen Material funktioniert es viel besser. Aber du hast Recht … wir dürfen keine Zeit verlieren. Ich versuch mal den Haufen Backsteine da …«

In dem halb kaputten Haus vor ihnen wurde die Tür mit einem lauten Knall aufgerissen. Herausgerannt kam ein Mann, der aus Leibeskräften schrie und direkt auf sie zuhielt. Zu verstehen war nichts, in seinen Augen leuchtete der helle Wahnsinn, seine Haare waren verfilzt und verdreckt und das Gesicht von offenen Geschwüren bedeckt, als hätte er versucht sich selbst die Haut abzukratzen. Und er war splitterfasernackt.

Mark taumelte entsetzt einige Schritte zurück. Er wusste nicht, was er sagen oder tun sollte.

Doch Alec hatte schon die Waffe gehoben und zielte mit dem Transvice direkt auf den Mann.

»Stopp!«, schrie er. »Stehen bleiben, sonst …«

Alec gab auf, denn der Wahnsinnige, der da auf sie zugerast kam, hörte ihm ganz offensichtlich nicht zu. Er schrie wie wild herum, stolperte, wurde deshalb aber nicht langsamer und kam auf Alec zugestürzt.

Ein durchdringendes *Ping* war zu hören, das anscheinend aus allen Richtungen gleichzeitig kam, gefolgt von einem wirbelnden Rauschen wie dem einer Flugzeugturbine. Selbst im hellen Sonnenschein sah Mark, dass das orangefarbene Licht, das vom Transvice ausging, stärker geworden war. Ein Rückstoß zuckte durch Alec, als ein unglaublich helles, reinweißes Licht wie ein Blitz aus der Waffe geschossen kam und die Brust des Schreienden traf.

Sein Schrei verstummte im selben Sekundenbruchteil, so urplötzlich, als wäre ein Sargdeckel über ihm zugeklappt. Sein Körper wurde von oben nach unten grau wie Asche, alle Details und Dimensionen verschwanden, so dass er wie ein Scherenschnitt aus grauem Stoff aussah, er schimmerte und kräuselte sich. Und dann explodierte er in einem Nebel und löste sich auf. In nichts – nicht die kleinste sichtbare Spur blieb zurück.

Fassungslos drehte Mark sich zu Alec um, der die Waffe gesenkt hatte und schwer atmend auf die Stelle starrte, an der noch Sekunden zuvor der Nackte gestanden hatte.

Endlich blickte der altgediente Soldat Mark an, der die Augen weit aufgerissen hatte. »Scheint zu funktionieren.«

50

Mark war sprachlos. Zu sehen wie sich ein Mensch vor seinen Augen in nichts als ein Rauchwölkchen auflöste, war unfassbar. Aber das war es nicht allein – da war eben ein komplett geistesgestörter Mann aus dem Haus gekommen und auf sie zugestürzt. Was mochte er gedacht haben? Wollte er sie angreifen oder um Hilfe bitten? Ob die anderen in einem ähnlich schlimmen Zustand sein würden? Genauso … verrückt?

Es war einfach unfassbar grausam, was diese Krankheit mit den Menschen anstellte. Und es war ein fürchterlicher Gedanke, dass es wahrscheinlich ständig schlimmer werden würde. Dieser Typ war durch und durch wahnsinnig gewesen. Und auch in sich selbst hatte Mark ja schon so etwas gespürt – eine ganz, ganz leise Andeutung, dass auch in ihm ein Monster lauerte. Bald würde es zum Vorschein kommen. Und er würde wie der Mann aussehen, den Alec gerade mit dem Transvice atomisiert hatte.

»Alles okay?«

Mark schüttelte den Kopf. »Nein, nichts ist okay! Hast du diesen Kerl gesehen?«

»Na klar. Was meinst du, warum ich ›Tschüss und auf Nimmerwiedersehen‹ gesagt habe?« Die Waffe hing an seiner Schulter, aber er blickte ständig um sich, ob irgendwo noch mehr Leute waren. Bisher ließ sich niemand blicken.

Natürlich hätte es Mark schon lange klar sein müssen – aber es traf ihn erst in diesem Augenblick wie ein Hammerschlag in die Brust, in was für einer schrecklichen Lage Trina sich befand. Gefangene von Wahnsinnigen zu sein, die mittlerweile schon so durchgedreht sein konnten wie das Exemplar gerade eben. Und Alec und er hatten sich Zeit gelassen zum Schlafen! Essen! Packen! Er war von sich selbst angewidert.

»Wir müssen los, schnell, sie endlich befreien«, sagte er.

»Wie meinen?« Alec ging auf ihn zu.

Mark blickte hoch zu seinem Freund und funkelte ihn zornig an. »Wir müssen los. Auf der Stelle.«

Die nächste Stunde verbrachten sie in nervenaufreibender Hektik, dann mit nicht minder nervenaufreibender Warterei.

Während die Laderampe sich langsam schloss, stand Alec

mit dem Transvice daneben, nur für den Fall, dass jemand in den qualvollen Minuten, bis sich das Ding endlich quietschend geschlossen hatte, versuchen sollte an Bord zu kommen. Dann kontrollierten sie noch einmal ihre Rucksäcke und Alec brachte Mark schnell bei, wie man mit dem Transvice umging. Wirklich schwierig schien es nicht zu sein. Endlich startete Alec das Berk und sie hoben ab.

Sie flogen sehr niedrig über die Häuser hinweg. Marks Aufgabe war es, beim Überfliegen alles auf dem Boden unter ihnen auszuspähen. Als sie in die Nähe des Wohnbezirks kamen, wo Alec Trina und die anderen gesehen hatte, waren deutlich mehr Anzeichen von Leben zu erkennen. Menschen rannten in kleinen Gruppen zwischen den Häusern hin und her, ein paar Lagerfeuer brannten in Gärten, Rauch stieg aus baufälligen Schornsteinen auf, Skelette von Tieren und leblose Menschen lagen herum, manchmal waren sogar ganze Leichenberge zu sehen.

»Wir sind jetzt am Stadtrand von Asheville«, sagte Alec. Sie waren am Eingang zu einem großen Tal angelangt. Die umgebenden Hügel waren Teil jener Berge, wo vor kurzem noch der Wald gebrannt hatte. Elegante Villengegenden zogen sich am Fuß der Berge entlang. Etliche der großen Häuser waren bis auf die Grundmauern abgebrannt und hatten nichts als schwarz verkohlten Schutt und Asche hinterlassen.

Immer wieder waren Menschen zu sehen, die in Gruppen auf den Straßen umherzogen. Einige hatten mittlerweile auch das Berk entdeckt – manche zeigten herauf zu ihnen, andere rannten weg, um Schutz zu suchen. Aber die Mehrheit schien überhaupt nichts davon mitzubekommen, als ob sie taub und blind wären. »Dort unten in der Straße ist eine Riesenansammlung.« Mark zeigte auf die Leute.

Alec nickte. »Da, in eins von den Häusern hier haben sie Trina, Lana und die Kleine verfrachtet.«

Alec flog einen Bogen, damit sie sich einen besseren Überblick verschaffen konnten. Er ließ das Berk in ungefähr dreißig Meter Höhe auf der Stelle schweben, dann trat er zu Mark ans Fenster. Das Bild, das sich ihnen bot, war der reinste Albtraum.

Es sah aus, als hätte ein Irrenhaus seine Patienten einfach auf der Straße abgeladen. In dem Wahnsinn, den Mark dort unten sah, gab es keinerlei Ordnung, nichts Normales mehr. Hier lag ein Mädchen flach auf dem Rücken und schrie sich die Seele aus dem Leib. Da schlugen drei Frauen auf zwei Männer ein, die sie mit dem Rücken aneinander gebunden hatten. An einer anderen Stelle tanzten Leute und tranken irgendein schwarzes Gebräu aus einem Pott, der über einem Feuer brodelte. Manche rannten im Kreis, andere torkelten herum wie Betrunkene.

Doch dann sah Mark das Schaurigste. Er hatte keinerlei Zweifel, dass diese Menschen weit, weit jenseits von Gut und Böse waren.

Ein Grüppchen Männer und Frauen stritten sich um etwas, das aussah, als wäre es einmal ein Mensch gewesen – ihre Hände und Gesichter blutverschmiert.

Ein unglaublicher Ekel überkam Mark und eine grauenhafte Angst, dass er womöglich gerade auf die sterblichen Überreste des einzigen Mädchens blickte, das er je geliebt hatte. Er bebte am ganzen Körper.

»Landen«, ächzte er. »Geh sofort runter! Ich will raus!«

Alec war ebenfalls vom Fenster zurückgewichen, er war kreidebleich. »Das … das geht nicht.«

Eine heiße Welle des Zorns durchschoss Mark. »Wir können jetzt nicht aufgeben!«

»Was erzählst du da, Kleiner? Aufgeben? Aber wir müssen an einem sicheren Ort landen, wo sie unsere Schüssel nicht sofort stürmen. Die brauchen wir noch, um hinterher mit den Mädels wieder von hier wegzukommen. Wir müssen auf Nummer sicher gehen.«

Mark konnte nicht glauben, wie schwer er atmete. »Okay, okay … tut mir leid. Aber bitte … mach schnell!«

»Nach dem, was wir da gerade gesehen haben?« Alec saß schon am Steuerpult. »›Schnell‹ ist eine ausgezeichnete Idee.«

Mark zitterte so sehr, dass er sich an der Wand abstützen musste. Der Zorn in ihm wich einer überwältigenden Traurigkeit. War es überhaupt denkbar, dass Trina und die anderen inmitten eines solchen Wahnsinns noch am Leben waren? Was war dieser schreckliche Brandvirus bloß? Wie hatte nur jemand auf die Idee kommen können, so etwas in die Welt zu setzen?

Seine Verzweiflung wurde mit jeder Frage größer. Antworten gab es keine.

Alec startete das Berk und flog es im Bogen zurück in die Richtung, aus der sie gekommen waren. Mark fragte sich, wie viele der Gestalten unten sich überhaupt dafür interessierten, dass direkt über ihnen ein riesiges Fluggerät schwebte.

Nach wenigen Minuten schien Alec zufrieden, sie waren

offenbar an der richtigen Stelle und setzten auf einem Wendehammer zum Landen an. Die Straße war umgeben von brachliegenden Grundstücken, Teil einer geplanten Stadterweiterung.

»Die ganze Straße war voller Menschen«, sagte Mark, als sie zusammen zum Frachtraum gingen. Beide hatten ein vollständig aufgeladenes Transvice in der Hand und einen Rucksack auf den Schultern. »Und jedes Haus scheint bewohnt. Wahrscheinlich wimmelt es da nur so von Leuten.«

»Kann natürlich auch gut sein, dass Lana und die Mädels noch mal verlegt worden sind«, überlegte Alec. »Es wäre schlau, jedes Haus in der Gegend zu durchkämmen. Und denk dran: Heute Morgen waren sie noch am Leben. Ich habe sie gesehen, ohne jeden Zweifel. Gib die Hoffnung nicht auf, mein Junge.«

»Du sagst nur ›mein Junge‹ zu mir, wenn du Angst hast«, gab Mark zurück.

Alec lächelte ihn mitleidig an. »Stimmt.«

Als sie in dem riesigen Frachtraum waren, ging Alec an die Konsole und drückte die Schalter für die Rampe. Die Luke ging mit ihrer kreischenden Hydraulik wie immer schrecklich langsam auf.

»Glaubst du, unser Schiff ist in Sicherheit, solange wir unterwegs sind?«, fragte Mark, dem die kaputte Scheibe immer noch im Kopf herumspukte.

»Ich habe die Fernbedienung. Wir schließen schön die Luke. Mehr können wir nicht tun.«

Die Rampe kam unten an. Als sie hinaustraten, wurden sie sofort von der erdrückend heißen Luft überfallen. Alec schloss per Fernbedienung die Luke. Dann war das Berk zu und alles wurde still.

Mark und Alec blickten einander fest in die Augen. Es sah aus wie ein Wettbewerb, wer von beiden den feurigeren Blick draufhatte.

»Und jetzt gehen wir endlich unsere Mädels retten«, sagte Mark entschlossen.

Die beiden marschierten los, die Waffen schwer im Arm, direkt auf das Chaos zu, das sie am Ende der Straße erwarteten.

51

Die Luft war trocken und voller Staub. Sie schien mit jedem Schritt dicker zu werden, die beiden bekamen kaum noch Luft. Schon nach kürzester Zeit war Mark nass geschwitzt, und wenn mal ein Lüftchen wehte, fühlte es sich an, als käme es geradewegs aus einem Hochofen. Es brachte nicht das kleinste bisschen Abkühlung. Die Sonne hing über ihnen wie das Auge eines Höllentieres, das auf die Welt herunterstarrte und alles zum Verwelken brachte.

»Ich war schon lange nicht mehr mitten am helllichten Tag draußen«, sagte Mark mühsam, denn die Zunge klebte ihm am Gaumen und das Reden fiel ihm schwer. »Das gibt einen

Wahnsinnssonnenbrand morgen.« Er wusste, warum er so ein Zeug laberte. Er versuchte sich davon zu überzeugen, dass die Lage gar nicht zu hundert Prozent beschissen war – dass bei ihm im Oberstübchen noch alles stimmte, dass er sich trotz Wut und Kopfschmerzen auf ihre schwierige Aufgabe konzentrieren konnte, dass alles gut werden würde. Aber er war selbst nicht recht davon überzeugt.

Sie gelangten an die erste Kreuzung und Alec zeigte nach rechts. »Es ist in der Richtung da, ein paar Straßen weiter. Lass uns dichter an den Häusern entlanggehen.«

Mark folgte ihm über einen verbrannten Rasen – außer verdorrtem Unkraut und Steinen war nichts mehr davon übrig – in den Schatten eines Hauses, das früher einmal eine herrschaftliche Villa gewesen sein musste. Sie war aus Stein und dunklem Holz gebaut und noch relativ gut erhalten, sah jetzt allerdings traurig und verwahrlost aus, als hätte sie mit den Bewohnern auch ihre Seele verloren.

Alec drückte sich mit dem Rücken an die Hauswand, Mark machte es neben ihm genauso. Mit den Augen – und den Läufen ihrer Waffen – suchten sie das Gelände ab. Kein Mensch weit und breit. Seltsamerweise wehte kein Lüftchen mehr, die ganze Welt wirkte so leblos wie das Wohnviertel. Mark fühlte sich unbehaglich in seinen durchgeschwitzten Klamotten.

»Wir müssen genug trinken«, sagte Alec und stellte seine Waffe ab. Er ließ den Rucksack vom Rücken gleiten und holte eine seiner beiden Wasserflaschen heraus. Er trank einen kräftigen Schluck und reichte die Flasche dann an Mark weiter, der jeden Tropfen genoss, mit dem er seine ausgetrocknete Kehle schmierte.

»Mannomann«, sagte er, als er die Flasche zurückgab. »Das war der leckerste Schluck Wasser, den ich in meinem ganzen Leben getrunken hab.«

»Und das will was heißen«, brummte Alec, als er die Flasche wieder einsteckte und den Rucksack aufsetzte. »Wenn man bedenkt, wie oft wir im letzten Jahr schon halb verdurstet sind.«

»Ich glaube, der Durchgeknallte, den du … in Luft aufgelöst hast, das hat mich ein bisschen aus der Bahn geworfen. Aber jetzt geht's wieder.« Er fühlte sich tatsächlich schon viel besser, als wäre in der Feldflasche außer Wasser auch flüssiges Adrenalin gewesen.

Alec nahm das Transvice hoch und schlang sich den Riemen über die Schulter. »Mir nach. Von jetzt an bewegen wir uns im Schutz der Häuser und laufen hinten durch die Gärten weiter.«

»Gute Idee.«

Alec schlüpfte aus dem Schatten des Hauses und steuerte in gerader Linie auf den nächsten Garten zu. Mark folgte ihm auf den Fersen. Mit dieser Strategie ließen sie mindestens zehn Häuser hinter sich: schneller Sprint durch den abgestorbenen Garten, dann verstecken im Schatten des Hauses und an der Rückseite entlang auf die andere Seite schleichen. Alec spähte um die Hausecke und suchte die Gegend nach Menschen ab. Sobald er das Zeichen gab, dass die Luft rein war, rannten sie zum nächsten Haus.

Auf diese Weise schafften sie es bis zum Ende der Straße, wo sie sich nach rechts oder links wenden mussten.

»Wir müssen jetzt da die Straße runter«, flüsterte Alec. »Und dann die zweite links rein. Die führt zu der breiten Straße, wo wir die Blockparty gesehen haben.«

»Party?«, fragte Mark verständnislos.

»Ja. Hat mich an die Crankheads erinnert, bei denen wir in den Zwanzigern die Partys gesprengt haben, als der Ausnahmezustand verhängt worden ist. Die waren genauso durchgedreht – wahnsinnige Psychos waren das, voll abgedreht. Na komm.«

Crankheads. Mark hatte im Laufe seines Lebens schon einige Drogensüchtige gesehen, aber die Crankheads waren bei weitem die Schlimmsten gewesen. Die Droge war im Laufe der Jahre immer stärker und stärker geworden. Mittlerweile wurde man nie wieder normal, wenn man so was mal geschluckt hatte. *Nie.* Das Wort wollte Mark nicht mehr aus dem Kopf.

»Hey!« Alec war schon halb beim nächsten Haus, als er sich zu Mark umdrehte. »Rumträumen kannst du später!«

Mark schüttelte die finsteren Gedanken ab und rannte Alec hinterher. Sie rasten auf den kostbaren Schatten eines dreistöckigen Wohnhauses zu und schlichen seitlich herum bis zur Rückseite des Hauses. Alec spähte um die Ecke, dann schlichen sie an der Hauswand entlang. Mark hatte erst ein paar Schritte gemacht, da hörte er ein glucksendes Gackern über sich. Er blickte hoch, weil er irgendein exotisches Tier erwartete, so fremdartig und seltsam klang das.

Doch da auf dem Dach saß eine Frau, genauso verlottert und verdreckt wie die anderen Infizierten, die sie in letzter Zeit gesehen hatten. Die Haare standen ihr wild vom Kopf ab und ihr Gesicht war von Schlammstreifen überzogen. Es sah fast wie eine Kriegsbemalung aus.

Die Kranke gab dasselbe Gackern noch einmal von sich – halb Lachen, halb schleimiges Husten. Sie lächelte, so dass ihre perfekt weißen Zähne zu sehen waren, doch im nächsten Augenblick verzog sie das Gesicht zu einer fletschenden Grimasse. Sie gab eine weitere Salve Gegacker von sich, dann machte sie eine Rolle rückwärts und verschwand hinter der Traufe des Flachdachs – es war eines der wenigen Häuser, das noch ein Dach *hatte*.

Mark erschauderte. Er hoffte nur, dass er das Bild dieser Frau irgendwann wieder würde vergessen können.

Alec hatte sich ein paar Meter vom Haus entfernt aufgebaut und zielte mit seiner Waffe auf das Dach.

»Wo ist sie hin?«, fragte er Mark geistesabwesend.

»Lass uns einfach abhauen. Vielleicht ist sie ja allein.«

»Träum schön weiter.«

Sie huschten zur anderen rückwärtigen Hausecke. Alec lehnte sich kurz vor und spähte ums Eck. »Luft ist rein. Wir kommen näher, also reiß dich am Riemen und tu wenigstens so, als wärst du wach.«

Mark nickte.

Alec sprintete los zum Nachbarhaus und Mark wollte ihm gerade folgen, als er ein fürchterliches Kreischen hörte und wie angewurzelt stehen blieb. Als er aufblickte, sah er, wie die Frau vom Dach sprang, die Arme wie Flügel ausgebreitet. In ihrem Gesicht stand der reinste Wahnsinn, als sie kreischend auf Mark zuflog, der nicht glauben konnte, was er da sah.

Er wollte wegrennen, aber es war zu spät. Sie krachte mit ihrem Körper gegen seine Schulter und beide stürzten zu Boden.

52

Die Frau ging auf ihn los, schien ihm die Augen auskratzen zu wollen, als hätte ihr der Sturz überhaupt nichts ausgemacht. Aus ihrem Mund drang ein Geheul wie von einem leidenden Wesen in ewiger Verdammnis. Mark bekam keine Luft, außerdem war er mit den Knien auf dem harten Boden gelandet. Er rollte zur Seite, schnappte nach Luft und versuchte gleichzeitig die Klauen der Verrückten von seinem Gesicht fernzuhalten. Vergeblich. Sie kratzte und schlug nach seinen Ohren, seiner Nase, seinen Wangen. Verzweifelt wehrte er sich.

»Hilfe!«, schrie er Alec hinterher.

»Stoß sie weg, damit ich auf sie zielen kann!«

Mark wand und drehte sich, warf einen schnellen Blick in Alecs Richtung. Der sprang herum und versuchte offensichtlich, die Verrückte in die Schusslinie zu bekommen.

»Verdammt, komm einfach her und –«, schrie Mark, aber da hatte die Furie auf einmal ihre Finger in seinem Mund und riss an seinen Lippen. Dann bohrte sie ihm einen Finger wie einen Haken von innen in den Mund und zog an seiner Wange, als wollte sie ihm eine Gesichtshälfte abreißen – doch da rutschte ihr die Hand ab. Sie reagierte blitzschnell, nutzte den Schwung, um die Hand zur Faust zu ballen und sie zurück in Marks Gesicht zu donnern. Schmerz und Wut explodierten in ihm wie Chinakracher.

Als er endlich wieder genug Luft bekam, konnte er seine Arme befreien und stieß mit aller Macht mit den Ellbogen nach der Wahnsinnigen. Sie rutschte von ihm herunter und landete auf dem Rücken, was sie kurzzeitig zum Verstummen brachte. Doch sie rappelte sich schnell wieder auf. Nur war Mark schon vor ihr auf die Füße gekommen. Er holte aus und trat ihr mit der rechten Schuhspitze voll an den Kopf. Mit einem lauten Schrei fiel sie zurück zu Boden, wo sie sich zusammenkrümmte und den Kopf mit beiden Armen umklammert hielt. Wimmernd wiegte sie sich hin und her.

Mark brachte sich in Sicherheit, hechtete so weit wie möglich weg von ihr. »Mach schon, tu es!«

Aber Alec dachte gar nicht daran. Seelenruhig ging er zu Mark hin, wobei er den Gewehrlauf auf die leidende Frau gerichtet hielt. »Das wäre doch reine Verschwendung. Komm, wir sparen uns den Schuss für einen größeren Fisch.«

»Und wenn sie uns verfolgt? Wenn sie Verstärkung holt?

Uns die Chance vermasselt, die Entführer unserer Mädels zu überrumpeln?«

Alec sah sich die traurige Gestalt lange an. »Mach du's, wenn dir dann wohler ist.« Er drehte sich um und schlich auf das nächste Haus zu, wobei er ständig nach allen Seiten Ausschau hielt.

Mark hob sein Transvice und den Rucksack wieder auf, die er im Kampf gegen die Verrückte verloren hatte. Er ließ die Frau keine Sekunde aus den Augen, während er sich den Rucksack aufsetzte, die Riemen festzog und die Waffe mit beiden Händen umfasste. Er zielte auf die Frau, ging auf sie zu, bis er nur noch wenige Schritte von ihr entfernt war. Sie lag immer noch wimmernd und stöhnend da wie ein Embryo. Doch Mark empfand kein Mitleid mit ihr. Diese Gestalt war kein Mensch mehr, sie hatte das letzte bisschen Verstand schon lange verloren. Dafür konnte er nichts. Gut möglich, dass ihre Freunde ganz in der Nähe waren und sie sich nur schwach stellte, damit er sie in Ruhe ließ.

Nein. Die Zeit des Mitleids war vorbei.

Er trat einen weiteren Schritt zurück, drückte den Kolben des Transvice fest gegen seine Brust, zielte und drückte ab. Ein Summen erfüllte die Luft, dann kam der Rückstoß, ein weißer Lichtstrahl schoss heraus und schnitt die Frau entzwei. Sie hatte nicht einmal Zeit zu schreien. Ihr Körper verwandelte sich in eine bewegte graue Welle, explodierte zu feinem Nebel – und verschwand im selben Augenblick.

Mark war zwei Schritte zurückgetaumelt. Er starrte die Stelle am Boden an, wo die Frau gelegen hatte. Nichts, da war nichts mehr. Schließlich blickte er auf und sah, dass Alec plötzlich neben ihm stand. Sein Gesichtsausdruck war eine Mischung aus Schock und Stolz.

»Trina und die andern. Nur die zählen, sonst nichts«, sagte Mark und hatte das Gefühl, dass ihm noch nie so bittere Worte über die Lippen gekommen waren.

Er hängte sich die Waffe über die Schulter und ging schweigend weiter zum nächsten Haus.

53

Allmählich kam es in Hörweite, das unglaubliche Chaos. Geschrei, Gelächter und metallisches Scheppern. Die Schreie klangen dabei am schaurigsten und Mark wusste nicht, ob er sehen wollte, woher sie kamen. Er versuchte den Gedanken aus seinem Kopf zu verbannen, dass er irgendwann genauso krank werden könnte wie diese Kreaturen. Womöglich war er schon auf dem besten Weg dahin.

Nachdem Alec und er sich an mehreren anderen Häusern entlanggeschlichen hatten, kamen sie endlich zu der Straße, die sie sich vom Berk aus eingeprägt hatten.

Alec bedeutete Mark mit einer Handbewegung am letzten

Haus in der Reihe stehen zu bleiben. Von dort konnte man die Straße überblicken, ohne selbst gesehen zu werden. Sie standen im Schatten einer zerschlissenen Markise.

»Da wären wir«, sagte Alec und setzte seinen Rucksack ab. »Lass uns was essen und trinken. Dann gehen wir in die Vollen.«

Mark war erstaunt, wie wenig Furcht er verspürte, zumindest in diesem Augenblick. Vielleicht weil ihm die ganze Situation noch nicht real vorkam. Außerdem warteten sie jetzt schon so lange auf diesen Augenblick, dass er einfach nur losstürmen wollte, endlich. Das Pochen hinter seinen Schläfen war wieder stärker geworden und er wusste, dass es sich immer weiter verschlimmern würde. Er hatte keine Zeit mehr zu verlieren.

Sie hockten sich auf den Boden und aßen etwas von der abgepackten Trockennahrung, die sie im Berk aufgetrieben hatten. Mark genoss jeden Schluck Wasser aus seiner Feldflasche. Ihm kam der Gedanke, dass er das Zeug womöglich zum letzten Mal trank. Er schüttelte heftig den Kopf. Es wurde immer schwieriger, diese verdammten morbiden Gedanken zu verbannen. Er stopfte sich die letzten Bissen auf ein Mal in den Mund und sprang auf.

»Ich dreh noch durch«, sagte er und setzte sich den Rucksack wieder auf den Rücken. »Nichts wie weg hier. Wir müssen die drei da endlich rausholen.«

Alec sah ihn fragend an.

»Ich meine nur … ich halte diese Warterei nicht mehr aus.« Die Kopfschmerzen waren schrecklich, aber er wollte nicht darüber reden. »Komm schon. Bringen wir's hinter uns.«

Alec rappelte sich auf und packte zusammen. Beide nahmen ihre Waffen schussbereit in die Hand. Sie waren gerüstet für den Kampf.

»Und vergiss nicht«, sagte Alec. »Gegen ein Transvice kann man vielleicht nichts ausrichten. Aber es bringt rein gar nichts, wenn uns die verdammten Dinger abgenommen werden. Lass niemanden, ich wiederhole, NIEMANDEN so nah an dich ran, dass man es dir aus den Händen reißen kann. Zieh immer den Gurt über den Kopf. Das ist alleroberste Priorität: An unsere Schätzchen darf außer uns keiner ran!«

Mark umklammerte seine Waffe so fest, als wollte ihm jetzt schon jemand ans Eingemachte, und nickte. »Schon gut. Ich werde sie mir vom Leib halten.«

Alec streckte ihm die Hand hin. »Wir schaffen das. Aber nur für den Fall, dass ...«

Mark drückte seinem Freund fest die Hand. »Danke, dass du mir tausend Mal das Leben gerettet hast.«

»Es war mir eine Ehre, an deiner Seite zu dienen, mein Sohn. Vielleicht kannst du mir heute auch noch ein paarmal das Leben retten.«

»Ich geb mein Bestes.«

Die Waffen im Anschlag, schlichen sie um die Ecke. Alec sah Mark an, nickte, dann stürmten beide mit Vollgas hinaus auf die Straße.

Die größte Meute Kranker stand ein Stück entfernt auf der Straße, aber auch auf dem Weg bis dorthin gab es so viele Leute, dass die beiden sich vorsehen mussten. Eine Frau saß mitten auf der Straße und klatschte rhythmisch in die Hände. Ein paar Schritte weiter waren zwei Männer, die sich um etwas schlugen, das wie eine tote Ratte aussah. An einer Ecke stand ein Mann und sang aus voller Kehle.

Mark und Alec überquerten die Straße und sprinteten auf das erste Wohnhaus zu. Ähnlich wie die meisten Ruinen in dieser ehemals reichen Gegend war das Haus zwar riesig, aber halb abgebrannt. Mark hielt sich dicht hinter Alec. Neben dem verfallenen Haus stoppten sie, drückten sich gegen die Außenwand und schnappten nach Luft. Bisher schien sie noch niemand bemerkt zu haben. Aber viele hatten noch nicht einmal aufgeschaut, als direkt über ihnen das Berk geflogen war, dessen Düsen nun wirklich einen Heidenlärm machten.

»Okay«, sagte Alec. »Als ich sie von oben gesehen habe, wurden Lana und die Mädchen gerade zu einem Haus da hinten bugsiert.« Er nickte in Richtung der Straße zu ihrer Rechten. »Aber ich glaube, wir durchsuchen besser alle Häuser, um ganz sicherzugehen. Vielleicht sind sie ja verlegt worden. Und wenn wir irgendwie das Hauptrudel Knallköpfe da vorn auf der Straße umgehen könnten, wäre das nicht übel.«

»Na, dann nichts wie los«, sagte Mark. »Fangen wir doch gleich hier an und durchsuchen dieses Haus.«

Alec nickte. »Komm mit.«

Sie schlüpften aus der Deckung der Hauswand und rannten zur Eingangstür – vor der ein Mann in zerschlissenen Klamotten und mit schmutzstarrendem Gesicht stand. An seiner Wange klaffte eine offene Wunde.

»Aus dem Weg«, schnauzte Alec ihn an. »Weg von der Tür und rüber in den Garten, sonst bist du in fünf Sekunden tot.«

Der Mann starrte ihn verständnislos an. Dann zog er die

Augenbrauen ein wenig hoch und tat wie befohlen, stieg ruhig von der Eingangsterrasse herunter und ging langsam durch den steinigen, zugewucherten Vorgarten. Er ging einfach weiter, ohne einen Blick zurück, bis er beim Bürgersteig war, dann drehte er sich nach rechts und ging dem Menschengetümmel auf der Straße entgegen.

Alec schüttelte den Kopf. »Sei darauf gefasst, dass uns jederzeit jemand anspringen kann.« Mark stellte sich breitbeinig hin und zielte auf die Tür.

Alec hielt sein Transvice mit einer Hand und riss die Tür mit der anderen auf. Als sie zu ihnen nach außen aufflog, trat er schnell beiseite, damit Mark, wenn nötig, schießen konnte. Aber das Haus war verlassen.

»Geh du als Erster, ich gebe dir Rückendeckung«, sagte Alec und machte eine Armbewegung, dass Mark eintreten sollte.

»Oder du guckst mir zu, wie ich als Erster aufgefressen werde.«

»Vertrau mir, Kleiner. Ist besser für dich, wenn ich hinter dir bin. Los jetzt.«

Eine Adrenalinwelle pumpte durch Marks Körper. Angst hatte er keine, er wollte nur noch loslegen. Er nickte Alec kurz zu, sprang auf die Veranda und drang ins Haus ein, wobei er seine Waffe von links nach rechts schwenkte, während er alles absuchte. Innen war es heiß, staubig und dunkel; das Sonnenlicht drang nur durch Löcher in den Wänden herein. Oben schien es aber schon wesentlich heller zu sein.

Der Boden knarrte unter jedem Schritt.

»Bleib mal stehen und spitz die Ohren«, sagte Alec hinter ihm.

Mark lauschte. Abgesehen von der wüsten Tanzerei, die auf der Straße vor sich ging, war nichts zu hören. Im Haus war es totenstill.

»Wir durchsuchen alles, und zwar von oben nach unten«, sagte Alec.

Doch wie sich herausstellte, war die Treppe zu baufällig. Mark gab auf, als sein Fuß auf der dritten Stufe durch das Holz krachte.

Alec machte eine Kopfbewegung zu einer Tür, die vermutlich zu einem Kellergeschoss führte. »Vergiss es. Ich hör sowieso nichts von oben. Wir sehen uns unten im Keller um, dann ziehen wir Leine.«

Mark zog seinen Fuß vorsichtig aus dem morschen Holz und ging zur Kellertür. Er sah Alec noch mal an, fasste nach dem Griff und riss die Tür auf. Alec schwenkte seine Waffe in die Öffnung, falls von unten ein Angriff kommen sollte – aber nichts. Modrige, giftig stinkende Luft quoll herauf, von der Mark ganz übel wurde. Er musste ein paarmal husten und kräftig schlucken, damit er sich nicht übergab.

Diesmal ging Alec voran. Er griff nach hinten und fischte eine Taschenlampe aus seinem Rucksack, knipste sie an und leuchtete damit die Treppe hinunter. Als Mark sich vorbeugte, sah er den Staub im Lichtstrahl tanzen. Alec setzte gerade zum ersten Schritt treppabwärts an, da kam eine Stimme von unten.

»Wenn ihr n-n-näher kommt, zünde ich das S-s-s-strstreichholz an.«

Es war eine Männerstimme, schwach und zittrig. Alec sah sich fragend zu Mark um.

Aus dem Augenwinkel nahm Mark eine Bewegung unten

an der Treppe wahr und zeigte mit der Waffe darauf. Alec richtete das Licht auf die Stelle. Der Mann schlotterte am ganzen Leib und war klatschnass, die dunklen Haare klebten ihm am Kopf, seine Kleider trieften. Auf dem Boden bildeten sich kleine Pfützen unter ihm. Sein Gesicht war erschreckend bleich, als hätte er den Keller seit vielen Wochen nicht mehr verlassen. Er kniff die Augen gegen die Helligkeit der Taschenlampe zusammen.

Erst dachte Mark, dass der Mann vielleicht einfach nur stark schwitzte, dann fragte er sich, ob da unten wohl ein leckendes Rohr oder Grundwasser waren. Und schließlich stieg ihm der Geruch von Benzin oder Kerosin in die Nase – irgendeine Art von Treibstoff. Jetzt sah er auch, dass der Typ etwas in der Hand hielt, das er an den Bauch drückte: eine viereckige Schachtel. Und in der anderen ein einzelnes Streichholz.

»Noch einen Schritt und ich zünde mich an«, sagte er.

54

Mark wollte nur wegrennen, aber Alec rührte sich nicht vom Fleck. Reglos hielt er die Waffe auf den Mann gerichtet.

»Wir wollen Ihnen nichts tun«, sagte Alec sehr langsam und deutlich. »Wir suchen nur nach unseren Freunden. Ist da unten jemand außer Ihnen?«

Der Mann machte den Eindruck, als hätte er nichts gehört. Er stand einfach nur da und schlotterte, während das Benzin von ihm tropfte. »Vor Feuer haben sie Angst, wissen Sie. Vor Feuer hat jeder Angst, auch wenn sein Gehirn nicht mehr funktioniert. Hier unten lassen sie mich in Ruhe. Solange ich meine Streichhölzer und mein Benzin habe.«

»Trina!«, schrie Mark. »Lana! Seid ihr da unten?«

Keine Antwort. Den Mann mit dem Streichholz hatte der Zwischenruf kein bisschen aus dem Konzept gebracht. »Sie haben die Wahl: Entweder Sie machen einen einzigen Schritt in meine Richtung und ich entzünde die Flammen, die mich für immer von hier wegbringen werden. Oder Sie gehen Ihres Weges und lassen mich einen weiteren Tag leben.«

Alec schüttelte langsam den Kopf. Endlich machte er ein paar Schritte rückwärts, weg von der Treppe, bis er gegen Mark stieß und beide wieder auf dem Flur standen. Ohne ein einziges Wort machte Alec vorsichtig die Tür zu, bis sie leise ins Schloss fiel. Dann drehte er sich zu Mark um.

»Was ist bloß aus der Welt geworden?«

»Eine total kranke Welt.« Mark empfand es genauso. Diesen Mann benzintropfend mit seinem Streichholz in der Hand zu sehen – in gewisser Weise schien das die ganze schreckliche Lage zum Ausdruck zu bringen. »Und ich bezweifle, dass es ein gutes Ende mit uns nehmen wird. Wir können nichts weiter tun, als Trina und die anderen zu finden. Und dafür zu sorgen, dass wir selbst entscheiden können, wie wir sterben.«

»Das hast du gut gesagt, mein Sohn. Sehr gut.«

Schweigend verließen sie das Haus und gingen weiter zum nächsten.

Die Geräusche wurden immer lauter. Geduckt waren Alec und Mark zum Haus auf der gegenüberliegenden Straßenseite gerannt, so wollten sie im Zickzack weitermachen. Ein paar vereinzelte Gestalten bemerkten sie und zeigten auf sie, verschwanden aber schnell wieder. Mark hoffte, dass sie weiterhin so viel Glück haben und nicht beachtet werden würden. Ihre hochglänzenden Waffen machten das allerdings relativ unwahrscheinlich.

Sie waren gerade an die Tür eines nächsten Hauses gelangt, als zwei kleine Kinder herausgerannt kamen. Marks Finger hatten schon am Abzug gezuckt, bevor er merkte, dass es nur kleine Knirpse waren. Sie sahen verdreckt aus und hatten denselben entrückten Ausdruck im Gesicht wie die Erwachsenen. Kichernd rannten sie davon. Als sie verschwunden waren, kam eine korpulente Frau herausgestürmt und schrie den beiden irgendwas von frechen Gören hinterher, denen sie eine ordentliche Abreibung verpassen würde.

Als sie Mark und Alec endlich bemerkte, warf sie ihnen nur einen abschätzigen Blick zu.

»In unserem Haus ist niemand verrückt«, sagte sie kalt. »Jedenfalls noch nicht. Sie brauchen mir meine Kinder nicht wegzunehmen. Sie sind die Einzigen, die mir die Ungeheuer vom Leib halten.« Ihre Augen waren so tot und leer, dass es Mark eiskalt den Rücken hinunterlief.

Alec war offensichtlich genervt. »Ist ja gut. Wir interessieren uns nicht für Ihre Kinder, gute Frau, und wollen sie bestimmt nicht mitnehmen. Wir würden nur gern einen kurzen Blick in Ihr Haus werfen und nachsehen, ob unsere Freunde hier sind.«

»Freunde?«, wiederholte die Frau ungläubig. »Die Ungeheuer sind Ihre Freunde? Die, die meine Kinder fressen wollen?« Der leere Ausdruck in ihren Augen wurde mit einem Mal von totalem Grauen verdrängt. »Bitte … bitte tun Sie mir nichts. Eins kann ich Ihnen geben. Nur eins. Bitte.«

Alec seufzte. »Wir kennen keine Ungeheuer. Wir … also treten Sie bitte beiseite und lassen Sie uns rein. Wir haben nicht viel Zeit.«

Er machte einen Schritt vorwärts, bereit, Gewalt anzuwenden, aber die Frau flüchtete und wäre beinah über das tote Unkraut in ihrem Garten gestolpert. Mark sah ihr traurig hinterher – er hatte vermutet, dass sie mit »den Ungeheuern« die Infizierten auf der Straße meinte, aber allmählich wurde ihm klar, dass er sich geirrt hatte. Diese Frau hatte genauso den Verstand verloren wie zuvor der Mann, den sie in seinem Keller angetroffen hatten. Vermutlich glaubte sie wirklich, dass unter ihrem Bett Ungeheuer hausten.

Mark drehte der Frau den Rücken zu und folgte Alec nach drinnen.

Ein unglaublicher Anblick bot sich. In dem Haus sah es aus wie in einer der heruntergekommensten Gassen New Yorks und nicht wie in einem Einfamilienhaus. Sämtliche Wände waren mit schwarzem Kohlestift und Kreide vollgeschmiert. Bemalt mit düsteren, beängstigenden Bildern. Von Ungeheuern. Von Monstern mit Klauen, spitzen Zähnen und bösartigen Augen. Sie waren verschmiert, als wären sie schnell hingezeichnet worden, aber manche hatten lebhafte Details. Sie wirkten so gruselig, dass Mark eine Gänsehaut bekam.

Er warf Alec einen grimmigen Blick zu und folgte ihm zur Kellertreppe. Mit den Waffen im Anschlag stiegen sie hinunter.

Dort unten lebten Kinder – mindestens fünfzehn, wenn nicht mehr. Sie waren völlig verwahrlost. Die meisten klammerten sich zusammengekauert aneinander fest, als erwarteten sie eine schreckliche Strafe von den beiden Neuankömmlingen. Alle waren schmutzig, in Fetzen gekleidet und sahen unterernährt aus. Bei diesem erbärmlichen Anblick vergaß Mark einen Augenblick, dass sie nach Trina und den anderen suchten.

»Wir … wir können sie doch nicht hier zurücklassen«, stammelte er. Seine Hände hatten sich von der Waffe gelöst. Er war völlig entgeistert. »Wir dürfen sie nicht einfach in diesem Kellerloch zurücklassen.«

Alec schien zu spüren, wie ernst es Mark damit war. Er baute sich vor ihm auf und fing an auf ihn einzureden.

»Ich verstehe dich, Junge. Ich kann es nachvollziehen, wirklich. Aber jetzt hör mir zu: Was können wir für diese Kinder tun? In diesem gottverlassenen Nest sind alle krank und wir zwei schaffen das nicht – die Kids hier rauszuholen. Wenigstens sind sie … ach, mir fehlen die Worte.«

»… noch am Leben, meinst du«, sagte Mark leise. »Ich dachte bisher, es geht nur ums Überleben, aber ich habe mich geirrt. Wir können diese Kinder nicht ihrem Schicksal überlassen.«

Alec seufzte. »Sieh mich an.« Als Mark nicht reagierte, schnipste Alec mit den Fingern und schrie ihm ins Gesicht: »Ansehen sollst du mich!«

Mark sah ihm in die Augen.

»Wir gehen jetzt und suchen Lana und die anderen. Danach können wir zurückkommen. Aber wenn wir die Kids jetzt mitnehmen, haben wir keinerlei Chance. Kapierst du das? Null.«

Mark nickte. Er wusste, dass Alec Recht hatte. Aber in seinem Herzen war beim Anblick dieser Kinder etwas zerrissen. Es tat regelrecht weh, körperlich.

Er wandte sich ab, um sich zu sammeln. Er musste sich auf Trina konzentrieren. Musste sie retten. Und Deedee.

»Okay«, sagte er schließlich. »Gehen wir.«

Mark und Alec klapperten ein Haus nach dem anderen ab, durchsuchten sie von oben bis unten.

Irgendwann sah alles nur noch gleich aus. Je mehr Häuser Mark untersuchte, desto abgestumpfter wurde er. Es schockierte ihn nicht mehr, wie unfassbar diese neue Welt war. Die Krankheit, die absichtlich verbreitet worden war. In jedem Haus, jedem Block sahen sie Dinge, die noch schlimmer waren als alles, was sie bis dahin für das Schlimmste gehalten hatten. Mark sah eine Frau von einem Dach springen und mit gebrochenen Gliedmaßen auf ihrer Eingangstreppe landen. Er sah drei Männer, die Kreise in die Erde zeichneten, in die sie hüpften, wie bei einem Kinderspiel. Über irgendetwas regten sie sich immer stärker auf, bis das Ganze in einer wüsten Schlägerei endete. In einem der Häuser stießen sie auf ein Zimmer, in dem zwanzig oder dreißig Menschen, ohne einen einzigen Laut von sich zu geben, nebeneinanderlagen. Sie waren eindeutig lebendig, aber sie bewegten sich nicht.

Eine Frau, die eine Katze verspeiste. Ein Mann, der in seiner Wohnzimmerecke auf dem Teppich herumkaute. Zwei Kinder, die mit voller Wucht Steine nacheinander warfen und von Kopf bis Fuß mit blutenden blauen Flecken übersät waren. Und dabei lachten sie. Menschen, die wie angewurzelt im Garten standen und in den Himmel starrten. Andere, die mit dem Gesicht nach unten im Dreck lagen und Selbstgespräche führten. Mark sah, wie ein Mann einen Baum auf die Hörner zu nehmen versuchte. Wie ein wilder Stier rammte er seinen Kopf immer wieder gegen den Stamm, als könnte er irgendwann den Kampf gewinnen und den Baum umwerfen.

Mark und Alec hielten sich nirgendwo lange auf und durchkämmten schnell jedes Haus, wobei sie der Blockparty, wie Alec es genannt hatte, immer näher kamen. Das Seltsamste war allerdings, dass noch niemand sie angegriffen hatte. Die meisten schienen sogar Angst vor ihnen zu haben.

Sie näherten sich gerade dem nächsten Haus, als plötzlich ein Schrei die Luft zerriss. Er war so laut und durchdringend, dass er alle anderen Geräusche übertönte und sich wie etwas Lebendiges durch die Straße fortpflanzte.

Ein paar Häuser entfernt schleiften zwei Männer eine schwarzhaarige Frau an den Füßen durch die Tür. Ihr Kopf schlug auf jeder Betonstufe auf, als die Männer die Eingangstreppe hinuntergingen.

»Heilige Mutter …«, flüsterte Alec. »Das ist Lana.«

55

Alec rannte los. Seine Füße donnerten über den Asphalt. Die Männer schleiften Lana über das steinige Grundstück des Hauses. Alec hatte derart schnell reagiert, dass Mark weit zurückgeblieben war. Er bemühte sich hinterherzukommen, wobei ihm der Rucksack gegen den Rücken schlug; die Waffe drohte ihm aus den verschwitzten Händen zu rutschen.

Alec schrie auf die Männer ein, dass sie aufhören sollten. Er zielte mit dem Transvice auf sie, aber die Kerle verstanden die Drohung entweder nicht oder scherten sich nicht darum. Sie schleiften Lana einfach weiter über den Boden, bis sie am Bürgersteig waren, wo sie Lanas Beine losließen. Mark fragte sich, ob Lana überhaupt noch bei Bewusstsein war. Ob sie nach einer solchen Tortur noch am Leben sein konnte.

Alec blieb fünf Meter vor ihrem reglosen Körper stehen. Er zielte auf die Männer und brüllte, dass sie keine Bewegung machen sollten. Endlich holte Mark ihn ein und legte ebenfalls sein Transvice an.

Es waren jetzt drei Männer, die im Kreis um Lana herumstanden und auf sie hinunterblickten. Sie schienen nichts davon mitzubekommen, dass tödliche Waffen auf sie gerichtet waren.

»Zurücktreten!«, brüllte Alec.

Aus der Nähe konnte Mark endlich einen genaueren Blick auf Lana werfen. Ihm wurde schlecht. Sie sah völlig zerschunden und zerschlagen aus, blutete aus zahlreichen Wunden. Haarbüschel waren ausgerissen, die blutige Kopfhaut war zu sehen. Dann bemerkte Mark, dass eines ihrer Ohren aussah, als hätte jemand versucht, es abzureißen. Das Grauen traf ihn, als hätte er einen Vorschlaghammer gegen die Brust bekommen, und der unbändige Zorn kochte wieder in ihm hoch. Diese Menschen waren Ungeheuer, und wenn sie Trina auch so zugerichtet hatten, dann …

Er machte einen Schritt auf die Männer zu, aber Alec hielt ihn zurück.

»Warte«, sagte er, dann sprach er wieder zu den Männern. »Ich sage es nur ein Mal: Tretet zurück oder ich schieße.« Doch statt auf ihn zu reagieren, knieten sich die drei hin und stießen Lana mit den Knien. Wild blickte Lana zwischen ihnen hin und her. Sie lebte also noch.

»Mach schon!«, rief Mark. »Worauf wartest du noch?«

»Ich habe keine freie Schusslinie, verdammt!«, bellte Alec. »Ich will Lana schließlich nicht eindampfen.«

Doch Alecs Worte machten Mark nur noch zorniger. Er würde keine Sekunde länger dastehen und so etwas mitansehen.

»Schluss!«, knurrte er, stapfte los und schlug Alecs Hand weg, als der ihn zurückhalten wollte.

Die Männer warfen ihm noch nicht einmal einen Blick zu, als er näher kam. Alle drei suchten in ihren Hosentaschen nach etwas; mehr konnte Mark nicht sehen, weil sie ihm den Rücken zuwandten.

»Hey!«, brüllte er, die Waffe vor sich in die Luft gereckt. »Weg von ihr oder ich schieße! Ihr werdet keine Zeit mehr haben, das zu bereuen, das verspreche ich euch.«

Sie hörten ihn nicht oder taten zumindest so. Was als Nächstes passierte, ging so schnell und war so schockierend, dass Mark stolperte und fast hinfiel. Mit einer rasend schnellen Bewegung zog einer der Männer ein Schnappmesser aus der Tasche und stach damit auf Lana ein. Grauen erfasste Mark bei ihren markerschütternden Schreien. Blitzschnell schob er sich das Transvice auf den Rücken, stürzte vor und warf sich auf den Typ, der ihm am nächsten war. Zusammen rollten sie von Lana weg. Er hörte zwar, dass Alec seinen Namen rief, reagierte aber nicht. Er hatte nur noch einen Gedanken im Kopf: diesen Mann so schnell zu entwaffnen, dass er auch die anderen noch stoppen konnte. Sie zumindest so weit von Lana wegzustoßen, dass Alec sie ausradieren konnte.

Der Kerl war stark, aber Marks Angriff hatte ihn überrascht, so dass der ihn jetzt mit den Knien auf den Boden drücken und ihm das Springmesser wegreißen konnte. Instinktiv stach Mark es ihm in die Brust und löschte sein Leben aus.

Dann ließ er sich herunterfallen, sah voller Grauen, was er getan hatte, und kroch weg. Doch die Welt um ihn herum kam schnell wieder in seinen Fokus und er sprang auf. Alec kam angerannt und schlug einem der beiden anderen Männer das Ende seiner Waffe gegen den Kopf. Der Mann brach zusammen und fiel zu Boden.

Von der anderen Straßenseite kam eine Horde Verrückter auf sie zugestürzt. Mark hatte keinen Schimmer, wo die auf einmal herkamen, aber es waren mindestens sieben oder acht. Alles Männer. Alle offensichtlich zornig und mit Messern, Hämmern oder Schraubenziehern bewaffnet.

»Pass auf!«, schrie Mark Alec zu.

Aber die finsteren Gestalten interessierten sich gar nicht für sie. Stattdessen stürzten sie sich auf Lana und auch der Letzte von den dreien schlug wieder auf die Arme ein. Alec stolperte ein paar Schritte rückwärts, Mark ging neben ihm in Stellung. Es war klar, dass sie machtlos gegen diesen Wahnsinn waren, wenn sie nicht ihre Transvices einsetzten. Ein dunkles Gefühl überkam Mark.

Eine sichtbare Veränderung ging durch Alecs Körper. Sein Gesicht wurde unbeweglich wie Granit und er richtete sich drohend auf. Ohne ein Wort legte er das Transvice an und zielte auf die Gruppe, die rund um Lana stand.

Er drückte ab. Der strahlend weiße Blitz zuckte aus dem Lauf und fuhr in den Kerl, der am nächsten stand und gerade mit einem blutigen Hammer ausholte. In der nächsten Sekunde hatte er sich in eine schimmernde graue Wolke verwandelt, dann zerstob er zu Nebel, der von einem nicht spürbaren Wind davongetragen wurde. Schon traf die nächste Salve den Mann neben ihm. Mark wusste, dass Lana keine Chance hatte. Dabei war sie immer so tapfer, aufrecht und stark gewesen, immer, seit er sie damals im U-Trans-Tunnel kennengelernt hatte.

Er hob seine Waffe und schoss ebenfalls auf die Angreifer. Einer nach dem anderen wurde weggepustet.

Kurz darauf waren die Ungeheuer allesamt beseitigt, nur der Erstochene und die bemitleidenswerte Gestalt ihrer Freundin lagen noch auf dem Boden. Alec zögerte keinen Augenblick. Er zielte und feuerte einen letzten Schuss aus seinem Transvice ab.

Lanas Leiden endete in einer grauen Nebelwolke.

56

Marks Blick wanderte von der blutigen Stelle auf dem Boden hoch zu Alecs Gesicht. Tausend widersprüchliche Gefühle schienen darin zum Ausdruck zu kommen. Am stärksten war jedoch eine abgrundtiefe Traurigkeit. Auch wenn Mark nie ganz klar geworden war, in welcher Beziehung Lana und Alec zueinander standen – eine lange gemeinsame Geschichte hatten sie auf jeden Fall gehabt.

Und jetzt war Lana weg.

Alecs Gesichtsausdruck entspannte sich nach einer gefühlten Ewigkeit ein wenig. Aber Mark hatte seinen Freund noch nie so traurig gesehen.

Kurz darauf schien Alec sich halbwegs gefangen zu haben. Er zeigte auf das Haus vor ihnen und sagte in nüchternem Ton: »Da haben sie sie rausgeschleift. Und da gehen wir jetzt rein. Ich wette, Trina und die Kleine sind noch da drin.«

Es war eine schicke, schön gemauerte Villa, drei Stockwerke hoch, überall Giebel und Erker und Riesenfenster – von denen mittlerweile allerdings viele zersprungen waren. Mit dem abgefackelten Dach, den geschwärzten Wänden und dem überwucherten, gelben Rasen sah die Villa uralt aus. Mark graute vor dem, was sie dort drinnen erwarten würde.

Schon waren wieder Verrückte unterwegs und versammelten sich um sie. Männer und Frauen, auch Kinder drängten von der Straße und aus dem Garten heran. Die meisten waren von Kratzern oder schlimmeren Wunden verunstaltet. Ein Mann, in dessen Schulter ein Riesenstück fehlte, torkelte auf sie zu. Er sah aus, als hätte jemand mit einer Axt auf ihn eingehackt. Da war eine Frau, der ein ganzer Arm fehlte; das Schultergelenk sah fürchterlich aus. Am schrecklichsten anzusehen waren aber mehrere Kinder mit brutalen Verletzungen. Sie schienen nicht einmal zu merken, dass sie halb tot waren.

All diese Gestalten bewegten sich wie Zombies auf Mark und Alec zu, umzingelten sie regelrecht. Die ganze Gruppe mit den dreckstarrenden Fetzen am Leib, den struppigen Haaren und hohlen Blicken hatte ihre Aufmerksamkeit auf die beiden Neuankömmlinge gerichtet.

Alec bewegte sich langsam auf die Eingangstür der Villa zu. Mark ging ebenfalls vorsichtig voran, als könnte jede plötzliche Bewegung den Wahnsinn bei den Kranken, die sie keine

Sekunde aus den Augen ließen, zum Ausbruch bringen. Die Waffen im Anschlag, näherten sich die beiden Freunde ganz langsam der Tür. Mark wollte keinerlei Risiko mehr eingehen. Wenn ihm jemand einen einzigen Schritt zu nahe kam, würde er auf ihn schießen.

Immer enger zog sich der Kreis um Mark und Alec, wie Zuschauermassen bei einer Parade drängten sie heran. Dutzende mussten es mittlerweile sein, vielleicht sogar über hundert. Dann lösten sich mehrere Männer aus der größeren Gruppe und schnitten ihnen den Weg zur Tür ab. Gleich darauf taten es ihnen andere gleich und kreisten Mark und Alec lückenlos ein. Es war, als würde sich eine Schlinge zuziehen.

»Ich weiß nicht, ob ihr mich verstehen könnt«, brüllte Alec, so laut er konnte. »Ich mache dieses Angebot nur ein einziges Mal. Aus dem Weg, sonst schießen wir.«

»Wir haben Freunde da drin«, fügte Mark hinzu. »Und ohne die gehen wir nicht.« Er legte sein Transvice an, um dem Satz Nachdruck zu verleihen.

Die Gesichter um sie herum veränderten sich. Die leere Gleichgültigkeit verschwand. Die Gestalten kniffen die Augen zusammen, runzelten die Stirn und fletschten die Zähne. Ein paar Frauen zischten ihnen unverständliches Zeug entgegen, ein Kind knirschte mit den Zähnen wie ein wildes Tier.

»Aus dem Weg!«, schrie Alec.

Doch die Meute kam näher, der Kreis wurde immer enger. Wieder wurde Mark von dem Gefühl überwältigt, das ihm mittlerweile schon fast vertraut war – als würde er durchdrehen und die Kontrolle verlieren. Etwas wie Hass stieg in ihm auf.

»Jetzt reicht's!«, knurrte er.

Er richtete das Transvice auf den nächsten Mann zwischen ihm und der Tür und drückte ab. Ein blendender Strom weißen Lichts schoss aus der Waffe und in die Brust des Mannes, verwandelte ihn in eine graue Wand, dann eine Explosion von Partikeln, die im Nichts verschwanden. Mark zögerte keine Sekunde. Er zielte auf den nächsten, drückte ab, sah, wie der ebenfalls verdampfte. Daneben stand eine Frau. Drei Sekunden später war auch sie nicht mehr da.

Halb erwartete er, dass Alec ihn stoppen würde. Aber der Veteran fackelte ebenfalls nicht mehr lange. Kaum war die Frau verschwunden, schoss auch Alec los. Die beiden konzentrierten sich darauf, den Weg zum Haus frei zu machen, und bewegten ihre Waffen langsam von links nach rechts, wobei sie einen nach dem anderen ausschalteten. Lichtblitze flirrten, als die Transvices sich aufheizten und eine Orgie der Zerstörung verursachten. Das alles ohne einen einzigen Tropfen Blut.

Sie hatten ungefähr ein Dutzend Menschen in Luft aufgelöst und sich eine Schneise durch den Mob vor ihnen geschlagen, als die übrig gebliebenen Kranken endlich zu begreifen schienen, was da vor sich ging. Ein gigantischer Schrei erfüllte die Luft, ein durchdringendes, grässliches Geräusch, und mit einem Mal stürzten sich alle gleichzeitig auf die beiden Eindringlinge mit ihren todbringenden Waffen.

Mark riss das Transvice hin und her, drückte in kurzen Abständen immer wieder ab, machte sich nicht einmal mehr die Mühe zu zielen. Weiße Blitze trafen mehrere Frauen. Ein Querschläger löste einen kleinen Jungen in Nichts auf. Und dennoch gingen diese Kreaturen weiter wie wild auf sie los. Alec fuhr herum und feuerte drauflos, dann packte er das Transvice und schlug einem Mann das Kolbenende ins Gesicht, so dass er vor Schmerz schreiend wegsackte.

Mark stolperte, fing sich aber gleich wieder. Von allen Seiten zischten ihn Leute an, fletschten die Zähne und tänzelten mit wilden Augen und hysterischem Gelächter vor ihm herum. Er legte sein Transvice wieder fest an, schoss wahllos in die Menge, wobei er sich in einem langsamen Kreis drehte und alles atomisierte, was in seiner Nähe war. Dann zielte er in die andere Richtung, wobei er immer aufpasste, dass er nicht etwa Alec traf.

In den nächsten Augenblicken brach das komplette Chaos aus. Mark wurde zwar von Panik erfasst, aber er schoss immer weiter, links, rechts, links. Mit viel Schubsen und Schieben und Ellbogeneinsatz bahnte er sich einen Weg, wobei er immer weiterfeuerte und sich nach und nach auf das Haus zuarbeitete. Er hatte mindestens noch weitere zehn Gestalten ausgelöscht, als er plötzlich über die Eingangstreppe stolperte.

Er fiel, riss das Transvice herum und schoss direkt in die Brust des Mannes, der gerade hochgesprungen war und sich auf ihn stürzen wollte. Der graue Nebel legte sich kurz über Marks Gesicht, dann löste er sich auf. Wenige Schritte entfernt sah er, wie Alec einer Frau den Kolben ins Gesicht rammte und dann losrannte, zur Treppe und an Mark vorbei zur Tür.

Noch einen Schuss feuerte Mark ab, bevor auch er rückwärts die Treppe hochrobbte. Oben sprang er auf und rannte einen Augenblick nach Alec zur Tür hinein. Sein Freund knallte sie hinter ihnen zu und riegelte ab. Aber im Nu warfen sich von draußen die Kranken dagegen. Lange würde das Türschloss nicht halten.

Und dann rannten sie. Zuerst einen Flur entlang, dann nach rechts und durch den nächsten Flur. Zwei Gestalten kamen ihnen entgegen, sie hatten offenbar die Tür bewacht. Alec erledigte beide mit dem Transvice. Mark drückte sich an ihm vorbei, riss eine Tür auf – Stufen. Unten war ein Mann, der mit feurigem Blick aus seinem schmutzigen, zerkratzten Gesicht die Treppe hochgerannt kam. Mark pulverisierte ihn.

Immer zwei Stufen auf einmal hetzte er die Treppe hinunter. Ein Mann und eine Frau stürzten sich mit Messern auf ihn und holten aus, bevor er seine Waffe auf sie richten konnte. Er schlug mit dem Kolben nach ihnen und landete mit einem Hechtsprung auf dem Boden, gerade noch rechtzeitig, bevor Alec kam und zweimal schoss. Dann war es still.

Sie standen im Keller. Durch eine schmale Fensteröffnung fiel ein Lichtstrahl herein und beleuchtete die obere Wand zu Marks Rechten. Staubflocken tanzten in der Luft. Und in einer Ecke des Kellers kauerten zwei Gestalten. Niemals zuvor hatte Mark so verängstigte Menschen gesehen.

Trina sah furchtbar aus. Sie hatte die Arme um Deedees zerschundenen Körper geschlungen, beide hielten einander fest umklammert. Mark rannte zu ihnen, kniete sich vor sie und legte schnell seine Waffe ab.

Deedee weinte und konnte nur mühsam sprechen. »Sie ist krank«, sagte sie mit zitternder Stimme. Schluchzend drückte sie sich noch enger an Trina.

Mark drückte Trinas Hand. »Ist ja gut. Jetzt haben wir euch gefunden. Wir holen euch hier raus.«

Währenddessen hatte Trina die ganze Zeit zu Boden gestarrt, doch jetzt hob sie langsam den Kopf und sah Mark an. Ihre Augen waren leer und dunkel.

»Wer bist du?«

57

Die Worte trafen Mark wie Schläge in die Magengrube. Er redete sich ein, dass sie aus den verschiedensten Gründen so etwas hatte sagen können. Es gab viele mögliche Erklärungen: Vielleicht war es zu dunkel in dem Kellerloch, vielleicht hatte sie einen Schlag auf den Kopf bekommen, vielleicht stimmte etwas mit ihren Augen nicht. Doch die Wahrheit stand in diesem Blick geschrieben. Sie hatte keine Ahnung, wer er war. Keinen blassen Schimmer.

»Trina …« Er suchte nach Worten. »Trina, ich bin es, Mark.«

Von oben kam ein Krachen, irgendetwas zersplitterte. Dann ein paar Schläge. Donnernde Schritte.

»Wir müssen los!«, brüllte Alec. »Sofort.«

Trina wandte den Blick nicht von Mark ab. Völlig verwirrt runzelte sie die Stirn und hielt den Kopf schräg, als ginge sie in Gedanken alle verschiedenen Möglichkeiten durch, wer der Typ vor ihr bloß sein könnte. Auf ihrem Gesicht zeichnete sich Panik ab. Es war einfach nur erschütternd.

»Vielleicht kann man das ja irgendwie behandeln«, flüsterte Mark, als wäre er nicht bei Sinnen. Der einzige Mensch auf der Welt, den er gesund an seiner Seite haben wollte, und der … »Vielleicht –«

»Mark!«, rief ihn Alec zurück in die Realität. »Bring sie hoch! Jetzt, auf der Stelle!«

Mark blickte über die Schulter zu seinem Freund, der unten an der Treppe stand und mit der Waffe nach oben zielte, um jeden auszulöschen, der es wagen würde, ihnen zu nahe zu kommen. Über ihnen war jetzt Lärm zu hören: rennende, schreiende Menschen. Zerbrechende Gegenstände. Dann bemerkte Mark vor dem Fensterschlitz eine schnelle Bewegung – Füße, die sofort wieder aus dem Blickfeld verschwunden waren.

»Es wird sich alles aufklären«, sagte er beruhigend zu den Mädchen. »Kommt, wir müssen euch hier rausbringen.«

Mit dem zunehmenden Lärm über ihnen drohte auch ihn die Panik zu überwältigen, aber es war klar, dass er Trina vorsichtig wie ein rohes Ei behandeln musste. Er hatte keine Ahnung, wie sie reagieren würde, wenn er sie zur Eile drängte.

»Deedee?«, sagte er, so liebenswürdig er konnte. Er nahm das Transvice vom Boden auf und hängte es sich über die Schulter. »Komm, Deedee. Gib mir die Hand und steh auf.«

Ein lautes Krachen erfüllte die Luft, es kam von der Treppe. Jemand hatte die Tür aufgerissen und gegen die Wand donnern lassen. Die Schreie hatten eine hysterische Tonlage angenommen. Das unverwechselbare *Ping* des Stromstoßes war zu hören, als Alecs Transvice losging, dann ein entsetztes Keuchen von oben, als die Kranken einen der ihren verschwinden sahen. Mark streckte weiterhin Deedee die Hand entgegen und versuchte ruhig zu wirken.

Mehrere nervenzerfetzende Sekunden lang starrte das kleine Mädchen ihn nur an. Ihrem Gesichtsausdruck nach zu schließen gingen ihr tausend Gedanken durch den Kopf. Mark ließ nicht locker und hielt ihr immer weiter lächelnd die Hand hin. Endlich griff sie danach und ließ sich hochziehen. Mark hielt die kleine Hand fest und brachte seinen anderen Arm von hinten unter Trinas Achseln. Er setzte seine ganze Körperkraft ein, um sie vom Boden hoch und auf die Füße zu ziehen.

Trina leistete keinen Widerstand, aber er befürchtete, dass sie einfach umkippen würde, wenn er sie losließ. »Wer bist du?«, wiederholte sie. »Bist du da, um uns zu retten?«

»Ich bin dein bester Freund«, antwortete er und versuchte sich nicht von ihren Worten niederknüppeln zu lassen. »Diese Unmenschen haben dich entführt, dich mir weggenommen, und ich bringe dich zurück in Sicherheit. Schön nach Hause und so.«

»Bitte«, flehte sie. »Lass nicht zu, dass sie mir wieder wehtun.«

Ein düsterer Abgrund tat sich in seiner Brust auf und drohte sein Herz zu verschlingen. »Deswegen bin ich ja hier. Aber du musst selber gehen, ja? Bitte lauf und bleib ganz dicht bei mir.«

Erneuter Lärm von oben: ein Schrei, klirrend zerspringendes Glas. Schritte auf der Treppe. Alec gab den nächsten Schuss ab.

Trina gewann die Kontrolle über ihren Körper zurück. »Okay. Alles okay. Ich tue alles, um hier rauszukommen.«

»Sehr gut.« Widerwillig nahm Mark seinen Arm von ihrem Rücken, beugte sich hinunter zu Deedee und sah ihr direkt in die Augen. »Das wird jetzt gleich ziemlich schlimm. Aber dann ist es vorbei. Halte dich direkt –«

»Ich schaff das schon«, schnitt ihm die Kleine das Wort ab. In ihren Augen brannte ein Feuer, das sie zehn Jahre älter aussehen ließ. »Ich bin so weit.«

Mark musste fast lächeln. »Wunderbar. Wir schaffen das!«

Er nahm Deedees Hand, legte sie in Trinas und drückte beide Hände ineinander. Dann packte er sein Transvice und hob es schussbereit an die Brust.

»Haltet euch direkt hinter mir«, sagte er und sah beiden nacheinander fest in die Augen. Er wollte sichergehen, dass sie verstanden hatten. Trina wirkte mittlerweile ein bisschen wacher, eine gewisse Klarheit war in ihren Blick zurückgekehrt. »Direkt hinter mir!«

Er umklammerte die Waffe, legte den Finger an den Abzug und drehte sich zur Treppe um, die nach wie vor von Alec bewacht wurde.

Mark hatte gerade zwei Schritte auf Alec zugemacht, Deedee und Trina im Schlepptau, da zersplitterte plötzlich das Fenster neben ihnen und ein Backstein krachte zu Boden, begleitet von tausend Scherben. Deedee schrie auf, Trina machte vor Schreck einen Satz und sprang gegen Marks Rücken. Er stolperte, fing sich aber gleich wieder und riss das Transvice zum kaputten Fenster herum, wo ein Männerarm durch die schmale Öffnung hereinragte und an der Wand entlangtastete.

Mark feuerte eine Salve ab. Der erste weiße Hitzeblitz traf nicht, sondern bohrte ein Loch in die Wand, aus dem eine seltsame Staubwolke aufstieg. Er zielte wieder – diesmal traf er. Der Arm löst sich in eine graue Masse auf und verpuffte. Dort, wo der Mann gewesen war, tauchten noch zwei weitere Gestalten auf, aber Mark war mittlerweile klar, dass der Fensterschlitz zu schmal war, als dass eine erwachsene Person hätte hindurchklettern können. Er wandte sich ab und ging wieder auf die Treppe zu, wo Alec wie ein Fels stand und gerade auf jemanden über ihm schoss. Mark sah ihn fragend an.

»Wir haben keine Wahl«, knurrte der Veteran, ohne den Blick von der Tür abzuwenden. »Wir müssen da hoch. Es werden wahrscheinlich jede Minute mehr von den Psychos.«

»Wir sind bereit«, antwortete Mark, auch wenn er keinen Schimmer hatte, wie sie zu viert durch eine Horde infizierter Wahnsinniger kommen sollten. »Vielleicht nehmen wir die Mädchen am besten in unsere Mitte.«

»Haargenau. Ich gehe voran, du machst die Nachhut. Wird nicht schön, uns durch diese Knallköpfe durchzukämpfen.«

Mark nickte und trat einen Schritt zurück. Trina schien immer mehr zu Sinnen zu kommen, aber ein Zeichen, dass sie sich wieder an ihn erinnerte, hatte sie noch nicht von sich gegeben. Sie fasste Deedee bei der Hand und stellte sich mit ihr direkt neben Alec auf. Der zwinkerte dem kleinen Mädchen zu und ging die ersten Stufen hinauf. Trina folgte mit Deedee an der Hand. Mark ging rückwärts die Treppe hinauf, nur für den Fall, dass sich jemand einen anderen Zugang zum Keller verschaffen sollte.

Schritt für Schritt stiegen sie dem Chaos entgegen.

»Aus dem Weg!«, schrie Alec. »In drei Sekunden schieße ich!«

Das Getümmel wurde nur noch lauter, ein Riesentumult aus Schreien und Pfiffen, Lachen und Anfeuerungsrufen. Mark gab die Verteidigung nach hinten auf, fuhr herum und sah über ihnen fünf oder sechs Paar wahnsinnige Augen, die ganz erpicht auf Gewalt zu sein schienen. Seine Brust wurde von einer solchen Furcht zusammengepresst, dass er kaum noch Luft bekam. Aber er wusste, dass sie wenigstens eine kleine Chance hatten, wenn sie nur irgendwie nach draußen kamen.

»Die Zeit ist um!«, röhrte Alec. Er feuerte drei schnelle Stöße aus seinem Transvice ab. Zwei Frauen und ein Mann wurden ins Jenseits befördert.

Mit einem Mal stürmten oben alle mit einem Riesengeschrei und Gebrüll durch die Tür. Alec konnte noch ein paar Schüsse abfeuern, aber dann wurde er von der Masse überwältigt. Im Handumdrehen hatte er zehn Menschen auf sich, die ihn ansprangen und zerkratzten.

Alec stolperte rückwärts gegen Trina und Deedee, die gegen Mark fielen. Die gesamte Gruppe stürzte in einem großen Knäul aus Armen und Beinen die Treppe hinunter. Und die Kranken stürmten ihnen hinterher.

58

Mark donnerte mit dem Kopf auf eine Stufe, dann gegen die Wand, dann auf den Boden. Ständig traten Füße nach ihm, Hände schlugen auf ihn ein, Ellbogen bohrten sich in seine Seiten. Die ganze Welt drehte sich und war ein einziges schmerzerfülltes Chaos.

Als sich der Sturm legte, hingen Trina und Alec über seinem Oberkörper und Deedee auf seinen Beinen. Verwirrt rappelten sie sich auf. Alec versuchte sein Transvice in eine Position zu bringen, aus der er schießen konnte, da wurde er plötzlich von einem Mann auf der vierten Treppenstufe angesprungen.

Trina fasste panisch nach Deedee, zog sie in einer verzweifelten Umarmung an sich und rettete beide im letzten Augenblick aus dem Gerangel. Im nächsten Moment drangen schon wieder unzählige Wahnsinnige auf der Treppe nach unten. Mindestens zehn von ihnen stürzten sich auf Mark, schlugen und traten ihn, als wollten sie ihn in Stücke reißen. Mark wusste nicht, was er tun sollte, er hatte keinen Plan mehr – es gab nur noch schiere Verzweiflung. Er versuchte sich aus der Masse von Körpern herauszuwinden und die Leute von sich wegzustoßen, indem er mit dem Transvice um sich schlug.

Trina kreischte mit durchdringender Stimme: »Aufhören! Beruhigt euch und hört mir zu!«

Ihre grelle Stimme durchschnitt die Luft und die Schreie, das Grunzen und Grölen aus der verworrenen Masse von Gestalten, die die gesamte Treppe mit Beschlag belegt hatten, verstummten. Sämtliche Bewegungen erstarrten. Mit einem Schlag war alles anders – Mark konnte es nicht fassen und robbte schnell unter mehreren Leuten hervor, die Trina wie gelähmt anstarrten. Ihr Arm lag immer noch schützend um Deedee. Rechts neben ihr hatte Alec sich jetzt ebenfalls von der Meute losgemacht.

Alle Augen blieben auf Trina gerichtet, als habe sie die Menschen verhext oder hypnotisiert. Außer schwerem Atmen war nichts mehr in dem Kellergeschoss zu hören.

»Ihr müsst mir ganz genau zuhören«, rief Trina laut, aber nicht mehr ganz so gellend. Ihre Augen funkelten. »Ich bin jetzt eine von euch. Diese Männer sind gekommen, um uns zu helfen. Aber ihr müsst uns hier rauslassen, damit sie uns helfen können.«

In der Gruppe wurde daraufhin überall gemurmelt und debattiert. Fassungslos, aber fasziniert sah Mark zu, wie die Verrückten auf die Füße kamen, wild miteinander flüsterten und zu gehorchen schienen. An den Menschen klebte überall Blut und Dreck, aber sie fingen an, sich halbwegs vernünftig zu verhalten. Kurz darauf gingen sie auf beiden Seiten der Treppe in Stellung, so dass eine Gasse in der Mitte frei blieb. Man hörte, dass diejenigen, die oben standen, es den anderen im Haus weitersagten. Sie schienen eine Art Ehrfurcht Trina gegenüber zu empfinden.

Sie wandte sich Mark zu. »Führ uns nach oben.«

In ihrem Blick war nach wie vor kein Zeichen des Wiedererkennens, was ihm erneut einen Stich versetzte. Er hatte keine Ahnung, was hier vor sich ging oder wie sie diese Horde Wilder dazu gebracht hatte, ihr zu gehorchen. Aber die Gelegenheit würde er sich nicht durch die Lappen gehen lassen. Er sprang auf und hielt das Transvice so, dass es nicht bedrohlich wirkte, aber einsatzbereit war. Er sah kurz zu Alec hinüber. So verunsichert hatte er den alten Bären noch nie gesehen. Sein Blick war voller Zweifel. Er nickte Mark zu, dass er vorausgehen solle.

Mark ging in Richtung Treppe und sagte zu Trina und Deedee: »Schön, dann mal los. Na kommt, wird schon gut gehen.« Er fühlte sich wie ein erbärmlicher Lügner.

Trina schob Deedee an den Schultern vor sich und kam zu Mark herüber. Alec bezog direkt hinter ihnen Stellung.

»Rauf mit euch«, grummelte er. Sein Blick huschte zwischen den Reihen von Menschen zu beiden Seiten der Treppe hin und her. Die Art, wie er sie anschaute, sagte alles – er war überzeugt, dass es eine Falle war.

Mark atmete tief durch, so dass er eine ordentliche Nase voll scheußlicher Gerüche von den Menschen in seiner Nähe abbekam. Er ging die erste Stufe hinauf. Alle Augen über ihm waren auf sein Gesicht gerichtet. Von rechts starrte ihn eine Frau mit strähnigem Haar und blau und schwarz geschlagenem Gesicht an. Ein seltsames, scheinbar wissendes Lächeln spielte um ihre Lippen. Links war ein Jugendlicher in zerfetzten Kleidern, von Kopf bis Fuß verschrammt und verschmutzt. Auch er sah aus, als müsste er gleich losprusten. Alle waren regungslos und still und sahen ihn mit seltsamem Gesichtsausdruck an.

»Kannst du mal schneller machen?«, flüsterte Alec von hinten.

Mark ging weiter. Er hatte Angst, die Treppe hochzurennen. Er musste ständig denken, Trina hätte die Infizierten in eine Art Trance versetzt und jede zu rasche Bewegung könnte die Verzauberung auflösen. Die nächste Stufe. Und noch eine. Mit einem kurzen Blick über die Schulter versicherte er sich, dass die Mädchen ihm unmittelbar folgten und hinter ihnen Alec. Der Alte sah ihn mit einem vernichtenden Blick an, der deutlich machte, wie unzufrieden er damit war, dass sie so langsam vorankamen.

Mark machte noch einen Schritt und noch einen. Unter den bohrenden Blicken der Unbekannten lief es ihm eiskalt den Rücken herunter. Das Grinsen auf den Gesichtern wurde immer breiter und unheimlicher.

Sie hatten zwei Drittel des Weges nach oben geschafft, als er direkt hinter sich eine Frauenstimme hörte.

»Wie süß. So ein süßes kleines Ding.«

Als er sich umdrehte, sah er, dass die Frau Deedee den Kopf tätschelte wie einem Tier im Streichelzoo. Auf dem Gesicht des Mädchens stand das blanke Entsetzen.

»Was für ein süßes Kind«, sagte die Frau. »Am liebsten würde ich dich auffressen. Verspeisen wie einen leckeren Pudding. Ja, genau. So niedlich aber auch.«

Angewidert wandte Mark sich ab. In seiner Brust staute sich ein Gefühl an. Er hatte gerade den nächsten Schritt gemacht, da streckte ein Mann den Arm aus und piekte ihm mit dem Finger in die Schulter.

»Was bist du für ein guter, starker Junge«, sagte der Kranke. »Da wird deine Mama aber stolz auf dich sein, was?«

Mark versuchte ihn zu ignorieren, nächste Stufe. Jetzt legten die Leute auf beiden Seiten der Treppe ihre Hände an seinen Arm – nicht auf eine bedrohliche Art, es war nur eine Berührung. Noch einen Schritt. Eine Frau schlang ihm die Arme um den Hals und drückte ihn in einer stürmischen Umarmung an sich. Dann ließ sie ihn wieder los und trat zurück an die Seite. Ein durchtriebenes Lächeln verzerrte ihr Gesicht.

Ekel. Mark hielt es keine Minute länger in diesem Haus aus. Er warf alle Vorsicht über Bord, fasste nach Deedees Hand und rannte die Treppe hinauf. Weiter unten hörte er Alecs donnernde Schritte.

Zuerst schien die plötzliche Bewegung die Kranken nur zu überraschen und sie standen wie gelähmt da. Mark schaffte es nach oben, über den Treppenabsatz, zwischen den gruseligen Gesichtern hindurch, die ihn von beiden Seiten anstarrten, dann stand er im Flur.

Das Haus war vollgestopft, überall Menschen, manche hatten Stöcke, Schläger oder Messer in der Hand. Doch in der Mitte hatten sie eine Gasse freigelassen, die zur Haustür führte. Mark zögerte nicht, er griff Deedees Hand fester und rannte darauf zu.

Sie hatten es beinahe geschafft – da brach die Ordnung zusammen. Alle im Haus schrien mit einem Mal los, wie aus einer Kehle, dann stürzten sie sich auf Mark und seine Freunde. Deedees Hand wurde aus seiner gerissen und er sah sie im Mob verschwinden. Ihr Kinderschrei klang wie der eines Engels unter Dämonen.

59

Mark hechtete Deedee hinterher, aber er verlor den Halt, rutschte aus und fiel hin. Im nächsten Augenblick waren Menschen über ihm, die nach ihm kratzten und an seinen Kleidern rissen. Er wand sich und wehrte sich mit den Ellbogen, traf immer wieder jemanden, der laut aufschrie. Hände fassten nach seinem Transvice, zu viele, um sie alle abzuwehren. Mark trat mit beiden Beinen zu und warf sich auf den Bauch, damit er sich irgendwie in den Stand hochdrücken konnte. Etwas Hartes traf ihn am Hinterkopf, er brach zusammen und knallte mit dem Gesicht auf den harten Boden. Als Nächstes merkte er, wie etwas Schmales schmerzhaft an seinem Hals riss – entgeistert wurde ihm klar, dass es der Riemen seiner Waffe war. Er wollte das Transvice gerade packen, da glitt der Riemen an seinem Kinn vorbei über seinen Kopf. Die Meute johlte und jubelte.

Er hatte sein Transvice verloren.

Die gesamte Aufmerksamkeit im Raum galt nun der Waffe, die ein Mann blitzschnell an sich gerissen hatte und nun in Siegerpose mit beiden Händen über dem Kopf hielt, während er im Kreis herumtanzte. Fassungslos kam Mark auf die Beine. Die Umstehenden sprangen mit ausgestreckten Armen auf und ab, sie schienen versessen darauf, die glänzende Oberfläche auch einmal berühren zu dürfen. Langsam bewegten sie sich weg von Mark, gleichzeitig drängten aber immer mehr Leute in den Raum, um das neue Spielzeug zu bewundern. Der Mob wälzte sich auf das andere Ende des Flurs zu, wahrscheinlich ging es dort zur Küche.

Mark wusste, dass er das Transvice nicht zurückbekommen würde. Panisch sah er sich nach seinen Freunden um. Drei oder vier Kranke hatten Deedee gepackt. Strampelnd und schreiend wehrte sie sich dagegen, die Treppe hochgetragen zu werden. Trina war ganz in der Nähe und versuchte sich zu ihr vorzukämpfen. Alec musste mindestens sechs Angreifer zugleich abwehren, die offensichtlich alle auch so ein tolles, glänzendes Ding haben wollten. Gerade rammte er einem Typen den Kolben des Transvice ins Gesicht, feuerte einen weißen Lichtblitz auf einen anderen ab und atomisierte ihn. Aber jetzt warfen sich die Wahnsinnigen gleichzeitig auf ihn. Der Alte fiel zu Boden und wurde unter der Masse begraben.

Mark hatte keine Wahl: Er musste sich zuerst um Trina und Deedee kümmern.

Er bahnte sich einen Weg zwischen Leuten hindurch, die orientierungslos herumstanden, und machte einen Sprung auf den Sims, der neben der Treppe nach oben führte. Das war seine einzige Chance, ins Obergeschoss zu gelangen. Er hielt sich am Geländer fest und zog sich hinauf.

Ein Mann holte mit der Faust nach ihm aus, schlug aber daneben. Eine Frau wollte sich von oben mit dem ganzen Körper auf ihn werfen, doch Mark konnte sich wegducken und sie krachte unten zu Boden. Von dort schlugen Leute nach ihm, fassten nach seinen Beinen und versuchten ihn hinunter in das stinkende Menschengewühl zu ziehen. Doch Mark konnte alle abwehren und sich wenigstens mit einer Hand immer an dem hölzernen Geländer festhalten, während er sich wegduckte und mit Füßen und der anderen Hand alle Versuche abwehrte, seinen Weg nach oben zu behindern.

Endlich schaffte er es, den Mann und die Frau zu überholen, die Deedee nach oben schleppten. Mark umfasste das Geländer mit beiden Händen, sprang darüber und landete schwungvoll fast ganz oben auf der Treppe. Doch Deedees Kidnapper blieben nicht stehen, sondern kamen einfach auf ihn zu. Mark wusste nicht, was er tun sollte. In seiner Not machte er von der Treppenstufe einen Hechtsprung nach unten, schlang die Arme im Sprung um Deedee und hoffte, dass die Wucht seines Körpergewichts sie dem Griff ihrer Entführer entreißen würde.

Beide rollten die Treppe hinunter, wobei sie die Leute links und rechts zu Boden rissen, bis sie von der untersten Stufe auf den Boden polterten. Mark hatte das kleine Mädchen immer noch ganz fest in seiner schützenden Umarmung und sah, dass Trina mit feurigem Blick alles aus dem Weg stieß und auf sie zupreschte, die Augen einzig und allein auf Deedee gerichtet.

Obwohl ihm alles grauenhaft wehtat, schaffte Mark es, auf die Füße zu kommen. Trina entriss ihm Deedee und schloss sie in die Arme. Die Kleine schluchzte. Doch schon war die kurze Atempause vorbei: Aus allen Richtungen drängten Verrückte auf sie zu.

Mark sah mit einem schnellen Blick, dass die Aussichten nicht gerade rosig waren. Chaos so weit das Auge reichte.

Alec war inzwischen in einem Esszimmer, wehrte immer noch ein Dutzend Angreifer ab und feuerte, so oft er konnte. Etliche aus dem Mob stürzten sich auf Mark, sobald sie ihn sahen. Auch aus der anderen Richtung – aus dem Flur, der zur Küche führte – schwappte eine ganze Welle von Menschen herein, überstürzt, sie schienen eher auf der Flucht zu sein, als jemanden angreifen zu wollen. Andere Kranke standen zwischen Mark und der Tür und blockierten den Fluchtweg. Jeder von ihnen sah aus, als sei er zu allem bereit.

Mark stellte sich schützend vor Trina und Deedee und drängte die beiden mit dem Rücken an die Wand neben der Treppe. Da stand plötzlich ein alter Mann vor ihm, der wie ein Aussätziger wirkte: Statt Haaren hatte er blutige Stellen auf dem Kopf. Er machte gerade einen Satz, wollte sich auf Mark stürzen, als ein Geräusch aus der Küche kam. Der alte Mann verwandelte sich in eine graue Wand, dann verschwand er in einer Nebelwolke, die kalt über Mark hinwegzog.

Mark erstarrte vor Angst. Das Geräusch war nicht aus Alecs Richtung gekommen – jemand hatte gerade gelernt, wie man das Transvice benutzte.

Kaum war ihm klar geworden, was das bedeutete, raste der nächste Lichtblitz an ihm vorbei und bohrte sich in die Brust einer Frau, die an der Tür stand.

»Alec!«, schrie Mark. »Jemand schießt mit meinem Transvice!«

Die Angst, die durch seinen Körper raste, war größer als alles, was Mark jemals im Leben verspürt hatte. Dabei hatte er eine extreme Menge höllischer Dinge miterlebt seit dem Tag, als in der U-Trans alles dunkel geworden war. Eine Waffe, mit der man einen Menschen in Sekundenschnelle in nichts auflösen konnte, befand sich in der Hand eines Wahnsinnigen. Marks Leben konnte jeden Augenblick zu Ende sein.

Sie mussten hier raus.

Selbst mit ihren kranken Köpfen merkten die anderen im Haus, dass etwas Außergewöhnliches vor sich ging. Panik machte sich in der Gruppe breit und alle stürzten gleichzeitig auf die Tür zu. Hysterische Hilfeschreie gellten. Der Flur war ein Tsunami aus ineinander verknäulten Armen und Beinen und entsetzten Gesichtern und alle wollten nur eins: raus aus dem Haus. Der Unbekannte feuerte weitere Schüsse mit dem Transvice ab und löste Menschen in Luft auf.

Mark glaubte den Verstand zu verlieren. Er wirbelte herum, nahm Deedee auf den Arm, fasste nach Trinas Schulter, zog sie von der Wand weg, weg von den vielen Menschen, hinein ins Esszimmer, wo Alec noch immer seine Stellung behauptete. Er war von Unmengen von Leuten umzingelt – viel zu viele, um sie alle wegzupusten.

Mark schob Trina auf das große Erkerfenster zu – eins der wenigen im Haus, das noch heil war. Er nahm eine Tischlampe und warf sie in die Scheibe, die in tausend Scherben zerbarst. Er drückte die kleine Deedee ganz fest an sich, griff nach Trinas Ellbogen und rannte auf die Fensteröffnung zu. Dort ließ er Trina los und sprang, wobei er sich im letzten Augenblick so drehte, dass er mit dem Rücken zuerst durchs Fenster flog. Er gab sich alle Mühe, das Mädchen in seinen Armen vor dem harten Aufprall auf der festgetrampelten Erde draußen zu schützen. Er landete so hart, dass ihm die Luft wegblieb.

Keuchend sah er auf und blickte direkt in Alecs Gesicht.

»Du hast sie wirklich nicht mehr alle«, sagte der nur und half Trina aus dem Fenster.

Als sie sicher unten war, sprang er hinterher und schon zogen sie zu zweit Mark hoch. Trina nahm die Kleine sofort wieder auf den Arm. Ein paar Kranke hatten ihre Flucht beobachtet und folgten ihnen, andere strömten zur Tür hinaus. Überall Geschrei, Gebrüll, Schlägereien.

»Mir reicht's jetzt mit diesem verdammten Tollhaus«, knurrte Alec.

Die vier rannten quer durch den staubigen Garten auf die Straße zu, die zurück zum Berk führte. Alec versuchte ohne Erfolg Trina das Kind abzunehmen. Obwohl ihr die Anstrengung ins Gesicht geschrieben stand. Deedee hatte irgendwann aufgehört zu schreien und gab keinen Laut mehr von sich. Sie hatte nicht einmal mehr Tränen in den Augen.

Mark schaute über die Schulter zurück. Auf der Veranda

stand ein Mann, der wild mit dem Transvice um sich schoss und Leute in Rauchwölkchen verwandelte. Schließlich bemerkte er sie, zielte und feuerte ab. Doch seine Schüsse kamen ihnen noch nicht einmal nah; die weißen Lichtblitze bohrten sich ins Pflaster, aus dem Staub aufstieg. Der Kerl gab auf und wandte sich Opfern in Reichweite zu.

Mark und seine Freunde rannten, was das Zeug hielt. Als sie an dem Haus mit den kleinen Kindern vorbeikamen, dachte Mark an nichts als an Trina und Deedee und die Zukunft. Er rannte einfach weiter.

60

Endlich war das Berk in Sichtweite. Nie hätte Mark gedacht, dass ihm die alte Schrottmühle so schön erscheinen könnte. Sie keuchten zwar alle, als könnte jeder Atemzug ihr letzter sein, aber ihr Tempo verlangsamten sie trotzdem nicht und bald schon ragte das vernarbte Metallungetüm über ihnen auf.

Trina hatte es tatsächlich geschafft, so weit mit Deedee auf dem Arm zu rennen.

»Geht's?«, fragte er Trina keuchend.

Sie setzte die Kleine ab – und brach zusammen. Vom Boden aus blickte sie zu ihm hoch. Sie erkannte ihn immer noch nicht. »Es … es geht schon. Danke, dass ihr uns gerettet habt.«

Mark ging neben ihr auf die Knie. Jetzt, da der Wahnsinn der Flucht ausgestanden war, wurde ihm wieder ganz schwer ums Herz. »Trina, weißt du wirklich nicht, wer ich bin?«

»Doch, du kommst mir irgendwie ... bekannt vor. Aber in meinem Kopf ist so viel Durcheinander. Wir müssen das Mädchen nur ... Sie ist immun, das weiß ich, ich bin mir ganz sicher ... Wir müssen sie zu den wichtigen Leuten bringen. Bevor wir alle zu verrückt sind, um das noch hinzubekommen.«

Als Mark das hörte, drehte sich ihm der Magen um; instinktiv wich er vor seiner besten Freundin zurück. Die eiskalte Art, wie sie den letzten Satz gesagt hatte ...

Es war klar, dass mit ihr etwas nicht stimmte. Aber war es bei ihm nicht ähnlich? Wie viel Zeit blieb ihm noch, bis ihm alles egal war? Ein Tag? Vielleicht zwei?

Die Laderampe des Berks setzte sich quietschend in Bewegung. Mark nahm es als Vorwand, nicht zu antworten. Er sah zu, wie sie sich auf den Boden zubewegte.

Alec übertönte die lärmende Hydraulik. »Alle an Bord. Und dann müssen wir essen. Außerdem brauchen wir einen Plan, wie's jetzt weitergeht. Gut möglich, dass wir bald so drauf sind wie die Knallköpfe, vor denen wir gerade weggerannt sind.«

»Deedee nicht«, wandte Mark so leise ein, dass er nicht wusste, ob Alec ihn überhaupt gehört hatte.

»Warum?«, gab der zurück.

»Die Narbe an ihrem Arm. Sie ist schon vor Monaten von einem Pfeil getroffen worden. Denk doch mal nach! Trina hat Recht. Sie ist aus irgendeinem Grund immun. Das muss doch etwas zu bedeuten haben.«

Bei dem Satz hatte Trina aufgehorcht und nickte wie verrückt. Viel zu verrückt. Mark wurde noch schwerer ums Herz. Sie war wirklich nicht mehr ganz bei Trost.

Alec stieß sein bekanntes Knurren aus. »Falls du nicht irgendwie den Körper mit ihr tauschen willst, nützt es dir nicht das kleinste bisschen, oder?«

»Aber vielleicht kann es ja anderen helfen. Falls es noch keine Behandlung gibt …«

Alec sah ihn zweifelnd an. »So, jetzt erst mal rein mit euch, bevor die Knallköpfe uns eingeholt haben.«

Und uns mit meinem Transvice ins Jenseits befördern, dachte Mark bitter. Er war Alec dankbar, dass er nicht auf dem Missgeschick herumritt.

Alec schritt schon die Rampe hinauf, die fast ganz aufgeklappt war, und ließ Mark mit den beiden Mädchen zurück. Mark streckte Trina die Hand hin.

»Na komm. An Bord bist du in Sicherheit. Du kannst etwas essen und dich ausruhen. Hab keine Angst. Du … kannst mir vertrauen.« Es tat weh, dass er so etwas überhaupt sagen musste.

Deedee stand auf, immer noch mit versteinertem Gesicht, und fasste vor Trina nach Marks Hand. Das kleine Mädchen sah ihn an, und Mark glaubte, dass sich irgendwo tief in ihrem Blick vielleicht ein kleines Lächeln zeigte. Trina rappelte sich ebenfalls auf.

»Ich hoffe bloß, dass in dem Ding nicht der Butzemann wohnt«, sagte sie mit tonloser Stimme und ging auf die Rampe zu.

Mark seufzte und folgte ihr, Deedee im Schlepptau.

Die nächsten Stunden vergingen friedlich, während die Sonne unterging und Dunkelheit sich auf das Land senkte. Alec flog das Luftschiff in die Wohngegend, in der sie zuvor schon gelandet waren – dort wirkte immer noch alles wie ausgestorben.

Sie hatten Trina und Deedee im Schlafquartier ein Bett gemacht. Beide waren vor Erschöpfung sofort eingeschlafen. Trina murmelte im Traum und Mark sah, dass sie ihr Kinn vollgesabbert hatte. Als er ihr die Spucke vorsichtig abwischte, wurde er wieder schrecklich traurig.

Er selbst konnte partout nicht einschlafen.

Er wollte mit Alec reden, einen echten Plan mit ihm schmieden, wie es jetzt weitergehen sollte, aber als er den alten Bären auf dem Pilotensessel fand, schnarchte er zum Steinerweichen, obwohl er aufrecht dasaß und der Kopf ihm immer wieder zur Seite kippte.

Er musste kichern, als er ihn so sah.

Ich bin wirklich nicht mehr normal, dachte er. Der Gedanke war fürchterlich bedrückend. Er brauchte unbedingt etwas, mit dem er sich ablenken konnte. Auf einmal fielen ihm die Workpads wieder ein, die er im Frachtraum zurück ins Regal gelegt hatte. Seine Laune besserte sich ein klein wenig bei der Vorstellung, dass auf den Geräten vielleicht Informationen zu finden waren, irgendwelche Anhaltspunkte, was sie als Nächstes tun konnten. Vielleicht, ja, vielleicht gab es doch eine Methode, den Virus irgendwie loszuwerden. Vielleicht hatten sie eine Chance.

Er stieß sich mehrmals Knie und Kopf an, als er durch das spärlich erleuchtete Berk zum Frachtraum rannte. Da fiel ihm ein, dass er ja eine Taschenlampe brauchte, er düste zurück zu seinem Rucksack, um sie zu holen. Schließlich stand er wieder vor dem Regal. Er nahm die Workpads schnell heraus und setzte sich damit auf den Boden.

Drei Stück waren es. Das Erste ging nicht mehr an. Das Zweite war mit einem Passwort geschützt, aber es flackerte bereits und hatte fast keinen Saft mehr. Mark wollte schon die Hoffnung aufgeben, da ging der dritte Bildschirm tatsächlich an. Er erleuchtete den großen Raum so hell, dass Mark die Taschenlampe ausschalten konnte. Der frühere Besitzer – er schien Randall Spiker zu heißen – hatte einen Passwortschutz offensichtlich nicht für nötig gehalten und die Homepage öffnete sich sofort.

Die nächste halbe Stunde verbrachte Mark mit dem Lesen unnützer Informationen. Mr Spiker mochte Spiele und Chatrooms. Mark resignierte schon fast, weil er annahm, dass der Mann das Gerät nur genutzt hatte, um sich die Zeit zu vertreiben, da entdeckte er geheime Textdateien.

Er überflog einen Ordner nach dem anderen – nichts. Dann endlich das ganz große Los, extrem gut versteckt, weil kaum jemand so viel Geduld aufbringen würde. Ein völlig nichtssagender und wie die übrigen benannter Ordner, versteckt zwischen hundert leeren.

Er trug die Überschrift KILL ORDER.

61

Es gab so viele Dokumente, dass Mark gar nicht wusste, wo er anfangen sollte. Die durchnummerierten Dateien waren in willkürlicher Reihenfolge abgespeichert. Mark wusste genau, dass er nicht genug Zeit haben würde, sämtliche Dateien durchzulesen, deshalb beschloss er, so viele wie möglich für einen schnellen ersten Blick zu öffnen.

Archivierte Korrespondenz, Memoranden und offizielle Rundschreiben. Die meisten Dateien waren private Mails von Mr Spiker an seine Freunde, vor allem an eine Ladena Lichliter. Beide, Spiker und Lichliter, arbeiteten offensichtlich für die Nacheruptive Notstandskoalition. Von der NNK hatten die Überlebenden der Sonneneruptionen in den primitiven Siedlungen zwar gehört, aber im Grunde wussten sie nichts darüber. Den Gerüchten zufolge war diese Gruppe ein Zusammenschluss aller verbliebenen Regierungsorganisationen weltweit. Zusammengefunden hatte sich diese neue Regierung in Alaska – das war so weit im Norden, dass es angeblich kaum von den Sonneneruptionen betroffen war – und von dort aus versuchte sie die Welt wieder zum Funktionieren zu bringen.

In den Mails klang alles sehr nobel – wenn auch frustrierend für die Betroffenen –, bis Mark dann schließlich an einen Mailwechsel zwischen Mr Spiker und Ladena Lichliter geriet, die seine engste Vertraute zu sein schien. Ein eisiger Schauer jagte über seinen Rücken. Bisher hatte Mark alle Texte nur überflogen, aber diesen las er gleich zwei Mal:

AN: Randall Spiker
VON: Ladena Lichliter
BETREFF:

Mir ist immer noch ganz schlecht von dem Meeting heute. Ich kann es einfach nicht glauben. Ich kann nicht fassen, dass die Idioten vom KBR uns in die Augen blicken und so einen Vorschlag machen konnten.
Und dann haben mehr als die Hälfte der Anwesenden AUCH NOCH ZUGESTIMMT! Sie sind dafür! Was ist bloß mit der Welt los? Randall, bitte erklär mir, was zum Teufel hier vor sich geht! Wie können sie auch nur IN BETRACHT ZIEHEN so etwas Schreckliches zu tun?

Den ganzen Nachmittag lang habe ich versucht das Ganze irgendwie zu verarbeiten. Aber ich kann das nicht akzeptieren. Es geht einfach nicht.

Wie konnte es so weit kommen?

Bitte lass mich heute Abend nicht allein. Bitte nicht.

LL

Was zum Teufel sollte das heißen? KBR … das Komitee für Bevölkerungsregulierung … Der Typ, Bruce, hatte diese Organisation erwähnt und gesagt, sie stecke hinter dem Virenangriff. Oder war es die NNK gewesen, die Nacheruptive Notstandskoalition? Oder war das Erste eine Abteilung der zweiten? Mit Hauptsitz irgendwo in Alaska. Es war alles so verwirrend. Mark las weiter.

Ein paar Minuten später fand er eine Kette von Mails, alle in einer Datei zusammengefasst. Beim Lesen blieb ihm fast das Herz stehen.

Memorandum der Nacheruptiven Notstandskoalition
Datum: 28. 11. 217, Zeit: 21:46 Uhr
AN: Alle Vorsitzenden
VON: Kanzler John Michael
BETREFF: Überbevölkerung

Der Bericht, der uns heute vorgelegt wurde, veranschaulicht auf drastische Weise die Probleme unserer in Ruinen liegenden Welt. Ich bin mir sicher, dass Sie genauso starr vor Schock in Ihre Bunker gegangen sind wie ich. Ich habe die Hoffnung, dass die grausame Realität, die uns mit die-

sem Bericht vor Augen geführt worden ist, nun den Anstoß für erste Lösungsvorschläge gibt.
Das Problem ist offensichtlich: Es gibt zu viele Menschen auf der Welt und nicht ausreichend Ressourcen.
Unser nächstes Meeting wird morgen in acht Tagen stattfinden. Ich erwarte, dass alle Mitglieder des Aufsichtsrats eine Lösungsmöglichkeit vorstellen werden, ganz gleichgültig wie ungewöhnlich diese sein mag. Vielleicht erinnern Sie sich noch an den alten Spruch: »Man muss um die Ecke denken«. Ich glaube, genau diese Art kreativen Denkens ist jetzt gefragt. Ich freue mich auf Ihre Vorschläge.

AN: John Michael
VON: Katie McVoy
BETREFF: Möglichkeit

John,
ich habe mir die Sache angesehen, die wir gestern Abend beim Essen besprochen haben. AMRIID wurde bei den Eruptionen stark beschädigt, aber die Experten sind sich sicher, dass die unterirdischen Aufbewahrungssysteme für die gefährlichsten Viren, Bakterien und biologischen Waffen noch intakt sind.
Es war nicht einfach, aber ich habe nun alle Informationen, die wir benötigen, und darauf basierend ein Gutachten erarbeitet. Die Lösungsvorschläge sind viel zu unberechenbar, als dass man sie realistisch einsetzen könnte. Außer einem.
Es handelt sich um einen Virus. Er befällt das menschliche

Gehirn und sorgt ohne Schmerzen dafür, dass es allmählich seine Funktion einstellt. Der Virus wirkt schnell und präzise. Er wurde so entwickelt, dass sich die Ansteckungsgefahr ganz allmählich verringert. Er wäre perfekt für unsere Bedürfnisse geeignet, besonders angesichts der Tatsache, dass Reisen nur noch sehr begrenzt möglich ist. Es könnte funktionieren, John. Und so schrecklich es klingen mag: Ich glaube, er könnte wirksam eingesetzt werden. Ich schicke Dir die Unterlagen. Sag mir Bescheid, was Du davon hältst.
Gruß, Katie

AN: Katie McVoy
VON: John Michael
BETREFF: RE: Möglichkeit

Katie,
ich brauche Deine Hilfe bei der Präsentation über die Freisetzung des Virus. Wir müssen den anderen verständlich machen, dass ein kontrolliertes Sterben die einzige Methode ist, Menschenleben zu retten. Auch wenn das Überleben nur für eine ausgewählte Gruppe in unserer Gesellschaft möglich sein wird. Falls wir nicht extreme Maßnahmen ergreifen, wird die menschliche Rasse früher oder später aussterben.
Wir beide wissen genau, wie hypothetisch diese Lösung ist. Aber wir haben die Simulation jetzt tausendmal laufen lassen und es gibt einfach keine Alternative. Wenn wir den Virus nicht einsetzen, werden uns bald die lebensnotwendi-

gen Ressourcen ausgehen. Ich bin fest davon überzeugt, dass dies moralisch die beste Lösung ist – das Risiko des Aussterbens der gesamten Menschheit rechtfertigt die Eliminierung einiger weniger. Ich habe mich entschieden. Jetzt geht es nur noch darum, die anderen Ratsmitglieder zu überzeugen.
Wir treffen uns in meinem Quartier um 17:00. Alles muss bis ins Detail ausgearbeitet werden, es wird also vermutlich ein langer Abend.
Bis später,
John

Memorandum der Nacheruptiven Notstandskoalition
Datum: 12. 2. 219, Zeit: 19:32 Uhr
AN: Alle Vorsitzenden
VON: Kanzler John Michael
BETREFF: Verordnung – Entwurf

Bitte geben Sie Ihre Meinung zu dem unten stehenden Entwurf ab. Die Verordnung wird morgen in ihrer endgültigen Form in Kraft treten.

Verordnung Nr. 13 der Nacheruptiven Notstandskoalition, erarbeitet vom Komitee zur Bevölkerungsregulierung (KBR). Es gilt die HÖCHSTE GEHEIMHALTUNGSSTUFE (streng geheim, höchste Dringlichkeitsstufe), bei Verstoß droht Todesstrafe.
Wir, die Koalition, erteilen dem KBR hiermit die Erlaubnis, die Initiative Nr. 1 zur Bevölkerungsregulierung (siehe An-

hang) in vollem Umfang durchzuführen. Wir übernehmen die alleinige Verantwortung für diese Maßnahme, werden die Entwicklung überwachen und umfassende Hilfestellungen gewährleisten.

Der Virus wird an den vom KBR empfohlenen und von der Koalition beschlossenen Orten freigesetzt. Armeeeinheiten werden sicherstellen, dass es zu keinen Zwischenfällen kommt.

Verordnung Nr. 13, Initiative Nr. 1 zur Bevölkerungsregulierung ist hiermit beschlossen. Sie tritt mit sofortiger Wirkung in Kraft.

Mark musste das Gerät kurz ausstellen. In seinen Ohren rauschte es, Hämmern im Kopf, sein Gesicht brannte, als hätte er Fieber.

Das ganze Grauen, das Mark in der letzten Woche miterlebt hatte, war von der Regierung, die über die sonnenversengte Welt herrschte, veranlasst worden! Das waren keine Terroristen oder Verrückten gewesen. Nein, die Regierung hatte beschlossen, die Hälfte der Menschheit mit Hilfe von Viren umzubringen! Sie wollte ganze Gebiete menschenleer machen, damit die restliche Weltbevölkerung bessere Überlebenschancen hatte!

Mark bebte am ganzen Körper vor Zorn. Der Wahnsinn, der sich allmählich in ihm ausbreitete, machte die Wut noch schlimmer. Er saß in völliger Dunkelheit da und starrte ins Nichts, aber vor seinen Augen tanzten Flecken. Und aus den Flecken wurden Gestalten. Feurige Streifen, die ihn an die Sonneneruptionen denken ließen. Gesichter von Menschen, die um Hilfe schrien. Virenverseuchte Pfeile, die durch die Luft zischten, sich in Nacken, Arme und Schultern bohrten. Was er da vor seinen Augen im Dunkeln tanzen sah, löste Panik in ihm aus. Er fragte sich, ob das, was er gerade herausgefunden hatte, vielleicht der letzte Stoß war, der ihn über die Klippe in den Abgrund des Wahnsinns befördern würde.

Er zitterte, war schweißgebadet, brach in Tränen aus und fing an zu schreien, so laut er konnte. Eine Lawine der Wut, wie er sie noch nie erlebt hatte, drohte ihn unter sich zu begraben. Er hörte ein lautes Knacken. Es kam von unten.

Er blickte auf das Workpad in seinem Schoß, konnte aber nichts sehen. Alles war dunkel. Der Versuch, es wieder einzuschalten, erwies sich als sinnlos. Er tastete auf dem Boden herum, bis er die Taschenlampe fand, und knipste sie an. Das Display des Workpads war zerstört, das ganze flache Gerät in einem seltsamen Winkel verbogen. In seinem Zorn hatte er das blöde Ding kaputtgemacht.

Irgendwie schaffte er es, in dem Wahn, der durch seinen Schädel hämmerte, einen klaren Gedanken zu fassen. Er wusste, was sie tun mussten. Und dass es ihr letzter und einziger Versuch sein würde.

Wenn die Leute aus dem Bunker nach Asheville wollten, um diejenigen zur Rede zu stellen, die ihnen ihre Befehle gaben, dann würden er und seine Freunde genau dorthin fliegen. Sie mussten in die befestigte Stadt eindringen, dann hatten sie eine Chance, jene Unmenschen zu finden, die diese grausame KILL ORDER erteilt hatten. Blieb nur zu hoffen, dass sie auch ein Gegenmittel hatten. Er wollte wieder gesund werden. Unbedingt.

Asheville. Dahin mussten sie. Genau wie dieser tyrannische Bruce bei seiner Rede in dem Vortragssaal gesagt hatte. Aber Mark wollte vor ihnen da sein.

Er stand auf, zwar etwas schwindlig, aber die Wut trieb ihn an. Sie pochte in ihm, als pumpte sein Herz nicht Blut, sondern reinsten verflüssigten Zorn durch seine Adern.

Mit der Taschenlampe leuchtete er noch einmal das gesprungene Workpad an, dann schleuderte er das Ding quer durch den Raum. Scheppernd blieb es liegen. Eines Tages würde er diesem verdammten Komitee die Meinung sagen.

Schmerzen durchbohrten sein Hirn und eine Welle der Erschöpfung brach plötzlich bleischwer über ihn herein und zog ihn zu Boden. Er fiel auf die Knie, kippte auf die Seite, sein Kopf landete auf dem kalten Metallboden. Es gab so viel zu tun. Keine Zeit zum Schlafen. Aber er war müde, so schrecklich müde …

Zum ersten Mal träumte er von etwas Schönem.

62

Es donnert, Trina zuckt in Marks Armen zusammen.

Draußen vor der Höhle regnet es. So etwas haben sie seit über drei Monaten nicht mehr erlebt, seit dem Ausbruch der Sonneneruptionen. Mark zittert. Die kühle Luft auf seiner Haut ist eine willkommene Abwechslung nach der höllischen Hitze, die längst Alltag für sie geworden ist. Sie können von Glück sagen, dass sie diesen Unterschlupf in der Bergflanke gefunden haben; Mark hat das Gefühl, dass es ihm nichts ausmachen würde, wenn sie bis an ihr Lebensende in dieser dunklen, kühlen Höhle blieben. Alec und die anderen liegen etwas weiter vom Eingang entfernt und schlafen.

Er drückt Trina an sich, atmet ihren salzig süßen Geruch tief ein. Es ist das erste Mal, seit sie die Yacht am Ufer in New Jersey verlassen haben, dass Mark sich ganz ruhig fühlt. Beinahe zufrieden.

»Das ist so ein wunderschönes Geräusch«, flüstert Trina, als könnte es das Platschen und Trommeln des Regens draußen unterbrechen, wenn sie zu laut spricht. »Da will man doch nur noch einschlafen. Am liebsten würde ich so an dich gekuschelt drei Tage durchschlafen.«

»Bitte, nur zu, mach's dir gemütlich.«

Sie kuschelt sich tatsächlich noch näher an ihn. »Ich kann es irgendwie nicht fassen, dass wir noch am Leben sind, Mark. Ich glaub es einfach nicht. Aber wer weiß. Vielleicht sind wir in einem halben Jahr auch tot. Oder morgen. Was weiß ich.«

»Das nenne ich eine optimistische Einstellung«, gibt er ironisch zurück. »Komm. Red nicht so. Das Schlimmste haben wir doch hinter uns. Wir bleiben eine Weile hier, dann ziehen wir los und suchen die Siedlungen in den südlichen Bergen.«

»Gerüchte«, erwiderte sie leise.

»Wie?«

»Gerüchte von Siedlungen.«

Mark seufzt. »Natürlich gibt es die. Wirst schon sehen.«

Er lehnt den Kopf an die Felswand und denkt über Trinas Bemerkung nach: Wie glücklich sie sich schätzen können, dass sie noch am Leben sind. Wie wahr!

Die wochenlange Verstrahlung der Welt nach den Sonneneruptionen haben sie überlebt, weil sie sich im Lincoln Building verschanzt hielten. Sie haben die irre Hitze und Trockenheit überlebt. Die anstrengende Wanderung durch endlose

Meilen verbrannter Erde und gesetzloser Straßen. Immer in dem Wissen, dass ihre Familien tot sind. Sind bei Nacht gelaufen, haben sich tagsüber versteckt, manchmal etwas zu essen gefunden, oft aber auch tagelang nichts. Mark weiß haargenau, dass sie es ohne die militärische Ausbildung von Lana und Alec nie bis hierher geschafft hätten. Niemals.

Aber sie haben es geschafft! Sie sind am Leben und sie geben nicht auf. Niemals. Mark lächelt trotzig: Bitte, soll ihnen das Universum doch Knüppel zwischen die Beine werfen. Sie lassen sich so schnell nicht kleinkriegen. Vielleicht ist in ein paar Jahren alles wieder in Ordnung.

In der Ferne blitzt es, ein paar Sekunden später der Donnerschlag. Er klingt lauter und näher als vorher. Der Regen ist auch stärker geworden und trommelt vor dem Höhleneingang auf den Boden. Zum weiß Gott wievielten Mal denkt Mark, wie viel Glück sie hatten, dass sie diesen Unterschlupf gefunden haben.

Trina hebt den Kopf und sieht ihn an. »Alec meint, die Gewitter könnten richtig schlimm werden, wenn sie erst mal losgehen. Dass das Wetter auf der ganzen Welt verrücktspielen wird.«

»Kann sein. Was soll's. Von mir aus kann's jeden Tag regnen und stürmen und blitzen und donnern. Besser als vorher! Wir bleiben einfach hier in unserer Höhle. Wie findest du das?«

»Wir können aber nicht ewig hierbleiben.«

»Von mir aus schon. Dann eben nur eine Woche. Oder einen Monat. Denk einfach nicht mehr drüber nach, okay?«

Sie dreht das Gesicht zu ihm hoch und gibt ihm einen Kuss auf die Wange. »Was würde ich nur ohne dich machen? Ich würde garantiert an Depressionen eingehen, bevor mich die Natur dahinraffen könnte.«

»Da ist was dran.« Er lächelt sie an und hofft, dass sie den Frieden ein bisschen genießen kann.

Trina macht es sich wieder gemütlich und drückt Mark noch stärker an sich. »Aber jetzt mal ganz im Ernst. Ich bin so froh, dass ich dich habe. Du bist mein Ein und Alles.«

»Und du mein Alles und Ein«, erwidert er. Und dann hält er lieber den Mund, damit nicht aus Versehen irgendetwas Kitschiges herauskommt und alles verdirbt. Er schließt die Augen. Blitze zucken, kurz darauf rumpelt der Donner. Das Gewitter zieht auf jeden Fall in ihre Richtung.

Mark wachte auf. Ein paar Sekunden lang konnte er sich noch an das wunderbare Gefühl erinnern, damals: Er hatte Trina angesehen, in ihren Augen war Hoffnung – eine winzige Andeutung zumindest. Auch wenn sie es an jenem Tag vielleicht noch nicht zugegeben hatte. Zum ersten Mal seit Monaten wünschte er sich nichts sehnlicher, als weiterträumen zu können. Die Sehnsucht in seinem Herzen tat fast weh. Aber dann hatte ihn die Realität, dieser stockdunkle Frachtraum, wieder im Griff. Die Gewitter waren tatsächlich schlimm geworden, damals. Wahrhaft beängstigend. Aber auch die hatten sie überlebt und schließlich den Weg zu den Siedlungen gefunden.

Wo sie immer noch friedlich in den Tag hinein leben könnten, wäre da nicht ein Komitee namens KBR gewesen, das möglichst viele Menschen umbringen wollte.

Ächzend rieb er sich die Augen, gähnte ausgiebig und

stand auf. Dann fiel ihm die Entscheidung wieder ein, die er gefällt hatte, bevor er eingeschlafen war.

Asheville.

Er beugte sich vor, fand die Taschenlampe und schaltete sie an. Als er sich zur Tür umdrehte, durchfuhr ihn ein Riesenschreck: Da stand Alec, der den Türrahmen ausfüllte, als wäre er mehrere Zentimeter gewachsen. Weil das schwache Licht des Korridors hinter ihm schien, lag sein Gesicht im Schatten. Es wirkte unheimlich. Ein beängstigender Gedanke, dass er dort wer weiß wie lang schon gestanden und sich nicht bemerkbar gemacht hatte. Und er sagte immer noch nichts.

»Alec?«, fragte Mark. »Ist alles in Ordnung, alter Knabe?«

Der Mann stolperte vorwärts und wäre beinahe gestürzt. Aber er fing sich und richtete sich wieder in seiner ganzen Größe auf. Mark wollte seinem besten Freund eigentlich nicht mit der Taschenlampe ins Gesicht leuchten, hatte aber keine Wahl. Er richtete den Lichtstrahl direkt auf Alec: Sein Gesicht war gerötet und verschwitzt, die weit aufgerissenen Augen huschten hin und her, als befürchtete er, dass jeden Augenblick ein Ungeheuer aus dem Schatten springen könnte.

»Hey, was hast du denn?«, fragte Mark.

Alec taumelte einen weiteren Schritt auf ihn zu. »Ich bin krank, Mark. Sehr, sehr krank. Ich muss sterben. Ich muss sterben, aber ich will nicht, dass es umsonst ist.«

63

Mark konnte sich nicht erinnern, jemals so fassungslos gewesen zu sein.

Alec kippte wieder vor, fiel auf ein Knie. »Ich meine das ganz ernst, Junge. Ich fühle mich schon seit einer Weile merkwürdig, mein Kopf gaukelt mir Sachen vor. Ich sehe und fühle komische Dinge. Momentan geht es mir ein bisschen besser, aber ich will nicht so werden wie diese Ungeheuer. Ich muss sterben und ich will nicht bis morgen damit warten.«

»Was …? Warum …?«, stammelte Mark. Natürlich hatte es so kommen müssen, aber es war trotzdem ein Schock, der ihn im tiefsten Herzen traf. »Was soll ich tun?«

Der Mann funkelte ihn an. »Ich dachte, dass …«

Er wurde von einem Krampf gepackt, der ihn in eine schrecklich unnatürliche Haltung zwang, den Kopf hatte er in den Nacken geworfen, sein Gesicht war vor Schmerz verzerrt. Ein erstickter Schrei kam aus seiner Kehle.

»Alec!«, schrie Mark und rannte zu ihm hin. Er musste sich schnell wegducken, als sein Freund auf einmal mit der Faust ausholte. Alec fiel zu Boden. »Was ist denn los?«

Der Krampf löste sich wieder und der Alte schaffte es, schwer atmend auf Hände und Knie zu kommen. »Ich … ich habe … ich weiß es auch nicht. In meinem Oberstübchen herrscht Sodom und Gomorrha.«

Mark fuhr sich mit den Händen durchs Haar und blickte verzweifelt um sich, als könnte in einer der dunklen Ecken des Frachtraums wunderbarerweise eine Lösung auftauchen. Alec rappelte sich wieder auf und hielt die Hände hoch, als wollte er sich ergeben.

»Hör gut zu«, sagte er. »Ich habe eine Idee. Die Situation ist beschissen, das stimmt. Aber …« Er zeigte in Richtung des Schlafquartiers von Trina und Deedee. »Wir haben ein kostbares Kind hier an Bord. Das können wir retten. Wenigstens das. Wir müssen die Kleine nach Asheville bringen. Und dann …«

Er zuckte die Schultern. Die Geste war schrecklich traurig und sagte alles. Für sie drei war es zu spät.

»Eine Behandlung – die Heilung …« Mark hörte den Trotz in seiner eigenen Stimme. »Dieser Typ, Bruce, der ging doch davon aus, dass es ein Gegenmittel gibt. Das müssen wir da suchen gehen und –«

»Ach, Schwachsinn«, blaffte Alec ihn an. »Hör mir einfach

zu, bald kann ich nicht mehr vernünftig reden. Ich bin der Einzige, der die Schüssel hier fliegen kann. Ich will, dass du mitkommst zum Cockpit und mir über die Schulter schaust. So viel lernst, wie in deinen Schädel noch reingeht. Nur für den Fall. Wir bringen die Kleine nach Asheville, und wenn es das Letzte auf der Welt ist, das ich noch tun kann.«

Ein düsteres Gefühl überwältigte Mark. Bald würde er verrückt oder tot sein. Aber Alecs Idee war seiner im Grunde sehr ähnlich. Am besten, sie machten sich tatsächlich gleich daran.

»Gut, gehen wir«, sagte er und musste plötzlich gegen Tränen ankämpfen, die in seinen Augen brannten. »Lass uns keine Sekunde mehr vergeuden.«

Wieder wurde Alec von einem Krampf gepackt und seine Arme flogen mit einem Ruck auseinander, doch er ballte die Fäuste und beherrschte sich. Eine enorme Anspannung zeichnete sich auf seinem Gesicht ab, als hätte er eine weitere Attacke mit schierer Willenskraft abgewehrt. Sein Blick wurde auf einmal ganz klar. Die beiden sahen einander sehr lange an. Es war, als würde das ganze vergangene Jahr im Sekundentakt vor ihren Augen vorbeiziehen – die Erinnerungen, die Schrecken, auch die wenigen schönen Momente. Mark fragte sich, ob das wohl der letzte Augenblick sein würde, in dem sie beide noch bei Verstand waren. Hinter den Kulissen wartete der Wahnsinn.

Der Soldat nickte ihm kurz zu und sie gingen zur Tür.

Sie kamen zum Cockpit, ohne etwas von Trina oder Deedee zu sehen. Mark hatte insgeheim gehofft, dass sie schon wach wären – und Trina durch irgendein Wunder wieder gesund war, lachen und sich an ihn erinnern würde. Was für ein alberner Gedanke!

Während Alec sich am Steuerpult zu schaffen machte, blickte Mark aus dem Fenster. Im Osten zeichnete sich der erste schwache Schein des Morgengrauens ab. Über den Häusern und Bäumen in der Ferne wich die Dunkelheit allmählich einem blassen Violett. Die meisten Sterne waren schon verschwunden, in weniger als einer Stunde würde die Sonne ihren großen Auftritt haben. Er hatte das bedrückende Gefühl, dass am Ende dieses Tages alles für immer anders sein würde.

»Bei mir geht's jetzt wieder«, sagte Alec, trat zurück und überprüfte die Instrumente und Displays am Steuerpult. »Sieh nach den Mädels. Wir sind in null Komma nichts in der Luft, dann schauen wir uns die Sache von oben an.«

Mark nickte und klopfte ihm auf die Schulter. Eine idiotische Geste, aber ihm fiel nichts Besseres ein. Er schaltete die Taschenlampe wieder ein, verließ das Cockpit und trat in den kurzen Gang, der zum Schlafquartier von Trina und Deedee führte.

Mark war fast schon an der Tür, als er über sich ein seltsames Kratzen hörte, wie Ratten, die durch die abgehängte Zwischendecke huschten. Dann kicherte über ihm eindeutig jemand. Ein Schaudern überkam ihn. Er rannte ein paar Schritte durch den Gang, fuhr auf dem Absatz herum und drückte sich mit dem Rücken an die Wand. Er blickte hoch an die Decke, leuchtete die Deckenplatten mit der Taschenlampe ab, sah aber nichts Ungewöhnliches.

Er hielt die Luft an und lauschte.

Irgendetwas war da oben und bewegte sich fast rhythmisch hin und her.

»Hey!«, schrie Mark. »Wer …« Es verschlug ihm die Sprache – was, wenn jemand, oder *etwas*, sich ins Berk eingeschlichen hatte …

Er riss die Tür auf und leuchtete hektisch die Koje der beiden ab. Sein Herz setzte einen Sekundenbruchteil aus – die Koje war leer. Nur zerwühlte Bettwäsche und eine Decke lagen noch herum. Und dann sah er aus dem Augenwinkel, dass Trina und Deedee nebeneinander auf dem Boden kauerten. Sie hielten sich an der Hand und beide hatten einen Ausdruck totalen Grauens auf dem Gesicht.

»Was?«, fragte Mark panisch. »Was ist passiert?«

Deedee zeigte mit zitterndem Finger auf die Decke und stammelte: »Da oben sitzt der Butzemann. Und … und er hat seine Freunde mitgebracht.«

64

Sie hatte das letzte Wort kaum ausgesprochen, da fing das Berk ungestüm an zu wackeln und hob vom Boden ab. Der Boden kippte, Mark verlor das Gleichgewicht und fiel auf das Bett.

»Rührt euch nicht vom Fleck«, sagte er und rappelte sich auf. »Ich bin sofort wieder da.«

Diesmal würde er nicht lange fackeln.

Er rannte aus dem Schlafquartier auf den Gang und durchschnitt die Dunkelheit auf dem Weg zum Cockpit mit der Taschenlampe. Er meinte an derselben Stelle wie zuvor ein Kichern aus der Decke zu hören. Fürchterliche Vorstellungen taten sich vor seinem inneren Auge auf: verseuchte, verrückte, blutrünstige Männer und Frauen, die aus der Deckenabhängung springen und sich auf die Mädchen stürzen würden, sobald er weg war. Aber er hatte keine Wahl und er würde sich beeilen. Außerdem – wenn tatsächlich Leute da oben in der Decke waren, dann hatten sie bis jetzt auch noch nichts unternommen. Vermutlich blieben ihm ein paar Sekunden.

Er raste zum Cockpit, wo Alec am Steuer saß. Er war verschwitzt und völlig konzentriert.

»Wo ist das Transvice?«, rief Mark.

Alec fuhr herum. Schrecken zeichnete sich auf seinem Gesicht ab. Aber Mark verschwendete keine Zeit mit Erklärungen – die Waffe lehnte neben seinem Freund an der Wand. Mark stürzte hin, schnappte sie sich, warf sich den Gurt über die Schulter, sah nach, ob die Waffe geladen war, und rannte zurück zu den Schlafkojen. Zu Trina und Deedee.

»Alec, schnell, mach mal das Licht an hier hinten!«, rief er über die Schulter – er hatte die Taschenlampe unterwegs fallen gelassen, alles war stockdunkel. Energie zu sparen hatte keine Bedeutung mehr. Er war erst wenige Schritte durch den Korridor gelaufen, da ging die schwache Notbeleuchtung an und zeigte ihm den Weg. Die Wände lagen aber nach wie vor im Dunkeln.

Der Schweiß lief ihm in die Augen, als er durch den Gang jagte. Es fühlte sich an, als wäre die Temperatur im Berk um tausend Grad gestiegen. Die drückende Hitze zusammen mit seinen blank liegenden Nerven – der Wahnsinn, der ihm rasiermesserscharf die Seele zerschnitt – er war kurz davor durchzudrehen. Aber er wollte, er musste jetzt durchhalten.

Er gelangte an die Stelle, an der er über sich das Kichern gehört hatte. Und auch jetzt ertönte wieder ein Gackern von oben. Das leise, kehlige Gelächter war das gruseligste, was Mark jemals gehört hatte. Aber die Deckenpaneele blieben intakt. Er donnerte durch die Tür ins Schlafquartier und sah erleichtert, dass Trina und Deedee immer noch zusammen am Boden kauerten.

Er ging gerade auf sie zu, als mit einem Mal drei Deckenpaneele aufrissen und herunterbrachen. Drei menschliche Gestalten krachten zusammen mit den Bruchstücken auf die Mädchen herunter. Deedee kreischte.

Mark hob die Waffe und stürmte los. Zu schießen wagte er nicht, aber er würde kämpfen.

Die drei Gestalten kamen auf die Füße, wobei sie Deedee und Trina zur Seite schubsten, als seien sie störende Gegenstände. Ein Mann und zwei Frauen. Sie lachten hysterisch, sprangen von einem Fuß auf den anderen und schlenkerten mit den Armen wie wild gewordene Affen. Mark stieß dem Mann den Kolben seines Transvice gegen den Kopf. Der Kerl schrie auf und brach auf dem Boden zusammen. Dann holte Mark aus und trat eine der beiden Frauen von den Mädchen weg. Mit einem Schrei landete sie auf dem nächsten Bett, Mark zielte mit dem Transvice auf sie und drückte ab. Die Frau wurde von einer weißen Hitzewelle getroffen, verwandelte sich in einen grauen Scherenschnitt und dann zu Partikeln in der Luft.

Kaum war die eine verschwunden, stürzte die andere Frau sich von der Seite auf Mark – zusammen krachten sie zu Boden und er bekam zum gefühlt hundertsten Mal in dieser

Woche keine Luft mehr. Er wand sich unter der Frau, während sie versuchte ihm das Transvice aus den Händen zu reißen.

Aus dem Augenwinkel bekam er mit, dass Trina und Deedee hochkamen und sich mit dem Rücken an die Wand drückten. Dabei sahen sie ihm hilflos zu. Mark wusste genau, dass die frühere Trina ihm irgendwie zu Hilfe gekommen wäre. Sie hätte sich auf diese Frau gestürzt und sie windelweich geschlagen. Aber die kranke Trina stand nur da wie ein verängstigtes kleines Mädchen. Und hielt Deedee umklammert.

Ächzend versuchte Mark sich gegen die Frau zu wehren. Er hörte ein Stöhnen und sah, wie der niedergeschlagene Kerl sich auf Hände und Knie hochrappelte. Seine Augen durchbohrten Mark voller Hass und Irrsinn. Er knurrte und bleckte die Zähne.

Dann kam er auf allen vieren auf Mark zugekrochen, als hätte er sich in ein tollwütiges Tier verwandelt. Wie ein Löwe seine Beute sprang er Mark und die Frau an, gegen die Mark sich gerade zu wehren versuchte. Der Tollwütige krachte auf die Frau und die beiden waren plötzlich in einer Umarmung ineinander verbissen. Beide fielen von Mark herunter und rollten zusammen über den Boden, als würden sie ein Spiel spielen. Mark bekam immer noch nicht richtig Luft, aber er wälzte sich auf die Seite, dann auf den Bauch. Dann auf die Knie. Die Ellbogen. Drückte sich hoch. Er lehnte sich gegen ein Bett und kam endlich in die Senkrechte.

Konzentriert zielte er mit dem Transvice auf den Mann, dann die Frau und feuerte zwei saubere Schüsse ab. Ein Zischen erfüllte die Luft und die beiden waren verschwunden.

Mark hörte sein eigenes, lautes Atmen. Besorgt blickte er hinüber zu Trina und Deedee, die sich immer noch gegen die Wand drückten. Es war schwer zu sagen, wer von beiden verstörter aussah.

»Tut mir leid, dass ihr das mit ansehen musstet«, murmelte Mark, weil ihm partout nichts anderes einfiel. »Kommt. Wir gehen zum Cockpit. Wir bringen …« Fast hätte er gesagt *wir bringen Deedee weg*, aber er unterbrach sich noch rechtzeitig. Er wusste nicht, wie Trina darauf reagieren würde. »Wir fliegen an einen sicheren Ort«, versicherte er ihnen.

Doch mit einem Mal schien von überall zugleich kehliges Gelächter zu kommen – dasselbe fürchterliche Geräusch, das Mark vorher auf dem Gang gehört hatte. Darauf folgte eine abgehackte Serie von Hustern, die sich in einen gruseligen Kicheranfall verwandelten. Für Mark gab es nichts, was mehr nach Irrenhaus klang, und trotz der Hitze bekam er am ganzen Körper eine Gänsehaut. Trina starrte mit einem derart leeren Blick zu Boden, dass Mark wieder von dem Gefühl überwältigt wurde, ihm sei alles weggenommen worden. Er trat auf die Mädchen zu und hielt ihnen die Hand hin. Aus der Zwischendecke gackerte es erneut herunter, es klang nach einem Mann.

»Wir schaffen das«, sagte Mark. »Ihr braucht nur meine Hand zu nehmen und mir zu folgen. Es dauert nicht lange, dann sind wir alle … in Sicherheit.« Dumm, dass ihm gerade beim letzten Wort die Stimme versagte.

Deedee hob ihren Arm mit der Narbe, griff nach seinem Mittelfinger und hielt sich daran fest. Als Trina das sah, löste sie sich auch von der Wand und machte einen Schritt nach vorn. Den Blick hielt sie weiter hartnäckig auf eine Stelle am Boden gerichtet und klammerte sich mit beiden Händen an Deedees Schultern fest. Es sah aus, als würde sie mitkommen.

»Gut«, flüsterte Mark. »Wir kümmern uns einfach nicht um den blöden Typen da oben, sondern bewegen uns jetzt ganz ruhig in Richtung Cockpit. Auf geht's.«

Er ging schnell los, bevor Trina irgendwelche Probleme machte. Er zog Deedee an der Hand hinter sich her auf die Tür des Schlafquartiers zu. Ein kurzer Blick nach hinten bestätigte, dass Trina der Kleinen folgte, als klebten sie aneinander fest. Über ihnen war das Getrappel von Füßen zu hören, beinahe wären seine Nerven mit ihm durchgegangen. Er biss die Zähne zusammen und lief weiter.

Sie gingen durch die Tür und betraten den Gang – einen anderen Weg gab es nicht. Dort draußen war es noch dunkler, die Notbeleuchtung war nichts als ein schwach leuchtender Streifen oben an den Wänden. Mark sah sich schnell nach links und rechts um und wollte aufs Cockpit zugehen. Doch kaum hatten sie den ersten Schritt gemacht, da ging über ihnen das Getöse los. Es krachte. Hysterisches Gelächter. Unmittelbar vor ihm tauchten urplötzlich das Gesicht und die Arme eines Mannes auf, der verkehrt herum von der Decke hing. Ein Schreckensschrei entfuhr Mark, bevor er etwas dagegen tun konnte.

In seinem Entsetzen konnte er nicht schnell genug reagieren und der Mann riss ihm das Transvice aus den Händen und zerfetzte den Schultergurt. Mark versuchte danach zu greifen, aber der Angreifer hatte blitzschnell zugeschlagen wie eine Schlange.

Schon war er wieder über ihnen in der Decke verschwunden und hörte nicht auf zu lachen. Das Dröhnen seiner Schritte und seines Gelächters verhallte, als er in einen anderen Teil des Luftschiffs rannte.

65

Mark glaubte nicht, dass er es schaffen würde, zur Decke hochzuklettern und dem Mann zu folgen – außerdem konnte der ihm überall auflauern und dann waren sie tot.

»Ich fass es nicht«, flüsterte er. Wie hatte er es zulassen können, dass ihm das Ding einfach aus der Hand gerissen wurde? Das war ihm jetzt in weniger als vierundzwanzig Stunden zwei Mal passiert. Jetzt hatten sie einen Verrückten an Bord und er war im Besitz der gefährlichsten Waffe, die jemals erfunden worden war.

»Kommt«, zischte Mark und zog Deedee und Trina hinter sich her, während er den Gang hinunterrannte. Alle paar Sekunden blickte er nach oben, ob der Mann wieder auftauchen und sich mit der Waffe im Anschlag von der Decke hängen lassen würde. Er lauschte, aber außer dem Hämmern ihrer eigenen Schritte war nichts zu hören.

Sie kamen ins Cockpit – und sahen Alec, der mit dem Oberkörper aufs Steuerpult gesunken war, den Kopf in den Armen vergraben.

»Alec!« Mark ließ Deedees Hand los und eilte zu seinem Freund. Aber noch bevor er bei ihm war, schoss Alec kerzengerade hoch. Mark erschreckte sich so sehr, dass er fast über den Boden geschlittert wäre. »Wow … alles in Ordnung?«

Es sah nicht danach aus. Alecs Augen waren rot und blutunterlaufen, seine Haut bleich und schweißbedeckt. »Ich … ich … schaff's … schon.«

»Du bist der Einzige, der dieses Ding fliegen kann!« Mark fühlte sich schrecklich egoistisch, als er das sagte. Aber er sah zum Cockpitfenster hinaus, die Hügel um Asheville zogen langsam unter ihnen vorbei. »War nicht so gemeint …«

»Spar dir die Spucke, Kleiner. Ich weiß, was auf dem Spiel steht. Ich versuche gerade das Regierungsgebäude in der Stadt ausfindig zu machen, in dem die NNK sitzt. Musste nur ein kleines Nickerchen einschieben.«

Mark konnte es ihm nicht verschweigen. »Wir haben einen Verrückten an Bord. Er hat dein Transvice.«

Alec sagte nichts. Er verzog nur das Gesicht und lief erschreckend rot an. Es sah aus, als ob er ganz wortwörtlich jeden Augenblick platzen könnte.

»Reg dich ab«, redete Mark auf ihn ein. »Ich hol es zurück. Du musst uns bloß an den richtigen Ort fliegen.«

»Wird … gemacht«, stieß der Alte zwischen zusammengebissenen Zähnen hervor. »Ich muss … dir bald die Steuerung vom Schiff zeigen.«

»Ich hab Angst«, sagte Deedee.

Mark sah, dass sie aus dem Fenster starrte – das arme Ding war wahrscheinlich noch nie geflogen. Er erwartete, dass Trina das Mädchen trösten würde, aber sie tat nichts. Sie stand nur da und starrte ausdruckslos zu Boden.

»Hör zu, Deedee. Alles wird gut.« Er ging vor der Kleinen in die Hocke, um ihr in die Augen sehen zu können. Doch im nächsten Augenblick fiel das Berk in ein Luftloch und wackelte bedenklich. Deedee schrie auf, riss sich von Trina los und rannte weg, bevor irgendjemand im Cockpit reagieren konnte.

»Hey!«, schrie Mark und wollte ihr hinterher. Bei der Vorstellung, Deedee könnte atomisiert werden, blieb ihm beinahe das Herz stehen. Er sah gerade noch, wie sie im Gang vor dem Cockpit um die Ecke bog. In Richtung Frachtraum. »Komm zurück!«

Aber sie war schon weg. Mark rannte ein paar Meter, da sah er sie wieder. Sie stand völlig bewegungslos da und starrte etwas vor sich an.

Der Mann stand vor der Tür zum Frachtraum, die Waffe fest umklammert. Und auf Deedee gerichtet.

»Bitte«, flüsterte Mark, während sein Herz beinahe zersprang vor Hämmern. »Bitte nicht.« Er streckte dem Unbekannten eine Hand entgegen und legte Deedee die andere auf die Schulter. »Ich flehe Sie an. Sie ist nur ein –«

»Ich weiß genau, wer sie ist!«, zischte der Verrückte, dass

die Spucketropfen nur so flogen. Seine Arme zitterten, die Knie stießen gegeneinander. Seine Haare hingen dunkel und verfilzt von seinem schmutzigen Kopf herunter und rahmten ein bleiches, zerkratztes Gesicht ein, auf dem der Schweiß glänzte. Er lehnte sich gegen den Türrahmen, als könnte er sich nicht selbst aufrecht halten. »Ein süßes kleines Mädchen? Das glaubst du, was?«

»Was meinen Sie damit?« Mark fragte sich, wie er um Himmels willen ein Gespräch mit jemandem führen sollte, der keinen Funken Verstand mehr im Kopf hatte.

Der Mann war offensichtlich jenseits von Gut und Böse. Sein Blick sagte alles. »Die da hat uns die Dämonen gebracht.« Er stach mit dem Transvice erst in die Luft und zeigte dann auf Deedee damit. »Ich war mit ihr zusammen im Dorf. Die Dämonen sind über uns gekommen wie die Sonnenplage. Mit Blitzen und giftigem Regen sind sie gekommen. Und dann haben sie uns unserm Schicksal überlassen, wir konnten nur noch sterben oder schlimmer. Und guck sie dir jetzt an! Dabei ist sie auch getroffen worden. Gesund und drall! Und lacht sich einen, über das, was sie uns angetan hat.«

»Sie hatte nichts damit zu tun«, erwiderte Mark. Er spürte, wie Deedee unter seiner Hand schlotterte. »Absolut nichts. Wie sollte sie auch? Sie ist höchstens sechs Jahre alt!« Unbändige Wut kochte in ihm hoch, er konnte sie nicht unterdrücken.

»Hatte nichts damit zu tun? Und deswegen ist sie kerngesund, obwohl sie einen Pfeil abgekriegt hat? Sie ist die Retterin dieser Dämonen und ich werde sie jetzt zu denen zurückschicken!«

Er taumelte vorwärts. Nach zwei großen Schritten verlor er beinah das Gleichgewicht, hielt sich aber trotzdem irgendwie aufrecht. Das Transvice in seinen Händen zitterte, aber es blieb auf Deedee gerichtet.

Marks Wut verflog und wurde durch eine schreckliche Angst verdrängt, die ihm wie ein Klumpen in der Brust saß. Tränen brannten ihm in den Augen, so hilflos fühlte er sich. »Bitte … ich … ich weiß nicht, was ich sagen soll. Aber ich schwöre, sie ist unschuldig. Wir waren in dem Bunker, in dem die Berks stehen. Wir haben herausgefunden, wer hinter der Krankheit steckt. Das sind keine Dämonen. Es sind einfach nur Menschen. Sie ist wahrscheinlich immun – deswegen ist sie nicht krank geworden.«

»Halt's Maul«, antwortete der Mann und torkelte noch ein paar Schritte vorwärts. Er hob das Transvice und richtete es auf Marks Gesicht. »Wie du schon aussiehst. Armselig. Dumm. Ein Schwächling. Mit jemandem wie dir würden sich die Dämonen sowieso nicht lang aufhalten. Reine Zeitverschwendung.« Er grinste und zog die Lippen dabei weiter zurück, als menschenmöglich schien. Die Hälfte seiner Zähne fehlte.

Tief in Marks Innerem explodierte etwas. Er wusste, was es war, auch wenn er es nicht zugeben mochte: die Sicherung, die jeden Augenblick endgültig in ihm durchbrennen konnte. Wahnsinnige Aggressionen durchströmten ihn.

Zorn ballte sich in seiner Brust zusammen, bahnte sich einen Weg durch seine Kehle und kam als gellender Schrei heraus. Nie hätte er gedacht, dass er zu einem so lauten Schrei im Stande war. Mit einem Riesensatz stürzte er sich auf den

Mann, den er damit völlig überrumpelte. Mark sah noch, wie der Finger des Verrückten sich bewegte, sich um den Abzug krümmte, doch irgendwie hatte Mark es geschafft, schneller zu sein als er. Als ob der in ihm keimende Wahnsinn all seine Kräfte ein letztes Mal ins Unermessliche steigern würde. Mit einem Hechtsprung schlug er dem Mann den Arm mit der Waffe nach oben, als der weiße Hitzeblitz herausschoss. Mark hörte, wie der Schuss hinter ihm in die Wand einschlug.

Er rammte den Mann mit der Schulter und warf ihn um. Mark krachte mit ihm zu Boden, sprang aber fast im selben Moment wieder auf. Er packte das Hemd des Mannes und riss ihn hoch, schlug ihm das Transvice aus den Händen und schleuderte es weg. Durch das Transvice zu sterben, wäre für diesen Psycho ein zu leichter Tod gewesen.

Mark schleifte ihn durch den Gang. Er wusste, dass er gerade in ein Reich übergewechselt war, aus dem es womöglich kein Zurück mehr geben würde.

66

Der Mann schrie und hackte mit den Fingernägeln nach Marks Gesicht, trat blind um sich, versuchte aufzustehen und wegzurennen. Nichts konnte Mark mehr halten. Ein Universum blinden Zorns wirbelte durch Marks Kopf, der Wahnsinn wollte von ihm Besitz ergreifen. Lange konnte er ihn nicht mehr in Schach halten. Sein Verstand hing am seidenen Faden.

Er zerrte den Mann hinter sich her, um die Kurve des Gangs herum und durch die Cockpittür. Auf das kaputte Fenster zu. Alec schien nichts mitzubekommen, saß nur da, die Hände im Schoß ineinander verkrallt, und starrte ausdruckslos auf das Steuerpult.

Mark sagte nichts, weil wahrscheinlich irgendetwas Fürchterliches aus seinem Mund gekommen wäre. Er machte vor der Fensteröffnung halt, packte den Mann und versuchte ihn aus dem Fenster zu werfen. Doch der Kopf des Mannes donnerte gegen die Wand und er sackte zu Boden. Mark hob den Verrückten wieder hoch, holte aus und versuchte es noch einmal. Mit demselben Ergebnis: Der Kopf des Mannes schlug mit einem dumpfen Knall gegen den Rahmen.

Mark packte ihn ein drittes Mal und schleuderte ihn wieder auf das zerstörte Fenster zu. Diesmal flog der Typ nach draußen – Kopf, Schultern, Oberkörper –, doch dann blieb er stecken. Aber Mark gab nicht auf, drückte und schob mit aller Macht, um dem Leben dieses Scheusals ein Ende zu setzen.

Doch gerade als Mark den Unterleib des Mann durch die Fensteröffnung bugsierte, kippte die Welt auf einmal aus den Angeln, das Blut lief Mark in den Kopf, alles drehte sich. Die Schwerkraft schien nicht mehr zu wirken und er hing zusammen mit dem Unbekannten zum Fenster hinaus. Wo er zuvor noch blauen Himmel und Wolkenfetzen gesehen hatte, war mit einem Mal tief unter ihm der Erdboden. Er würde in den Tod stürzen.

Mark schaffte es, die Beine am Fensterrahmen festzuhaken, bevor er vollends hinausgefallen wäre. Doch mit dem gesamten restlichen Körper hing er an der Außenseite des Berks und der Mann ließ einfach nicht los. Er klammerte sich an Marks Oberarmen fest und krallte sich in sein T-Shirt. Mark versuchte den Mann abzuwehren, aber der war wild vor lauter Todesangst und kletterte an Marks Körper hoch wie an einem

Seil, so hoch, dass er mit den Beinen jetzt Marks Kopf wie eine Schere umklammerte. Der Wind umtoste sie.

Ein Ruck ging durch das Schiff, als es zurück in die Waagerechte kippte. Mark und der Mann an seinem Hals wurden direkt unterhalb des Fensters, aus dem sie hingen, gegen den Rumpf des Berks geschleudert. Die Schmerzen in Marks Beinen, die das Gewicht von zwei Männern zu tragen hatten, waren kaum auszuhalten. Er ruderte wie wild mit den Armen nach irgendetwas, an dem er sich festhalten konnte. An der Außenverkleidung des Berks gab es überall eckige Tritte und Griffe für Wartungsarbeiten. Er strich mit den Händen darüber, konnte aber nicht schnell genug Halt finden.

Endlich bekam er einen langen Griff zu fassen. Im allerletzten Augenblick – er hatte keinerlei Kraft mehr in den Beinen. Seine Unterschenkel glitten aus dem Fenster und die beiden Männer wurden herumgerissen, schlugen wieder gegen die Außenseite des Berks. Die Wucht des Aufpralls ging durch Marks ganzen Körper, aber er ließ nicht los, sondern steckte den Unterarm in den Zwischenraum von Griff und Außenwand, so dass das Gewicht an seinem Ellbogen hing. Sein Gesicht und Bauch wurden gegen das warme Metall des Berks gedrückt. Der andere versuchte immer noch wie ein Wahnsinniger irgendeinen Halt zu finden und brüllte ihm direkt ins Ohr.

Klares Denken und benebelnde Wut wechselten sich in Marks Kopf ab. Warum tat Alec nichts? Was ging drinnen vor sich? Das Luftschiff flog weiter in der Waagerechten – wenn auch langsamer als zuvor – und niemand streckte die Hand zum Fenster hinaus, um ihm zu helfen. Mark warf einen Blick nach unten, was er umgehend bereute: Er war entsetzt, als er sah, wie weit sie von der Erde entfernt waren.

Er musste den Mann abschütteln, sonst würde er es nie im Leben schaffen, wieder hineinzuklettern.

Eine Windbö wehte ihm die Haare des Mannes ins Gesicht und blähte ihre Kleider. Mark konnte den irren Lärm nicht mehr aushalten – der tosende Wind, die Schreie, das Dröhnen der Triebwerke. Die nächste Düse war direkt unter ihnen, keine drei Meter entfernt, und spuckte blaues Feuer wie ein Drachen.

Mark schüttelte die Schultern, stieß sich mit den Füßen vom Berk ab und ließ sich zurück gegen das Metall donnern. Doch der Mann ließ einfach nicht los. Er hatte Mark schon Hals, Arme und das Gesicht zerkratzt, überall hatte er schmerzende rote Striemen. Mark tat alles grauenhaft weh. Ein schneller Blick auf die Außenwand des Berks sagte ihm, dass es mehrere Stellen gab, an denen er sich abstützen konnte. Aber mit dem zusätzlichen Gewicht des Verrückten auf seinem Rücken war es unmöglich, auch nur einen Zentimeter nach oben zu gelangen. Eine fürchterliche Idee kam ihm in den Sinn. Es gab nur einen Weg: den nach unten.

Er langte weit nach unten, ertastete eine kurze Stange und ließ sich fallen. Zugleich stellte er einen Fuß auf einen eckigen Metallvorsprung, den er entdeckt hatte. Ein entsetztes Kreischen kam von dem Mann, fast hätte er Mark losgelassen, glitt ab, doch dann bekam er ihn wieder zu fassen und umklammerte Mark mit beiden Armen so fest, dass ihm beinah die Luft wegblieb.

Mit einem erstickten Husten hielt Mark Ausschau nach

Stellen, an denen er sich mit Händen und Füßen festhalten konnte, und stieg etwa einen Meter tiefer. Dann noch einen. Der Mann ließ seine rudernden Bewegungen bleiben. Er wurde still. Noch nie hatte Mark einen solchen Hass auf jemanden verspürt. In den dunklen Winkeln seines Hirns wusste er, dass so etwas nicht mehr normal war. Er wollte den Mann vernichten. Musste ihn vernichten. Es war das einzige Ziel, das er noch vor Augen hatte.

Er kraxelte tiefer. Der Wind zerrte an ihnen und wollte sie wegfegen. Die Düse war jetzt ganz nah, direkt links unter ihm; ihr Donnern war das Lauteste, was Mark je gehört hatte. Er kletterte noch tiefer und plötzlich hingen seine Beine in der Luft – es war nichts mehr da, worauf er die Füße hätte setzen können. Rund um die untere Kante des Berks lief eine Halterung, die gerade genug Zwischenraum bot, dass Mark sich mit dem Arm daran festhalten konnte.

Er steckte seinen rechten Arm hindurch, winkelte den Ellbogen an und überließ dem Gelenk das gesamte Gewicht der beiden Körper. Es fühlte sich an, als könnte sein Arm jeden Augenblick in Stücke gerissen werden. Aber er brauchte nur ein paar Sekunden. Nur ein paar.

Mark verdrehte sich und versuchte den Mann zu sehen, der an seinem Rücken hing. Er hielt Mark mit einem Arm über der Schulter und einem um die Brust umklammert. Mark schaffte es, seine freie Hand hochzureißen und sie zwischen ihre beiden Körper und hoch zum Hals seines Widersachers zu bekommen. Er schlug die Hand gegen die Luftröhre des Mannes und drückte zu.

Der Mann fing an zu würgen und seine lila-graue Zunge

hing zwischen den aufgesprungenen Lippen hervor. Marks rechter Ellbogen zuckte vor Schmerz, als würden sich Sehnen, Muskeln und Knochen jeden Moment voneinander lösen. Er drückte die Finger an der Kehle des anderen zu. Die Augen traten dem Mann aus dem Kopf, er hustete und spuckte. Endlich lockerte er seinen Griff um Mark, der im selben Moment handelte. Mit einem Wutschrei drückte er den Körper des Mannes von sich weg und direkt hinein in den Strahl der blauen Flammen, die aus der Düse loderten. Er sah, wie Kopf und Schultern des Mannes dem Feuer zum Fraß fielen, sie waren verschwunden, bevor er auch nur schreien konnte. Was noch von seinem Körper übrig war, stürzte der Stadt unter ihnen entgegen und verschwand im Weiterflug schnell aus Marks Blickfeld.

Wahnsinn kroch durch Marks Muskeln. Vor seinen Augen tanzten helle Punkte. Nackte Wut heulte durch seinen Kopf. Er wusste, dass sein Leben dem Ende entgegenging. Aber ein Letztes hatte er noch zu tun.

Er machte sich daran, an der Außenhaut des monströsen Berks wieder nach oben zu klettern.

67

Niemand streckte ihm eine Hand entgegen, um ihm zum Fenster hereinzuhelfen. Es gab keinen Zentimeter seines Körpers, der nicht bestialisch wehtat, aber irgendwie schaffte er es trotzdem und ließ sich auf den Boden des Cockpits fallen. Alec saß immer noch mit ausdruckslosem Gesicht und leeren Augen in sich zusammengesunken am Steuerpult. Trina kauerte in der Ecke, Deedee hatte sich auf ihrem Schoß an sie geschmiegt. Beide blickten hoch, als er im Cockpit auf den Boden plumpste, aber er konnte nichts an ihren Gesichtern ablesen.

»Flat Trans.« Mark brachte nur die zwei Worte heraus. Vor

seinen Augen tanzten Funken und Lichtblitze und er konnte die Gefühle, die in ihm wüteten, kaum unter Kontrolle halten. »Bruce hat gesagt, die Regierung in Asheville hat einen Flat Trans. Wir müssen ihn finden.«

Alec riss den Kopf hoch und starrte Mark böse an. Doch dann wurde sein Blick freundlicher. »Ich weiß, wo wir ihn suchen müssen.« Noch nie war ihm ein Satz so leblos über die Lippen gekommen.

Sie begannen mit dem Sinkflug. Mark lehnte den Kopf gegen die Wand des Berks und schloss die Augen. Er wollte nur noch schlafen und nie wieder aufwachen. Oder höchstens noch das Gegenteil – seinen Kopf gegen den Boden schlagen, bis es vorbei war. Aber ein Fünkchen klares Denken war noch in seinem Hirn übrig. Und an dem klammerte er sich fest wie ein Mann, der über einer Felsklippe an der letzten Baumwurzel hängt.

Augen aufmachen. Mit einem Stöhnen zwang Mark sich aufzustehen und blickte aus dem Fenster. Unter ihnen lag das Städtchen Asheville. Rund um den Ort war eine Stadtmauer errichtet worden, aus Holz, Altmetall, Autos, allem, was groß und widerstandsfähig genug war, um das zu schützen, was dahinter lag: eine größtenteils ausgebrannte Innenstadt. An einer Bruchstelle in der Mauer war eine große Schar von Menschen zu sehen. Sie kletterten darüber hinweg, stürmten die Stadt.

Angeführt wurden sie von einem Mann, der eine improvisierte rote Fahne schwenkte. Es war Bruce, der Mann, der im Bunker die Rede gehalten hatte. Er und seine Mitarbeiter waren ebenfalls auf der Suche nach dem Flat Trans, genau wie er es damals im Vortragssaal versprochen hatte. Wie es aussah, hatten sich ihnen unzählige andere Kranke angeschlossen – es waren Hunderte, die gerade über die kaputte Mauer kletterten.

Das Berk flog über sie und eine menschenleere Straße nach der anderen hinweg. Schließlich tauchte ein kleines Gebäude mit einer weit offen stehenden Doppeltür auf. Ein handgemaltes Schild über der Tür verkündete: *ZUTRITT NUR FÜR NNK-MITARBEITER*. Ein paar Leute standen Schlange, um hineinzukommen. Sie wirkten ruhig und vernünftig. Mark hasste sie dafür; einen kurzen Augenblick juckte es ihn in den Fingern, sich auf die Suche nach dem Transvice zu machen und sie ins Jenseits zu befördern.

»Das … ist es«, murmelte Alec.

Mark wusste, was er damit meinte. Wenn es in diesem Ort tatsächlich einen Flat Trans gab, dann hier. Die Leute, die das Gebäude gerade betraten, mussten die letzten verbleibenden Regierungsmitarbeiter sein. Die Asheville Wahnsinn und Tod überließen. Sie blickten mit Grauen hinauf zum Berk und verschwanden blitzschnell nach drinnen.

Hektisch tastete Mark in einem Schrank herum, bis er ein Blatt altmodisches Papier und einen Bleistift aufgetrieben hatte, die dort für die Notsituation eines Stromausfalls bereitlagen. Mit ungelenker Handschrift kritzelte er die Nachricht aufs Papier, die er sich überlegt hatte, und wandte sich Alec zu. »Landen«, ächzte er. Seine Lunge fühlte sich an, als wäre sie nicht voller Luft, sondern voller Feuer. »Schnell!« Er faltete den Zettel und schob ihn in seine Gesäßtasche.

Alecs Bewegungen waren schrecklich schwerfällig, seine

Muskeln schienen zu krampfen, die Adern wölbten sich wie Seile unter seiner Haut. Er war schweißgebadet. Zitterte. Doch wenige Sekunden später setzte das Berk mit einem erstaunlich sanften Ruck direkt vor dem Eingang zum NNK-Gebäude auf.

»Lass die Rampe runter.« Mark hatte sich schon in Bewegung gesetzt. Die Welt um ihn herum war ein einziger Nebel. Unsanfter als beabsichtigt schnappte er sich Deedee von Trinas Schoß, ohne ihr Protestgeschrei zu beachten. Mit dem kleinen Mädchen auf dem Arm lief er auf den Ausgang zu, Trina folgte ihm auf den Fersen. Sie hatte kein Wort gesagt und keinen Finger gekrümmt, um ihn zu stoppen.

An der Cockpittür blieb Mark noch einmal stehen. »Du weißt … was zu tun ist … wenn wir fertig sind«, sagte er zu Alec. Jedes Wort war bereits ein Kampf. »Ob er da ist oder nicht – du weißt, was du tun musst.« Ohne eine Antwort abzuwarten stürmte er hinaus auf den Gang.

Auf dem Weg zum Ausgang beruhigte Deedee sich allmählich. Sie schlang die Ärmchen enger um seinen Hals und vergrub das Gesicht an seiner Schulter. Als habe selbst sie begriffen, dass das Ende bevorstand. Flecken und Lichtblitze schwammen vor Marks Augen. Sein Herz raste, als würde es Säure durch seine Adern pumpen. Schweigend hielt Trina Schritt mit ihm.

In den Frachtraum. Die Rampe der Ladeluke hinunter und hinaus in das grelle Tageslicht. Sie waren kaum auf die Erde getreten, als das Quietschen der Hydraulik erneut losging und die Klappe sich wieder schloss. Mit blau flammenden Düsen hob das Berk ab. Mark schaffte es kaum noch, sein letztes bisschen Grips beisammenzuhalten, doch mit einem Mal überkam ihn unendliche Traurigkeit. Er würde den alten Bären nie wiedersehen.

Stechend heiß brannte die Sonne auf sie herunter. Von weitem waren Rufe, Pfiffe und Marschieren zu hören, das immer lauter wurde. Die Kranken drangen aus allen Richtungen heran. Durch die Lichtblitze vor seinen Augen meinte Mark in der Ferne Bruce zu erkennen, der seine Truppe mit der roten Fahne anführte. Wenn diese Leute es zum Flat Trans schafften, bevor er abgeschaltet oder zerstört wurde …

»Komm«, sagte er barsch zu Trina.

Der Windstoß des startenden Berks erfasste sie, als sie auf den Eingang des Gebäudes zurannten, dessen Tür nach wie vor weit offen stand. Deedee klammerte sich wie ein Äffchen an Mark fest, Trina blieb an seiner Seite. Sie kamen in eine Eingangshalle ohne jede Möblierung. Nur in der Mitte stand ein seltsames Objekt – zwei hohe, schlanke Metallstangen und dazwischen eine schimmernde, trübgraue Oberfläche. Sie wirkte schillernd und unbeständig – als würde sie glitzern und sich bewegen. Es tat in den Augen weh, wenn man sie zu lange ansah.

Ein Mann und eine Frau standen davor und schauten mit angsterfülltem Blick zurück zu Mark und den Mädchen. Sie bewegten sich schnell auf die grau schillernde Wand zu.

»Halt!«, schrie Mark.

Die beiden Unbekannten reagierten nicht, blieben nicht stehen. Sie sprangen ins graue Nichts und waren verschwunden. Instinktiv rannte Mark zur anderen Seite der grauen Wand, doch dort war nichts.

Ein echter Flat Trans. Zum ersten Mal in seinem Leben hatte er gesehen, wie jemand mit einem Flat Trans transportiert wurde. Das Getümmel der näher kommenden Horden schien lauter zu werden und Mark wusste, dass ihre Zeit abgelaufen war. In vielerlei Hinsicht.

Er hetzte zurück auf die richtige Seite des Flat Trans, ging davor in die Knie und setzte Deedee behutsam auf dem Boden ab. Es verlangte ihm das letzte bisschen Willenskraft ab, ruhig zu bleiben und die in ihm sprudelnde Wut und den hochkochenden Wahnsinn zurückzuhalten. Trina kniete sich ebenfalls hin, sagte aber immer noch nichts.

»Hör mir gut zu«, sagte Mark zu der Kleinen. Er stockte und schloss kurz die Augen, um gegen die Dunkelheit in sich anzukämpfen, die ihn zu schlucken versuchte. Nur noch ein paar Minuten, redete er auf sich ein. »Du musst … jetzt ganz tapfer sein. Für mich, ja? Bitte! Hinter dieser Zauberwand sind Leute, die … werden dir helfen. Und du kannst ihnen helfen. Du wirst ihnen helfen … etwas sehr, sehr Wichtiges zu tun. Du bist … etwas ganz Besonderes.«

Er wusste nicht, was er erwartet hatte. Dass Deedee protestieren, weinen, wegrennen würde. Doch sie sah ihm ganz ruhig in die Augen und nickte. Marks Denken war nicht mehr klar genug, um zu verstehen, woher sie diesen Mut nahm. Deedee war wirklich etwas ganz Besonderes.

Fast hätte er die Notiz vergessen, die er an Bord geschrieben hatte. Er zog sie mit zitternden Händen aus der Hosentasche und las sie noch einmal durch:

Sie ist immun gegen Den Brand.
Macht sie Euch zu Nutze.
Tut es, bevor Euch die Verrückten finden.

Sanft fasste er nach Deedees Hand, legte das Papier hinein und schloss ihre Finger darum. Dann drückte er ihre Hand fest. Die Rufe und der Lärm von draußen wurden immer lauter. Mark sah Bruce, der mit seiner Horde im Schlepptau auf die Tür zugerannt kam. Marks gesamter Körper wurde von einer Welle der Trauer erfasst. Er nickte in Richtung des Flat Trans. Deedee nickte zurück.

Dann umarmten sie und Trina sich ganz fest. Beiden liefen die Tränen übers Gesicht. Mark war aufgesprungen. Er hörte die unmissverständlichen Düsengeräusche des zurückkehrenden Berks. Bemerkte, dass draußen ein Wind zu toben begann. Es war so weit.

»Geh jetzt«, sagte er und kämpfte gegen die Gefühle an, die in ihm wüteten.

Deedee riss sich von Trina los und rannte in die graue Wand des Flat Trans. Er schluckte sie im Nu und sie war verschwunden. Das Donnern des Berks erfüllte die Luft. Das Gebäude bebte. Bruce stand in der Tür und schrie etwas, das nicht zu verstehen war.

Und dann kam Trina auf Mark zugestürzt. Sie schlang ihm die Arme um den Hals und küsste ihn. Tausend Gedanken überschlugen sich in seinem Kopf und in allen war Trina: Wie die beiden Ringkämpfchen im Garten gemacht hatten, bevor sie alt genug waren, um irgendetwas zu verstehen; wie sie sich scheu auf dem Schulkorridor grüßten, wie sie zusammen mit der U-Trans fuhren. Er spürte ihre Hand in der Dunkelheit, als die Sonneneruptionen alles vernichteten, ihre Hand im Grauen der Tunnel, des steigenden Wassers, im Lincoln Building; als sie das Abklingen der Strahlung aussaßen, die Yacht klauten, die endlosen Märsche durch verbranntes, höllisch heißes Land durchstanden. Sie war immer bei ihm gewesen. Mit Alec. Und Lana, Darnell und den anderen.

Und jetzt, als alle Kämpfe ausgestanden waren, lag Trina in seinen Armen.

Monströser Lärm und Beben beherrschte alles, doch er hörte, was sie ihm ins Ohr flüsterte, bevor das Berk in das Gebäude krachte.

»Mark.«

ZWEI JAHRE SPÄTER ...

EPILOG

Eine nackte Glühbirne hing von der Decke der trostlosen Wohnung und gab ungefähr alle zehn Sekunden ein Sirren von sich. Irgendwie schien sie das auszudrücken, was aus der Welt geworden war: einsam, laut, sterbend. Kurz vor dem Erlöschen.

Die Frau saß auf einem Stuhl und versuchte verzweifelt nicht in Tränen auszubrechen.

Sie wusste, dass es früher oder später an der Tür klopfen würde. Aber sie wollte stark bleiben, für ihren Sohn. Der Junge sollte glauben, dass ihn ein gutes neues Leben erwartete. Ein Leben voller Hoffnung. Sie musste stark bleiben.

Wenn ihr Sohn – ihr einziges Kind – weg war, dann konnte sie sich gehen lassen. Dann konnte sie so viele Tränen vergießen, dass man einen Fluss damit füllen konnte, bis der Wahn sie alles vergessen lassen würde.

Still saß der Junge neben ihr. Regungslos. Er war noch ein Kind, aber er schien zu verstehen, dass sein Leben nie mehr so sein würde wie zuvor. Er hatte eine kleine Tasche gepackt, auch wenn die Frau vermutete, dass sie weggeworfen werden würde, bevor ihr Sohn sein Ziel erreichte. Und so warteten sie.

Die Besucher klopften dreimal an die Tür. Ohne Zorn oder Kraft. Einfach nur *tock, tock, tock,* wie das leise Picken eines Vogels.

»Kommen Sie rein«, sagte die Frau, so laut, dass sie selbst zusammenfuhr. Ihre Nerven! Sie klappte beinahe zusammen.

Die Tür ging auf. Zwei Männer und eine Frau in schwarzen Anzügen und mit Schutzmasken vor Mund und Nase betraten die kleine Wohnung.

Die Frau schien das Sagen zu haben.

»Wie ich sehe, sind Sie so weit«, sagte sie. Ihre Stimme hinter der Maske klang gedämpft. Sie ging auf die Frau und ihren Sohn zu. »Wir danken Ihnen für Ihre Bereitschaft, ein solches Opfer zu bringen. Ich brauche Ihnen nicht zu sagen, wie viel dies für die kommenden Generationen bedeutet. Wir stehen kurz vor sehr wichtigen Entwicklungen. Wir werden die Heilung finden. Ich gebe Ihnen mein Wort darauf.«

Die Mutter konnte nur nicken. Sobald sie den Mund aufmachte, würde alles herauskommen: ihre Verzweiflung, ihre Angst. Ihre Wut. Ihre Tränen. Und dann wären alle Bemühungen, für ihren Jungen stark zu bleiben, vergeblich gewesen.

Also hielt sie alles zurück, ein Damm gegen einen tosenden Fluss.

Die Frau im Schutzanzug wirkte geschäftsmäßig: »Komm«, sagte sie und streckte eine Hand aus.

Der Junge blickte hoch zu seiner Mutter. Er hatte keinen Grund, die Tränen zu unterdrücken, und er heulte Rotz und Wasser. Er sprang auf und umarmte seine Mutter, dass es ihr tausendfach das Herz brach. Sie drückte ihn an sich.

»Du wirst große Dinge für unsere Welt tun«, flüsterte sie ihm zu. »Ich werde sehr stolz auf dich sein, mein Schatz. Du bist ein ganz besonderes Kind. Und vergiss nie, wie sehr ich dich liebe.«

Zur Antwort schluchzte er nur an ihrer Schulter. Das sagte alles.

Es musste zum Ende kommen.

»Es tut mir schrecklich leid« sagte die Frau in dem dunklen Anzug und der Schutzmaske. »Wir haben einen engen Terminplan. Tut mir wirklich leid.«

»Dann geh jetzt«, sagte die Mutter zu ihrem Sohn. »Geh und sei tapfer.«

Er machte sich mit tränennassem Gesicht und rot geweinten Augen von ihr los. Doch er wirkte auf einmal ganz stark. Mit seinem Nicken half er ihr zu glauben, dass er durchkommen würde. Er war wirklich ein besonderes Kind.

Der Junge wandte sich ab und sollte seine Mutter nie wiedersehen. Er ging zur Tür und trat ohne Zögern hinaus. Ohne einen Blick zurück, ohne Klagen.

»Nochmals vielen Dank«, sagte die Frau im Schutzanzug. Sie folgte dem Jungen nach draußen.

Einer der Männer blickte hoch zu der baumelnden, sirrenden Glühbirne und sagte zu seinem Partner: »Du weißt ja, wer die erfunden hat, oder? Vielleicht sollten wir den hier Thomas nennen.« Und damit gingen sie.

Als die Tür ins Schloss fiel, krümmte die Frau sich auf dem Boden zusammen und ließ die Tränen kommen.

Danksagung

Alle, die zum Gelingen dieser Serie beigetragen haben, sind mittlerweile wohlbekannt, da sie in jedem Buch erwähnt werden. Besonders Krista und Michael.

Und deswegen möchte ich diese Seite meinen Leserinnen und Lesern widmen. Mein Leben hat sich drastisch verändert, seit ich zum ersten Mal etwas über Thomas und die anderen Lichter geschrieben habe. Sehr viel davon verdanke ich euch. Danke, dass ihr die Geschichten gerne lest. Danke, dass ihr euer schwer verdientes Geld für meine Bücher ausgebt. Danke, dass ihr euren Freunden und Verwandten davon erzählt habt. Danke für all das begeisterte Lob, das ihr mir über Twitter, Facebook, mein Blog und so weiter habt zukommen lassen. Danke, dass ich meinen Lebensunterhalt mit etwas verdienen kann, das ich so sehr liebe.

Ich habe noch viele Bücher in meinem Kopf und hoffe, dass wir noch lange Freunde bleiben können. Von ganzem Herzen/Kopf/Körper/Seele … danke schön!

Spione im Kopf

Ortwin Ramadan
T.R.O.J.A. Komplott
384 Seiten
Taschenbuch
ISBN 978-3-551-31593-9

Nico hat es geschafft! Mit gerade mal 21 Jahren wird er als FBI-Agent für das streng geheime T.R.O.J.A.-Projekt rekrutiert. T.R.O.J.A.-Ermittler können den Sehnerv von Verdächtigen unbemerkt anzapfen und so jeden ihrer Schritte mitverfolgen. Eine Revolution! Aber wer wählt die Zielpersonen aus? Schnell beginnt Nico zu zweifeln. Als er dann eine schockierende Entdeckung macht, beschließt er, sich gegen das System zu stellen. Doch längst steht auch er unter Beobachtung. Und seinem eigenen Körper kann er nicht entkommen ...

www.carlsen.de

CARLSEN

KAI MEYER
PHANTASMEN
CARLSEN

Das Spiel deines Lebens

Lauren Oliver
Panic – Wer Angst hat, ist raus
368 Seiten
Taschenbuch
ISBN 978-3-551-31636-3

Panic verändert alle(s): Heather hatte nie vor, an dem verbotenen Spiel für Schulabgänger teilzunehmen. Denn der Gewinn ist zwar hoch, aber der Einsatz auch, und sie ist keine Kämpferin. Doch schnell wird ihr klar, dass es nur den richtigen Grund braucht, um dabei sein zu wollen.
Dodge war sich immer sicher, dass er bei Panic mitmachen würde. Er hat keine Angst, denn es gibt ein Geheimnis, das ihn durchs Spiel pushen wird. Aber um zu gewinnen, muss man seine Gegner kennen.

www.carlsen.de

CARLSEN